沼地
月色

［邊境 vol. 02］

Bayou Moon

伊洛娜．安德魯斯（**Ilona Andrews**）———著
蔡心語———譯

沼地月色—邊境02

目次

獻給金與珍・布藍肯席普——
雖然你們永遠不會讀這本書，
但沒有你們，
我們也無法完成。

致謝

一本書永遠是團隊合作的成果，本書也不例外。我們深深感謝經紀人南希．約斯特，這段期間她得忍受大量電子郵件和電話騷擾，在我們浩瀚又激烈的狂暴之海中，她理性的聲音顯得無比孤單。我們也要感謝安．舒華茲一直以來的支持和鼓勵。沒有妳們，我們的書永遠無法問世。

在此感謝以下諸位的協助：製作編輯蜜雪兒．卡斯伯及助理製作編輯安卓梅妲．馬可利，感謝她們將原稿製作成書，而且總是能多擠出一、兩天，讓我們有多一點時間完成作品；感謝原稿編輯瓊安．馬修斯，很抱歉我們把許多名字搞混，原稿也出狀況，衷心希望瓊安不會因此得腦瘤；感謝封面畫家維多莉亞．薇貝兒，謝謝她畫出令人驚嘆的封面，我們眞希望能複印一份原作，掛在家裡的牆面；感謝封面設計安奈特．費歐．迪費斯，將一幅美麗的藝術品化作同樣美麗的封面；感謝內頁設計克莉絲汀．德羅薩里，美麗的內頁編排爲本書營造眞正的閱讀樂趣【編按】；感謝編輯助理凱特．席爾博，多謝妳耐心與我們相處，下次我們一定會獻上美酒和巧克力減輕妳的痛苦；也要感謝宣傳公關員羅珊娜．洛曼尼羅不厭其煩地推銷我們每一本作品。我們非常幸運能與所有人一同工作。

這一路走來獲得許多讀者和朋友的協助，在此一一致謝，以下排名順序沒有特定意義：芮絲．諾特雷、克里西．彼得森、海絲娜．薩達尼、艾瑞卡．布魯克絲、碧翠克絲．凱瑟與盈．春儂莎薩。此外，我們也要向下列人士獻上最深的謝意：珍妮娜．弗斯特、梅爾珍．布魯克、西羅．沃克與吉爾．邁爾斯。你們曾經提供多次「電話療法」，而我們正熱切期待電話帳單早點寄來。

編按：封面設計、繪圖及內頁排版設計爲原文版本之狀況。

第一章

威廉從瓶中啜了一口莫德洛特級啤酒，狠狠盯著綠箭俠。綠箭俠說穿了只是上色的塑膠，當然不會挺身對抗他的挑釁。這具模型動也不動，依然待在原位，斜倚著房屋廊柱。威廉暗想，嚴格說來，這只是拖車，算不上完整的房屋，但至少頭頂上還有遮風擋雨的屋頂，再說他也不是愛抱怨的人。

優越的位置讓綠箭俠得以盡覽威廉陳列在廊上的模型大軍，這位超級英雄如果願意提供一點意見更好，它本來就有資格這麼做。威廉聳了聳肩。他隱約明白，對一具模型說話瀕臨精神錯亂邊緣，但眼前沒有別人，他又需要一吐為快，整件事實在太瘋狂了。

「男孩們寄了信來。」威廉說。

綠箭俠沒有開口。

威廉的目光越過它，投向草坪後方沙沙作響的樹海。沿著那條路往外走兩哩，樹海就會被普通樹林取代，全是常見的喬治亞松樹和橡樹。但在邊境，樹林受魔法滋養，綿延不絕，古老蒼勁。時間之輪不停轉動，來到了慵懶漫長的夏季傍晚。在邊境出沒的不知名小生物在古樹間互相追逐，趕在夜幕將掠食動物誘出巢穴前活動一番。

邊境夾在兩個世界之間，是處奇特的地方。一邊名為「殘境」，沒有魔法，但有科技作為補償。還有規則、法律，以及報紙。這見鬼的世界靠文書運作。目前他在殘境賺錢，從事建築方面的工作。

另一邊則是「異境」，與殘境形成對照，由魔法主宰，古老的貴族握有大權。他在當地出生，曾是異境的流浪者、軍人與罪犯，甚至當過幾星期貴族，但在他頭也不回地離去前，異境沒有例外地伸出粗暴的手對付他。

邊境不屬於任何一方，對到哪都格格不入的人來說，再好不過。正因如此，他才會遇上喬治和杰克，這兩個男孩和姊姊蘿絲住在一起。蘿絲甜美可人，他喜歡過她，喜歡兩人曾擁有的一切，喜歡溫暖小家庭裡的她與孩子們。威廉望著他們相處的情景時，內心深處總會隱隱作痛。他現在知道當時心痛的原因了，其實潛意識早已明白，即使是像那樣的平凡家庭，對他來說仍遙不可及。

儘管如此，他仍試著追求蘿絲。也許他有過一次機會，半路卻殺出了德朗。德朗是貴族與軍人，有著完美無瑕的翩翩風度和無懈可擊的帥臉。「我們本來是朋友。」威廉告訴綠箭俠，「但在他離開前，我把他揍了個半死。」

他打了人，自己卻成了笑柄，因爲德朗把蘿絲和男孩們一併帶走了。威廉倒是率性地任由他們離去，畢竟杰克需要大人花費很多心思和時間照顧，德朗一定會好好撫養他。再說蘿絲也需要德朗這樣的人，那傢伙做事井井有條，又有效率，蘿絲光是自己照顧兩個男孩就夠麻煩了，沒有餘力再去應付另一項「慈善活動」，何況威廉也不想接受別人施捨。

他們離開已將近兩年，這段期間威廉一直住在邊境，深藏的野性全憑那股涓涓細流般的魔法維繫。他平日在殘境工作，週末則看看電視、暢飲啤酒、蒐集動作英雄模型，並照例裝作自己之前二十六年的人生不存在。邊境只有區區幾戶家庭，和他一樣在兩個世界的夾縫中生存，只過自己的日子，不與他來往。

大多數殘境人或異境人都不知道另一個世界存在，但商人偶爾會越過邊境，來回穿梭兩個世界。三個月前，旅行商人尼克提到，他打算前往異境的南方各省，這幾個省份統稱爲南境。威廉一時興起，便收拾了一小箱玩具，付費請對方代爲遞送。他不期待收到回音，心裡確實沒有任何指望，反正男孩們已經有德朗照料，不會對威廉感興趣。

萬萬沒想到，昨晚尼克在回程途中造訪，居然捎來男孩們的回信。

威廉拿起信件端詳，內容很短，喬治的字很漂亮，每個字母排得整整齊齊；杰克的字則活像雞在土裡寫的。他們說，謝謝你送的模型。喬治喜歡異境，他得到很多練習法術的屍體，最近也在學習劍術。杰克則抱怨規矩太多，他們不准他隨意狩獵。

「真是大錯特錯。」威廉對綠箭俠說，「他們得讓他發洩才行，如果給他宣洩暴力的管道，就少了一半問題。這孩子會變成掠食動物，化身爲山貓，可不是毛茸茸的兔寶寶。」他舉起信紙。「看來他決定向他們證明自己的本領。杰克殺了鹿，把血淋淋的玩意兒擱上餐桌，因爲他自己是貓科動物，他們在他眼中全是笨獵人。根據他的描述，這頭鹿不受歡迎。他努力餵飽他們，這些人卻不領情。」

杰克需要人指引正確疏導旺盛的精力，但威廉不打算前往異境，不能就這樣在德朗門口現身。你好，記得我嗎？我們曾是最鐵的哥兒們，後來我被判死刑，你伯伯收養了我，所以我遲早會殺了你？而你從我身邊搶走蘿絲？對啊，沒錯。他唯一能做的就是寫封回信，再寄更多模型公仔。

威廉把小箱子拉過來。他先替喬治挑了喪鐘【註一】，這模型有點像海盜，喬治喜歡海盜，因爲他爺爺就是其中之一。威廉還爲德朗準備了灰骷髏王【註二】。並不是德朗喜歡模型，他有過童年，威廉卻只能住在霍克學院，處境和囚犯差不多。不過威廉喜歡挑釁他，灰骷髏王有頭金色長髮，外型酷似德朗。

「那麼，現在最大的問題是，我們要送杰克紫色或是黑色的野貓？」

編註一：喪鐘（Deathstroke）爲ＤＣ漫畫旗下的虛構超級反派，常任傭兵或刺客，受過超級士兵改造，善於分析戰略。

編註二：灰骷髏王（King Grayskull）是二〇〇二年重開機《太空超人》（*He-Man and the Masters of the Universe*）動畫中登場的人物，爲灰骷髏堡主、太空超人之祖先，死後將力量傳至神劍中，讓主角亞當獲得神力。

綠箭俠沒有表示意見。

麝香般的氣味飄向威廉，他轉頭察看，一雙發亮的小眼睛正在草坪邊緣的灌木叢下盯著他。

「又是你。」

浣熊對他露出小小的尖牙。

「我警告過你了，不准碰我的垃圾，不然我吃了你。」

小野獸張開嘴，像被激怒的貓發出嘶嘶聲。

「我受夠了。」

威廉脫下運動衫，接著脫去牛仔褲和內褲。「我們得把這件事解決掉。」

浣熊再度發出嘶聲，並豎起全身的毛，努力讓身體看起來更大，灼灼雙眼宛如兩小塊燃燒的煤炭。

威廉集中精神，潛進意識深處，釋放被禁錮的野性。痛苦席捲他，把他整得死去活來，就像狗咬住老鼠拚命甩。他的骨骼軟化變形、韌帶劈啪作響，肌肉如融化的蠟油汩汩流動。濃密的黑毛包覆全身後，痛苦總算結束，威廉一翻身站了起來。

浣熊僵在原地。

威廉一度在小野獸眼中看見自己的身影，一頭四隻腳的黑色龐然大物。擅自闖入的小野獸趕緊退後一步，接著迅速轉身逃離。

威廉嚎叫，嗚嗚地唱出悠長哀傷的狩獵之歌，表明刺激的追捕即將展開，嗜血的決心在牙關間悸動。周遭的小動物驚覺掠食動物現身，紛紛往高處逃竄，躲進濃密的枝椏間。

狩獵之歌最後的回聲沒入樹海，威廉尖銳的白牙狠狠一咬，開始追捕。

威廉在樹海中疾行。他剛剛發現對方原來是母浣熊，還有六個孩子。他是怎麼回事，竟沒有聞到雌性動物的氣味？他恐怕永遠也不明白爲什麼，也許是在邊境生活久了，人變得遲鈍，感官已不如在樹海中那般敏銳。

他只能放牠們一條生路。可不能爲了一點垃圾就殺死母親，沒有母親物種就會滅絕。威廉只好另抓肥嫩的兔子代替，他舔舔嘴，嗯，味道很好。他必須設法爲垃圾桶蓋增加一些重量，也許啞鈴有用，或是找些大石頭重重壓上……

威廉在林間瞥見自己的住家。一股氣味飄過來，聞起來有些辛辣，是肉桂加上一點小茴香和薑。

威廉頸背上的毛豎了起來，他立刻伏下身去。

這股氣味不屬於這邊世界的麵包店，而是來自邊境以外的人類，當中殘存著少許異境的魔法。

麻煩來了。

他隱匿在幽暗的樹根間仔細聆聽。周遭有昆蟲唧唧鳴唱，左方樹上幾隻松鼠已安頓下來，準備度過漫長夜晚。遠方還有啄木鳥努力啄著樹幹，尋找當天最後的蟲子。

全是樹海平日常有的聲響，沒有異狀。

他從藏身處遙望門廊，也沒發現任何動靜。

落日霞光畫過木板牆，天上出現一顆小星星，對他眨著眼睛。

小心一點，小心一點。

威廉慢慢往前挪，宛如薄暮中躡手躡腳的鬼影。一碼、兩碼、三碼。

小星星再度眨眼。他發現門廊台階上擺著方形木盒，只簡單地以金屬門扣住，那道門反射著夕陽餘暉。看來有人爲他留下一份禮物。

威廉繞屋察看兩次，努力尋找那股氣味，並留心傾聽所有細小聲音。他來到通往外界的小徑，發現送木盒來的人是走這條路進出的。

他回到屋前，望著木盒。這東西看起來有十八吋長、一呎寬、三吋高，造型簡單，沒有任何記號，材質像是松木，聞起來也像松木。裡面沒有發出聲音。

他放在廊上的模型公仔完好如初，剛才寫好的信也依然壓在笨重的綠巨人浩克底下，上面沒有殘留入侵者的氣味。

威廉伸出腳掌拉開門，閃身入內。他需要人類的手指才能應付這一切。

痛苦排山倒海而來，在他的骨髓間衝刺。他低聲咆哮，渾身顫抖抽搐，接著褪下毛皮。歷經二十秒的劇痛後，威廉重新以人類的雙腿蹲在客廳地板上。又過了十秒，他已經來到門廊，衣著完整，還帶了一把長刀。盒子外表看來無害，但並不表示打開時不會爆炸。他見過杯墊大小的炸彈，它們沒有聲響，也沒有氣味，只要踩上去，整條腿立刻報廢。

他以長刀撬開金屬閂並挑開盒蓋，眼前出現一疊紙。*嗯，有意思。*

威廉掀開第一張照片，把它翻過去，頓時愣在原地。

畫面上有個小身軀被砍倒在草地上，男孩大約只有十歲，慘白皮膚與深紅血跡形成強烈對比，那些血都是從腹部傷口噴出的。有人惡毒地一刀畫開他的腹部，導致男孩失血而亡。這麼多鮮血，到處都是，在乾癟的腹部上、雙手上，甚至遍布在周遭的蒲公英上……鮮豔可怕的紅色，由於太過逼真，反而顯得不真實。男孩窄小的臉龐上，混濁死寂的眼睛盯著天際，嘴巴驚恐地大張，紅色短髮根根豎立……

*是杰克。*這念頭如拳頭般重擊威廉腹部，他的心怦怦直跳。他再仔細端詳那張臉，不，不是杰克，只是像杰克的貓，瞳孔縮成兩條縫，但杰克頭髮是棕色的。男孩年齡和體型與杰克相似，*但不是杰克。*

威廉呼出一口長氣，試著平撫激動的情緒。他認識這男孩，以前見過，但不是在照片中。他親眼見過這副身軀、聞過那些鮮血氣味，還有腹部傷口令人難忘的一股惡臭。記憶終於召喚出那幕情景，他恍惚中感到一種苦味包覆舌頭，幾乎令他窒息。

第二張照片是個小女孩，髮絲糾結著血塊和腦漿，頭顱已然碎裂。

他從盒中取出更多照片，每一張都喚醒記憶中的不同身軀。八位慘遭殺害的兒童躺在他的門廊上，八個被謀殺的變形兒。

像他這種變形者在異境沒有多大用處，他的同類在路易斯安納公國一出生便全數遭到殺害。此外，在艾朮昂里亞，生下變形兒的母親可以將孩子交給政府，沒有人會質疑。這個女人只要在一份文件上簡單地簽個名，就可以繼續過自己的日子，孩子則會被送去霍克學院。那是一座監獄，房間簡陋貧乏，警衛殘酷無情，遊戲和玩具都遭到禁止；這個地方專為消滅學生的自由意志而設計，變形兒只有在外面才算眞正活著。這八個孩子好不容易有機會接觸陽光和草地，當時一定樂昏頭了。

他猜想那應該是一次簡單的追蹤訓練，指導老師帶孩子們來到艾朮昂里亞和路易斯安納公國的邊境，兩地是死對頭。邊境的活動十分頻繁，因爲艾朮昂里亞人和路易斯安納人來來往往。指導老師要孩子們追蹤一群從路易斯安納來的邊境活躍份子，威廉小時候也出過十幾次這樣的任務。

他默默盯著八張照片。看來那群路易斯安納人不是一般的邊境活躍份子，而是「路易斯安納之手」的特務。這批間諜遭魔法扭曲，力量強大，足以消滅一整隊訓練有素的軍團兵。

他們故意讓孩子們追上。

師生失聯後，一隊軍團兵展開搜查，威廉擔任追蹤師，正是他發現他們死在草地上。

那是場殘忍冷酷的大屠殺，孩子們受傷後只能慢慢等死。

盒中還有最後一張紙，威廉拿起來察看，才讀了第一句便明白全貌，那些字句早已烙印在記憶中。

他依然把整封信讀完。

獵殺愚蠢的動物沒什麼樂趣。在路易斯安納公國，變形者一出生就被處死，這有效率多了，與其浪費時間和資源設法把他們變爲人類，不如給他們一個痛快。我建議你考慮這個做法，因爲下次若還得替你除掉這些小怪物，我可是打算收取合理的補償。

史派德敬上

莫名而激昂的怒潮瞬間湧上威廉心頭，理智和自制力全被淹沒。他仰天長嘯，爲怒氣找到宣洩管道，以免自己四分五裂。

在軍團默許下，多年來威廉鍥而不捨地追查史派德下落，共發現他兩次。第一次威廉劃破史派德腹部，但自己也被他斷了一條腿。第二次威廉打碎這位路易斯安納人的幾根肋骨，對方則幾乎害他溺斃。狡猾的路易斯安納之手間諜兩回都從威廉的指縫間溜走。

沒有人會在乎變形者的死活，他們生來便遭到社會放逐，活著是爲了艾朮昂里亞，殺戮也是爲了艾朮昂里亞。他們是炮灰，但對威廉來說，他們只是孩子，就像小時候的自己一樣，也像杰克一樣。

他非找到史派德不可，非殺了那傢伙不可，謀殺兒童的凶手一定要接受懲罰。

有個人從林中走出。威廉從門廊上一躍而起，眨眼間便擒住入侵者，將他牢牢按在附近的樹幹上。威廉憤怒地咆哮，噠噠作響的牙關與對方的頸動脈只有毫髮距離。

那人沒有反抗，只開口說：「你要殺我還是殺史派德？」

「你是誰？」

「我叫歐文。」那人朝自己高舉的雙手呶呶下巴。一枚大戒指緊箍住他的中指，純銀指環上嵌著一小片光亮的鏡子。威廉腦海閃過一個名字：「鏡」。它是艾朮昂里亞祕密組織，也是簡稱「手」的「路易斯安納之手」最大勁敵。

「杉汀領主，『鏡』想和您談談。」那人輕聲地說，「可否請您移駕賞光？」

第二章

瑟芮絲彎下腰，身下是馬蹄鐵塘的茶色水面。高大的柏樹矗立四周，宛如昂首肅立的古代士兵，長滿樹瘤的根部橫跨水中。沼地沒有片刻寧靜，但除了一些日常的瑣碎聲響，沒有其他干擾。她的左邊有隻蟾蜍正在嘓嘓叫，頭上枝葉間傳來邊境松鼠急促的奔跑聲，還有藍嘴鴨從不間斷的鳴叫聲……

她捲起牛仔褲管蹲下身，熟練而平板地唸誦起來：「奈莉在哪裡？那個好女孩在哪裡？奈莉是史上最好的獺豹。來吧，奈莉，奈莉，奈莉。」

池面平靜無波，連一絲水花也沒有。

瑟芮絲嘆了口氣。她身旁五呎處的泥巴上有一長條潮濕污漬，兩邊還有一些爪印，那明明就是奈莉的尾巴拖出來的痕跡。瑟芮絲十五歲時，在沼澤追蹤獺豹是種冒險，但現在她已經二十四歲，要她半夜在沼地中跋涉，除了在水裡跌跌撞撞，還得踏進及膝的爛泥中，這可不是什麼有趣的活動。若要打發時間，她有一堆更好的主意，好比在溫暖舒適的床上睡覺。

「來吧，奈莉！過來，女孩。誰是好女孩？奈莉就是。噢，奈莉這麼漂亮。噢，奈莉這麼肥胖。她是史上最肥、最可愛、最笨的獺豹。沒錯，她就是。」

沒有回應。

瑟芮絲抬頭察看上方，一小片天空在柏樹枝與沼地藤蔓之間對她眨眼。她喃喃說著：「為什麼這樣對我？」

天空拒絕回答。它通常如此，但她依然繼續對天空說話。

上方傳來唧唧喳喳的鳴叫，白色鳥屎從枝椏間筆直落下。瑟芮絲急忙閃身，不忘朝天怒吼：「不酷，一點都不酷。」

採取緊急措施的時候到了。瑟芮絲把劍鞘插進腐殖土裡，讓劍身倚著柏樹的垂根，接著調整站姿，卸下肩上背包，伸手進裡面翻找。她摸出糾結成團的皮圈，這是用來套住獺豹口鼻，附設的皮帶則繫住後腦，確保這頭畜生不會脫逃。瑟芮絲把皮圈擺在伸手可及之處，並取出開罐器和小型罐頭。

她舉起罐頭，以開罐器敲擊，金屬碰撞的聲音迴盪整座池塘。依然沒有任何回應。

「啊，看看我這裡有什麼？是鮪魚罐頭！」

大約三十呎外，水面泛起一小圈漣漪。逮到了。

「嗯，好吃，好吃的鮪魚。我要自己吃光。」她把開罐器對準罐頭擠壓，接著打開蓋子。

一顆帶有斑紋的頭浮出水面，獺豹用周圍長了一圈深色長鬚的黑鼻子在空中嗅聞，大大的黑眸透著狂喜之色，視線鎖定罐頭。

瑟芮絲擠壓罐頭，讓鮪魚的汁液滴進池中。

獺豹迅速游過來，縱身躍上岸邊。牠從臀部到脖子都像精瘦的海豹，有長尾巴和四隻寬闊的半截腿，腳掌則是扁平的鰭形肢。這副酷似海豹的身軀在肩膀處延伸出優雅長頸，頸上安著水獺的頭。

瑟芮絲搖搖罐頭，說：「頭。」

奈莉舔著黑色嘴唇，竭力擺出最可愛的模樣。

「頭啊，奈莉。」

獺豹低下頭，瑟芮絲以皮圈套住她濕潤的口鼻後收緊。她說：「妳知道，調皮是要付出代價的。」

奈莉以濕潤的黑鼻磨蹭她的肩膀。瑟芮絲挑了一塊鮪魚拋給獺豹。她鋒利的牙齒在半空中咬住賞賜。

瑟芮絲抄起地上的劍束在皮帶上。獺豹拖著笨重身軀，搖搖晃地隨著她在泥濘中前進。

「妳是怎麼搞的？半夜跑出來散步？該不會是已經厭倦拉船，決定找沼地鱷試試運氣？」

獺豹不安地動來動去，眼睛始終離不開鮪魚罐頭，彷彿那是某種聖物。

「那些鱷魚有本事一口把鯊魚骨頭咬斷，妳在牠們眼裡就像一小塊肥嘟嘟的點心，到時妳就會變成牠們的早午餐。」

奈莉還在舔嘴。

「難道妳以爲鮪魚是從泥巴裡長出來的？」瑟芮絲再挑一塊鮪魚，拋給奈莉。「怕妳不知道，我現在就告訴妳，邊境沒有鮪魚，只能去殘境買。殘境雖然沒有魔法，但妳知道那裡有什麼嗎？有警察，一大堆警察，還有警報系統。奈莉，妳可知道在殘境偷鮪魚多麼困難？」

奈莉發出短促的尖叫，表示失望。

「我不會爲妳難過。」鮪魚是昂貴的商品。前往殘境的路程長達四天，從邊境邁入無魔法的世界時，還會讓人痛得半死。馬爾家族中只有她和卡爾達能勉強捱過這種痛苦，其他人身上的魔力太強，若想強行越過邊界進入殘境，小命鐵定不保。

瑟芮絲在泥濘中跋涉。從小到大，總是有人對她說，她身上的魔法是恩賜，是美妙、稀有又特別的東西，是值得驕傲的東西。或許魔法眞的是恩賜，但每當她絕望地凝視破敗的家產，就會看見魔法的眞面目，它是恩賜，也是枷鎖。這個又大又重的桎梏，把整個家族鎖在沼地。若不是因爲魔法，他們早就逃進殘境了。事實上，離開沼澤的唯一途徑是穿過路易斯安納公國的邊界後進入異境，但那一帶充滿強大的魔法。

路易斯安納人總把沼地當作放逐之地，只要是棘手但又不能隨便殺掉的傢伙，包括罪犯和愛惹麻煩的貴族，最後都會被流放到沼地。這些人一旦跨過異境和沼地的分界線，路易斯安納禁衛軍絕不會讓他們再回頭。

植物向兩旁分開，露出祭司舌溪的黑水。一條綠色沼地毒蛇躺在泥中，朝著漸漸靠近的一人一獸嘶嘶吐信。瑟芮絲以劍身挑起蛇，拋到一旁。

「走吧。」瑟芮絲又丟了塊鮪魚給獺豹，領著她走進茶色水中。她把奈莉的皮帶往手腕上多繞幾圈，緊緊拉住，雙手環抱她細長的頸項。「到家再和妳算帳。」

瑟芮絲嘴裡發出答答聲，獺豹開始朝溪裡走去。

二十分鐘後，瑟芮絲關上獺豹圍欄的門。或許幾個小男孩中的某一位曾嘗試修復鐵絲網，但奈莉若下定決心衝撞，它根本禁不起她的破壞。在這片滿布彎曲小溪與河流的沼澤地，獺豹是很重要的牲畜。某些地帶的水完全靜止，濃密的沼澤植物把周圍堵得密不通風。獺豹可以拉著沼澤小船走遍整片沼地，省下不少汽油。

只要人類在場，奈莉就是優秀的獺豹，服從、可愛又有力氣。這種平衡的態勢一旦少了人類，這隻笨畜生就會忘了自己是誰，一心想逃跑。

也許牠有分離焦慮症。瑟芮絲一邊思索一邊走上通往鼠穴的山坡。把奈莉關進更小的地方只會招來災難。她很清楚奈莉會因爲孤單而晝夜慘叫，讓人不得安寧。可是，若想補強那一大片鐵絲網，不但昂貴，也需要龐大的人力。

瑟芮絲緩步走向山坡上的馬爾家，濕透的衣物和靴子裡的腳趾都發出嘎吱的摩擦聲，而且一路滴水。她只想洗個熱水澡，再好好吃頓飯，最好還能有肉吃。不過她的生活條件還是一樣，只要有魚和昨天吃剩的麵包，也就心滿意足了。此外，她得爲劍塗上一層油，這是住在沼澤的例行工作，畢竟水鐵不相容。

鼠穴宛如兩層樓高的怪物，橫臥在矮山丘頂端。一片長達五十碼的空地將屋子與周遭植被隔開，這是殺戮區，當步槍和十字弓瞄準你時，有五十碼地讓你跑已經夠好了。

屋子的一樓沒有入口或窗戶，想要進屋得先爬上二樓門廊。她走向樓梯，驚見一抹小身影從廊柱後閃出，最後坐在樓梯上。是蘇菲，不對，瑟芮絲暗自更正，應該叫雲雀，妹妹已經改名了。

雲雀藏在深色亂髮底下的雙眼投給她憔悴一瞥，枯瘦的雙腿像兩根伸出緊身褲管外的火柴棒。她的小腿沾滿泥巴，雙臂布滿新舊傷痕。她刻意藏起雙手，但瑟芮絲敢打包票，她的指甲不是髒就是咬爛了，說不定兩者都有。雲雀以前挺愛乾淨的，對在沼澤長大的十一歲女孩來說，可以說已經到了有點潔癖的程度，現在可不是那麼回事。

憂愁擰痛了瑟芮絲的心。她的表情依舊平靜，不露絲毫痕跡，因爲她不想害妹妹難爲情。

瑟芮絲走上樓梯，在雲雀身旁落坐，接著脫下左腳靴子，把水倒掉。

「艾德里安和德瑞爾駕著『毀滅車』【註】去蛇徑了。」雲雀喃喃說道。

那輛沙地車只是胡亂拼湊而成，單純爲了好玩。事實上，瑟芮絲曾偷偷把它開出去，玩得非常開心，她愛死它了。然而，家裡嚴格禁止小孩在沒有大人監督的情況下駕駛沙地車，若有人偷偷開去玩，浪費昂貴的汽油，就要被罰多做三週家務。

當然，十五歲的艾德里安和十四歲的夥伴德瑞爾相當清楚家規，也能應付後果。眼前最大的問題反而是雲雀，她可是從來不會告密。

瑟芮絲竭力冷靜下來，脫下另一只靴子。妹妹的個性正在徹底改變，她只能眼睜睜看著一切發生。

「那兩個小子沒帶妳去？」

回應的聲量非常微弱，瑟芮絲幾乎聽不到。「沒有。」

姊妹倆都很清楚，半年前他們可不會丟下她。瑟芮絲心頭湧起一股衝動，多想立刻伸手過去，抱住雲雀骨瘦如柴的肩膀，但她不敢輕舉妄動，因爲有過前車之鑑。某次她激動地抱住雲雀，妹妹忽然渾身僵硬，轉身跑進樹林躲藏。

至少雲雀還願意和瑟芮絲說話，這很罕見，畢竟平常只有媽才能接近她，而最近就連媽也很難引她開口了。這個孩子正漸漸縮進內心世界，沒人知道該如何拉她出來。

「妳有沒有和媽說？」瑟芮絲問。

「媽不在。」

怪了。「爸呢？」

「他們出去了，一起。」

「有沒有說什麼時候回來？」

「沒有。」

瑟芮絲緊張起來。沼地的資源很少，但人口眾多，各戶人家無不卯足全力，就爲了爭取少得可憐的物資。每個家族和別家幾乎都不和，她們家也不例外。

馬爾家和席里爾家早在八十年前就結下梁子，至今兩邊依然互相看不順眼。他們時而明爭時而暗鬥，這陣子便處於暗中較勁的階段，但情勢隨時會擦槍走火。上一次爆發嚴重衝突，瑟芮絲痛失兩位叔伯輩、一位姑嬸輩，以及一位堂親。家規中有一條始終有效：外出時一定要告知某個家人目的地，以及預計回家

譯註：雲雀把「沙地」（dune）誤聽爲「毀滅」（doom）。

的時間。就連身爲一家之主的父親也得乖乖遵守這條規定。

不安在她胸中翻騰。「他們什麼時候出去的？爲什麼出去？」

「日出時去的，因爲柯勃勒的屁股被咬了。」

柯勃勒是個老酒鬼，終日在沼澤遊蕩，爲了購買私酒到處打零工。瑟芮絲從沒把這人放在心上，他會趁小孩父母不在時欺負弱小，還會因爲私人恩怨就背後捅人一刀。「繼續說……」

「他跑來和爸說，野狗進了外公家，他被狗追，屁股還被咬了一口，他的褲子上有洞。」

十二年前，外祖父母因紅熱病過世，他們居住的塞尼莊園從此以木板封鎖。在瑟芮絲的記憶中，那是一座陽光普照的鮮黃色房屋，宛如沼澤中的亮點。如今它已成廢墟，沒人願意靠近，柯勃勒也沒有理由進去，或許他是想看看有沒有東西可偷。

「後來呢？」

雲雀聳聳肩說：「柯勃勒說個不停，直到爸給他酒，然後他就走了。後來爸說要出門，去看一下外公的房子，因爲那裡還是我們的地。媽說要和他一起去，他們就離開了。」

前往塞尼莊園不能開卡車，他們應該會騎馬。

「妳後來就沒有再看到他們？」

「對。」

騎馬前往塞尼莊園需要半小時，算一算他們現在也該到家了。

「妳是不是覺得爸媽已經死了？」雲雀以平淡口氣問道。

噢，天啊。「才沒有呢！爸有本事一刀就把人殺了，媽能一槍射中一百呎外的沼地鱷眼睛。他們一定是被什麼事耽擱。」

低沉的隆隆聲從林中傳來，那是沙地車的引擎正在運轉。這兩個笨蛋，居然連事先熄火並把車安靜推回來的耐性都沒有。瑟芮絲匆忙起身。

「這件事我來處理，爸媽要是在這個鐘頭以內還沒回來，我會去找他們。」

一輛老沙地車從松林中出現，朝屋子駛來，在泥地上濺起陣陣水花。瑟芮絲舉起一隻手，前座有兩張沾滿泥巴的臉，兩雙眼睛正望著她，表情淒慘又驚駭。

瑟芮絲深吸一口氣，大吼：「束縛！」

她的手湧出魔力，咒語攫住兩個男孩，纏住他們雙臂肌肉。艾德里安彎下腰，車輪向左一轉，沙地車隨即傾斜，側面著地並滑行，濺起大量水花。接著車身一甩，把兩個膽大包天的小夥子拋進泥濘中，最後又轉了一圈，終於停下。

瑟芮絲回頭對雲雀說：「趁他們倒下，妳儘管過去踢他們幾腳。踢完再叫他們把所有東西清理乾淨，清完直接去馬廄報到。凱倫姑姑要是看到接下來三週有兩個奴隸供她使喚，一定開心死了。」

瑟芮絲拎起靴子，奔進家中。心頭隱約的不安悄悄蔓延，現在她滿心都是恐懼。她必須設法查出父母究竟被什麼事情耽擱，愈快愈好。她一度想奔去馬廄，但獨自騎馬外出等於找麻煩。她需要支援，需要可以沉著應戰的人。與其事後悔恨，不如現在多花十分鐘尋找幫手。

她有種莫名的感覺：這件事一定不會有好結果。

第三章

威廉倚著自家牆面，院裡有兩個人正盯著他。就算他們覺得他的模型兵團很奇怪，也不會說出口。他內心的野性正在嘶吼與嚎叫，利爪抓傷了他的內在。他只能暫時壓下這股衝動。孩子們慘死的畫面像一道利刃割開舊傷，但空有怒氣無濟於事。他在紅軍曾與「鏡」的特務交過手，規則在他們身上不管用，他很快便明白，輕視對方不是什麼好主意。當你冒險與這些傢伙周旋，最好心裡有數，吸完這口氣後，對方的刀可能會跟著下次呼吸刺來。

威廉不清楚這兩個傢伙想幹什麼，也不知道他們上門打擾究竟有什麼目的，只能按兵不動，像一頭狼緊盯著慢慢接近的熊，沒有移動徵兆，看不出弱點，也不張口嚎叫。他並不害怕，但也沒必要激怒對方。反正等著等著，動手的理由自然會浮現，到時他一定撕碎他們的喉嚨，絕不猶豫。

「鏡」的兩名特務也和他一樣文風不動。歐文站在左邊，在兩人當中看起來較具威脅性。大多數人與他打照面後，大約一分鐘就會忘記這個人。他的身高一般、體型一般、相貌平凡，一頭短髮呈現深金到淺棕的漸層色。他的聲調溫和，態度謙遜，身上散發一種充滿魔力的怪味，使得整個地方聞起來就像感恩節前的糕餅店。他那副慵懶又故作悠閒的模樣，看起來也不像好兆頭。

歐文身旁的女人年齡大多了，瘦小身材挺得筆直，皮膚呈現咖啡色。她似乎把身上的藍袍當成盔甲，袍子下半身沿著兩邊開衩，露出灰褲與紫靴，必要時可以迅速移動。

她把頭髮綁成複雜的辮子，那張臉則特別吸睛，一雙陰鬱黑眸搭配銳利殘酷的眼神，正牢牢地盯著他，說不出地怪異。他覺得自己像被猛禽盯上的獵物，冷酷的目光顯示她就要大開殺戒。女人的體味飄進威廉鼻中，混合多種香水，有黑莓、香根草、柑橘、迷迭香和玫瑰。撲鼻而來的濃烈香氣表明她的身分，她要大家知道一切由她作主。

歐文圍著女人打轉，宛如保鏢，旁人一眼就能看出他是重量級打手。他沒帶武器，想必是電光術士。懂得施法的術士都會學習電光術，將魔力凝聚爲一條光帶，如果亮度足，熱度也會同雷電一般。

威廉換個站姿，把重心從一腳輕輕挪到另一腳，這細微變化居然令歐文緊張起來，威廉趕緊藏起笑意。身爲變形者，威廉不會施展電光術，但在充滿電光術高手的單位待過多年。如果歐文施展的電光呈淺藍色或白色，那麼很可能是貴族，或是像蘿絲一樣的頂尖好手。如果他發出的電光只有綠色或黃色，就算不上高手等級了。

歐文的電光愈熱，代表那女人的位階愈高，沒道理派高等電光術士來保護坐辦公桌的中階主管。

「你會施展電光嗎？」威廉問。

歐文對他綻出一抹溫和的笑容。

「他只是想知道對手的能耐。」女人說，「我允許你示範。」

歐文對她點個頭，然後看著威廉。「找個目標吧。」

「黃蜂窩，在左邊二十呎外的橡樹，第二高的樹枝上。」

想打中那該死的玩意兒，非得發出致命一擊不可。德朗也許有辦法，但他會連帶轟掉半棵樹。

歐文轉頭察看。「噢。」

他的雙眼射出兩道白光，右手出現細長捲鬚狀的白色電光，火花四濺，閃閃發亮，漸漸凝聚成一股電流，接著發出一道純白光束，把蜂窩劈爲兩半，就像用刀切開一樣。

歐文可不是一般電光術士，而是電光狙擊兵，早料到了。

傳。

「你聽過危萊吧？」女人說。

待過紅軍的人大多聽過危萊的名號。紅軍常有黑色行動，當「鏡」需要孔武有力的生面孔時，便會找上紅軍。危萊正是「鏡」的首腦，也是這個祕密組織幕後掌權者，「危萊」的名字從未正式公開，只是謠傳。

「當然聽過。」

女人下巴一抬，對他說：「我是危萊。」

威廉眨眨眼。「就是那個危萊？」

「沒錯，如果你喜歡，可以叫我南西。」

南西，好吧。「妳為什麼把小孩慘死的照片寄給我？」

「因為你已在這裡住了兩年，過著安穩舒適的日子，需要別人幫你想起自己的眞實身分。」

眞是個傲慢的乾癟老太婆。威廉露出牙齒，慢慢擠出狼特有的笑容。「妳的寵物狙擊兵阻止不了我，我以前料理過這種貨色。」威廉揣想自己飛身躍過滿地的動作英雄模型，打中歐文，落地時順道扭斷他的脖子，再把他……

「或許吧。」南西說。「但你有本事一次對付兩個？」

她的眼中燃起白光，魔法如光亮的壽衣包裹她的全身，良久終於消散。

威廉腦海中的攻擊畫面瞬間被另一個畫面取代，他想像自己被南西的電光劈成兩半。這下子他可沒輒了。一位高等電光術士他還應付得來，但若同時迎戰兩位，他的手還來不及碰到其中一人的喉嚨，自己就會被切成碎片了。

威廉雙手抱胸。「你們想怎樣？」

女人揚起頭說：「我要你深入邊境，找到史派德。我要你拿走他正在尋找的東西，然後交給我。如果你殺了他，我會考慮給你額外獎金。」

唔，他還是忍不住問：「爲什麼找上我？」

「因爲他認識我的特務，熟悉他們的思考模式，而且有本事殺光他們。你和他交過兩次手，能活到現在已經破記錄。」她咬緊牙關，下巴肌肉顯得特別突出。「史派德是最難對付的敵人，是眞正的信徒，一心認定他是爲了更崇高的目標賣命，至死方休。」

「所以妳會找上我，只是因爲不想耗損妳的人力去追殺他。」威廉說。看來那個地方還是老樣子，像他這種變形者就屬於可任意耗損的人力。

南西的嗓音宛如嗖嗖的鞭子聲。「我來這裡，是因爲在所有可用的密探中，你是最能勝任這件任務的人，再說我禁不起又一次失敗。我不能強迫你，因爲我無權命令你，只能徵求你的意願。」

如果這就是她所謂的「徵求意願」，他還眞不喜歡她的命令口氣。

話又說回來，她畢竟是用問的，這可新鮮了。他這輩子早已習慣聽命行事，會特別徵求他同意的只有德朗，這個笨貴族堅持把他當人看待。儘管過著被使喚的日子，威廉依然覺得挺愜意的。單憑「徵求意願」還不足以使他動心，但他們說的可是史派德。現在知道這殺害兒童的凶手就在附近，像是皮膚底下藏著搔不到的癢處，會惹得他坐立不安，直到被逼瘋。他非殺死那人不可，目前尙待處理的也就只剩這件事。他會殺了史派德，品嚐他的血，然後不帶一絲愧疚地回家。

要他深入邊境，嗯哼？邊境是兩個世界的交會地帶，左右兩邊與海相連，寬窄不定，有些地方窄得只有三哩，有些地方卻寬達五十哩。「史派德在邊境的什麼地方？」

「沼地。」歐文說，「從這裡往西走，那一帶的邊境窄到快沒了，接著又忽然變寬，足以容納一大片沼澤，當地人把它稱爲沼地。我們估計它的面積至少有六百平方里格，或許更大。」里格是舊制，也就等於現在的九百平方哩。「要命的沼澤。」

「這片沼地夾在異境、路易斯安納公國、殘境，以及路易斯安納州之間。」歐文繼續介紹，「大部分都是泥巴和水，無路可通，地圖上也沒標示。多年來公國始終把罪犯放逐至此，由於當地充滿魔法，被放逐的人無法逃進殘境，只能住下來，在世界與世界的夾縫中進退兩難。」

威廉挑高眉毛。「原來是個充滿罪犯的沼澤。」

「完全正確。」南西點頭。「史派德是都市特務，若沒有迫切需要，沼地這種只會害他綁手綁腳的地方，他是絕對不可能踏進去一步。他能大展身手的地方明明有一打，他和手下卻在沼澤中搜索，可見他們在找東西。我想知道那是什麼，更想把它弄到手。」

她的要求並不過分，不是嗎？不過就是要他去摘星星和月亮。

「路易斯安納人派了一支空軍翼龍小隊進駐和沼澤接壤的邊界。」歐文說。

威廉皺起眉頭說：「他們打算等史派德出了沼澤，立刻以空運接駁。」

歐文點頭同意。

史派德尋找的東西一定很寶貴，否則他們不會特別派遣翼龍在當地等候。

南西目露凶光，宛如掠食性動物。「路易斯安納公國意欲開戰，但若沒十足把握，不會貿然動手。十年來，史派德一直尋找各種打勝仗的利器，這次一定是有了重大發現。一旦開戰，公國取得最後勝利，邊境的變形者都會遭到殺害。」

「少來了。」威廉說，「你們忽然寄那幾張照片來，但我可不是白痴，我很清楚你們在打什麼主意。」變形者不擅長控制情緒，因此霍克學院最愛使出同一招，先以血的氣味或迎頭痛擊激怒變形者，再把他們送進戰鬥中，簡直所向披靡。然而，威廉已經是經驗豐富的老狼，並非初次狩獵。「拙劣的把戲騙不倒我。」

南西露出微笑，令威廉下意識想要後退，他只能竭力壓下這股衝動。

「我料得沒錯，你一定可以成功。我們會提供所有支援，包括武器、科技、地圖，還有史派德組織的情報。」

威廉對她露出牙齒。「我不喜歡妳，不喜歡這件任務。」

「你不需要喜歡我或這件任務，」南西對他說，「你只要完成任務，就這樣。」

「假使我真的替妳辦好這件事，我會得到什麼？」

南西挑高眉毛。「首先，你可以報仇。第二，我會欠你一分人情，為了這可是有很多人甘願砍下右手。但更重要的是，你可以百分之百放心，史派德再也不能殺害任何變形兒。好好想想吧，威廉狼，不過最好別想太久，時間很緊迫。」

□

冷冷細雨飄落沼澤，樹林一片朦朧，小徑變得昏暗。三匹馬歡快的蹄聲加入蟲鳴與鳥叫的行列。

如果可以選，瑟芮絲一定會策馬疾馳，但她只能慢慢來，眼前最怕的就是全速前進時遇上埋伏。

「是席里爾家的人。」伊瑞安的聲音從右邊傳來。他是個金髮瘦子，還是騎馬好手，彷彿是在馬鞍上出生的。十歲那年，他家與席里爾家的世仇害他失去父親，瑟芮絲的父母收養了他。對他們來說，伊瑞安不只是堂哥，更像是親哥哥。

「他們沒有理由再度挑起仇恨。」米基塔大聲說道。他出生時，自然界忘了替他安裝聲音控制機制，每次他出現都會伴隨兩種聲音——雷聲和更大的雷聲。

米基塔和伊瑞安不一樣，他騎馬時就像怕馬兒會從他壯碩的身下逃走。他有六呎五吋高、兩百六十磅重，身上沒有贅肉，高壯體格簡直不像馬爾家的人。只吃一定分量的魚肉和沼澤莓果，不可能變成大塊頭，但米基塔就是有這種本事。

「席里爾家的人根本不需要理由。」伊瑞安說。

「反正他們就是會動手，你事後才會發現。如果他們拿不出好理由，沼地民兵就會進攻，像一噸磚塊落在他們頭上。」米基塔說。

他們在曲折的路上轉了個彎。瑟芮絲心想，米基塔說得沒錯。路易斯安納公國向來「慷慨」，把大批罪犯流放過來，為沼地增加人口。這些人既不奉公守法，也不愛好和平。邊境人的家族凝聚力很強，族中充滿半飢餓的好戰份子。尋仇事件在沼地隨處可見，就像遍地的沼澤花朵，一些老手甚至會施展強大魔法。單以馬爾家來說，就有四位咒術師和七位電光術士，還有凱瑟琳和卡爾達這種好手，他們的魔法非常特殊，甚至無法命名。如果大家不收斂點，沼地很快就沒有人了，就算想尋仇也找不到對象。

正因如此，邊境人最後團結一致，設置專屬法庭和民兵。如今若想尋仇，須有明確理由。席里爾家明白這一點，但問題是，她認為他們根本沒把規定放在眼裡。

「他們家有那麼多錢，這些年來一直很有錢。」米基塔說。

伊瑞安皺起眉頭。「這和錢有什麼關係？」

「有錢人可不是笨蛋，除非他們確認結果對自己有利，否則絕不冒險。毫無理由地伏擊葛斯塔夫叔叔和珍嬸嬸，對他們來說是非常大的風險。他們很清楚，我們全家一定會向他們討這筆血債。」

瑟芮絲只能悄悄嘆氣。馬爾家不像席里爾家，他們可以說是一窮二白，雖然擁有大片土地、人口眾多，但就是沒錢，所以才會被人取了「老鼠」這個綽號。人多、錢少、很邪惡。她並不在意邪惡，對貧窮則無計可施，至於人多嘛……唔，也不算錯。每次發生打鬥，席里爾家都會失去租來的槍，她則會失去親人。

想到失去親人，瑟芮絲不由得畏縮。父親失蹤了，她不得不肩負起家長職責，畢竟她是長女，也是所有孩子當中唯一受過完整訓練的。如果父母真的出事，她就得派家人出去尋仇，害他們送命。瑟芮絲屏住氣息，再緩緩吐氣，盼望能將心頭的不安一併消除。這個早晨本來就夠她受了，沒想到情況竟迅速惡化。轉過彎，塞尼莊園的破舊外觀映入眼簾，瑟芮絲的心跳不禁漏了一拍。金髮披肩的瘦高男子站在門廊上，倚著廊柱。他抬眼一望，雙眸點亮黝黑臉龐，嘴角緩緩牽起慵懶的笑意。

他是席里爾家的長子拉加，三年前他們父親從樹上意外跌落後，整個家族便由他與幾個弟弟及母親合力支撐。老席里爾這一摔，頭部受重創，連吃飯都成問題，更別提動腦筋。不過，這也是他活該。

伊瑞安在她身後低聲咒罵。

拉加的弟弟皮沃坐在旁邊爛了一半的椅子上，一邊搖擺身體，一邊削著一塊木頭。儘管下著雨，這座廢宅的一排窗戶依然大開，恰好位於兩人正上方，窗邊都有人把守。她數了數，兩張十字弓、三枝步槍和一枝獵槍。席里爾家專程在此等候，還雇了打手，看來花了大把鈔票，那幾個端著殘境獵槍的槍手身價非同小可。

席里爾家的男丁及荒廢老屋，再加窗邊的步槍，恰巧形成一幅完美的沼澤寫照，遠遠望去宛如滑稽的明信片。她多麼希望把明信片硬推到路易斯安納那些貴族面前，對他們說：你想了解邊境的生活？這就是了。當你想將更多問題丟過來，請好好考慮。

皮沃起身，瘦長身軀安在一雙看起來過長的腳上。他將十字弓擱在身旁欄杆上，他對這該死的武器無比自豪，甚至幫它取了名字，叫作黃蜂，簡直當成亞瑟王的聖劍。皮沃本想拿起十字弓，隨即改變主意。不用費工夫，不是嗎？眼前這幾個傢伙根本不構成威脅。

瑟芮絲盯著拉加，無聲地質問：你這個自以爲是的雜種，我爸媽呢？

門砰的一聲開啓，席里爾家第三個兒子慢慢走來，手上提著拉加的劍。十八歲的阿里是席里爾家最小最笨的一個。即使在擠滿陌生人的暗室中，瑟芮絲也能迅速認出這三人。這些年來，她逐漸明白有一天非殺了席里爾家兄弟不可，不過對方也不是省油的燈，深知應該先下手爲強，而她也早就摸透他們的心思。

阿里把劍遞給拉加，但席里爾家這位金髮男子不予理會。他們不是來找她打架的，時候還未到。

瑟芮絲在門廊旁邊停馬。

拉加朝她草草點個頭。「祝妳早晨愉快。」

「我也一樣，拉加。」她露出微笑，竭力擠出甜美快活的表情。「你們這些男生迷路了？」

「據我所知不是。」拉加投給她同樣親切的微笑。

「如果沒有迷路，那你們在我家的土地上幹什麼？」

拉加裝出一派悠閒的模樣直起身軀。「親愛的，這是我家的土地。」

「什麼時候變成你家的？」

「妳爸今早把它賣給我了。」

最好是啦！她噘著嘴說：「那可不見得。」

「阿里，」拉加叫道，「把契約拿給我們漂亮的訪客看看。」

席里爾家的小兒子快步來到馬前，遞給她紙捲，她伸手接過。

阿里拋個媚眼問道：「瑟芮絲，妳家可愛的小妹在哪裡？說不定雲雀會喜歡我剛弄到手的好東西，可以讓她日子好過一點。」

現場頓時一片死寂。

有些事就是沒完。

拉加的雙眼燃起致命怒火。皮沃離開門廊，來到阿里面前，揪住他的耳朵。阿里慘叫連連。

「失陪一下。」皮沃轉身拖走阿里，還踹了一下他的屁股。

「我做了什麼？」

皮沃又踢他一下。阿里匆匆涉過泥濘，走上搖搖欲墜的門廊，然後進屋。裡面傳來重擊聲，阿里尖叫著：「別打肚子！」

瑟芮絲看著拉加。「你們又要放任他亂跑，不塞住他的嘴？」

拉加皺眉說道：「快看那張該死的契約。」

瑟芮絲展開紙捲，上面的簽名看來無懈可擊，正是父親又尖又細的潦草字跡，拉加想必花了大錢才弄到手。「這張契約是假的。」

拉加微微一笑。「隨妳怎麼說。」

她把契約還給他。「拉加，我爸媽呢？」

他瘦削的雙臂一攤。「我哪知道，早上他們把莊園賣給我，好端端地走了，之後我就沒再見到他們。」

「那我們看一下屋裡，你別介意。」

他對她齜牙咧嘴。「老實說，我呢，挺介意。」

十字弓和步槍發出整齊畫一的聲響，所有保險栓同時拉開。

瑟芮絲努力控制自己，但是腦海閃現連續畫面：她跳下馬背，利用母馬身體擋住第一波掃射，接著衝上門廊，一劍劈開阿里的肚子，再刺中皮沃……只不過，到時米基塔和伊瑞安也死了。六張十字弓對付三位騎士，勝券在握。

拉加望著她的眼神有說不出的古怪，好像帶著渴望。這種樣子她見過一次，兩年前，拉加在夏季狂歡節喝得爛醉，接著越過整片場地，前來邀她跳舞。她便與他圍著營火跳了一圈，全沼地的人都看傻了。這兩個仇敵居然當著長輩的面玩命，不把生死放在眼裡。

她心頭浮現荒謬的疑慮，總覺得他想把自己拉下馬背，恐怕他恨不得一試。

「拉加，」她低聲說道，「別想要我，我爸媽到底在哪裡？」

拉加湊到她面前，壓低嗓音，「忘了葛斯塔夫，也忘了珍妮芙吧。瑟芮絲，妳爸媽不在了，妳已無法挽回。」

胃裡冰冷的死結忽然斷裂，化爲陣陣怒氣。「你抓走他們，是嗎？拉加？」

他搖頭。

馬兒也能感覺到她的焦慮，開始在她身下躁動。「那麼是誰幹的？」不管席里爾把父母藏得多遠，她一定會找到他們。

拉加的嘴唇綻出一抹淺笑，他細細打量自己的手，好像那是某種令他大感興趣的好東西，他看著手指彎曲又伸直，過了一會兒後回望著她。

沒錯，是「手」，路易斯安納的間諜組織。

寒意沿著瑟芮絲背脊悄悄蔓延。「手」可以輕易取人性命，每個人都聽過他們的故事。據說某些密探深受魔法影響，簡直不像人。路易斯安納的密探找上她父母，到底有什麼目的？

拉加提高嗓門，「我會送一份契約複本去妳家。」

她對他微笑，暗自希望能夠一劍抹了他的脖子。「你就送吧。」

拉加故作瀟灑地對她鞠躬。

「那就這樣。」她說，「再也沒有轉圜餘地。」

他點頭。「我知道。我們的祖先結下梁子，妳和我一定會將它終結。我等不及了。」

瑟芮絲掉轉馬頭，策馬前進。米基塔和伊瑞安隨後跟上，三人在大雨中奔馳。

父母還活著，她一定會把他們帶回來，一定會找到他們，哪怕要她殺光席里爾家，以他們的鮮血塗滿回家的路，她也在所不惜。若真是那樣，反而更好。

瑟芮絲的馬兒慢慢跑進院子，馬蹄濺起陣陣泥濘。她先前要求伊瑞安先回來召集大家，這會兒只見穆莉德姑姑端著十字弓站在迴廊，雲雀坐在左邊的松枝上，艾德里安則爬上右邊的柏樹。兩人都握著步槍，他們的槍法不錯，很少失誤。

德瑞爾上前接過她的韁繩，雙眼大張。

「理查在不在？」

堂弟點頭。「在圖書室。」

「卡爾達呢？」

德瑞爾再度點頭。

「很好。」

回程途中，她已將怒火化為復仇計畫，雖然有些荒唐，但計畫終究是計畫。現在，她得說服全家族加入。上回統計時，馬爾家有五十七人，包括兒童。族中有些大人從她包尿布起就看著她長大，他們都聽命於她的父親，但若要他們轉而聽命於她，這可是兩回事。

瑟芮絲只能咬緊牙關。若想再見到父母，她一定要趕快拾起父親落下的韁繩，並牢牢抓住，以免族人另作打算或與她爭論。她得凝聚大家的向心力，父母的性命全靠它了。

瑟芮絲走上樓梯，馬基塔尾隨在後。

穆莉德姑姑站在門邊，瑟芮絲在姑姑身旁暫停。這位長輩比她高六吋，有深色頭髮和眼睛，向來惜字如金，不輕易開口，但手上的十字弓絕不會失了準頭。

瑟芮絲望著她，無聲地詢問：妳支持我嗎？

穆瑞德姑姑微微點頭。

瑟芮絲放心了，暗暗鬆了一口氣。她打開門，走進屋裡。

「不要遲疑。」姑姑在身後低語，「步伐要堅定。」

圖書室位於走道盡頭，家中除了廚房就屬它最大，常用來作為集會場所。父母失蹤的消息想必早已在鼠穴中傳開，圖書室一定擠滿了人，包括姑姑嬸嬸、叔叔伯伯和堂表兄弟姊妹，都等著她穿過走道。

瑟芮絲深吸一口氣，大步跨過走道，沒有刻意循著前人的泥腳印走。

她進了圖書室，默默清點現場親友。有艾瑪姑姑、珮蒂妮雅嬸嬸（大家都喊她珮蒂嬸嬸）、坐在椅子上的魯弗斯叔叔；伊瑞安在左側，瘦削白皙的身軀癱在椅上；卡爾達則頂著一頭深色亂髮，靠牆站立；另外還有六位堂或表兄弟姊妹；最後是理查，他是年輕一輩中年紀最長的，身材高瘦，頭髮偏黑，有一種貴族氣質，他正在桌邊等候。

所有人全看著她。

瑟芮絲竭力保持聲調平穩，「席里爾家一幫兄弟搶走了我外公的房子。」

現場陷入墓穴般的死寂。

「拉加．席里爾給我看一張塞尼莊園的買賣契約，上面有我父親的簽名。」

「那是僞造的。」珮蒂嬸嬸說，「葛斯塔夫絕對不會賣掉塞尼。」

瑟芮絲舉起手，「我父母都失蹤了，拉加說他們被『手』帶走。」

理查的臉色轉爲蒼白。

「路易斯安納的間諜組織？」清瘦的卡爾達直起身子，他和理查一樣有頭深色頭髮。哥哥理查散發冷冰冰的貴族氣質，他則終日尋歡作樂。他有雙狂野的蜜色眼眸，單邊耳朵戴著銀色耳環，那張嘴不是正在說笑，就是正準備大笑，有時候他甚至一邊說笑，一邊把刀刺進某人的肚子。理查的思考模式像將軍，卡爾達則像罪犯，瑟芮絲迫切需要他們倆助陣，缺一不可。

卡爾達傾身向前，眼中閃著邪惡強烈的光芒。「『手』到底想對我們怎樣？」

「拉加沒有說。至於雙方的世仇，現在正式進入尋仇階段。我需要有人騎馬前去通知彼得叔叔、愛蜜莉與安東。我們要把每個人都拉來鼠穴，另外也需要有人去找烏洛。」

「我去。」魯弗斯叔叔說。

「謝謝。」瑟芮絲滿心希望自己知道該說什麼，不過還是先把心裡的想法說出來吧。開始了。「我們必須搶回我外公的房子。第一，那是我父母失蹤的地點，如果有線索，一定在塞尼。第二，大家都知道在沼地生存靠的是名聲，人家認爲我們多強，我們就有多強，如果任由席里爾家搶走一塊地，就會被看扁，乾脆直接承認自己失敗。」

沒有人反對，目前爲止一切順利。

「卡爾達，我們有多少時間可以對那張契約提出異議？」

堂哥聳聳肩說：「我們得在明天傍晚將陳情書遞交沼地法庭，法庭的作業時間從明天傍晚開始算，估計需要十天到兩個星期。」

「你可以多爭取一些時間嗎？」

「我可以多爭取一天，也許兩天。」

理查緊抿薄唇，一會兒後說：「如果循法律途徑一定會輸。爲了向席里爾家的買賣契約提出異議，我們得先找到當初將塞尼莊園讓與妳外公的原始文件，還需要他的放逐令，這些我們都沒有。」

瑟芮絲點頭表示同意。放逐令與許多文件都在四年前的洪災中損毀，洪水幾乎沖垮幾間儲藏室。缺少文件是個大問題，她剛才在回程路上已經想到這一點了。

「能不能重新申請一份？」一位小男生問道。

「不能。」卡爾達搖頭。「路易斯安納當局判定放逐某人時，他們會製作三份命令複本。一份直接交給皇家檔案館，另一份由押送流放者的法警在邊境轉交給邊界禁衛軍，最後一份則發給流放者本人。邊界禁衛軍才不會爲我們翻箱倒櫃，何況我們根本沒有機會提出請求，只要接近他們，立刻就會遭到射殺，屍體還會被綁在邊境樹上。」

「每一個流放者都會帶著放逐令？」瑟芮絲問道。

「每位成人都有。」卡爾達說，「妳想說什麼？」

「當初一起被流放的有兩人，瑟芮絲的外公和外婆。」理查說，「外婆的放逐令沒有收在被洪水損毀的那批文件中，我很清楚，因爲我後來整理過。現在東西到哪去了？」

「休。」穆莉德姑姑說。

瑟芮絲點頭。「沒錯，休叔叔打算前往殘境時，帶走所有檔案的合法複本，以便安全保存，我外婆的放逐令複本也在內。我記得這件事，因爲當時是我母親哭著把複本交給他的。」

理查瞇起雙眼。他是晚輩中最謹慎理智的人，始終保持冷靜。想要激怒他，倒不如嘗試搬動花崗岩。全族人都敬重理查，如果瑟芮絲能說動他，其他人也願意跟隨。

「休目前在殘境。」理查說，「瑟芮絲，妳不能去找他，現在還不行。」

「我去。」卡爾達說，「反正我常去那裡。」

「不。」她的口氣威嚴十足，聽得眾人頻頻眨眼。

伊瑞安似乎有話要說，才張嘴又伸手摀嘴。

「『手』強行帶走了我……」瑟芮絲本想說「父母」，但就此打住。她還是別扯上私人因素比較好，否則他們會認爲她急得失去理智。「爲了某種原因，他們帶走葛斯塔夫與珍妮芙，想必對他們，或我們有所求。而且他們一定會暗中監視大家，所以我才要把每個人都找來，以防被他們各個擊破。」

「從這裡到殘境要走三天，還得不停抄捷徑，再有一隻好獺豹可以拉船，否則要更久。不論派誰去，途中都有可能遇上『手』的密探。」瑟芮絲望著卡爾達。「你是盜賊，不是戰士，而伊瑞安太魯莽，穆莉德姑姑不知道路，米基塔沒有求生能力，至於你，理查，因爲身上的魔力太強，硬要穿越將會丟掉性命，所以不能穿越邊界進入殘境。」

她掃視眾人。「算來算去，只剩下我。我和卡爾達去過幾次，認得路，再說萬一要和『手』廝殺，我是所有人當中存活率最高的。」

理查內心掙扎不已，她看得出他的神色充滿猶豫。「我們才剛失去葛斯塔夫，要是再失去妳，也就等於失去最強的電光術士。」

「那麼我無論如何都得活下來。」她說。「理查，我們沒有選擇餘地。明天卡爾達遞交陳情書後，法院會訂下期限，我就得立刻出發。如果你或任何人有其他好主意，我很樂意聽從。」

室內陷入漫長的寂靜，接著大家忽然一起開口，七嘴八舌地發表意見。只有理查默不作聲，瑟芮絲望進那對憂鬱的眼眸深處，明白自己已成功說服了他。

第四章

大灣跳蚤市集有隻頭戴稻草帽的巨型塑膠牛。威廉心想，這隻牛以前絕對是黑白相間的外觀，但經過風雨長年侵蝕，如今只剩下整齊的淺灰色。他一一檢視售貨區和臨時攤位區，商品應有盡有，有布娃娃、被封膜包住的舊棒球卡，還有整套餐具與軍用刀。右邊有個男人正扯開嗓門，叫得聲音都啞了，試圖找到雪佛蘭科爾維特跑車的買主。左邊有位骨瘦如柴的女人在攤位裝飾一幅貓王的絨布畫，一邊對關在鳥籠裡的兩隻金剛鸚鵡喃喃說個不停。潮濕環境把鳥的身體弄濕了，牠們只能互相依偎取暖。如果籠子有機會開啓，說不定牠們會密謀殺了那女人。

「鏡」的手段挺高明的嘛！威廉想到這裡不禁搖頭。從異境進入沼地幾乎不可能，因爲邊界布滿陷阱，還有路易斯安納禁衛軍的嚴密看守。於是「鏡」安排他走後門，穿過殘境溜進來。他收到的命令很簡單：首先前往維里特小鎮，它位於殘境風光明媚的路易斯安納州。接著進入大灣跳蚤市集，在塑膠牛旁邊等到七點整，會有一位嚮導過來帶他進入邊境。天衣無縫的計畫，還會出什麼錯？

如果說他在軍旅生涯中只學到一個道理，那一定就是凡事都可能出錯，也都會出錯。尤其是把希望寄託在外聘嚮導身上。

有位女遊民走過來，在牛的後腿旁站定。她五官被厚厚的污垢遮蔽，身上穿著破爛骯髒的軍用夾克，這件外套想必曾屬於殘境某個士兵所有。她的頭髮藏在黑色滑雪帽底下，污穢的牛仔褲管從夾克下方伸出來，末端塞進看起來異常堅固的靴子。她身上的氣味朝威廉迎面撲來，聞起來又酸又臭，活像她曾在一大堆過期義大利麵裡打滾。據他所知，這女人也要去邊境，他恐怕得整路聞那股臭掉的番茄醬味道。上週日他在歷史頻道看了大蕭條時期的紀錄片，她這副模樣和片中那些遊民有得拚。

總之情況會愈來愈好。威廉心想，淪落到這地步，只好怪自己。他明明可以待在拖車裡，品嚐一杯好咖啡。但那可不行，他要當英雄。

「鏡」只給他四天時間，要他速戰速決，他得同時應付沼地、史派德的手下，還有「鏡」塞進他背包裡的一千種小玩意兒。他的記性接近完美，待過霍克學院的變形兒都要接受記憶訓練。他們的目標是成爲稱職軍人，記牢任務地圖和目標，威廉記性很好，變身後也不例外。

威廉在殘境也保持從前的習慣，以正在閱讀或觀看的東西隨機進行記憶訓練，從槍械目錄到卡通都可以當作訓練工具。一本書只要讀過一遍，就能背誦大約一百頁內容。然而「鏡」塞給他的資訊太多，就連他這顆聰明的腦袋都吃不消，現在他滿腦子都是聲響，彷彿有一群幽靈似的蜜蜂在頭顱裡築巢。他最後一定會妥善處理這些資訊，不是永遠記住就是乾脆遺忘，只不過現在鬧得他頭很痛。

有個人從人群中走出，朝塑膠牛前進。他大約四十歲，要不是已經開始禿頭，他的灰髮應該是穆力頭【註】造型。他走路有一點跛，左腳拖在後面。他身穿黑牛仔褲和黑運動衫，外罩灰色法蘭絨衫，拿著一柄雷明頓步槍。威廉遠遠看去，目測是雷明頓七四〇〇型，必須近距離觀察才能確認。

男子在兩呎外停步，默默望著他。威廉抬高下巴，目光平視。這位新來的人給他一種魄力十足的感覺，就像會趁你睡著時割斷你喉嚨，只爲了搶走你包裡的一盒面紙。

男子轉向那女人，打量許久，接著朝草地吐了一口唾沫。「要去邊境？」

「對。」威廉說。

女人點頭。

好吧，看來這幾天他免不了和這股迷人的惡臭爲伍。原本很可能更糟，至少她的氣味不像嘔吐物。

「我叫韋恩，跟我走。」

韋恩一拐一拐離開跳蚤市集，走進灌木叢。女遊民跟了過去。威廉揹起帆布背包，跟在兩人身後。

他們在灌木叢中走了約二十分鐘，威廉後頸寒毛開始豎起，他知道邊界就在不遠處。

韋恩轉身說：「交易如下：我們在這裡進入邊境，你們要是在穿越途中死亡，那是你們自己的問題，別以爲心肺復甦術之類的狗屁有用。只要你們倆挺過去，接下來有兩天要穿過沼澤。你們先付一半費用，另一半等抵達病木結清。要是給我惹麻煩，我會在你們背後放冷槍，絕不猶豫。到了那邊才後悔，想拍拍屁股走人的話，就自己跳進沼澤，我可不會走回頭路，更不會退錢。聽清楚了嗎？」

女人點頭。

「夠清楚了。」威廉說。

韋恩對她皺眉。「妳是啞巴還是怎樣？算了，不關我的事。」

他回身進入邊界。來了。威廉綳緊全身肌肉，抵擋陣陣痛苦，隨後跟上。

熬過三十秒的劇烈疼痛後，三人已經在另一邊彎腰喘息，努力平穩呼吸。

威廉率先直起身，接著是韋恩。女子則依然彎著腰，痛苦地小口吸氣。韋恩開始穿過灌木叢，向著潺潺水聲走去，那邊應該有一條溪流。

女遊民沒有動身，她的體內有太多魔力。

「好了嗎？」威廉問道。

她猛然直起身，痛苦地悶哼，接著擠過他身旁，跟上韋恩。

譯註：穆力頭（mullet）是一種上短、側短而後長的髮型，於一九七〇年至九〇年間廣爲流行。

不客氣啊。下次他一定會記得，少管可惡的閒事。

他費了一番工夫穿過灌木叢，幾乎一腳踩進溪水中。眼前出現一條窄溪，平靜的水面呈現深茶色，但依然透明。一排密密麻麻、高大粗壯的柏樹矗立岸邊，宛如站崗的士兵，多節的根部將它們固定在泥濘中。最近的樹旁停著一艘寬而淺的大船，韋恩已上船等候，船身油漆斑駁，兩側有許多凹痕。木造艙房占據大部分空間，說好聽是駕駛艙，但前後牆已經不見，頂多用來擋太陽。兩條繩索繫在船頭，此刻都已沒入水中。

「沒有引擎？」威廉上船時問道。

韋恩那副表情就像看到智能不足的人。「你不是邊境人吧？第一，引擎會發出聲響，整片沼澤都知道你在哪裡。第二，要是你眞有一艘動力船，那可是非常昂貴的玩意兒，邊境人會爲了搶走你的船，而不惜射殺你。」

韋恩拾起繩索，只見兩顆宛如雙胞胎的頭從水裡冒出來，下方有一截彎曲的長脖子，好像長著水獺頭的尼斯湖水怪。

「我用獺豹拉船。」韋恩說，「雙手最好別伸出船外，人也別靠近船邊。沼地布滿鱷魚，幾乎都比這艘船大。要是讓牠們看見水面上的人影，會撲上船一口把你吞掉，到時我可不會跳下去救你。」

他甩一下韁繩，嘴巴發出聲響。獺豹潛入水中，船漸漸離岸，滑過深色水面，進入沼澤。

威廉倚著駕駛艙，凝望流逝的水面。如果昨天早晨有人問他地獄看起來像什麼，他會說不知道。不過他已經在沼澤待了二十四小時，現在他有了答案。地獄看起來就像沼澤。

船緩緩前進，被濃密的植物和蘆葦包圍。遠處有挺拔的柏樹，樹幹肥大得很怪異，好像一排啤酒肚老頭蹲在泥巴裡。大約再過半小時就要天亮，天空和水面透著舊硬幣般的淺灰色晨光。

威廉深深吸氣，努力分辨各種氣味。這一帶只有微微氣流，勉強能稱爲風，聞起來有藻類、魚類和泥巴的味道。進入邊境後，他感官恢復敏銳，那堆腐爛的玩意兒散發的惡臭，還有又濕又熱的環境，讓他很不好受，恨不得找個人來咬，多少宣洩下鬱悶心情。

移動的船不斷刺激他的神經，畢竟狼是陸地上的動物，不適合待在這種玻璃纖維殼還是什麼鬼做成的交通工具裡。每回獺豹大口吸氣，整艘船便左右搖晃外加上下震動，快把他逼瘋了。不幸的是，堅固地面暫時「缺貨」，岸上只有土和水組成的泥湯。昨夜停船休息時，他曾踏上看似穩固的地面，但膝蓋以下的靴子全陷入泥中。

他只好在船上過夜，睡在番茄義大利麵女王身旁。

威廉看看女遊民。她就坐在對面，整個人縮成一團。經過一夜後，她的體臭更濃了，也許是因爲潮濕。如果今晚又要被熏一次，他可能會一把揪住她，直接拋進河裡。

她發現他正盯著自己，深色眼眸也回望他，目光透著一絲輕蔑。

威廉傾身向前，指著河面。「我不知道妳爲什麼要在義大利麵醬裡打滾。」他對她說悄悄話，「我不在乎原因，不過那條河不會傷害妳，下去洗一洗吧。」

她聽完居然對他吐舌頭。

「我建議妳先洗乾淨再對我吐舌頭。」他說。

她張大眼睛死盯著他，一抹瘋狂的光芒掠過深色虹膜。她舉起一根手指，沾了點口水，抹掉額頭上的塵土。

這是在演哪一齣？

她把髒污的手指舉給他看，手慢慢伸向他的臉。

「不行。」威廉說，「妳這個不安好心的遊民。」

她的手指依然節節逼近。

「妳敢碰我，我就打斷妳的手指。」

前方傳來水花四濺的聲響，兩人同時抬眼察看。

幾百碼外出現一股波浪，擾動了水面。

女遊民瞇起眼睛觀察。

另一股波浪襲來，帶起淺淺漣漪，上上下下，似乎有東西向著船衝來。

「鯊魚！」女遊民奔向韋恩。

韋恩驚愕地望著她。

「笨蛋，有鯊魚！」她指著水裡。

一圈圈漣漪劃破水面，冒出一片巨型魚鰭，緊接著又冒出一片。

韋恩抓起背包，掏出手榴彈。威廉拉著女遊民趴下，用自己的身體護著她。

韋恩把手榴彈投進水中，爆炸聲震耳欲聾，強烈氣爆刷過威廉皮膚，船身開始搖晃。

他猛一回頭，正好看見韋恩潛入河中，朝岸邊游去。

鯊魚加速游來，絲毫沒有受傷。帶頭的鯊魚浮上水面，露出厚厚的骨板，宛如背部穿戴著護甲。這隻該死的東西比船還大。

獺豹發現鯊魚，四肢瘋狂擺動，把河水攪出一堆泡沫。牠們胡亂掙扎，牽動身上的繫繩，連帶拉扯船頭的金屬繩栓，船身跟著上下震動。

女遊民撲到繩索旁，亮出一把短劍。威廉則抽出刀鞘中的厚重軍刀。「別動。」她退開，威廉一刀便砍斷繩索。

獺豹縱身一躍，潛進深水處。去吧。威廉心想。快走。

他割斷另一條繩索，斷繩彈開，另一頭獺豹浮出水面，如噴泉般激起大量泡沫。一張大嘴忽然從泡沫中殺出，鯊魚的三角形牙齒朝獺豹的側腹狠狠咬下。這隻遭受攻擊的動物慘叫連連，女遊民也尖叫起來，氣得捶打欄杆。威廉只能咬牙切齒地袖手旁觀。

鯊魚從獺豹側腹咬下一大片血淋淋的肉。

威廉抓起帆布背包裡的十字弓，拉開發射器，弩臂喀嗒一響伸了出來。這是新款的小型十字弓，只有一呎長，事先他便被嚴格規定，非到萬不得已不能使用。威廉匆匆拉起袖子，露出綁在前臂的皮製箭囊，然後抽出一枚弩箭，彈指間便裝填完畢。他瞄準大鯊魚，扣下扳機。

一顆白星破空飛去，弩箭射進鯊魚鰓。箭頭閃著綠光，魔法炸開。大鯊魚縱身躍起，筆直跳上空中，黑嘴大張，側臉開了大洞，湧出陣陣鮮血，隨即跌落水中。另一隻鯊魚撞上牠，牠在水裡打轉，血染紅了河面。被咬的獺豹趁機溜走，飛快逃命去了。

受傷的鯊魚劇烈掙扎，潛入深水處，另一隻鯊魚追了過去。

船繼續緩緩沿河而下。

威廉深吸一口氣，剛才的激戰依然令他熱血沸騰、情緒激動。他感到自己真切地活著，兩年來不曾有過如此強烈的感受。

上次那位老女人說得沒錯，他早已忘記自己的身分，他本來是一匹狼和殺手。

「謝謝。」女遊民說。

「到此爲止了！」韋恩在岸上說。

船沿河而下，速度好比殘廢的蝸牛，韋恩即使拖著一條瘸腿也跟得上。

「牠們是骨鯊，很古老的品種，有時候從異境游過來，然後困在沼澤回不去。當然啦，這些笨蛋一、兩個禮拜就會因爲沒有海水而死，但這段期間也會到處爲害。這趟到此爲止。」

船底滑過柔軟的泥濘，最後停了下來。他們離最近的岸邊與韋恩還有大約四十呎。

「什麼叫到此爲止？」威廉說，「你要帶我到病木才算數。」

韋恩瞪著他。「你傻啦？我們已經失去獺豹，也就等於失去動力，根本沒辦法操縱這艘船。若想靠兩條腿走去病木，可得花上幾天。」

威廉眼角瞥見女遊民潛入水中。她悄悄下水，沒有濺起一絲水花，接著潛進深處。就連威廉敏銳的耳朵都只捕捉到最細微的聲音。看來番茄義大利麵女王深藏不露，她到底要去哪裡？

「老兄，看看周遭吧！」韋恩揮舞雙臂。「船可不能停在這種地方，沼澤會害死你。前往殘境還有一天的船程，步行大約需要三天。」

人若是運氣不好，什麼倒楣事都會碰上……「我的想法和你不一樣。」威廉的口氣透著幾分咆哮的意味。「我雇你帶我去病木，那裡才是我們的目的地。」

韋恩高舉步槍。「滾下我的船，你這個異境自大狂。」

威廉也舉起十字弓。「別幹傻事。」

韋恩冷笑，「別想用那支玩具打中我……」

一條黑影從韋恩身後的蘆葦叢中走出，他的喉結處隨即被一呎長的短劍架住，劍身閃著光芒。威廉訝異地眨眼。眞是得來全不費工夫。

女遊民湊到韋恩耳旁，低聲說了幾句話。

韋恩張開手，步槍噗的一聲落進泥濘中。

女遊民拿開劍，威廉看得齜牙咧嘴。看來她是個麻煩，對她來說是好事，卻苦了他。

韋恩以最快速度一跛一跛走著，邊回頭大罵：「給我記住！我一定會找你們算帳，給我走著瞧。」

女遊民一腳挑起步槍甩到空中，再以雙手接住。槍管這會兒對準威廉，只聽她說：「你在我的船上。」

這一定是在開玩笑。「妳可以開走這艘船，還可以占據整片該死的沼澤，反正我不在乎。只要我到得了病木就行了。」

「那支十字弓很不錯。」女遊民說，「你的技術也很好，但我可以趁你裝箭時射你兩槍。」

威廉氣得露出尖牙。「想證實一下妳的推論嗎？」

她得意地笑了。「你眞的想冒著被槍擊的風險？子彈會在你的胸膛打出超可怕的洞。」

威廉從箭囊取出一枝箭。

女遊民瞄準他的左方，扣下扳機。沼澤響起輕微的喀嗒聲，但沒有發生任何事。她打開彈匣檢查，接著連聲咒罵。

「我昨晚趁你們倆睡覺，已經把子彈清空了。」威廉說著把十字弓對準她。「我覺得韋恩不可靠，看來現在這艘船歸我了。」

她放下步槍。「我可以問一下嗎？你打算駕駛你的新船上哪兒去？」

「去病木。」

置。

「那你認為病木在哪個方向？」

威廉忽然愣住。一路行來，他們至少轉了六次彎。他知道沼澤的聚落位於上游某處，但不知道確切位置。「鏡」沒有邊境這一帶的地圖，有地圖的區域看起來則宛如迷宮，充滿了小溪流、池塘和泥灘。

「我猜，妳知道去病木的路。」

她露出微笑。「我的確知道。你應該聘請我當嚮導，或是你願意花上兩星期，在沼澤團團轉。」

她贏了。威廉只好假裝考慮。「還要花錢聘請？讓妳享有搭乘我這艘新船的特權已經夠好了。」

「那就這樣說定了。」她走向河流。

「我還有幾個附帶條件。」

女遊民翻個白眼。

「第一，要是妳想割斷我喉嚨，勸妳打消主意。我的速度比妳快，力氣比妳大，而且睡很淺。」

她聳聳肩。「好吧。」

「第二，一到適合的地方，妳立刻洗澡。」

「還有嗎？」

威廉想了一會兒。「沒了，就這樣。」

女遊民涉水而過，爬上船，進了船艙。

威廉不解地看她。

她拖著一大捆帆布包裹的東西來到船邊。

「那是什麼？」

「氣墊船。走私船上都有，以防萬一。」她拍拍腳下原先搭的大船。「這個壞傢伙只能靠獺豹拉動，它很重，但氣墊船很輕，必要時可以揹著走。」

她拉出幾條帶子，伸手往帆布裡撈，不禁咒罵出聲。「這個小氣鬼，沒有氣墊船，他把他的睡袋塞在這裡。」她起身盯著駕駛艙許久，接著使勁拉扯遮住艙頂的帆布。「異境大王，您要不要幫個忙？當然啦，您大可以趁我流汗做苦工時，一屁股坐地上看好戲，但這樣就得花上兩倍時間。」

威廉便抓住這一端的帆布猛拉，扯下整塊迷彩布，只見駕駛艙頂綁著一艘淺淺的船，船頭呈方形。

「這叫方頭平底船。」女遊民嘆息說，「我們只能撐著篙，把這當輕舟划。」

威廉根本不懂什麼是輕舟，什麼又是方頭平底船，反正他不在乎。只要是浮得起來的就叫船，有了船就可以去病木找等著和他接頭的「鏡」特務。他拿刀子割斷繫住小舟的繩索。

「叫我威廉。」

「瑟芮絲。」女遊民說。「我也有規則要說。」

他望著她。

「不准問問題。」她說。

有意思。威廉點頭說：「我可以不問。」

第五章

方頭平底船輕輕滑過看似平靜的溪流，斑紋小青蛙棲息在寬大后冠葉上。左邊的植物叢中，水鳥邁開長腿，喉嚨不時發出嗒嗒聲，驅逐搶食的同類。

瑟芮絲撐篙推了一會兒，再小心地拉緊外套。她的衣服內層藏著堅硬的塑膠盒，此刻正頂著她的肋骨。幸好東西還在。尋找休叔叔比預料中花了更多時間，他已經搬走，她浪費兩天搜尋他的新住處。再過四天就要開庭，她不快點不行。如果沒有及時帶著文件出庭，整個家族就會瓦解。她必須迅速行動，但駕著方頭平底船實在快不起來，更別提還有個異境來的笨旱鴨子認爲船是他一個人的。

威廉大人坐在船尾，他肌肉發達，精瘦的身軀裹在黑皮衣裡，一張臉帥得要命。兩人初次見面時，她幾乎對他驚爲天人。他外型高大、氣質陰鬱，擁有各種要命的條件，只可惜表情活像剛吃下一大口糊掉的菠菜，也許他是爲漂亮的皮褲被弄濕而不開心。

威廉大人是壞消息的化身。明眼人一看便知他是異境來的貴族，身穿昂貴服飾，頭髮梳得非常整齊，而且隨身攜帶精良武器。他發射小型十字弓時，瑟芮絲曾感應到一絲魔法痕跡。他的手法迅速準確，不用刻意瞄準，依然能打中該死的鯊魚。顯見這人受過訓練，每當異境貴族想玩軍人之類的角色扮演，就會接受嚴格軍事訓練。此外，他的平衡感絕佳，船對他來說宛如陸地，走起來毫不費力。他的腳步很輕很快，單憑雙臂的肌肉也能猜出身體非常強壯。全是壞消息。

爲什麼她的旅伴不是和她一樣的邊境人，或是殘境來的傻瓜？兩種都沒有，反正她只得到皮褲大人。異境貴族個個學有所長，有些和她外公一樣走學術路線，有些擔任公職，有些則成爲殺手。據她觀察，他屬於全才型貴族，既能以魔法砍樹，又能隨時隨地察覺最細微的危險，立刻拔出武器應戰。

瑟芮絲再度偷眼看他，只見這位貴族正在掃視整片沼澤，沒有注意到她，她便放任目光在他身上流連。瑟芮絲從未見過男人擁有這麼漂亮的頭髮，髮色是接近黑色的深棕色，髮絲柔軟如黑貂皮毛，完美地垂肩。她不禁好奇，如果往他身上拋泥巴，不知道他有什麼反應。說不定會直接殺了她，或者至少會嘗試殺她。儘管欣賞這人的外型，要是真打起來，她可不會讓步。管他是不是全才，反正他絕對贏不了她的劍術或法術。

她細細檢視他的臉。強而有力的下巴，長臉上沒有一點柔順線條，下頷方正，黑色睫毛下有聰慧的淡褐色雙眸。這是雙很有意思的眼睛，顏色接近琥珀黃。眼睛是研究敵人的關鍵，可以告訴你面對的是哪種敵人。當她望進威廉眼眸深處，看到了掠食者。他雖然靜靜坐著，但那雙眼睛底下隱含暴力。她以殺手特有的敏銳，感應到另一個殺手的存在。

真正的壞消息。

他終於發現她正望著自己，便沉下臉。「把那個可惡的東西給我。」

瑟芮絲巴著篙不放。「你就別操心了，等遇到激流自然有機會。現在你就美美地坐著欣賞風景。看，又有一隻可愛的鱷魚來逗你高興。」

他看向船邊，只見一大團水草下面有雙黃色大眼正回望他。

「就看你有多大能耐，比爾【註】大人……」「那只是小寶寶等級，只有十八呎長，不會來煩我們。牠們以後會長得更大。」

譯註：比爾（Bill）是威廉的小名，瑟芮絲故意用小名稱呼他。

沒有反應。拜託，船小，鱷魚大，任誰都應該會擔心得要命。

「再過幾年，牠可能會長到二十五呎左右，有些老傢伙甚至長到三十呎，我們把這種叫作『鱷王』，也就是『大食客』的意思。」

比爾大人一臉漠然。嗯。

瑟芮絲不放棄，再接再厲。「鱷王和一般動物不同。你如果餵狗，狗還會乖乖坐下來，等你給牠吃的。如果你餵沼澤貓，牠會撲過來把食物從你手中搶走。餵沼澤鱷，就像在餵一把鋒利的大剪刀。你剛把一大塊牛肉鉤到水面上，下一秒牠的大嘴就會冒出來，然後——」她彈一下手指。「那塊肉就不見了。沒有拉拉扯扯，你也感覺不到重量，什麼都沒有，只有大嘴和空空的鉤子。」

「那麼，根本沒必要去餵牠們。」威廉說。

「我們是爲了取鱷魚皮，三十呎長的鱷王有一大堆皮，但是硬得無法製成任何東西。除了貼在船身上，保護船隻，沒有多大用處。但是沼澤鱷還沒變成鱷王時，皮很柔軟，於是商人在鱷魚養殖場飼養牠們，就像在牧場養牛。在牠們變得過大之前，用毒肉毒死牠們。沼澤鱷魚皮是我們那裡少數的出口商品。」

「妳這人要是沒機會說上一整天，一定難過得要死。」他說。

帥，膽小，而且混帳。不意外，異境的多金媽寶貴族本來就是這副死樣子。她一邊幻想拿篙重擊他的頭，一邊投給他燦爛的笑容。

他瞇起眼。「我明白了，妳之前一直閉著嘴巴，原來是不想露出牙齒。」

帥、膽小、混帳，而且聰明。無家可歸的人自然不可能一口好牙，她出發前卡爾達特別提過這一點。瑟芮絲寧可遇上蠢笨版的比爾大人，也不想碰見聰明版。因爲聰明版更難應付，不過，話又說回來，反正結果都一樣。她既然發過誓，就會死守到底。抵達病木後，她會立刻拋下他，快得讓他來不及眨眼。現在她只要小心防備，且劍不離身。

沼澤緩緩流逝，看起來既原始又美麗。幾個月前瑟芮絲初次來到這一帶，印象非常鮮明。卡爾達每回在殘境作短途旅行，最喜歡找她當旅伴。卡爾達堅持要來找休叔叔，不管瑟芮絲怎麼好言相勸都沒有用，只好把理查抬出來，他只要一皺眉，卡爾達就會妥協。

瑟芮絲仰望天空。請保佑鼠穴的大夥兒平安，拜託。她需要有人來病木帶她回去，最後她同意由烏洛執行，一來他是全家族中駕馭獺豹的頂尖好手；二來他連珠炮似地數落家族，搞得她理智線斷裂。烏洛這人很難相處，仗著體型高壯，自認可以打遍天下無敵手。他對於自己沒受到重用頗有微詞。瑟芮絲本應拒絕，但她知道那會毀了他，所以她只能接受。既然如此，她只得繼續面臨理智線頻頻斷裂的局面。

不過，到時烏洛會趕著又好又快的獺豹，拉著船來接她。眼看她已經耽誤太多時間，需要他駕船來，用他那瘋狂的技術及時送她回鼠穴。

瑟芮絲摸摸外套，文件盒堅硬的觸感再次傳來。東西還在。爸，媽，再撐一下，我來了。

□

女人倒在地上，如胎兒般縮成一團。史派德無奈地嘆氣。由於後天環境影響，她皮膚微微透著不健康的綠色，即使如此，遍布四肢的瘀傷依然清晰可見。他向來信奉刑求的最高指導原則：以最小傷害製造最大痛苦。他想擊垮的是她的精神，不是身體，因此他們的刑求只會在人身上留下最小傷害。不幸的是，珍妮芙一再攻擊警衛，甚至有空便想盡辦法自殺。事實證明，沒有嚴刑拷打的話，她絕對不可能乖乖聽話。

她手段愈來愈激烈，這一次可以說幹得漂亮，差點就害他失去她。史派德可禁不起失去珍妮芙，現在還不到除掉她的時候。

他站在污穢的牆邊等候，整個地方散發一股霉味。天啊，他打從心底鄙視沼澤。

珍妮芙身體抽動，口中發出低低的呻吟。她的眼皮顫了幾下，接著開口說：「不。」

他聽出來是高盧語。終於啊！她終於說母語了，這代表他已攻破她的心防。但還不夠，而且爲時已晚。根據「手」的通報，「鏡」已察覺他在沼澤進行祕密活動，且派遣密探前來偵查。「手」查不到密探身分，但這無妨，史派德只盼這群艾朮昂里亞人派來的是頂尖高手。「鏡」的確出過幾位可敬的對手，他可禁不起計畫遭破壞，勢必須要擬定強硬對策。

「是。」他以高盧語回答。

珍妮芙奮力撐起上半身，她的頸部有一圈藍黑色痕跡。

「妳脖子的瘀青看起來糟透了。」他繼續以高盧語說，「我得要承認，妳用魔法勒緊領口，這招實在太高明了。告訴我，妳的金屬變異術是在父母被放逐到邊境之前，還是之後學的？」

她只顧以充滿仇恨的目光死盯著他。

「妳這麼恨我，眞令我傷心。」他說，「我可是誠心誠意的，畢竟妳和我一樣，都承襲了最古老的皇室血脈。我們本該來場文明的對話，搭配好喝的紅酒，偶爾穿插點風趣言談，不料卻在這種地方碰面。」

他兩手一攤。「在這匯聚全世界垃圾的排水溝裡，妳活像被打扁的牲口，我則是痛打妳的人。」

她還是不回答。這傢伙搞錯了，她短時間內絕對不會投降。眞可惜。

「若要扼死一個成人，大約要五分鐘。」史派德對她說，「因此，幹我這行的比較喜歡直接扭斷對方脖子，我們時間通常很趕。我的手下只要三十秒就能拆掉領子，妳絕不會有窒息的危險。不過，從某方面來看，妳也算成功了。看，我沒時間了，再也不能輕輕掐，慢慢等妳屈服，我現在就得扭斷妳的脖子。」

她依然沒反應，彷彿只是具塑膠模特兒。

他湊過去，「看在老天份上，珍妮芙，這是妳最後的機會。艾朮昂里亞與路易斯安納的戰爭已無可避免，就算妳這輩子不會打起來，也會在我這輩子打起來。日記裡藏著致勝關鍵，有了它就擁有決定性的武力，或許可以速戰速決，到時雙邊都將有數千人僥倖逃過一死。因此譯文對我來說至關重大，一定要拿到手。」

她朝他啐了一口唾沫，還好他沒靠太近。他搖搖頭說：「我需要妳回答，妳到底要不要破譯日記？回答前最好考慮清楚，否則一旦用錯字眼，也就等於簽下妳的死亡證明。想想妳丈夫，想想妳女兒。」

她張開乾裂的雙唇說：「下地獄吧。」

史派德嘆了一口氣。爲什麼其他人總是害他失望？

「約翰？」

門開啓，約翰走進牢房。他的體型高瘦，但彎腰駝背，總穿著發縐的衣服。他在史派德面前一副小心謹愼模樣，看起來就像神經質的蟲。史派德曾和幾位擅長人體變異術的魔法師合作，約翰並不是最難相處的，但也不是最好相處的一位。話又說回來，他可是最高竿的好手。

約翰低頭說道：「是的，老大？」

「我們得把她融合。」

珍妮芙滿臉驚恐地說：「你這個怪物！」

史派德揪住她的脖子，把她拽離地面，拉到自己的眼前。「天底下到處都是怪物，我選擇加入它們的行列，好讓我的同胞在床上安穩地睡覺，他們明白全家人都受到我這種怪物的保護。是妳害我沒有選擇餘地，女士，爲妳自己的決定負責吧。」

他放開她。

「你儘管融了我。」她嘶聲說道。「我一定會殺光你們，你什麼都拿不到。我家人會在沼澤幫你找個葬身之處，陪葬品絕對不會有那本日記。」

眞累啊。史派德看著約翰。「需要多少時間？」

約翰看看地上的女人。「她將近五十歲，理想的時間是一個月，但我可以兩週解決。」

「十天。」

「這樣不穩定。」

史派德望著約翰，久久不做聲，確認對方注意聽他的命令。「約翰，她是我手中的王牌，如果你搞砸了，我會非常生氣。」

這位變異術專家吞了一口口水。

史派德在門前停步。「她進入第一階段時通知我。她女兒離家了，打算前往殘境，我要知道原因。」

□

前方出現一片鮮綠色新生植物，代表他們已來到檀木溪口。瑟芮絲掉轉船頭，划向水藻，船槳搗碎了綠藻葉。她用上全身力氣撐起長篙，船身便畫破那片綠色，然後停在乾淨的水域。

眼前有條狹窄航道，兩邊各有一排紫色柳樹，平靜的水面點綴著小紅花和藍葉子。

比爾大人的眉毛打結，但哪怕有滿腔疑問，他也不願意提出來。

「剛才那邊再往下半哩，河床受到長年侵蝕。」她告訴他，「那一帶的河流好像忘了這是沼澤，速度變得超快，變成激流。與其拿著槳對抗激流，不如避開陷阱河段，替自己省下幾小時。我們從這邊划，大約七哩後就可以再度回到主河道。」

她把篙拋給他，他伸手在半空中攔截，反射神經很好嘛！

「該你撐篙了，不要只用雙臂，要用全身的重量去壓。我負責準備午餐。」

比爾大人起身，將篙插進水中，身體保持完美平衡，彷彿生來就在水上活動。腳下的船果然如預期滑了出去，他只試了兩次便立刻進入狀況。

瑟芮絲坐下來翻找背包，取出短釣竿和韋恩船上拿來的餌盒。她把白色肥蟲綁在魚鉤上，再將釣線沉入水中。

「還沒釣到？」威廉看看瑟芮絲。

女遊民只是搖頭。釣線像被遺忘般拖在船後，她提高警戒，坐在原地掃視岸邊，表面不動聲色，內心卻已做好準備，宛如正要應戰的老兵。

「不太對勁。」她低聲說，「這條溪應該有一大堆魚，因爲障礙物太多，鯊魚不好活動，河道又太窄，鱷王也進不來。」

「不然就是妳不會釣魚。」他遙望整個區域，天空布滿破碎的雲，柳樹矗立岸邊，宛如苗條女子在水裡洗濯髮絲。沒有聽見細微聲音，只有神經質的鳥在遠處尖聲鳴叫。

威廉深吸一口氣，沒聞到怪味，只有沼澤慣有的氣味，彷彿一鍋以藻類、魚類和植物組成的大雜燴。不過，瑟芮絲說對了，眞的太安靜。

遊民女王縮起身子，手伸進口袋，掏出那把劍。他一直在等她再度亮劍。一呎長的劍身只有單刃，劍柄樣式簡單，整體造型精美。由此可見她並非遊民，其實早在她露出牙齒之前，這把劍便已洩露她的底細，但不是因爲劍本身，而是握劍方式很怪。她纖細的長指鬆鬆地握著劍柄，姿態幾乎可說是細緻優雅，雖然說握緊武器會讓人看起來有點笨拙，但唯有緊緊握住才是王道。假使拿劍像拿畫筆，手中的劍遲早會被人擊落。

前方有棵老柳樹橫過水面，大量長枝如瀑布般伸入水中。一條黑影就在柳葉下方游來游去。

「別動。」瑟芮絲低聲說。

他僵在原地，篙依然握在手中，船緩緩滑行，以最慢速度前進。柳樹下泛起一圈又一圈漣漪，河面上出現擾動，最後歸於平靜。

瑟芮絲蹲在船頭，像老鷹一樣觀察水裡動靜。

一顆巨大扁頭忽然畫破水面，露出一吋頭頂與彎曲的蛇形身軀。威廉屏住呼吸。不明動物愈來愈近，身軀長得不可思議，動作無聲無息，巨大得好像不是眞的生物。一小片魚鰭浮現，棕色表皮被太陽曬得發亮，上面布滿黃斑，只見牠一轉身就消失不見。

至少有十五呎長，或許更長。

「這叫鰻螈。」瑟芮絲喃喃說道。

威廉朝長篙呶呶下巴，瑟芮絲連忙搖頭。

船順流而下，朝右岸行去，接著船底觸到泥層，停了下來。威廉撐起篙，把船推離岸邊。

鰻螈忽然「砰」的一聲撞上船身，把船撞飛出去。威廉趕緊跳上岸，腳剛踩到泥巴，原本平坦的地面像是忽然變成液體，他的下半身全沒入泥中。

鰻螈的扁頭浮上來，朝他們嘶嘶吐氣，黑嘴亮出一大排尖細如針的利牙。大怪物躍上乾地，伸出粗短爪子抓著地面。這該死的玩意兒居然長了腳！眞是莫名其妙的鬼地方，亂七八糟的怪魚。

威廉揮動長篙，刺進那張可怕的魚嘴。魚收緊下頷，將木篙扯過去。圓圓的魚眼鎖定他，看起來呆滯蠢笨。

他從夾克口袋取出一把刀。

鰻螈立刻後退。牠的前額有一塊發亮的鮮紅色皮膚，像顆紅色骷髏頭夾在兩團深黑眼窩中間。

威廉對牠咆哮。

大魚縱身一躍。

一把劍忽然閃現，隨即深深沒入鰻螈左眼，接著拔出。混濁的魚眼滾落地面，金色虹膜宛如濕棉花上發亮的小硬幣。

鰻螈劇烈掙扎，龐大的身軀到處甩動，最後跳進河裡，飛快逃離。

女遊民嘆了一口氣，用袖子擦拭劍身。「這一帶的岸邊不知何處會出現五十呎寬的大洞，你竟然一跳就中獎，本事也太大了。你是想害我更累嗎？比爾大人？」

比爾大人？

「我叫威廉。妳居然搶走我殺牠的好機會。」他雙手按著泥地，試圖撐起身子，但泥巴令他不斷下陷。她大可趁機割開他的喉嚨，從這邊耳朵直割到另一邊耳朵，看他現在的窘樣，一定無力還手。

「當然啦！你的確正要把那隻大魚切成碎片。」瑟芮絲左手攀住柳樹，朝他伸出右手。他抓住她的手，她喝的一聲將他拉出泥沼。

好個女大力士，動作也快，剛才刺中大魚的那一劍，是他見過最快的攻擊。

瑟芮絲看著他。「你這副模樣眞可愛。」

他褲子沾滿黑忽忽、黏答答的泥，散發陳舊的腐敗味。好極了。他把自己搞成這德性，卻連那條魚也沒殺。

「這叫泥煤土。」她說，「沖一下就乾淨了。大鰻螈幾分鐘內不會回來，你若想清掉這堆泥，最好趁現在行動。」

威廉立刻拉掉靴子，從裡面清出半加侖泥巴，倒在岸邊，然後走進溪裡。一股波浪襲來，頃刻間便將身上油滑的泥煤土沖得乾乾淨淨，不留一絲痕跡。

他還在想瑟芮絲刺過去的那一劍，可以說快狠準，具有職業水準。「鏡」在沼地並沒有培養女特務，也許她是「手」的人，史派德的部下。威廉暗自數算史派德的幾位知名手下，把其中幾個女的和她一一比對，沒有找到條件一樣的人。不是「鏡」查不到她的資料，就是他們忘了通知他。

威廉忽然有一股衝動，很想迅速轉身，一把抓住她，把她頭浸到水裡，沖乾淨那張髒臉，這樣他就可以好好看看她到底像誰。

至於他自己，可得繼續扮貴族身分。

威廉爬回岸上，遊民女王以超大的笑容迎接他。「到目前爲止，你對這趟沼澤之旅還滿意嗎？」

好個自以爲是的傢伙。他穿上靴子。「導覽手冊可沒有提到頭上有烙印還長腳的魚，我要退錢。」

她眨眨眼，「頭上有烙印？什麼意思？」

「牠的兩眼間有骷髏頭印記。」

「有發紅光嗎？」

「有。」

她垮下臉，接著仰頭看天。「你們眞的很爛耶！我不該這麼倒霉，眼前麻煩已經夠多，你們可不可以不要再落井下石？如果不喜歡我處理事情的方式，那你們自己下來收這堆爛攤子。」

「妳這是在對誰說話？」

「我外公和外婆。」

「在天上？」

她轉頭看他，神情憤慨。「他們都死了，不然是在哪裡？」

威廉聳聳肩，不置可否。也許這是人類的怪癖，他這種變形者不會明白。或者她已經瘋了，畢竟邊境人都是瘋子，他從一開始就知道。這會兒他居然讓女瘋子帶他深入沼澤，怎麼可能會有好結果？天啊，他好想念拖車，還有咖啡和乾襪子。

瑟芮絲大步走向翻覆的船。

「那顆骷髏頭有什麼特別？」

「不用管它。」

他撿起長篙，在她面前站定。「那顆骷髏頭有什麼特別？」

她把船翻過來。「大鰻螈來自葛斯波．艾迪兒教派，他們都是死靈法師，以魔法改變鰻螈和其他東西，利用這些來當看門狗。鰻螈天生就不是省油的燈，天性愛報復，但這隻受過魔法加持，也就是說變得更聰明，還受過訓練，擅長追蹤入侵者。這可惡的東西會一直跟在後面，直到我們受不了，動手殺牠，那時巫師們就會要求我賠償。」

瑟芮絲把船推離岸邊，把兩人的背包拋到船上。

「讓我搞清楚，那條魚攻擊我們，而妳還得賠償？」

瑟芮絲無奈地嘆息。「比爾大人，俗話說凡事三思而後行，這條守則挺不賴的，學起來吧。」他是貴族，言行也要像貴族。貴族從來不會吼下人。「我——叫——威——廉。要不要說慢一點，好讓妳記住？」

她咬牙切齒地說：「我痛恨和教派周旋，他們根本不講理。我們最後一定會殺了那隻笨魚，然後艾默爾就會把我的頭啃一個大洞。」

「誰是艾默爾？」

「我堂哥，他是紅色死靈法師。這也是我必須賠償的原因。那條鰻螈認得我的氣味，如果是我自己一個人，牠不會攻擊，也就是說，要不是你跟著，我也不會捲進這團混亂。」

他會在這趟旅途結束前親手掐死她。「那下次鰻螈打算吃掉我時，我是不是該任由牠享用？」

「這樣確實會好一點。」

威廉竭力擠出最後一絲耐性，試著假裝自己是德朗。「我會付錢給妳。」

「好啊，好啊，我還知道若有一群豬飛上天，在這個時間點看起來會特別可愛。」

他失去最後的耐性，怒吼：「我是說如果非殺了那條該死的魚不可，我會幫妳付賠償金！」

她揮舞雙手。「幫個大忙吧，威廉大人。接下來的路程，不論你想什麼都不要說出來。如果你一直講話，我只好拿這枝長篙打你，要知道沒有人想被這玩意兒打。」

溪流轉向，重回先前河道。瑟芮絲撐著篙，把船推進較寬的水域。

按照目前速度推算，傍晚就能抵達殘境峽。她可不想半夜冒險穿越泥煤群島，還得費心閃避水中眾多沉木，何況還有可惡的鰻螈跟在後面。他們必須找安全地點紮營。或許可以考慮避開殘境峽這一段，改走支流比較安全，但也比較慢。她本來就沒剩多少時間，再加上那個白痴貴族攪局，時間更少得可憐。

妳搶走我殺牠的好機會。哈。

瑟芮絲望著他。威廉大人端著十字弓，琥珀色眼眸正掃視河面。他的坐姿宛如掠食動物，寂靜而警覺，像貓等著將爪子刺進活生生的肉裡。

瑟芮絲想到鰻螈和威廉，當時他困在泥濘裡，手上只有一把刀。大多數人會驚慌失措，他卻靜靜等候大魚衝上前，眼睛在那一瞬間也像掠食動物，目光精明而熱切，充滿憤怒，彷彿被鰻螈攻擊是種侮辱。

她見過同樣被放逐的異境人。路易斯安納偶爾會將某個貴族流放到邊境，當中有些人權力很大，有些人則相當絕望，但沒有人像威廉這個樣子。她很想把他剝開，看看裡面是什麼做的。他爲什麼來沼地？他想幹什麼？

瑟芮絲提醒自己，這傢伙是貴族，到時她會把他丟在病木，她有更重要的事情要辦。這會兒她只是看起來像在欣賞他，因爲他剛好長著一張帥臉，剛好整片沼澤只有他們倆，沒有別的東西可以看。

「在找鰻螈嗎？」瑟芮絲問。

他看看她，瑟芮絲手中的篙差點掉落。他眼睛透著冷光，就像野貓在黑暗中的瞳孔。

天啊。

瑟芮絲眨眼，發現威廉眼睛已恢復爲原先的淡褐色。她可以發誓，剛才千眞萬確看見那雙眼睛發光。

她究竟招惹了何方神聖？

「我一定要殺了那條該死的魚。」威廉怒道。

噢，看在老天份上吧。「瘋狂死靈法師、屁蛋堂哥、財務責任，以上哪一個令你生出這種決心？」

「那條魚在這地方出現就是有問題。」

「那麼，請告訴我，沼地又有什麼問題？」關於沼地的問題，瑟芮絲其實可以寫成一本書，但她是生於斯長於斯的原住民，自然有這個資格。

他皺眉說道：「這個地方悶熱潮濕，草木發臭，還飄著魚腥味，水也混濁。事物一直變化，沒有一個東西維持原貌，地面不結實，布滿爛泥，魚還長了腳。眞不是個恰當的地方。」

瑟芮絲得意地笑，「它很老了。沼地在我們的祖先誕生前就已相當古老，它經歷的時代很不一樣，那時植物稱霸天下，動物野蠻凶猛。威廉大人，請尊重它，不然它會宰了你。」

他噘起上唇，露出牙齒。她見過自家狗在狂吠前露出一模一樣的表情。只聽他說：「不妨試試。」

他該不會準備接受沼澤的挑戰吧？瑟芮絲笑起來。他見狀怒目圓睜。瑟芮絲超想知道，像他這種神經兮兮又有潔癖的傢伙來邊境幹什麼，但她先前規定過不能問個人隱私，只好閉嘴不提。

「那麼怎樣的地方才叫恰當？」

「森林。」威廉的眼神迷濛，像陷入夢裡。「那裡的地表由乾土和石頭組成，有很多樹木，數世紀的落葉將樹根深埋底層，風中飄散著獵物和野花的氣味。」

「比爾大人，爲什麼這種地方就討人喜歡？你有沒有寫過詩？送給貴族小姐？」

「沒有。」

「所以說她不喜歡詩？」

「別提了。」

嘿嘿。「哦，所以說你沒有小姐。眞有意——」

話還沒說完，她的皮膚忽然被魔法刺痛，雙手變得冰冷，渾身打顫，牙關格格作響，膝蓋也發抖，後頸的細小寒毛一根根豎起。恐懼漫過心頭，隨之而來的是一陣噁心。

有什麼壞東西在河的彎道後方等著他們。

一股熟悉的嫌惡鎖住威廉的喉嚨，不斷擠壓。胃在翻騰，無形的魔法在他皮膚上頻頻擦出火花。一定是「手」。強大的魔法來得好快，就等在前方的左彎道。史派德的手下一定就在那裡，可能有一個，也可能有十五個，無從判斷。

瑟芮絲僵在船尾，身軀頻頻顫抖。

「躲起來。」他說，「快。」

她把船划進蘆葦叢，將長篙插進河底，然後蹲下，保持不動。他從口袋取出白色硬幣，雙臂環抱她並緊握硬幣，希望「鏡」的小裝置能發揮作用。

硬幣在他手中發熱，微光點點的魔法從掌中逸出，落在瑟芮絲臂上，覆蓋她的外套和牛仔褲，以及他的雙臂，最後吞沒整艘船。

瑟芮絲全身緊繃，雙手緊握長篙，因爲用力過度而指節泛白，瞳孔宛如深不可測的黑潭。

「手」的魔法讓她出現這種反應，由此可知遊民女王不是史派德手下。

瑟芮絲頻頻顫抖。第一次永遠是最難熬的，他多年來追殺史派德，早已習慣，但她不曾經歷過。如果他不能立刻制止她，她會失控並破壞保護咒。

威廉把她摟得更緊，不忘抓住長篙，以防她鬆手。他在她耳邊低語：「別動。」

只見一艘大船轉過彎來。

瑟芮絲戰慄不已。他緊抓著她，努力維持保護咒效力。

魔法微光將他們包覆，幻化爲十二種色彩的渦流，接著啪一聲，他們融入綠色蘆葦叢和灰色水面，假象的精準度宛如照鏡子般。

大船逆流而上，由一頭獺豹拖拉，幾名持槍男子站在船上。看起來不像「手」一貫的作風，他們的裝備太雜，也許是本地人。他數一數步槍，共七枝，很難一口氣除掉。不過，那群人當中一定有史派德的手下……

有個人站在船尾，脖子繫著灰色斗篷。

那人舉起手，船便停下，獺豹從水中探出頭來。船尾的男子脫下斗篷，只見他穿著垮褲，上身光裸。他太瘦了，活像有人以緊實肌肉包裹一具骷髏，再澆上紅蠟作爲表皮。

威廉回想史派德每個手下，有兩個男特務確實是皮包骨，其中只有一位是磚紅色皮膚。他叫作魯，是史派德的追蹤師。根據「鏡」的情報，魯和史派德交情極好，看來這王八蛋還是跑來沼澤了。

威廉指節與指節間的皮膚開始發癢，渴望伸出狼的利爪。只要朝那人牙籤般的脖子咬上一口，史派德就會痛失一名追蹤師。可是七枝步槍加上五十碼水面，意味著他不可能成功。好吧，反正咬不到魯也沒什麼好可惜的，那傢伙的味道應該很糟，他可以再找機會賞對方幾顆子彈。

威廉保持規律的深呼吸。很難同時殺死七個男人和追蹤師，在陸地上的狹窄區域也許可行，尤其是漆黑的夜裡。他會以刀或利牙逐一解決敵人，他們沒機會弄清楚自己被何人攻擊。但在這個鬼地方，如果保護咒忽然失效，他和女遊民立刻會成爲眾矢之的。

如果魯發現他們，他打算把船立起來當護盾，然後準備逃走。女遊民會拖累他，但若兩人能毫髮無傷地躲到樹上，他就可以一次一個慢慢解決魯的手下。

躲到樹上簡直是不可能的任務。

一位矮胖的邊境老人從船頭的轉輪拉出條繩子，將它繫在獺豹脆弱的長頸上，再打一個活結。他一手抓著繩子，另一手轉動輪子，開始收繩。獺豹驚跳起來，像上鉤的魚死命掙扎，但脖上繫繩硬將牠拖到船邊。牠失去下潛空間，頭又被困在水面上，只能癱在原地。

魯來到船頭站定，光裸的腳趾緊抓著甲板，看起來就像雞爪。他探身到水面上，一般人身體要是彎成這種幅度，早就一頭栽進水裡，但他站得很穩，右臂也伸至水面上方。

他的一邊肩上隆起一塊肉，時緊時鬆，每收縮一次就變得更粗壯。搞什麼鬼……

魯開始呻吟，這位追蹤師的上臂冒出一大泡黃色的膿，接著往三角肌蔓延開來，最後從中冒出一隻觸手。

威廉嘴裡出現陣陣酸味。很好，看來若有機會與魯交手，只要從上方進攻他的背部，刺中兩塊肩胛骨中間就夠了。

觸手在這位追蹤師的肩上抖動，像一條肉色的蟲攀在紅色皮膚上。觸手有了膿液作潤滑劑，沿手臂下滑，接著第二隻觸手生出，與第一隻交纏，然後又生出另一隻。

瑟芮絲頻頻作嘔。他把她摟得更緊。如果她嘔吐，胃酸會破壞保護咒。

那些新生觸手撲進水中，獺豹時而呻吟，時而驚叫，拚命躲開。

令人噁心作嘔的魔法如雪崩般席捲而至，換作是風早把船給吹動了。

瑟芮絲在他的箝制下抖個不停。

別慌，千萬不能慌。「我撐住妳了。」他拊耳對她說。

魔法細長的觸手從船上向外伸展，沒有顏色，閃著微光，遠遠望去宛如地面蒸騰的熱氣。它們降低高度，貼著河面穿過蘆葦叢，朝兩人前進。

如果保護咒失效，他們倆就完了。

魔法時而盤旋，時而靜候，時而探查，無色觸手頻頻拍打鏡像咒邊緣。

魯站在船上，目光直視他們的方向。

威廉屏住呼吸。

硬幣灼燙威廉的手。瑟芮絲開始痙攣。「就快好了。」他低語，「快了。」

忍住，撐住，去你的，一定要撐住。

魔法觸手不斷膨脹並分裂，在船周遭游動。它們在岸上試探，在泥中滑行，最後撤退。

魯轉向邊境人。威廉竭力集中精神，終於捕捉到魯細微的聲音。

「女孩並沒有……這個方向。繼續往……」

他們在找某個女孩。女孩？這個女遊民？

追蹤師將觸手收回，威廉瞥見觸手連著一張網，網上布滿如睫毛般的細長紅毛，正往河裡滴水。不久網子自動摺疊，那些細毛滑進觸手裡，而觸手則宛如橡皮筋捲入魯的肩膀，表皮將它們重新封存。魯彷彿在抹乳液般地把黏稠的膿液抹開，接著便伸手抓起斗篷。

邊境老人鬆開繩索，獺豹飛也似地潛入水中，打算逃命，剛好拉動了船。

威廉在原地等候，過了一分鐘，又過一分鐘，等得夠久了。他鬆開硬幣，它立刻恢復冷冰冰的金屬材質，躺在他的掌心。它的能量已經耗盡，藥還給「鏡」，那群傢伙專門製作這類精巧「玩具」。

瑟芮絲身軀癱軟，在地上縮成一團。她身上沒有沾到泥巴的部分變得蒼白，甚至白得發青。暴露在「手」的魔法中會帶來後遺症，她的身體即將出現激烈反應。

如果史派德在找她，那麼威廉可得好好守著她。史派德遲早會找來，到時他們就能解決長達四年的恩怨。

瑟芮絲開始咳嗽。

威廉體內暗藏的野性露出尖牙。眼前的她虛弱又害怕，一副楚楚可憐的樣子，任何掠食動物不費吹灰之力就能將她捕獲。他必須守護她，否則她會小命不保。

「他們在找妳。」他刻意以輕鬆語氣說道。

她抱著肚子，努力擠出幾個字：「不問私人問題。」

「那些人是『手』，路易斯安納的間諜。他們為什麼要找妳？」

她搖頭。

好吧，看來「手」的魔法後遺症愈來愈嚴重了，只能耐心等待，就像一群狼等鹿流乾了血。鹿遲早會倒地不起，到時就等著吃大餐。

威廉接過她手中的長篙，將它插進水中，把船往上游推去。

第六章

瑟芮絲一直打冷顫，冰針刺著她的脊椎，甚至扎進背部。她脖子僵硬，嘴裡又乾又苦。一種有多隻長毛腳的東西爬上她手臂，她伸手想要撥開，卻沒有碰到任何東西，臂上空空的。爲了弄清楚，她揉揉那個部位，這次換手肘出現被小腳爬過的觸感，她又揉揉手肘。接著十幾隻無形的蟲爬上她的肩膀和背部，昆蟲又硬又細的毛，還有細小的爪子搔著她的皮膚，從脖子蜿蜒而下。她拚命扭動，檢查全身。

威廉俯身看她，拍拍她的手。

「把你的手拿開。」

「我會拿開，只要妳先把妳的手從身上拿開。」

「關你什麼事？」她拉緊外套，胸前傳來光滑塑膠盒硬硬的觸感。文件還在。

「妳看到的紅皮膚怪胎是追蹤師，他只需要一點點東西，好比口水，或是河裡的幾滴血，立刻就能查到妳的行蹤。我們正往上游划，如果妳把自己抓得流血，水流會把血沖向下游，他下次停泊時就會知道妳嘗起來是什麼味道了。然後他們會調轉船頭，帶著七把步槍重新回來。」

「你怎麼知道？」

威廉摸摸瑟芮絲的額頭，她立刻後退，因爲他的手如燒灼般熾熱。他攤開掌心讓她看，上面沾滿她的汗水。

「妳覺得身上像有鬼蟲子爬來爬去，心跳像擂鼓，舌頭很乾，嘴裡有棉花的苦味；妳的四肢很冷，但身體很熱。我明白這些感覺，因爲我全都經歷過。」他邊說邊撐篙推船。

不可以抓。她雙手抱胸，試圖取暖。她的牙關格格作響。不可以抓。「那你是怎麼熬——熬——熬過來的？」

威廉皺起眉頭。「我當時是艾朮昂里亞的軍人，曾和那群『手』的怪胎交手。」他撐起長篙。「艾朮昂里亞的『鏡』和路易斯安納的『手』冷戰多年。艾朮昂里亞和路易斯安納可說棋逢敵手，實力不相上下，一旦眞的開戰，一定會拖上許多年，於是雙方不停派遣密探，希望找到通往勝利的捷徑。艾朮昂里亞的密探在小裝置和武器上注入魔法，至於路易斯安納的密探，他們本身就是魔法，由於變化太大，當中某些人甚至已經不是人類。」

這些她早就知道了。「爲——爲——爲什麼它讓你這麼不舒服？」

「到最後『手』的怪胎瘋到不能再瘋，開始散布他們的瘋狂魔法。那種魔法對我們來說就像毒藥，好比妳發現一具腐屍，臭味令妳噁心，所以妳非常確定那種肉吃下去對身體有害。道理一樣。他們愈亂搞，魔法就愈惡質，他們自己也明白。這群人用魔法讓獵物變得虛弱，雖然妳的身體最後可以適應，但在那之前會很脆弱。」

「它的效力什麼時——時——時候會消失？」

「看情況。」

這算哪門子回答？「你上次熬了多——多——多久？」

他頓了一下才答：「十八小時。」

「你——你——你怎麼克——克——克制抓癢的衝動？」

「我不用克制。他們把我鎖在小房間裡，讓我抓個痛快。」

「那眞可——可——可怕。」他到底待在什麼部隊，居然放任他把自己抓得渾身是血？「他們就不能給你吃點藥或什——什——什麼嗎？」

他平淡地說：「他們沒想那麼多。」

「這樣不對。」瑟芮絲的牙齒不受控制，她狠命一咬，膝蓋不住打顫。「是不是會愈來愈——愈——愈癢？」

他湊過去，直視她的雙眼。「妳有沒有看到眼前飄著很多小紅點？」

「沒有。」

他沉下臉。「那沒錯，會變得更癢。」

眞可怕。「異——異——異……異——異——異……異——異——異……」

「慢慢說。」他告訴她。

「異——異——異——異境王八蛋。」

他噗哧一聲笑了。

蟲蟲大軍持續在她身上群魔亂舞。若是能讓身體暖一點……

「有沒有別條路通往病木？」

瑟芮絲想了半天才弄懂他的問題，至少她的理解力還在。「追蹤師最後還是會折——折——折回來，我們必須離——離——離開這條河。」

他點頭。「沒錯。」

雙臂上的蟲開始啃咬，鑽進她的皮膚，妄想一路啃過肌肉，直達血管，最後吸她的血。她握緊拳頭抵抗抓癢的衝動。

她開始流鼻水，內心忽然覺得，若能找到鋒利如刀的東西來狠刮皮膚，蟲蟲大軍就會消失。

威廉用力推長篙，讓船轉向，接著船身撞擊岸邊。「妳想都別想。」

瑟芮絲忽然發現自己竟然握著短劍，不禁愣住。

威廉朝她伸手。

「這是我——我——我的。」她說。

「妳這個節骨眼不需要它。」

瑟芮絲深吸一口氣，準確清晰地說出每個字：「要是你膽敢搶走我的劍，我會用它殺了你。」

他端詳著她。「好吧。」他說，「只要妳說清楚怎麼去病木，我就不會和妳搶那把劍。」

瑟芮絲努力集中思緒，腦筋慢慢轉動，好像腐爛的水車。「找一條小溪。往上游再划三哩，右邊有兩棵松樹，其中一棵被閃電燒得焦黑，小溪就在兩棵樹之間，沿著它可以抵達莫澤湖，但最後兩哩得拖著船前進。」

只要一開始抓癢，就停不下來了。*沒有蟲，沒有蟲……*

「遊民女王！」

「什麼？」

「莫澤湖。」

莫澤湖。幹嘛提該死的莫澤湖？她的腦海浮現航道。對了，病木，他們要去病木，去那個陰溝般見鬼的小鎮。好像有一件很重要的事和病木有關。

烏洛。

烏洛在病木，她必須找到這位表哥，好讓他帶她回家，速度要快，這樣她才能趕上開庭，才能奪回房子，才能殺光席里爾家和「手」，把爸媽找回來。要救爸媽，去病木，馬上去。

「莫澤湖通往小熊溪。」她說。「小熊溪之後會變成大熊溪，我們可以在大熊溪匯入主河道前棄船，然後徒步穿越沼澤，前往病木。」

瑟芮絲暗自盤算路途。「三哩、右邊的小溪、莫澤湖、小熊溪、大熊溪、米勒小徑。」她頓一下，不知道自己有沒有說對。「三哩、右邊的小溪、莫澤湖、小熊溪、大熊溪、米勒小徑。」

「多謝妳了，朵拉。把妳的劍放回朵拉的專用背包，我們要上路了。」他朝河流點頭。

「誰是朵拉？」

「妳啊，探險家朵拉【註】。出發！把劍收起來，不然我就拿走。」

傲慢的傢伙。「敢碰我你就──就──就死。」她說。

他輕聲笑了，嗓音低沉粗啞，那是狼的笑聲。

瑟芮絲收起劍，抱著劍鞘。蟲蟲大軍咬得更狠了，細小鐵嘴囓咬她的韌帶，把她皮膚底下的肌肉啃成血淋淋、軟綿綿的蘑菇……瑟芮絲咬緊牙關，猛然想起觸手離開泥水時，那張布滿紅毛的怪網。可惡的怪胎，下次若再遇上，我也要讓你的手臂被蟲咬，我會一直剁你的肉，直到你說出爸媽下落。

「快下──下──下雨了。」她指著厚重的烏雲說道。

威廉望望雲層。「下雨有好處，可以掩蓋我們的蹤跡。」他頓了一下，然後湊到她面前，「那些後遺症全在妳腦子裡作怪，別被它們牽著鼻子走。我會確保妳的安全，直到妳克服。」

確保她的安全，哈。不需要他費心，她會確保自己的安全。瑟芮絲縮在長椅上，拉緊外套，努力克制抓癢的衝動。

瑟芮絲打算用來抄捷徑的小溪竟是泥流，只有一呎半深，對一艘滿載的船來說太淺。威廉跳下去，拖著船和行李前進，瑟芮絲握著出鞘的劍走在前面。

她沒拿劍刮自己，也沒抓癢，但「手」的魔法依然造成損害。她走沒幾步便停下，好像揹負著重擔，在這最後一小時的折磨裡，她沒向他囉唆半句。他不知道自己是否感到輕鬆，或者正暗暗想念她的尖酸刻薄。

沼澤的天色暗了下來，影子跟著消失。厚重的灰色暴風雲層在上空翻騰，狂風掃過蘆葦和灌木叢，水生植物沙沙作響。看來大雨將至。

瑟芮絲依然帶頭跋涉，但她已開始拖著腳步。對魔法愈敏感的人，等於「手」的攻擊力愈強。威廉曾經暴露在「手」的魔法之下，但魯的變異術相當高明，即使是經驗豐富的威廉也難以忍受。

到最後全憑意志力苦撐。威廉希望她有勇氣和耐力，但就算她真的有，最壞的時刻尚未降臨。後遺症遲早會大爆發，到時她可能會痙攣。若是她就這麼死了，他射殺史派德的希望也會隨之破滅，所以他一定要讓她平安活下去。

天際出現閃電，雷聲隆隆，震動樹葉。空氣中有股燒焦味。冰冷沉重的雨滴打在柏樹上，起初只有少許，接著愈來愈多，最後烏雲大增，傾盆大雨灌進沼澤，視線僅能看到前方幾呎。

威廉抬首望天，對著陰暗的天色咒罵。

瑟芮絲回頭看他。她已全身濕透，衣服變成一團亂七八糟的深色布料，臉上也沾滿泥巴，整個人活像從沼地長出來的，岸邊的灌木就是這種樣子。那雙充血的眼睛盯著威廉，看起來快氣炸了。

編註：《愛探險的朵拉》（*Dora the Explorer*）是美國的教育電視動畫，女主角是七歲的朵拉（Dora）和小猴子Boots，每一集都會探險前往目的地，並要克服路途中的難關。

瑟芮絲張開嘴，緩緩吐出幾個字：「別擔心，你不會融化，因為甜度不夠。」

「快告訴我，妳有沒有看到我之前說的那些紅點？」

「遲早會看到。」

他們繼續前進，船擦過地面，頻頻卡住。

「我們得把它抬——抬——抬起來。」瑟芮絲說著拿起背包。

威廉揹起帆布背包，瑟芮絲抬著船頭。

「我來。」他說。

「很重。」

「我會想辦法。」他把船翻過來，扛在肩膀上。他的力氣足夠同時扛著她和船，走上幾哩路，但她不需要知道。為了扛船，這下子他只看得到腳下的一小塊區域，其他視線範圍全被船身與瑟芮絲的外套和雙腿擋住。兩人調整完畢便繼續上路。

威廉全身泡在水和泥中，皮衣裡有泥漿，靴子裡也有。襪子變成濕濕的一團，一直頂著腳。他願意折壽一年，只求擺脫這身濕衣，用四隻腳在地上奔跑。但這女孩和肩上的重擔使他只能維持原樣。

他又開始想念拖車，儘管又小又破，至少是乾的，裡面還有平面電視，冰箱裡則有啤酒。房裡更有乾襪子，這是殘境裡他最愛的物品之一，他隨時想買多少襪子就買多少。

瑟芮絲忽然停步，他差點馱著該死的船撞上她。「怎麼回事？」

「我們錯過轉彎了！」她在暴風雨中吼叫，「一定是因為下大雨，溪流改道了，我們太靠近左邊，必須往那個方向走，才能找到湖！」

她指向右方，樹與樹之間有一片朦朧地帶。

凡事都有可能出錯，這還眞的出錯了，永遠沒有例外。

威廉轉身，跟著她穿過灌木叢。熟悉而隱約的力量掠過他的皮膚，看來他們很接近邊界。他瞬間惱怒起來，以爲她會在原地鬼打牆，把他帶回邊界。

瑟芮絲再度停步，威廉急急後退。這女人眞是難搞。

瑟芮絲指著某個方向。「看！」

他挪開船以便觀看。前方出現寬闊的湖面，遠望彷彿一片沾滿泥巴的玻璃。左邊有一座碼頭伸進湖裡，碼頭底部有一棟房屋。

窗戶一片漆黑，空氣中沒有炊煙或人類的氣味，沒人在家。

屋旁的路面看起來非常平滑，顯然經過鋪設。威廉凝神細看，發現屋頂上有一副衛星天線。這是殘境人的家，他猜對了，他們離邊界很近。

瑟芮絲靠過來說：「沼地有時候會出現通往殘境的通道，通常很小，而且不久就會消失。」

他湊到她面前：「我們誤打誤撞，恰巧碰上通道，殘境雖然會消除妳身上的魔法，不過反而能治好妳的各種後遺症。」

她眼中閃現希望的光芒。

閃電劃過天際，震撼四方，整個世界的心跳都漏了一拍。

漆黑物體劃破湖面，從水中慢慢升起。

威廉放下船，把瑟芮絲拉到身後。

漆黑物體筆直站著，威廉努力張大眼睛，讓更多光線進入瞳孔。

不明物體有七呎高，腿像粗圓柱。雙手手腕各伸出一隻八吋骨爪，比手指還長。頭看起來挺像人，身上卻長了許多凹凸不平的腫塊，彷彿有人胡亂撿了塊粗糙岩石，隨便雕幾下就做成它的身體。

閃電再度出現，電光石火的剎那宛如白晝，他終於看清了。瘋狂而充血的雙眼死盯著他，雖長著人臉，下頷卻大得出奇。皮膚是濕淋淋的黃泥色，脖子和四肢的表皮充滿皺褶，好似身上皮太多。此外，它的背部、腹部和大腿都長著厚厚的骨板。

記憶告訴他，這傢伙正是提博，也是史派德的手下。他嚴重變異，屬於伏擊兵。這下可糟了。

提博望著威廉，接著輪流掃視他和女孩。他擋住通往邊界的路。為了前往那棟房子，他們得經過他身旁。根據「鏡」的情報，提博的嗅覺超靈敏，在陸地上是難纏的敵人，到了水裡更可怕。史派德可能是想碰碰運氣，事先命令他在此等候，也許剛好就會碰上瑟芮絲。說不定他早已派人分頭把守大多數主要水道。

威廉凝神細看，推算雙方間的距離。他的十字弓收在背包裡，需要一秒卸下背包，兩秒取出十字弓，再花兩秒裝箭……太耗時了。看來他只能依賴刀。

這位「手」的特務高舉雙手，又長又彎的骨爪指著瑟芮絲。他大張嘴，露出兩排尖細牙齒，要是被他咬到，身體鐵定像遇上乳酪刨絲器般被撕碎。超大的下頷看起來足以咬穿骨頭，真是好極了。

提博的嘴發出低沉而單調的聲音，每說一個字都慢得讓人受不了：「那……是……我……的。」

「不。」威廉說。

爪子指著他。「你……死。」特務信誓旦旦地說。

「今天別想。」

瑟芮絲忽然向前撲去，威廉事先感應到她的動作，立刻伸手將她打落在地，不讓她有機會嘗試爪子的威力。他大吼：「待在後面！」

瑟芮絲倒在泥濘中，沒有起身。

提博的肌肉開始膨脹，鬆垮的皮膚愈來愈緊繃。威廉趁機卸下肩上的背包。

提博奇形怪狀的喉嚨發出詭異顫音，這位「手」派來的特務終於發動攻擊，撲向威廉。

他閃到左邊，利爪險險擦過他的臉。他舉刀刺中對方樹幹般的手臂，順勢下切，直達肋骨，暴露在外的皮膚被他割掉一大片。刀鋒遇上堅硬肌肉，他再度使勁，刀身畫過骨板，卻沒造成傷害。這隻該死的裝甲火雞！這傢伙沒有骨板護身的部位又厚又硬，他的刀對付不了。

提博猛一轉身，張開雙臂，打算反手給威廉一掌。他急急後退，提博雖然失手，卻像風車一直旋轉，利爪破空刺來。威廉彎腰躲過第一波攻擊，接著閃身躲過第二波，不料最後仍被提博打中肩膀。

威廉被打得飛出去，身體縮成一團，背部撞上泥地，他立刻翻身站起。他感到左臂麻木，好個強壯的混帳。他明白自己再也禁不起第二下。

十呎外的提博眨眨充血雙眼，頭轉來轉去，尋找瑟芮絲。不行，你別作夢。

「這邊啊，傻瓜！專心一點！」

特務死盯著他。

「喂，你在等什麼？需要特別邀請嗎？」

提博重重邁步。這就對了，來找我，再靠近，離女孩遠一點。

威廉眼看離提博只剩六呎，便向前撲去，明顯衝著特務胸膛而去。提博出手抵擋，高舉爪子準備殺戮。他上當了。威廉瞬間改變方向，刀子畫中特務手臂內側，二頭肌下方開了一道很深的口子。他收回刀，彎腰躲開利爪，接著退開。

結果什麼事都沒有。這種傷勢足以讓一隻手報廢，但提博好像不受影響。

沒有流血、沒有痛嚎，眉頭都不皺一下。什麼事都沒有。

提博舉起雙手，改變站姿。既然利爪碰不到威廉，特務決定與他格鬥。威廉露出尖牙。如果只有自己一個人，他會找到讓對方流血的辦法，然後邊殺邊跑，提博愈追他，血就愈早流乾。但現在他只要一跑，提博一定會撲向瑟芮絲，這妮子這會兒還趴在爛泥裡。回想起來，他剛才拽她那一把，下手可能重了一點，不然就是「手」的魔法終於擊垮了她。

提博手臂出現血紅色長條腫脹。喔耶！他好不容易傷了對方，太好了。現在只要畫上一百刀，就可以搞定這傢伙。

提博伸長脖子，檢視手臂。「就……這……樣？」

「不用操心，這只是小小的前戲。」威廉故意一腳高一腳低地走路。「這就是你走路的樣子。」

提博大怒，暴喝一聲衝過來。

威廉急忙閃開，又切又割又刺，刀子化爲致命金屬光影。提博反擊，粗壯的手臂愈揮愈快，利爪畫過威廉側腹，把皮衣抓出數條裂縫。痛苦燒灼，但他不予理會，依然狂刺，以殘忍手法針對提博暴露在外的部位進攻。左、右、左、左、左下、下面，切、切、切……鮮血漸漸塗滿提博龐大的身軀。

這還不夠。威廉對準心臟，將整個刀身刺入鱗甲。特務慘叫連連，急速轉身，威廉拔出刀子，閃身躲開。刺得不夠深。拳頭打中威廉，他轉了幾圈，頓時頭暈目眩。他很快恢復，握著刀子跳起來，打算割開提博脖子，然而……特務忽然踉蹌後退，威廉撲了空，落在泥地上，滿臉困惑。

提博粗大的腿抖個不停，粗聲地大口吸氣。

只見特務的身體斷成兩截，上半部往旁邊歪倒，最後跌進泥裡。瑟芮絲站在後面，手上拿著出鞘的短劍。特務殘餘的下半身直立了好一會兒才倒下，鮮血噴撒在潮濕的泥上。

搞什麼鬼？

瑟芮絲把劍換到左手，繞過屍身，來到他身旁。

如果沒猜錯，他會說是瑟芮絲把提博砍成兩段，連皮帶骨。但是，她是怎麼辦到的？單憑一支短劍絕不可能。

她的臉上沾滿泥巴，兩眼圓睜，目光透著陰鬱。他只顧端詳她深不可測的雙眸，沒能躲過她的拳頭。一記猛拳打中他的肚子，他甚至來不及彎腰躲避。疼痛在他腹部的神經叢炸開。

「以後不准再那樣。」瑟芮絲咬牙切齒地說。

他握住她的拳頭。「妳這個笨蛋，我是在保護妳。」

「我不需要保護！」

她身後有一隻蝙蝠沿著柏樹樹幹往下爬，威廉一把將她拉開，射出手中的刀。急速旋轉的刀鋒瞬間切進小小的身體，把牠釘在樹上。瑟芮絲縱身跳開。

「你瘋了嗎？」

「那是斥候。」他說。

蝙蝠身上出現略帶紫色的透明魔法觸手，它們抓住刀，試圖拔出。

「那是什麼鬼東西？」

「偵察兵。下雨天蝙蝠應該會躲起來，不可能出現。」「斥候」是直接向史派德報告的偵察高手，他相信這隻蝙蝠沒有見到他們，但無法百分之百肯定。

瑟芮絲的身體忽然晃了一下。她腿一彎，半跌半坐地倒在泥濘中。

他在她身旁蹲下。「怎麼回事？」

「紅點……」她喃喃說道。

威廉一把抱起她，在大雨中奔向邊界，途中不忘撿拾背包。

邊界的壓力張開血盆大口咬住威廉，啃噬他的骨頭。他抱著瑟芮絲，飽受痛楚的折磨。變形者沒有魔法，他們本身就是魔法，這種跨區帶來的痛苦，他不是不能應付。

他一跨過去便停下來喘氣。瑟芮絲在他懷裡縮成一團。

噢，糟了。他剛才只顧穿越，忘了她很可能會受不了。

威廉把她舉高，細細端詳。「跟我說話。」

她毫無血色的臉宛如雨中的白點。威廉輕搖她，終於看見長長的深色睫毛顫動。

「好了。」她低語。威廉忽然發現瑟芮絲的眼睛很漂亮，大大的深褐色眼眸此刻正煥發充滿安慰的神采。

「那些蟲都沒了，紅點也是。」

「那就好。」他大步邁向那棟房子。

「放我下來。」

她剛才那一劍非同小可，打他的那一拳也一樣。他多想看看她藏在污垢和泥巴底下的眞面目。「如果我放妳下來，妳就會摔倒，滾進腳下的肥料堆裡，到時我又得把妳撈起來。我可不想再沾上那些，我身上已經夠多泥巴了。」

「你是個惡棍兼笨蛋。」她露出一排整齊細緻的牙齒說。

既然她有力氣拌嘴，表示已經恢復體力。很好。「妳剛說了天底下最好聽、最讓人受用的話。還有妳身上的義大利麵味簡直香死人了，流浪漢一定無法抗拒這股誘惑。」

她氣得咆哮。嘿。

「妳的聲音好像暴怒的兔子。」威廉把她夾緊，以免又挨揍。他小跑步奔向房屋，接著跨上門廊台階，來到門前，發現這扇門十分牢固。

「等一等。」

她話裡的警告意味令他驟然停步。「怎麼？」

瑟芮絲一隻手抓著他，伸出另一隻泥巴手指著烙印在門框上的小記號，那是字母A，外加一撇。

她瞪大一雙深不可測的眼睛。「我們得走了。」瑟芮絲低語。

「這個字母是什麼意思？」

「阿爾法。」

他等著聽更多解釋。

「他們既不是邊境人也不是異境人，而是殘境的祕密組織，非常危險。我們有時候會看到他們，但大家井水不犯河水。這間屋子是他們的，如果我們闖進去，被他們發現必死無疑。」

威廉聳聳肩。「不會有事的，這房子已經空了幾個月了。」

「你怎麼知道？」

有太多蛛絲馬跡：門沿有層厚厚的灰，整個地方沒有一絲人類氣味，只有小動物的味道，而且這間起來有幾星期之久，小動物已經把這裡當作牠們的地盤，氣味無所不在……「我就是知道。不管這叫阿爾法的是何方神聖，反正他們不在，我們需要乾爽的地方休息。」

瑟芮絲滿臉戒備地說：「聽我的，我們一定要離開這裡，這樣不好——」

威廉踹門一腳，門應聲開啓。「來不及了。」

她僵在他懷裡。

屋裡看起來又黑又空，沒有破壞安寧的警鈴，沒有人冒出來打他們。

「該死，威廉。」

他喜歡她喊「威廉」的方式。「不用擔心，尊貴的遊民殿下，我會保護妳的安全。」

她咒罵他。

威廉跨進門內，小心翼翼地放下她。她還有些不穩，只好扶著牆壁。

「妳要去哪裡？」

「檢查一下這間屋子，不然還能去哪裡？」她直起身子，往走道深處前進。

威廉深深吸氣。這股氣味相當陳舊，他的耳朵也沒捕捉到一絲聲響。她這是在浪費時間。看來曾有受過軍事訓練的人教過她身在敵方的行動守則。他們經歷了這麼多險阻，好不容易找到安樂窩，一般的女子應該會迫不及待地撲上去躺平，她卻到處察看，要知道她隨時都可能耗盡體力並倒下。

一般的邊境人散漫、無知又無能，做事全憑愚蠢的運氣和禱告。但瑟芮絲不一樣。他可沒見過任何一位邊境人用任何方式把人劈成兩段。若是極度專注地射出一道電光就能辦到，但他並沒有看見那條光帶。此外，大多數邊境人不會施展白電光，若要製造如此嚴重的傷害，非白電光莫屬。

他必須謹慎，不能低估這位遊民女王，否則就得付出慘痛代價。

他耳朵捕捉到一種規律低沉的震動聲，只見燈泡閃了幾下，忽然發出黃光。想必她已找到發電機。他繞著客廳把窗簾一一拉下。

瑟芮絲從屋子內部走出來。「空的。」

他對她行大禮。「我早說過了。」

「我找到發電機，後面還有一間浴室，水不夠熱，但很乾淨。」

威廉眼前立刻浮現沖澡和柔軟浴巾畫面，他點點頭。「快去吧，妳愈快洗完，對我們倆愈好。」她表情宛如鋒利武器，足以致他於死地。她一回身，撿起背包，朝浴室走去。眞聰明！他正想看看她背包裡裝了哪些東西。

威廉檢視整棟房子，每間房視察一遍。這裡屋況很新，很像某人的度假小屋，而且擺滿可笑廢物，好比模型船和貝殼，還有一大堆裝飾品，看不出曾有人在此生活的痕跡。食品櫃擺滿罐頭，有吃的眞好。

威廉回到客廳，調暗大燈，打開兩盞小燈，讓室內保持在剛好看得見的亮度。接下來便靜靜等待。他的衣服下垂，濕透的布料貼著皮膚，濕答答的襪子磨痛了腳。他脫下靴子和爛成一團的襪子，順便彎彎腳趾。腳下的硬木地板令他感到舒適又涼爽。

架上擺了艘模型帆船。他把船拿下來，撥弄那些細線。船上還缺幾名小水手，他家裡的收藏中有一對老美國大兵很適合……不，那兩隻太大了。

洗個澡到底要花多少時間？

威廉身後的門打開。「洗好了。」瑟芮絲宣布。

他轉身一看，當場愣住。

瑟芮絲的帽子、外套和骯髒的牛仔褲全都不見了，她找到一件短褲，再以過大的運動衫繫住胸部。她的深色秀髮很長，梳理過後如瀑布般直瀉而下，長達腰際。威廉端詳她曬黑的臉龐，有豐滿的唇和秀氣的鼻子，大大的杏眼配上深褐色睫毛……那雙眼睛正對他笑，他頓時忘了自己身在何方。

她的氣息飄向威廉，他終於聞到她身上眞正的氣味，混合著皀香，乾淨清新柔和……就像女人。體內潛伏的野性蠢蠢欲動，不停搔抓他的內在。

好想，好想要這個女人。

「比爾大人？」她出聲詢問。

威廉的思緒在渴望的瀑布沖刷下跌宕起伏。好想要……太美了……靠得這麼近又這麼美，好想要這個女人。

「叩叩叩，威廉在嗎？」

她那對美麗的深色眼眸正望著他，他唯一該做的就是伸出手碰觸她。

不，不對。

她並沒有同意。如果他碰她，就會直接要了她，但未經許可是不對的。

威廉收斂渴望，重拾自制力。體內的野性劇烈掙扎、怒吼尖叫，但他依然將它收起，逼它退到最深底層。記得鞭子嗎？沒錯，大家都記得鞭子，也記得未經允許就親吻女孩要受罰。他背上的傷開始發癢，提醒著他。人類世界有規則，他得要遵守。

他是變形者。身爲變形者，永遠不知道女人要不要他，除非他付錢或她答應。不過，看來眼前這女人並不想要他，因爲沒脫衣服，也沒試著拉近雙方的距離。此外，直覺告訴他花錢也沒用。

她不會讓別人碰她。

「該我洗了。」威廉以平穩的聲音說。他遠遠地繞過她，強迫自己朝浴室前進，最後他關上浴室的門，把自己牢牢鎖在裡面。

瑟芮絲吞了口口水，聆聽洗澡水打在浴室瓷磚的聲音。她全身緊繃，彷彿剛熬過生死關頭的倖存者。

威廉對著她目瞪口呆，震驚得無以復加的樣子，簡直是無價之寶，她幾乎要笑出來。但不久他就變得像充滿野性的動物，盯著她的雙眸透著狂野，眼神瘋狂、殘暴並充滿慾望。她當下以爲自己恐怕得將他擊退，不過那股狂野不久便消失了，宛如他拉上內心的百葉窗。

瑟芮絲成功地嚇他一大跳，其實她早就有預謀。要是他當下又喊她遊民女王，她一定會掐死他。雖然這種事沒發生，但她可沒料到他會變成……那個樣子。

瑟芮絲想過，威廉也許會目不轉睛地看她，說不定還會逗她幾句。不料他瞬間呆掉，速度之快，套一句殘境人常用的比喻：從怠速到六十哩只要兩秒。她沒見過男人出現這種反應。

瑟芮絲不曾遇過任何男人那樣盯著她，好像她極爲誘人、令他無法招架。

瑟芮絲翻找背包，抽出一件運動衫穿上。他剛才勉強控制住自己，值得鼓勵，但沒必要繼續賭運氣。

她體內的腎上腺素逐漸恢復穩定，心頭泛起一股暖流，隨之而來的是輕微疲勞。事實擺在眼前——比爾大人幾乎被沼地女孩沖昏了頭。她咧嘴笑開。*遊民女王，惡搞女王，冷不妨嚇死你。*「沖昏頭」先生甚至沒有掩飾自己的失態，就這麼死盯著她，好像瘋子。

其實這沒什麼好大驚小怪，她覺得威廉平常看女人應該就是這副德性。呃，或許沒那麼誇張，既然他有本事活到現在，沒被憤怒的女人殺掉，那代表他還挺收斂的。

話又說回來，這仍值得一提。威廉做任何事都讓瑟芮絲有種大禍臨頭的感覺，害得她像撲火的飛蛾團團轉。她回想之前的打鬥，威廉把她推開，雖然力道不大，她卻站不穩，重重摔落在地，整個人被打趴，甚至喘不過氣。她頭昏眼花，躺在那裡足足半分鐘，一邊聽著威廉引開「手」的怪物，一邊掙扎起身。

威廉是一片好心加上好意，不得不將她打倒，但她依然還他一記重拳。幸好沒人看見她多麼狼狽，否則她將成爲全沼地的笑柄。瑟芮絲不禁皺起眉頭。她本來想直接賞他的下頜一拳，但打別人的下巴只會害自己手痛，這正是當初祖母教她的第一課：要顧好自己的手，妳那雙手是用來握劍的。

等她好不容易掙扎起身，棕色怪物已經被引到將近五十碼以外。他有巨大的身軀和護甲，而且配備利爪，至於威廉，居然只拿了一把刀應付。他不是瘋了就是腦子壞了，瑟芮絲本想這麼罵他，但湊近一看，「手」的怪胎鮮血直流，活像被宰的豬。她踩到這傢伙流的血，差點滑倒。看來要不了幾分鐘，威廉就可以讓他的血流乾。

淋浴聲忽然停止。

瑟芮絲趕緊朝走道另一頭前進，以免威廉跨出浴室時發現她正盯著門。

左方有食品櫃，她檢視裡面的罐頭，尋找肉食。

瑟芮絲知道自己很漂亮。在這片沼地中，她的身分和能力向來受到重視。她是瑟芮絲・馬爾，有整個鼠穴作為後盾，劍術也小有名氣。儘管家族並非完全建立在姻親關係上，有些男人也不能接受舞刀弄槍的女人，但仍有很多傢伙不惜代價，只求與她在一起。只要她願意，對象隨便她挑，而她有一陣子確實如此，直到被家族的財務拖累。

就在困境中，她遇見托比亞斯，這傢伙簡直是個奇葩。

知道自己窮是一回事，但一邊知道自己窮，一邊被窮困頻頻打臉，被迫趕著、騙著、計較著，就為了替孩子們買新衣過冬，或是幫某個親戚付保釋金，這又是另一回事。疲於奔命到最後，她都快不想活了。

現在若有個男人靠近，瑟芮絲第一個念頭就是：這人眞正的目的是什麼？他看中的是她或家裡那所剩無幾的錢？他值得信任嗎？他可以捅多大的婁子？如果必須付出代價才能解決他捅的婁子，家裡的損失會多麼慘重？這樣一想，每個男人背後都有一堆問題：這個是酒鬼；那個和前妻有孩子，希望託付給另一個值得信賴的人；第三個更離譜，只要會動的他都可以搞上床……太粗枝大葉的、太笨的、太容易發火的……她很快就被冠上挑剔難搞的罪名，但她覺得自己不是這樣。就算她眞的難搞，她也沒本錢裝大方。

這些事威廉一概不知，他根本不清楚她的底細，也沒把她家放在心上。她以僞裝蒙蔽了他，得到最誠實的反應。

瑟芮絲回想他剛才的神情，不禁全身發顫。

問題是，威廉走出浴室時，她該怎麼辦？想到這裡，她驟然停下動作。威廉必定有強健體魄，因爲他力大如牛，單手將方頭平底船拖過沼澤，這可不是鬧著玩的。此外，他一把就能撈起她和兩個背包快跑，彷彿不把這堆重量放在眼裡。她揣想威廉浴畢，跨出淋浴區，身上圍著浴巾的樣子，立刻急急關上門。他若是個迷人的傢伙固然不錯，但她還有一堆事要操心。

瑟芮絲心底某個角落很想搞清楚，威廉剛才的反應只是偶然，或者她還有本事再讓他目瞪口呆一次。

瑟芮絲從架上取下兩罐燉牛肉，回到廚房。她告訴自己，*那不重要，妳又不是十五歲，別放在心上，妳還要去救爸媽。*

再過一會兒，威廉就會離開浴室，不管他多帥，她都得將他當成可能的敵人，這樣比較安全。

比爾大人是謎一樣的人物。他的穿著像貴族，談吐像貴族，但他從殘境跑來沼地。異境的貴族通常不能涉足殘境，因爲身上的魔法太強，如果不折返，強行穿越邊界勢必會喪命。他若不是假裝有魔法的冒牌貨，就是家族中有極其怪異的遺傳。還有那雙燃著熊熊火焰的眼睛，以及最令人不解的——這人居然知道「手」，她可得善加利用這一點。總之，只要他越線，她隨時都可以宰了他。

爐子頂端有片奇特的玻璃，瑟芮絲開火，等爐面發出紅光，便將鍋子擺上去，往鍋裡倒燉牛肉。比爾大人是不是貴族都無所謂，她遲早會查出他的底細。說不定他們很快就要分道揚鑣，問題自然迎刃而解。

門開了。

瑟芮絲斷定自己純粹基於好奇心，這是正常健康心態，只是想看看他的模樣。她假裝專心煮東西。

她其實抬眼看一下再移開視線就行了……噢，天啊。

她驟然明白自己大錯特錯。

威廉穿著牛仔褲和白運動衫，看起來很適合他。威廉的體格不算強壯，屬於精雕細琢類型，而且深藏不露，很難看出他其實力大無窮又動作迅速。沒有缺陷，沒有弱點，他瘦削的身軀經過充分鍛鍊，就像早已習慣爲了生存奮戰並且樂在其中。他大踏步走來，姿態宛如劍士，動作乾淨俐落，充滿自信，透著幾許自然的優雅和力量。

四目相交，瑟芮絲發現那頭猛獸的身影掠過威廉的雙眸，她攪動燉肉的手隨即停下。

兩人互望對方，緊張氣氛持續許久。

可惡，不該發生這種事。

她轉身抓起兩個鐵碗，把燉肉倒進去，再擺到桌上。威廉找個位子坐下，她也坐下，視線再度相交，瑟芮絲不知道究竟是誰比較苦惱。

威廉傾身向前，把他的碗拉過來，好像瑟芮絲會搶走似的。他需要刮鬍子，但臉上有些鬍碴也不難看，若眞要說實話，他留鬍子非常好看。雖然威廉看起來神色自若，但女性天生的直覺告訴瑟芮絲，他心裡正想著她，還想和她一起做些事情。她覺得自己活像初次和男生跳舞的十五歲少女，緊張得發抖，竭力避免說錯話或做錯事，表面上若無其事，其實心底激動得要命。

好極了，這下她可不知道誰才是大笨蛋。

「抱歉，這東西眞難吃，但至少是熱的。」她努力保持聲調平靜。

「我吃過更差的。」他的聲音也很平和。

「這種爐子好棒。」

威廉抬眼看看。「妳用什麼煮的？」

「屋裡有一座超大壁爐和小電爐，但都不好用。」瑟芮絲嘆氣，看看上面印著「ＧＥ」商標的玻璃爐。「我想偷走這個。」

「祝妳能抱著它通過見鬼的鰻螈那一關。」他說著挖一匙燉肉。

「如果我們帶走爐子，你每次遇到鰻螈，就可以拿來砸牠的頭。」

他沒說話，彷彿正在認眞考慮拖著爐子穿越沼澤。

「我只是開玩笑。」她說。

威廉聳聳肩，繼續吃東西。

他的運動衫側面出現一條細細的紅色痕跡。

「你流血了。」

他抬起手看看側腹。「大概又牽動到傷口了，我之前被那個混帳抓傷。」

那對利爪可有半呎長。「傷口多深？」

他再度聳肩，只見布料透出更多血跡。

「別聳肩了。」她一躍而起，快步走過去。「衣服拉起來。」

他撩起運動衫，露出側腹，肋骨處有兩道深深口子，傷勢不至威脅生命，但若放著不管照樣有事。

「你爲什麼不包紮？」

「沒必要，很快就會好。」

最好是。「別動。」她拉過背包，取出夾鏈袋，裡面有紗布、膠帶和外傷萬用藥膏。「至少你沖洗過了吧？」

他點頭。

「那就好。我可不想等到你傷口發炎，高燒昏迷，必須一路拖著你穿越沼澤。」她拿肥皂洗淨雙手，把藥膏擠在傷口上。「這是殘境的藥，可以預防傷口感染。」

「我知道它的功效。」威廉說。

「貴族怎麼會知道這種事？」

「不准問個人隱私。」

哈。換她一頭栽在自己設下的規定。瑟芮絲包好傷口，貼上膠帶。「噢，快看，你這下可以毫髮無傷地活下來了。」

「妳那藥膏臭死了。」

「想辦法適應。」

威廉把運動衫拉回去，瑟芮絲瞥見他的二頭肌發青。她伸手拉高他的袖子，露出肩膀的大片瘀傷。

「這妳也有藥可以抹？」威廉問道。

「沒有，不過我現在知道了，如果要打你，哪個部位傷得最重。」她放開袖子，過去整理剛才拿出來的東西。那叫二頭肌，還有結實的背肌，說不定他的腹肌可以反彈硬幣。他若不是還在服役的軍人，就是爲了謀生從事某種骯髒勾當，一般人沒有必要不會刻意保持這麼精壯的身材。

她回到桌前。

「謝了。」他說。

瑟芮絲認爲機會來了，以後的事情誰也無法預料，她得趁現在盡量從他口中挖出消息。「我猜，那個活像烏龜的傢伙是『手』的特務。」

他點頭。

幫幫忙，比爾大人，別全藏在心裡。她再度試探：「那隻蝙蝠呢？我們跑過去時，牠好像已經死了一會兒，肚子旁邊有洞，你還沒把刀刺進牠身體，我就已看到裡面的內臟了，那股臭味聞起來也像屍體。」

他再度點頭。

也許她問得太含蓄。「和我說說『手』的事，拜託。」

「不准提問。記不記得？這是妳自己訂的規矩。」威廉叉起一塊肉，迅速咀嚼。他吃得很快，瑟芮絲只吃了一半，他已經快吃光了。

「我願意交換。」

威廉的臉被碗擋住大半，只露出眼睛。他抬眼問道：「用我的回答換妳的回答？」

「沒錯。」

「妳會誠實回答？」

瑟芮絲送他一抹最眞心的笑。她已經準備好兩個版本，就看威廉是哪邊的人，再決定說哪個版本。

「當然。」

他噗哧一笑。「妳是邊境人耶！妳會說謊，將我吃乾抹淨，若覺得把我光溜溜地丟在沼澤裡對妳有好處，妳也會毫不猶豫地這麼做。」

這混帳也太聰明了。「我好像聽你說過，這是你第一次來邊境？」

「現在妳乾脆夾帶問題闖關了，以爲我昨天剛出生？」

要是他眞的昨天剛出生，一定長得超快。「我保證不說謊。」

威廉被燉肉嗆到，咳了幾下，仰頭大笑。

就貴族來看，他這人過於情緒外顯。瑟芮絲大翻白眼，努力壓下大笑衝動。「好啦，拜託。」

威廉拿湯匙指著天。「那妳對他們發誓。」

她挑高眉毛。「你怎麼知道要是我說謊，外公、外婆會傷心？」

「妳又怎麼知道他們不會傷心？」

說得好。她抬眼看著天花板。「我答應會公平交換答案。」

威廉向後靠坐，眼皮半闔地看她。「妳想知道蝙蝠的事？」

「當作開頭第一個問題。」

「牠們被稱為斥候。我是艾朮昂里亞人。告訴妳，我國習慣以小東西和玩具增強魔法，許多人有植入物，還有人擁有軍事等級的魔法增強設備。路易斯安納完全不是這麼回事，他們修改身體構造，讓自己成為怪胎，而且改造一旦完成就無法逆轉，效果永遠持續。有些人的屁股會伸出觸手，有些人可以吐出毒刺。據我所知，他們對身體做的怪事在其他國家遭到禁止。妳在河上看到的追蹤師可不是天生那副樣子，至於伏擊兵的護甲也不是自己長出來的，他們都在某個地方接受過改造。」

護甲怪是個醜八怪，而追蹤師則令她大為不安。看著那些觸手勾起了她心底深處原始而強烈的反感，那幕景象永遠無法從腦海抹去，她等不及要還以顏色。「有一天我一定要殺了那個追蹤師。」

「請排隊。」

兩人同時朝對方扮鬼臉。

「『手』雇用一種死靈法師，他們是偵查高手。」威廉說，「妳曾說妳堂哥是死靈法師，妳知道他們如何操縱自然力量？」

妳最愛的洋娃娃會被他們扭斷頭，以死鳥的頭代替，之後娃娃還可以走來走去，他們無法理解妳為什麼因此傷心。「不想知道都不行。」

「唔，我們遇到的法力可是更上一層樓。偵查高手會把自己的身體分成小塊塞進屍體，讓屍體成爲斥候。」

眞噁心。「你在和我說笑，對吧？」

他搖頭。「這些斥候成爲他的一部分，他看得到牠們看到的東西。他會找個安靜的好地方，派牠們出去，等候回報。」

「眞的超噁爛。」

「輪到我了。」威廉湊近，淡褐色眼眸鎖定她，直看進她的眼底。他的凝視相當古怪，強烈而富有魅力，卻又高深莫測。他的聲音很小，只比低喃好一點，瑟芮絲不得不湊過去聽。這雙眼如此迷人，她可以足足盯上一千年，都不會注意到時間流逝。

「爲什麼『手』要找妳？」

「威廉大人，那是你看錯了。」瑟芮絲喃喃說道。「錯得離譜。」

「回答問題。」

「他們抓了我父母。」

「爲什麼？」

她朝他微笑，這人還眞的以爲自己很公平。「那是第二個問題。你來沼地幹什麼？」

「尋找我家失竊的東西，是傳家寶，一枚戒指。早在舊大陸時期，一位盎格魯國王送給我的祖先。偷走它的人跑來沼地，所以我來這裡尋找。」

如果他的家族眞的那麼古老，他應該會施展電光。瑟芮絲見過威廉射十字弓，此外他也是用刀好手，說不定他還能徒手解決敵人。總之沒見過他施展電光，也許是因爲他根本不會。再說他不可能熬過進入殘境的痛苦。瑟芮絲暗笑，她猜得沒錯，在威廉大人綿長的家系中，某位祖先曾「涉足紅塵」，因此他血管裡不是流著部分邊境人的血，就是部分殘境移民的血。

「『手』爲什麼綁架妳父母？」威廉問道。

「我不知道。」

「妳說謊。」

她搖著頭說：「我們家和另一家有長達八十年的世仇，這一代互相廝殺，殺完後暫時平息紛爭，直到下一代長大又開始尋仇。我家在邊境有一塊土地，幾天前，我父母前去視察那裡的老屋，但一直沒有回家。我去老屋找他們，卻只發現仇人，他們只說『手』帶走了我父母，沒說原因。」

「仇人跑進妳家土地，妳竟沒有採取行動？」

她聽出威廉口氣裡隱含不認同，心中升起一把無名火。「威廉，這是另一個問題。不過沒關係，我會回答。我方有三名騎士，對方可是有六管步槍。我算過，貿然行動的後果一定很慘。但是，不用替我擔心，這件事結束前，我一定會讓他們再也踐不起來。」

她起身，洗淨餐碗後返回臥室。

第七章

威廉吃光燉肉，雖然不可口，好歹是食物，再說他根本不知道下一餐在哪裡。他洗淨餐碗，以狼特有的安靜步伐走到瑟芮絲的臥室，輕輕推開門。房裡的女孩已經睡著，但身體依然靠牆，雙腿盤坐，短劍斜倚著肩頭。他有種預感，要是再靠近一些，她就會立刻醒來，抄起劍攻擊他，因此他決定在門口止步。

她如雲的秀髮襯托著臉龐，長長的髮絲披肩而下，幾乎觸到地板，令他忍不住細細端詳。她美極了，看著她就像欣賞一幅畫，只不過這幅畫有生命，也有溫度。她的香氣令他想要學小狗哀鳴，只因為他必須強迫自己走開。

剛才在廚房，瑟芮絲幫他包紮傷口，他也乖乖坐著配合。她的手在他的皮膚上移動，他還記得觸感。如果瑟芮絲知道他當下的想法，一定會尖叫著跑開。或許不會，畢竟她不是動不動就尖叫的女生。

她說的故事聽來相當眞實，邊境人常爲了蠢事互相尋仇，一旦結下梁子便永不罷休。賭注愈小，他們反而愈認眞。

除了她自己的名字，瑟芮絲沒有提到別人的姓名，再說他也無法確認「瑟芮絲」是不是她的眞名。她打算抵達病木後就把他拋下，然後消失在沼澤中。如果在一般的陸地，他還能追蹤她，但沼澤的水會抹去氣味，他沒有把握找得到她。瑟芮絲非常清楚自己在做什麼。

若是一般的衝突，情況很單純，對他來說她就是敵人。但若她說的是眞的，那麼她只是個犧牲品，還是個老百姓，老百姓不該被捲進來。如果瑟芮絲攻擊他，自然會成爲他的敵人，但在這之前他沒有理由把她當作敵人看待。

他希望瑟芮絲喜歡他，很少有女性喜歡他，即使在殘境也不例外。她們似乎能感應到他有某種問題，因而總和他保持遠遠的距離。

威廉必須設法融入她的家庭，以便查出史派德與他們作對的原因。瑟芮絲就是通往目標的捷徑，他得想個好計謀，讓瑟芮絲喜歡他，或者至少覺得他是個有用的人，值得帶在身邊。他必須以人類的方式來思考，並且狡猾一點。

狡猾並非他的長處，貓才狡猾，狐狸也是，但他是狼。狼想要什麼就直接拿，如果拿不到，他會耐心等待，直到機會自動浮上檯面。瑟芮絲曾說希望能在隔天結束前趕到病木，看來他的機會之窗正在縮小，時間就快到了。

威廉看她最後一眼，接著便走到客廳。他拿起沙發上的厚墊鋪在地上，充當今夜的床。他躺下來，用自己的身體擋住門口。病木有一位「鏡」的手下，名叫柴克・華勒斯，這人表面上是皮革商人與動物標本製作師，檯面下替艾朮昂里亞效勞，閒暇則從事非法走私。根據歐文所說，柴克會提供史派德的最新情報，包括他和手下在哪裡出沒，以及他們在沼澤和誰碰過面等等。柴克可以幫忙查證瑟芮絲的身分，但僅止於此，其他的還是得靠威廉自己努力。

快想，你好歹也是人類，努力想。

他還在嘗試拼湊可行的辦法，但睡魔已經找上他。

睡夢中，威廉被細微的腳步聲驚醒，他張開雙眼，恰巧看見瑟芮絲光腳走過他身邊，悄悄溜出門外。她想丟下威廉。想得美。

威廉壓低身子跟上。陰鬱灰暗的天幕下，一片陰森而平靜的湖面鋪展開來。瑟芮絲奔到碼頭，走進水中，任由湖水淹沒膝蓋以下，她上身還穿著長運動衫。威廉跟著她，靜靜穿過草地，來到碼頭，無聲無息地走過木板，直到看見她的臉才停下。只見她閉著眼睛，仰頭向著灰沉沉的天，雙臂微微伸展，好像在歡迎某個人。

她的秀髮如發亮的瀑布般披瀉而下，表情充滿哀傷。

威廉在碼頭邊坐下。她到底在幹什麼？

瑟芮絲深深吸入早晨的空氣。她昨夜睡得很不好，第一次驚醒是因為夢見他們趕到病木，卻發現烏洛已死。第二次則夢見有人攻進這棟屋子。夢境太真實，她甚至跳起來奔到房門口，遠遠看著飯廳和客廳，卻只見到一片漆黑，威廉則睡在大門前，恰好擋住通道。睡夢中的他褪去了貴族的傲氣，看起來平靜安詳，讓她感到安心，於是她又回去睡。

早上她醒來，心中的焦慮不安仍徘徊不去，像韁繩緊緊勒住她的脖子，又似馬刺深深陷入她的心。她肩上扛著整個家族的重擔，宛如身後拖著沉重船錨，重得讓她覺得要是自己跳進湖裡就會沉下去。

以前她只需要聽爸爸的話，那段日子單純多了，也輕鬆多了。她好想爸媽，想到心痛。如果找不到他們，整個家族都會垮掉，到時雲雀……她不敢想像雲雀的下場將多麼淒慘。

我絕對不會下沉，我會浮起來。

瑟芮絲深吸一口氣，緩緩進入冰冷的水中。浮力托起她，讓她在水面上漂動。她伸展四肢，覺得輕飄飄的，長髮如一襲軟紗在身周蕩漾。幼時她曾這樣玩過一次，水向來是撫慰她的良伴，不曾辜負她。不過偶爾難免漂浮失敗，祕訣在於接受可能失敗的風險，努力嘗試。

水輕輕拍打她，沖走心頭所有不安，平靜隨之而來。

她張開眼睛，發現黑得要命的天空似乎即將下起雨。碼頭邊的深色木板慢慢映入眼簾，接著是威廉的臉，他正在碼頭上看她。

他滿臉驚愕，那副表情宛如小孩發現自己踩到一條鮮艷古怪的蟲。

「你好。」她說。

「妳在幹什麼？」

「漂浮。」

「爲什麼？」

「這樣很輕鬆，你也該試一試。」她驚覺這句話聽起來太像邀約，但後悔已來不及。好極了，眞是好極了，張嘴之前先想一下是會死嗎？比爾大人，快跳下來和我一起，我正在游泳，而且半裸……

威廉搖頭。「不了。」

等等，他這「不了」是什麼意思？「爲什麼不要？」

「我討厭水。」

「爲什麼？」

威廉皺眉說道：「因爲我會搞得渾身濕，而且毛……頭髮會飄著魚腥味，臭上幾個小時。」

瑟芮絲眨眨眼。他是認眞的？「游泳很好玩耶！」

「才不呢，所謂的游泳是指從某個地方游到另一個地方，妳這不叫游泳，又沒有目的地。」

比爾大人意見眞多啊！「游泳對你很好，大不了每次游完用洗髮精洗乾淨你的寶貝頭髮。你洗過頭後，頭髮看起來很不錯。」

他扮個鬼臉。

「比爾大人，我猜異境的女人一定整天誇你的頭髮。」她敢說她們也會誇他帥到掉渣。

他的神色轉爲嚴峻。「異境的女人沒對我說過什麼，除非我付她們錢，否則她們不會和我說話。」

呃，反正這不重要。

威廉看著她說：「如果妳已經在這片泥坑裡玩夠了的話，我想現在出發去病木。」

瑟芮絲挑高眉毛。「泥坑？」

「對妳來說，這可能像一座澄澈如鏡面的高山湖，但請相信我，這只是骯髒的小池塘。我敢說池底一定充滿黏答答的爛泥。我猜，把過期義大利麵的臭酸味換成魚腥味是一種進步……」

他很快就得潛進這座湖中，只是他還不知道罷了。瑟芮絲稍微起身，在柔軟的泥中尋找立足點。她的胸部以上浮在水面上，濕透的上衣黏著身軀。威廉的目光牢牢鎖定她的胸膛。*好，比爾大人，你就看吧，一直看下去。*

瑟芮絲伸出手，威廉向前傾，身下是湖水。他強壯乾燥的手指扣住她的手，她微微一笑，抓緊他，膝蓋一彎，打算用全身的重量將他拖進湖裡。

威廉臂上的肌肉隆起，手臂稍稍彎曲，她立刻感到自己被拉出水面，整個人懸在半空中。

瑟芮絲後頸的寒毛豎起，不寒而慄，天底下可沒這麼強壯的人。

威廉嘴角隱隱浮現笑意。他小心地將她安置在防波堤上，雙手按住她的肩膀問：「妳沒事吧？」

他靠得太近了。

瑟芮絲仰起臉。「沒事。」

他臉上有一種罕見的表情，似乎微微透著飢餓和占有慾，按著肩頭的雙手乾燥而溫暖。

他只要再上前一步，胸膛就會碰到她的胸部。

說話啊，妳這白痴，快引開他的注意力。「那麼，比爾大人，你是不是常拯救泥坑裡的遊民女王？」

「叫我威廉。」他悄聲說，聽來就像一種親暱的懇求。

「你腰上的傷怎麼樣了？」

威廉放開瑟芮絲，讓她拉高他的上衣。繃帶和紗布都不見了，可能是他拿掉的，眞是個傻子。不過傷口已經結痂，這種痊癒速度也太快了。

威廉低下頭看她，儘管目光中沒有任何危險意味，她卻有種被大型掠食動物暗中盯上的感覺。他們必須離開這片要命的沼澤，盡快進城，城裡有很多人，到時就可以離開他……

「說不定下去游個泳也不賴。」他說。

哦，不。不，不，不。

瑟芮絲的視線越過他，望向遠處，拚命想找話岔開。她忽然看見湖面浮現幾片斷裂的木材，就在邊界外。她瞇起眼睛細看。對，果然不出所料。瑟芮絲不禁出聲咒罵。

他轉頭察看，「怎麼了？」

「有沒有看到湖裡那些沾滿泥巴的破木板？」

他隨著她指示的方向看去。「有。」

「我認爲那是我們的船。」

瑟芮絲站在邊界凝望殘境，靜聽威廉的嘴巴吐出長串咒罵，其中有兩、三個用語她甚至沒有聽過，她決定日後再查證，可以問問卡爾達那是什麼意思。

船已不復存在，單憑木板上的長條爪印就知道誰是罪魁禍首。

「我一定要親手宰了那條該死的魚！」他想必已經罵到詞窮才會這麼說。

瑟芮絲嘆氣。有一片方頭平底船的殘骸落在左邊二十呎外，另一片在灌木叢上，第三片在湖裡……「好樣的，牠一定使出了吃奶的力氣，才能把板子丟那麼遠。」

對威廉來說，這個消息代表他又可以再度發射連珠炮咒罵。

「我們昨天住的是湖濱小屋。」瑟芮絲說，「附近一定有船。」二十分鐘後，他們爬上在車庫找到的獨木舟，慢慢划過邊境。穿越邊界令她屏住呼吸，痛苦宛如細針扎進她的五臟六腑，她只能彎下身子抵擋。凡事都需要付出代價，這就是她擁有魔法的代價。再說她的運氣已經很好了，家族中大多數親戚根本無法穿越邊界進入殘境。

「妳還好嗎？」威廉在船尾問道。

「沒事。」她吞下痛苦。比爾大人似乎不受穿越的影響。「往那邊划。」她指著對岸一條注入湖中的窄河。

他們開始划船，獨木舟輕盈地滑過水面。

威廉在她前面划槳，結實的背肌頻頻出力。她爲什麼偏在這節骨眼遇上他？爲什麼不能提早一個月？那樣的話她一定會和他調情，也可以悠閒自在地陪他玩玩。可是她現在搞得亂七八糟的，首先竟然主動邀他下水一同嬉戲，接著又任由他對自己放電，再來……

湖面泛起水紋，大片細長的銀色光影逆流而上，從波浪中衝出，原來是一大群嚇瘋的魚苗。瑟芮絲趕緊抄起短劍。

「有東西來了！」

威廉把槳拋到船板上，抽出刀子。

一抹長蛇般的暗影從水面下掠過，瑟芮絲瞥見粗短的爪子一閃而逝。別又是牠，可惡……鰻螈衝向船底，瑟芮絲舉劍朝水中刺去，感覺到劍尖擦過牠長滿護鱗的頭。大怪物隨即下潛，消失在朦朧的深處，她便坐回船上。

湖跟著安靜下來。

一道平滑的波浪湧現，急速朝船衝來。魚苗跳上半空中垂死掙扎。瑟芮絲連忙抓緊獨木舟。

「牠要撞船，快趴下！」

大魚的扁頭硬撞上來，船身猛地傾斜，一邊恰巧落在鰻螈頭上，一顆圓圓的魚眼在船下死盯著她。

威廉舉刀砍魚頭，鰻螈奮力躍起，打中威廉的腳，船身再度傾斜，他跌入水中。

噢，糟了。她居然害這個貴族被大鰻螈吞食。

瑟芮絲深吸一口氣，跟著威廉潛入水中。

冷水刺痛她的皮膚。瑟芮絲僵在一片濃密的灰綠色中，什麼都看不到也聽不到。

左方閃現葛斯波・艾迪兒魔法的冷光，她學獺豹雙腳齊蹬地游過去。

面前隱約出現一具長滿鱗片的身軀。

她將劍刺進去，劍身沒入脊柱，忽然發現鰻螈已經不動。淺色的血淌進湖水中，如一團污濁的雲。瑟芮絲的嘴裡有銅的味道。

她浮上水面，看見威廉一手攀著船身找她。他發現她之後，手划了兩下便來到她面前。

「妳這人不弄濕自己就不快活。」他咆哮。

「有時候濕比乾好，但這次不算在內。」她怒罵，「如果你聽我的話趕快趴下，那條魚也不會把你撞飛。」

「不是牠撞我，是我自己跳下去的。」

老天！「你居然主動跳進有葛斯波・艾迪兒魔法鰻螈的水裡？」

「在船上砍不死牠。」

眞令人不敢相信。「你瘋了嗎？」

「有嘴說別人，沒嘴說自己啊，沼澤美人魚。」

「我跳下去可是爲了救你，你這個笨蛋！」

他沉下去，隨即從她身旁冒出來。又來了，他深埋眼底的野性再度出現，透過目光凝望著她。如果有足夠的時間，她一定可以看出那到底是什麼……

威廉綻出瘋狂而愉悅的笑容。「妳下水是爲了救我？」

「別多心。」瑟芮絲潛下去推船，然後回到船上。白痴貴族和他那雙白痴眼睛，她到底在幹嘛？這是最後一次被他搞得魂不守舍，下不爲例。

威廉拿刀勾住鰻螈的屍體，拖著牠游向岸邊。

「你在幹什麼？」

「我要切下牠的頭。」

「爲什麼？」

「做完防腐手續後，我就要把牠掛在牆上。」

她不敢置信地望著他。通常帥哥都有毛病，眼前這一位的恰巧是「神經病」，這傢伙簡直傻了。

威廉的腳想必已經觸地，只見他起身，涉水而過。「把牠的頭掛起來。」他說，「就能確保這個鬼玩意兒已經死透了。」

威廉稍微調整肩上的背包。背上那顆大鰻螈頭正發出可怕濃重的臭魚味。殺死鰻螈後，他決定拖著魚頭前進，這可能不是最聰明的點子。但貴族專搞這種飛機，他偏又非常固執，堅決不肯丟掉。

瑟芮絲走在他身旁。他們回到船上後，她只說過一個字就沒再開口，顯然被那顆臭魚頭氣炸了。威廉原本打著如意算盤，要讓她喜歡自己，現在看來只是痴人說夢。她一定會把他丟在病木，然後消失在沼澤中。腳下的泥徑已被狹窄的單線道路取代，這代表他們就要抵達城鎮。

他無計可施，再說也沒有時間了。

「就快到了。」瑟芮絲終於開口說話。

快想辦法。「有件事想請妳幫忙。我們分開之前，妳可以幫我找人處理這顆魚頭嗎？」

她皺起眉頭。威廉搜索枯腸，努力解讀她的表情。從她的眼神看得出來，她打算拒絕。

威廉從口袋掏出一枚古金幣，以食指和中指捏著它。「我願意付費買妳的時間。」

「我知道一個人，他有時候會把魚做成標本。」她向威廉伸手。

「到了再給妳。」

「好吧。」她轉過頭，威廉卻已瞥見她臉上出現一抹隱約笑意。

他做對了，雖然不明就裡，但希望能繼續保持下去。

前方有個轉彎，風中飄來槍械潤滑油和一絲人的氣味。他驟然停步。「前面有人。」

「幾個？」瑟芮絲問。

「不多。」

她抽出短劍，繼續前進。

「如果是來攔截妳，我們應該離開這條路。」

「他們遲早還是會追上我們。」她說，「在路上比較好，空間夠我們用。」

好個瘋婆子。

他們轉過彎，果然見到六個男人守在另一頭，其中五人攜帶刀劍，另一人端著一枝步槍。威廉判斷他們想活捉她，因爲槍枝愈多，愈容易不小心失控，以致誤觸扳機。因此他們讓最冷靜的人拿槍，以備不時之需，另外再派遣大量人手支援。

燦爛的笑容浮上瑟芮絲的臉龐。「記得我家的世仇嗎？這些都是他們請來的打手，你站遠一點。」

「眞有意思。」威廉不理睬她，繼續前進。他覺得有點心情不佳，這時他非得痛快地發洩一下不可。

「這場架和你無關。」

「他們有六個，妳只有自己。我不知道妳打算怎麼施展那支漂亮小劍，只知道他們不是鬧著玩的。」

「如果你又想把我踢掉，我會剁掉你的手。站開，威廉，你會受傷。」

「不用擔心，這次我會分一點給妳。」

「別這樣。」

開打的時候到了。他用魚頭指著那些擋路的人，拉高嗓門說：「上啊！」

「神經病。」瑟芮絲咕噥。

步槍沒有對準他，反而瞄準瑟芮絲。噢，所以說他們也知道她劍術高強。

這群邊境人上下打量他，拿著大刀的禿頭高個子微笑說道：「瑟芮絲，妳上哪找來的貴族？」

「沼澤。」她說。

「不錯嘛！但妳不應該離開自己的地盤，現在妳單槍匹馬在這，親戚都幫不上忙。」

琵芮絲的笑容變得更燦爛。「你的看法有誤，我可不是單槍匹馬，你們才是。應該多帶一些人，六個根本不夠看。」

大刀男聳聳肩。「這樣就夠了，拉加說要把妳完整帶回去，妳最好乖乖聽話，免得有人中彈。妳也知道，巴克斯特很少失誤。」

巴克斯特在步槍後方對夥伴眨眼。

「我們要去病木。」威廉說，「你們擋到路了。」

這批邊境人咯咯笑起來。

「這裡可不是異境，我們不會把貴族放在眼裡。」左邊的男人高喊。

「你們的小命通通不保了。」琵芮絲喃喃說道。

威廉把樹枝插進土裡。「我不想在這種蠢事上浪費時間，再不走開我就動手。」

大刀男聳聳肩。「巴克斯特，你聽見了，把他趕走。」

步槍槍口轉向威廉，他迅速向左閃開，子彈擦過他的肩膀，燒灼皮肉。

「就只有這樣？」

步槍再度發射，但威廉搶先一步，右手鎖住大刀男的喉嚨，同時伸出右腳勾住對方的腿，趁對方倒下便奪下大刀，接著肘擊左方的邊境人，再將大刀朝巴克斯特射去。刀子擊中這位射手的眉心，雖然不足以致命，寬大的刀身還是割開對方的頭皮，鮮血流進眼睛。巴克斯特慘叫連連。威廉又打斷右方邊境人的手，只見步槍手飛快遁逃，身影沒入灌木叢。

威廉又踢又打，渾然忘我。他聽見骨頭斷裂、人類哀號的聲音，鮮血染濕了指節。這一切以迅雷不及掩耳的速度結束，基於好玩，他將最後一個人拋給琵芮絲。她伸出手，小心翼翼地用劍柄敲了一下邊境人的頭，對方應聲倒下。

威廉大踏步走過來。大功告成，反抗無效。

她掃視威廉身後的戰場。「玩得高興嗎？」

他露出牙齒。「高興，現在他們不能把妳帶走了。」

瑟芮絲上前，大幅拉近彼此的距離，他只需要彎腰低頭就可以親吻她。既然他英雄救美，也許可以抱住她，然後——

「自從認識你以來，這是你做過最笨的事。」她咬牙切齒地說。

還是先別抱她吧。

「你是外地來的，你們的人把我們的人放逐到沼澤，所以大家都討厭貴族。現在巴克斯特跑了，會到處抹黑造謠，說貴族跑來這裡殺邊境人。等到天黑，事情就會被誇大成你和一群朋友攻擊手無寸鐵的本地人。到了明天一早，整個城鎮都會出動，尋找路易斯安納派來此地趕盡殺絕的神祕貴族部隊。他們會高舉火把搜尋你，像狗尋找獵物一樣。大英雄，現在你給我乖乖待著，等我補救。」

她大步走到大刀男身邊蹲下，以劍尖撐著地面。「肯特，你還活著嗎？」

肯特呻吟了幾聲。

「回去告訴拉加，不是只有他雇得起傭兵。我們若要雇人一定會找頂尖高手，他要是能記住這一點，也不會落到這種地步。」

她說完起身，對威廉點頭示意。他拾起魚頭，跟著瑟芮絲上路。

瑟芮絲的臉色很難看。「你當時到底在想什麼？」

「我覺得六個對付一個不公平，我只是稍微平衡一下數字。」

「什麼才叫不公平？你把他們全滅了。」

全滅，他喜歡這個詞。「我有留一個給妳。」

「我知道。」

「我先前說過會分一點給妳。」他說，「異境人很重視禮節，說謊是不禮貌的行為。」

瑟芮絲的嘴開始抖動，她趕緊藏起笑意。那一閃而逝的笑容讓她瞬間容光煥發。好想要。

「我剛告訴他們，你是我家雇來的傭兵。」瑟芮絲說，「這樣本地人就不會把你當成硬要找碴的貴族，而是單純的傭兵。不過，你也因此捲進我家和席里爾家之間的恩怨。反正不管是剛說的哪一種結果，你都等於被判死刑。從現在開始，拉加．席里爾會拚命找到你，然後宰了你。拉加可不像剛才那群小丑一樣容易對付，他弟弟皮沃曾在一百呎外，以十字弓一一射中撲克牌上的紅心。」

「我好怕啊！」威廉說，「在你們邊境人眼中，玩牌是這麼令人討厭的活動？」

她被他逗樂了，暗暗笑著。

「射擊撲克牌很蠢。」威廉說，「他是怎麼回事？只有五歲？或者他想要討女人歡心？」

瑟芮絲擺擺手說：「別提了。你現在有兩個選擇，一是待在這裡找你的小玩意，直到他們找上你；二是跟我回家避風頭。等風波平息，再偷偷帶你出去。」

他真想跳來跳去，揮舞拳頭慶祝。「去妳家？沼澤？」

「對。」

務必裝沒事，絕對不能讓她看出來。「嗯。」

瑟芮絲瞪大了眼，深色的眼眸發亮。「『嗯』是什麼意思？你以為我隨便就邀人上我家嗎？如果你為了逞英雄救我寧可死於非命，那請便吧。」

「可是妳家人呢？他們會不會介意？」

「在我把父母帶回家前，家裡都由我作主。」她說。

他們沿路走去，穿過一片樹林，進入小鎮。鎮上有一條窄街，兩旁的木屋不是架在高高的支柱上，就是以石頭作為地基。左邊有隻狗正在狂吠，空氣中飄著食物和人的氣味。

「快決定啊，比爾大人。要還是不要？」

「要。」他說。

「不過我們說不定半路就會遇害。」她說。

「多謝妳好心提醒。」

「不客氣。」她指著左方，「來吧，柴克就在那邊。反正我們一定得往那個方向走，愈多人看見我們在一起愈好，讓他們以為你是我雇來的幫手，就可以避免悲慘的下場。」

他贏了、贏了、贏了、贏了！他終於發現德朗瘋狂中的高招了，原來逞英雄大有好處。

「我只是覺得這顆魚頭可以做成壯觀的標本。」威廉說。

「可是很臭。」

「妳自己還不是整整三天都穿著臭酸義大利麵外套。」

「那是偽裝啊！殘境人不會注意無家可歸的人。」

「妳為什麼跑去殘境？」他問。

「不關你的事。」

她抬起下巴，大步前進。他偷偷看了一眼她的屁股，還挺不錯的嘛！接著他邁步跟上。

第八章

柴克·華勒斯的店舖是一棟大型木造建築，若在殘境會被當作穀倉。威廉心想，它在邊境人心目中一定是了不起的店面，因爲門的正上方掛著一顆大鱷魚頭，底下招牌寫著「柴克皮件」。

威廉一把推開門，等瑟芮絲也進屋才關上。店裡涼爽陰暗，長長的櫃台把地板分成兩區，台面上有各種刀具、鱷魚皮件、皮帶和破爛玩意兒。有個人坐在櫃台後面，身旁有一具大型十字弓。

威廉看看他，細細打量。這人約四十出頭，身材偏瘦，可能還嫌不夠瘦而節食中。他的皮膚經過風吹日曬，膚色像胡桃，而且遍布皺紋。曾經全黑的頭髮如今和黑已沾不上邊，髮線大大倒退，一雙黑眼則嚴重浮腫。

雙方的視線對上。「有什麼能爲您效勞的？」這人問道。

「我要找柴克。」威廉說。

「我就是。您和這位小姐要找什麼東西？」

瑟芮絲轉頭對他說：「你好，柴克。」

柴克頓時面露懼色。

害怕的神情從這人的臉龐閃過，大概只持續半秒，但威廉已經看見他抬高眉毛、大睜兩眼並癟嘴。人類這種表情他相當熟悉，那叫恐懼，顯然柴克·華勒斯很怕瑟芮絲。

這人迅速恢復原狀，呼吸也沒亂。「妳好，馬爾小姐，妳在這個涼爽的傍晚覺得如何？」

「很好，謝謝你。」她漫步閒逛，隨意看看櫃台上的小玩意兒。

威廉舉起魚頭。「我需要你幫忙做防腐手續。」

柴克看著那顆頭。「那可是葛斯波・艾迪兒鰻螈。」

瑟芮絲扮個鬼臉。「是啊，他宰了那條魚，驕傲得不得了。」

「教派恐怕會不高興。」柴克說。

「你有沒有辦法做？」威廉的聲音有幾分咆哮的意味。

柴克皺起眉頭。「製作大魚標本需要技巧，你得先將鰓和頭骨的肉刮掉，接著把它泡進酒精，讓剩餘的組織變硬。我沒有這種技術，但我侄子科爾做過。」

「如果事關價錢，我有。」威廉從口袋掏出「鏡」的錢幣，拋給柴克。它看起來就像一般硬幣，唯一不同的是刻了艾朮昂里亞的獅子。法定硬幣的獅子只有三根爪子，不是四根。

柴克接住半空中的硬幣，看了一會兒。「好的。那麼，你也知道，俗話說『有錢能使鬼推磨』。我剛說過，製作大魚標本需要技巧，有兩種方法可以做。我後面有一些樣品，如果你挑到喜歡的款式，我們可以先議價。」

他來到一扇小門前，威廉跟上，兩人進入後面的房間，柴克關上門。

「我以爲你昨天就會到。」他低聲說道。

「我們碰上鯊魚。」威廉說。

柴克扮個鬼臉。「我也猜八成遇上什麼了。外面那位是瑟芮絲・馬爾，我爲了讓你接近馬爾家，差不多要想破了頭，不料你竟然和她並肩走進我的店，一副好夥伴的樣子。」

威廉坐在桌沿。「關於她家，有什麼值得說的？」

「他們是沼澤居民，也就是土生土長的邊境人。這個家族龐大而古老，名下擁有無數土地，但很缺錢。他們在沼澤有棟房子，因爲人口眾多，而且窮苦吝嗇，大家背後都喊他們鼠輩。馬爾家不怕見血，更不怕吃牢飯，他們與人結怨，把報仇看得比傳家寶還貴重。」

柴克透過門上的窺視孔看看店面。「這家人和鄰居席里爾家結下梁子。席里爾家沒那麼多人，只有單親媽媽和三個兒子，但他們很有錢，雇了很多打手。家裡大小事都由這位老媽作主，她對兒子呼來喚去，好像用一條繩子同時拴住三隻小狗。據說幾天前，葛斯塔夫和他老婆珍失蹤了，這事和席里爾家脫不了關係。不過，想綁架這對夫妻可不是容易的事，馬爾家和席里爾家可都是軍團出身。」

「什麼意思？」

「意思是他們都有古老的魔法，兩家人的祖先都是幾世紀前被流放到沼澤的軍團兵。」柴克說，「爲了活捉葛斯塔夫，席里爾家勢必需要幫手。拉加．席里爾的劍術精湛，但葛斯塔夫可不是省油的燈，簡直就是個殘忍的混帳。他女兒也一樣，要是你惹到她，不用奢望她會大發慈悲。有個受雇於席里爾家的人說，整件事和『手』也有關係。」柴克皺起眉頭。「她等得不耐煩了。」

情況逐漸明朗，但還不夠清楚。「還有嗎？」

「我就只知道這些，如果要找你，上哪去找？」

「她家。」

柴克的眉頭糾結。「你是鼠穴的客人？你一定會施行奇蹟。」

威廉藏起笑容。當然啦，他本來就很行。

柴克打開門。「很高興和您交易。」

「那就拜託你了。」威廉大聲說道。

瑟芮絲抬頭問道：「你談好了？」

「好了。」威廉點頭。

「柴克，能不能借用一下後門？」

「沒問題。」柴克說。

不一會兒他們來到門外，威廉吸氣時，聞到周遭滿滿的沼澤小鎮氣味。

「身上的錢都花光啦？」瑟芮絲的眼中充滿笑意。

「我自有分寸。」

「那是當然嘍！」店舖後方面對沼地，瑟芮絲直朝沼澤奔去。「我們的交通工具在這邊。」

「有交通工具？」

「我表哥。」她說，「快走吧，比爾大人，我們已經讓他等太久了。」

□

「珍妮芙……」

輕柔而堅決的呼喚穿透雲霧，直達內心深處，一聲聲勾著她，要求她傾聽。

「珍妮芙……」

珍緩緩張開雙眼，面前的世界籠罩在強光中，她放大的瞳孔無法看清一切。痛苦從體內黑暗的深井慢慢浮現，層層堆疊，變得又厚又重。熱氣像利爪撕扯她的五臟六腑，世界彷彿正在旋轉並震動。一張臉擋住她的視線，看起來大得可笑，比她的臉大，比室內大，比強光還暗。

「聽得見我的聲音嗎？珍？」

「聽得到。」她一邊痛苦地喘息，一邊喃喃回答。這聲音她認得，絕對不會認錯。

「妳女兒瑟芮絲去了殘境又回來。告訴我，她爲什麼要去？」一隻手輕撫她的髮，溫柔、親切而關懷的聲音再度傳來。「我知道妳累了，只要告訴我，瑟芮絲爲什麼去殘境，說完我就讓妳休息。親愛的，快說吧。」

她乾裂的嘴唇蠕動，擠出幾個字：「去死吧，史派德。」

疼痛迅速膨脹，像一團火球瞬間炸開，耳內有無數鈴聲叮噹亂響。烈火燒灼她的胸膛，灼痛蔓延至雙腿，烤焦皮膚、熔化肌肉，滾燙的尖牙狠狠啃噬骨頭。她下意識地拚命蜷曲身體，像新生兒的姿勢，但徒勞無功。世界團團打轉，隨著胸膛的起伏愈轉愈快，彷彿她的氣息是供它轉動的能量。珍・馬爾乾嘔一陣，隨即失去意識。

□

瑟芮絲大步走過曲折小徑，聆聽邊境蟬在灌木叢中鳴唱。黑夜悄悄席捲沼地，步伐輕快謹慎，像豎起耳朵、睜大雙眼的沼澤貓。天空的紅黃彩霞已燃盡，轉爲靛藍和紫色。左方慵懶寬闊的亡者河流向一片朦朧之境，平靜沁涼的氣流吹來，帶走白天的餘溫。最後一批編織夜幕的蜻蜓飛到河上，以殼質口器刺破河面捕捉水蚤。

她喜愛黑夜。夜晚的世界總讓她覺得莫名廣闊，天空浩瀚無垠，柔軟的黑幕中隱含無限可能和刺激事物。沒錯，他們現在最不需要的就是刺激。一邊在小徑上奔跑，一邊盼望看到比爾大人被樹根絆倒，這已經夠刺激了。不過，他到現在還沒有摔跤，這人的眼睛彷彿有夜視功能。

他一口氣解決肯特和那幫嘍囉，活像利刃畫開熟梨那般簡單，甚至沒有流一滴汗。她從未見過如此不凡的身手。卡爾達曾帶她去殘境看動作片，那些誇張到一哩外就看得見的三腳貓功夫害她從頭笑到尾，但她不得不承認，電影裡的打鬥場面還挺好看的。至於威廉，他的拳腳功夫並不漂亮，但很可怕。他的動作輕柔流暢，迅速確實，她只能呆站在原地，直到他打完。

她盼望能再看一次，而且以慢動作進行。他應該能徒手殺掉他們，而且似乎很享受殺戮。打鬥結束後，他快步上前，滿臉寫著「我很酷吧？」想逗她笑。我留了一個給妳。喝！好樣的，他還眞是說話算話。

瑟芮絲抬眼看了一下，頭上那片天顯得廣闊而寒冷。她暗暗問著自己：爲什麼偏偏在這節骨眼？爲什麼不能提早一個月？那時的我有閒工夫調情和歡笑，不用怕自己會害全家送死。

她望著他。比爾大人無聲迅速地趕路，宛如一抹夜影掠過。她可是一輩子都在傾聽沼澤的各種怪聲，此刻卻聽不到他的腳步聲。

如果他的拳腳功夫這麼好，眞想見識他的刀法，看看有多麼厲害。

瑟芮絲打得贏他。那是當然，她勝券在握。但是，若能近距離觀察他的本領，一定很有意思。她早該把他丟在病木，那會是明智的抉擇，不過她從不以聰明自居。這人知道「手」的底細，也很樂意戰鬥，目前來說這就夠好了。等他們安全抵達鼠穴，痛快洗個澡，吃一大盤食物，再喝上一大杯熱茶，接下來就可以好好釐清自己的心情。

瑟芮絲帶他去找柴克的報酬，他拒絕事先付清，害她得用盡全力才能憋住笑。虧他還是貴族，只有邊境人才會這樣斤斤計較，而且事到如今，他依然沒有把錢給她。瑟芮絲忍不住竊笑起來。她敢說，柴克鐵定獅子大開口，把比爾大人的錢全掏空了，高貴的大人拉不下臉來取消和她之間的交易。

威廉忽然停步。前一秒他還和她並肩走在柏樹夾道的窄徑上，下一秒便整個人僵住，步伐只跨出一半，手則已經握住刀柄。

「怎麼了？」她問。

「我不太確定。」他緊盯前方某棵古老的柏樹。

嘿！那是烏洛，被他發現了。瑟芮絲頓時鬆了一口氣。當時她看見拉加的人馬守在路邊，便猜測烏洛安然無恙。如果他們知道他的下落，那麼不是他們死傷慘重，就是這位表哥掛掉。

「出來吧。」瑟芮絲喊道，「他看見你了。」

巨大的灰色魅影與柏樹分開，只見烏洛跨到小徑上。他穿著藍色牛仔褲，但沒穿上衣和鞋子。月亮恰巧從破碎的雲層後面露臉，銀光撒在烏洛灰色的皮膚上。他只有五呎高，肩膀看起來幾乎也五呎寬。寬闊的胸膛和雙臂長著又大又厚的肌肉，左臂和正常人一樣，右臂則至少比左臂長六吋，右手手指也更粗更長，手指和腳趾全伸出黑爪。

威廉目瞪口呆。這也不能怪他，烏洛本來就會讓人嚇一跳，尤其是在黑暗中。雖然這副模樣害他交不到朋友，但同樣沒有人會傻到與他爲敵。

瑟芮絲走過去擁抱他。「你好不好？」

烏洛回抱她，輕拍她的背。「怎麼那麼久？」他的嗓音活像被壓路機碾過。

「我們和鯊魚有約。」

烏洛看看威廉。「妳這位朋友是什麼來頭？」

「他叫威廉，從異境來的。我在沼澤遇見他，還要帶他回家。」

烏洛的黑眸望著細細打量自己的威廉。「妳供他吃飯？」

「是啊。」

「那就是妳的錯，他會食髓知味。」

這位貴族一直站在原地，沒有移動。

「他是我的表哥烏洛。」瑟芮絲告訴威廉，「我們一直努力讓他長高，別老往横的長，但他就是不聽。」

烏洛把粗黑的長髮向後甩，咧嘴一笑，露出滿口尖牙。威廉沒有任何表示，只是靜靜等待，目光始終鎖定烏洛。

烏洛見狀便開始伸展胸膛和四肢。她的運氣還眞「好」，兩個呆瓜開始在這場硬漢賽中較勁，她可得防患於未然。烏洛至少比威廉重兩百磅，這位表哥重達四百多磅，而且身上沒有一塊肥油。烏洛的專長是蠻力和獅吼，威廉則能面不改色地把拉加的手下毆飛，像在玩遊戲，好像他傷害別人只是爲了找樂子。

「不要故意招惹貴族和你打架。」她拍拍烏洛的手臂。「他是我的客人，再說，他也不會輕易被你嚇倒。」

她轉頭察看，發現烏洛的船繫在柏樹樹幹上。他帶來的是超小型貨船，一頭獺豹便拉得動，而且不會翻覆。除了速度快，空間也大得多，搭過狹窄的獨木舟後，寬敞的空間簡直是一種奢侈享受。

「那個貴族也一起來？」烏洛問。

「沒錯。」

「一起回家？」

「對。」

烏洛仔細想了想。「妳確定？」

她稍微加重語氣說：「對，我確定。」

獺豹把頭伸出水面，瑟芮絲探身過去拍拍牠斑紋點點的頭。

烏洛皺眉說：「這樣也許不好，我們又不清楚他的底細。」

瑟芮絲回頭望著他，竭力模仿父親的眼神，烏洛立刻閉上嘴巴，看來這招很管用。

「如果你對我的決定有意見，等我爸回來，你可以找他討論。在那之前，這個家歸我管，一切我說了算。現在，趁我還沒有把你們丟在岸上，兩位要不要趕快上船？」

船迅速駛過棕色水面，帶出淺淺波浪，不停拍打岸邊。威廉輕靠著繩欄佇立，不敢把重量全壓在繩上。瑟芮絲趴在船尾，身體平貼著甲板，手指撩撥著水。她臉色似乎沒有先前凝重，彷彿本來揹負重擔，最後終於擺脫。威廉決定不要告訴她，剛才他一度超想拿起十字弓，朝她表哥的喉嚨射一箭。

這個叫烏洛還是什麼鬼的傢伙坐在船頭，一邊以韁繩操縱活像尼斯湖水怪的動物，一邊生悶氣。烏洛身上的味道好怪，威廉忍不住動動鼻子，這種怪味絕對不屬於變形者，但也不屬於人類。事有蹊蹺。如果威廉化身為狼，光憑這股怪味就能令他豎起後頸的毛。

「有沒有我父母的消息？」瑟芮絲問。

「沒有。」烏洛皺眉說道，「有個女人在迪拉斯維利附近被殺，她的指節間有爪子。鮑伯・韋說她對他們發射一張網，碰到皮膚就變硬，把他的鼻子打掉一半，這下子他成了葛斯波・艾迪兒的骷髏頭了。」

「活該。」瑟芮絲喃喃地說，「鮑伯是頭號人渣。去年他把露薏絲・達頓打得渾身是血，就因為她不肯敞開雙腿乖乖就範。」

烏洛點頭同意，黑髮隨著動作搖晃。「我也是這麼說，我敢打賭露薏絲現在一定在大笑。」

左前方隱約出現一座狹長小島，在明亮月光下，柏樹和濕地松清晰可見，沿著河岸密密麻麻地矗立。

「你是什麼東西？」威廉問。

烏洛看著瑟芮絲，「他還眞不懂什麼叫委婉，是不是？」

瑟芮絲笑了。「你在說什麼？『細緻』可是他的小名呢！」

「我有一半馬爾家血統，一半托厄斯血統。」烏洛說。

「托厄斯是什麼？」

「月亮人。」瑟芮絲說。

「沼澤元老。」烏洛說，「在泥中打滾的人。」

「他們是奇特的種族。」瑟芮絲往後跌坐，身體靠著短短的繩欄。「有些人認爲他們也許曾是人類，但如今長相已經不同。我們不知道他們是從異境還是殘境來的，總之他們住在沼澤深處，不太喜歡人類。他們會受到滿月催眠，只有在這種時候你才能看見他們——一群在沼澤深處，雙眼發亮地盯著滿月的傢伙。」

「我母親被托厄斯人性侵。」烏洛說，「不過親戚似乎都認爲不是這樣。」

瑟芮絲清清喉嚨，「有爭議的不是對方的身分，我們只是對性侵這個部分有點不確定。」

烏洛湊到威廉面前擠眉弄眼，威廉竭力壓下跳開的衝動。

「我媽不太把道德放在眼裡。」烏洛眨眨眼。

「看你把她說得活像妓女。」瑟芮絲做個鬼臉。「愛麗娜姑姑只是愛找樂子。再說，你老婆唯一受得了的親戚大概只有她了。」

老婆？

「不要問。」瑟芮絲警告。

「你結婚了?」威廉問道。

她嘆了口氣。「你還是要問，這下子他不會住嘴了，一路上你會一直聽到：『噢，看看我漂亮的老婆。噢，看看我的漂亮寶貝們。』」

烏洛低下頭，抽出脖子上的塑膠錢包。「妳說這種話，只是因爲妳沒有漂亮老婆……」

「我才不想要。」她繼續嘆氣。「天底下的老婆全是禍水。」

威廉噗哧一聲笑了。

烏洛把錢包遞給威廉。「紅頭髮的就是我老婆，右邊是三個男生和一個寶寶。」

「是三個兒子和一個女兒。」瑟芮絲補充說明。

「現在還是小寶寶。等到開始和我說話，我喊名字會過來，那才是女兒。」

威廉打開錢包，小心翼翼托著塑膠套邊緣。照片左邊有個紅髮美女正看著他，右邊擠了三個男孩，兒子們全都有一頭黑髮，皮膚透著淺灰色，最大的就像少年版烏洛，也有一隻特大號的手和爪子；最小的則抱著嬰兒，外貌和人類相似。

威廉闔上塑膠錢包。就連這個「人」也有家庭，唯獨他不管怎麼努力都沒用，總是搞得一團糟。熟悉的挫敗感襲來，他立刻關上心門，不讓它有機會攻城掠地，否則他可能會做出後悔莫及的事。

他們都望著他。人類認爲對方該表示點什麼時，都會出現這種期待表情，於是他從善如流地說：「你老婆很漂亮。」

他繃緊全身神經，以防烏洛聽完他的回答後撲過來。

但這位灰男只是咧嘴一笑，收回威廉手中的錢包。「她眞的很漂亮，對吧?我有全沼地最漂亮的老婆。」

「也許你不該老提這件事。」瑟芮絲輕聲說道。

她一定在他臉上看出了端倪，威廉趕緊把那股遺憾壓得更深，不讓它浮上檯面。

「比爾大人，你有家人嗎？」她柔聲問道。

「沒有。」他甚至不知道母親長什麼樣子。

烏洛的眉頭糾結。「好了，不講了。」他把錢包塞回脖子旁邊。

一枝箭忽然射穿烏洛的肩膀，箭柄連著一條繩子。

威廉連忙抓住烏洛，但繩子被人使勁一拉，將灰男拖下船。

烏洛跌入冰冷的河水中，他展開腳趾間的蹼踢水，但繩子把他拉上水面。他整個人急速滑過河面，激起大片水花。強勁的水流燒灼他的腹部，他翻身側躺，再恢復平躺，如此身體便能稍微下沉。他的雙手伸進急流中，找到繩子便緊緊抓住。他本想找個東西支撐雙腿，但四面八方只有水。

黑暗的形體破浪衝來，直接撞上他的腹部，強烈而無聲的力道把他口中最後一點空氣擠出來，左半邊頓時感到劇痛。他用盡四肢的力量抓住衝撞他的東西，一團樹皮和濕黏的水草被他抓爛了，他隨即意識到這是一根木頭，立刻伸出利爪嵌進被水泡軟的樹皮。

他們竟然射他。不知哪來的王八蛋用魚叉射他，還把他拖下船。他一定要把他們的五臟全部扯出來，逼他們吃下去。

繩子再度收緊，肩頭的箭割著他的皮肉，愈割愈深，令他痛嚎。他攀著木頭，感到這塊被水浸濕的重物開始移動，被繩子的拉力牽引。疼痛燒灼他，從胸膛蔓延到肋骨，再擴散到背部。

有東西破空飛來打中木頭，發出「砰砰」兩下重擊聲。繩子鬆開了，木頭失去拉力後，被烏洛的體重壓得下沉。他隨之潛入水中，接著浮出水面，只見兩枝黑色短箭插在濕樹皮上，有人朝繩子射箭，把它射斷了。

烏洛揪住肩膀的箭，大喝一聲拔了出來，箭尖的彎鉤上還有一小塊帶血的皮肉不住晃動，他乾脆把箭插進濕木裡。雖然流著血，好歹自由了，他爬上木頭，蹲在上面。

一艘載滿乘客的小型平底駁船由三頭獺豹拉動，朝著烏洛的船駛來。瑟芮絲的劍已經出鞘，貴族則還在替十字弓裝箭。看來射斷繩子的短箭就是十字弓發出來的，等會兒他再好好答謝對方，現在有事要忙。

左方遠處有第二艘船劇烈搖晃，船上的滑輪激烈轉動，通常繩子忽然斷裂才會出現這種情形。四個人手忙腳亂地應付，駕駛則拚命設法讓獺豹急轉彎。

喂，你們這些傢伙，射我吧，敢不敢？過去打招呼的時候到了，要擺出沼地人特有的親切態度。

烏洛暴喝一聲，潛入水中，朝著小船和船員游去。他們一定不知道托厄斯人游得多快。

威廉替十字弓裝箭。三十碼外有一艘大船迅速逼近，他默數甲板上朦朧的人影，共有十人，真不是開玩笑。

魔法如燒燙的針刺著他的皮膚。「是『手』。」

瑟芮絲沒有答話。威廉瞥了一眼，發現她滿臉怒氣。她踢開泊船繩圈，站在甲板中央，上身微傾，劍尖朝下，眼中閃著白光。

這麼說她也會電光術。

二十碼外，六男三女，還有一個人罩著長斗篷，看不出性別。

這群人若真要痛下殺手，威廉和瑟芮絲早沒命了。

「沒有放箭。」威廉說，「他們要活捉妳。」

「那他們可慘了。」瑟芮絲低聲說，「我可高興了。」

威廉張大眼睛，瞄準對方並發射。女人的尖叫聲響起，有個人踉蹌後退，其他人紛紛彎身尋找遮蔽，果然不出所料，只有穿斗篷的人文風不動。威廉再度裝箭，繼續瞄準穿斗篷的人發射，箭射中目標脖子。

那人全身震顫，肩上的斗篷滑落，露出光裸身軀。他抓住箭柄，拔出喉頭的箭，嘴裡發出一種怪異的喀嗒聲，好像有人踩碎堅果殼。

又一個來自「手」的怪胎。威廉不禁齜牙咧嘴，他和這傢伙交過手、知道對方底細，不用「鏡」提供情報。這種怪物有個稱號，名爲獵人，擅長追蹤和捕捉。看來史派德眞的很想活捉瑟芮絲。

這位「手」的特務把箭折斷，拋入河中，舔了舔手指。

「這次換你往後站。」瑟芮絲說，「我要上場。」

「別傻了，他們還有九個人。」

「他媽的到後面去，威廉。」

「好吧。」他後退一步，舉起十字弓。不妨聽她的，反正他可以隨時救援。「就看妳的了。」

大船撞上他們，整艘船爲之震動。兩個人跳上甲板。

瑟芮絲揮出一劍，接著便凝立不動，鮮血沿著劍身流淌。

第一批打手沒有機會慘叫便死了，上一秒還站在甲板上，下一秒他們的上半身已經落入河裡。

威廉猛地闔上嘴，牙關發出清脆的撞擊聲。

後面的人眼見同伴慘死，立刻後退。

瑟芮絲的劍緣閃過一道光芒，彷彿長出一排銀光燦爛的髮絲。她跳上大船。
眾人蜂擁而上，她左旋右轉，急速砍殺，切斷手腳，分離骨肉。鮮血飛濺，她再度凝立，周遭的打手連哼都沒有哼一聲便倒下。
短短四秒，甲板已經清空，沒有任何損傷。
她是威廉生平見過最美的人。
在事件結束前，他一定要找機會和她過招，只是想看看自己能否打敗她。
大船後方傳來斷斷續續的急速「喀嗒」聲，獵人還活著。
「看來我漏掉一個。」瑟芮絲說。
獵人死盯著她，眼珠在月光下呈現純黑色。他倏然高舉起手……
威廉一躍而起，把瑟芮絲推開。
她原本站立的地方被潑了一片淺色液體，那玩意兒嘶嘶作響，漸漸凝成具腐蝕性的糊狀物。
獵人開口說話，聽起來活像用喉結壓碎一堆甲蟲。「交出女孩。」
威廉怒吼：「過來抓啊。」
第二波液體潑過來，威廉閃開，現在獵人的雙手已空，武器用盡。
獵人撲向威廉，長著利爪的雙手破空揮來。威廉彎身躲過他粗壯的手臂，一腳掃向特務雙腿。獵人縱身跳開，同時出手攻擊，利爪如匕首般刺向威廉。
威廉閃身躲過，大笑出聲。這位路易斯安納特務自以爲有了利爪就是高手。老兄，這不一樣好嗎，除非你生來就有爪子。
獵人回身，一陣猛攻。威廉左右閃躲，朝特務的膝蓋骨狠踢，骨頭應聲而碎，那隻腿一彎，獵人不由自主地雙膝落地。威廉一手抓住他的禿頭，一手箝住他的脊椎，然後猛力扭轉，頸骨發出像爆米花爆裂般的輕微聲響，就此斷裂。

獵人的嘴巴冒出汩汩黃沫，眼珠上翻。威廉一鬆手，他就像木頭一樣倒下，正面朝下倒地。

這種感覺眞好。威廉咯咯笑著，跨過屍體。「膝蓋和手肘都很脆弱，他們身上的魔法反而讓身體不堪一擊。」

他望向瑟芮絲，卻見她不太高興。她應該高興才對，畢竟他們贏了。

她的視線轉向威廉，上下打量他。

威廉聳聳肩，再伸伸脖子。好啊，遊民女王，想跳舞，我奉陪。贏妳有什麼獎品？

從她的眼神看得出來，她正在考慮和他對打。她沒有把握能打贏，但非常樂意一試。

淒厲的尖叫聲劃破夜空，兩人不約而同轉頭察看，左邊遠處有條小船正緩緩漂走。

「烏洛需要幫忙。」瑟芮絲說。

「我們應該盡快過去幫他。」

她點頭。

威廉掩飾心中失望，幫她找出水裡的獺豹韁繩。

第九章

瑟芮絲把烏洛的船靠在「手」的小船旁邊，只見小船甲板上躺著一具殘破屍身，胸膛留下亂糟糟的血爪印。一道濕滑的血跡從屍身蔓延至小船艙。

噢，不，烏洛，不。

瑟芮絲縱身躍過水面，落在甲板上時稍微滑了一下，但立刻穩住身軀。威廉也跳過來，像貓一樣輕輕巧巧地站在她身邊。鮮血的鹹腥味撲鼻而來，她滿嘴都是這味道，味覺和嗅覺一時被它全盤占領。

她奔到船艙前，發現門上了鎖鏈。她看看內部，除了一具屍體倒在門前，剛好擋住了門，此外什麼都沒有。

「在這裡。」威廉叫道。

她繞過船艙來到後面，只見一具女屍倒在滑輪旁邊，她身旁則是縮成一團的烏洛。

笨蛋，眞是個笨蛋。她衝過去，抬起烏洛肩膀，把他的背部翻過來，發現他肩上有條粗大的紫色腫痕。

是銅，有人用銅毒害烏洛。怒火衝上她的心頭。烏洛的弱點只有親戚知道，只有馬爾家的人知道他來找她。有人暗中通報「手」。瑟芮絲氣得咬牙切齒。爲什麼？爲什麼要這麼做？

她摸索烏洛肩上腫脹的組織，連傷口也找不到。

「看起來不像一般的傷。」威廉說。

「那枝箭一定沾了銅屑，銅對托厄斯人來說是種毒素，他快死了。」

船上。

「我們該怎麼辦？」

無能爲力。「我們得帶他去找他老婆。」

她抓住烏洛雙腿，威廉則托住他的腋下，喝的一聲使勁抬起他的身軀，兩人打算合力將他抬回原先的船上。

「你們都給他吃什麼啊？」威廉咆哮。

「吃貴族。」她咬牙說道。

他們繞過船艙，來到欄杆旁，兩艘船之間隔著一呎寬的河面。

「要是讓他下水，他會沉下去。」瑟芮絲說，「他太重了。」

「我來扛他。」威廉單膝跪下，瑟芮絲幫著把烏洛扶上他的背。威廉用盡全身力氣支撐，連青筋都爆了出來，臉也脹得通紅。他嘶吼一聲，扛著重負起身，烏洛龐大的身軀在他背上居然還能保持平衡。他奮力跨出一步，總算回到原先的船上。

瑟芮絲鬆了一口氣，隨即跳回船，幫威廉把烏洛輕輕放在甲板上。

船以不顧一切的速度劃破水面前進，威廉只能抓緊繩欄。瑟芮絲瘋狂地駕船，離開河道，駛進狹窄的小溪流，深入沼澤地帶。路樹飛也似地掠過，如果船失事，威廉就得跳進河中，往好處想，跌進水裡比一頭撞上硬物或地面好多了。

灰男全身發顫，低聲呻吟。瑟芮絲剛才堅持把獵人的屍體拖上船，威廉望著一死一傷兩副軀體，分不清究竟是獵人，還是她表哥比較像死者。

威廉忽然看到烏洛睜大雙眼，便在他身旁蹲下。他肩上的腫脹已經擴散到胸前，威廉伸手觸摸，覺得硬得像石頭。如果腫脹蔓延到頸部，烏洛就會窒息，他會被自己的身體勒死。

「貴族，」灰男說，「多謝你射斷魚叉繩，射得實在太好了。」

「沒什麼。」威廉說。

烏洛閉上嘴，身軀再度打顫，接著便失去意識。

瑟芮絲匆匆瞥了他一眼，一副心事重重的樣子。

威廉走到她身旁，她的香氣迎面撲來，他默默品味這股芬芳。

溪流變得更窄，她再也不能以拚命三郎的速度前進，即使狹窄的水道容許，獺豹也無法勝任。牠浮上水面喘氣，身體劇烈起伏，不停口吐白沫。瑟芮絲也看到了，便放鬆韁繩。

灰男的時間不多了。「能不能放血，把毒素逼出來？」威廉問道。

瑟芮絲搖頭。「我就知道這種事遲早會發生，烏洛仗著自己力大無窮，抬得起小船，而且外貌嚇人，就以爲自己是打鬥高手，但他不曾受訓，也沒有打過仗，和人打架時只會虛張聲勢。他總以爲打架時只需要亂揮胳臂，就能打中人。」

「遇上大麻煩時，蠻力解決不了問題。」

「你以爲我沒有提醒過他嗎？」

「那妳爲什麼要他來接妳？」

瑟芮絲咬牙說道：「因爲我是白痴，就是這樣。他希望自己派得上用場，當時他坐在那裡自怨自艾，說什麼他從來沒爲家族效過力，如果我允許他走這一趟，他就會有歸屬感。族中各家有喜事都會邀他參加，主屋也歡迎他造訪，他和大家一樣有福同享，有位親戚每月至少去看他一次。這些已經夠了，他還要多少參與感？我當時應該拒絕，但他採取了所有有效行動，逼得我答應，結果現在搞到自己快死了，我反而毫髮無傷。」

威廉望著她，只見她的雙唇緊抿，臉色蒼白，五官似乎變得更明顯。不知道為什麼，她的個子好像小了點，身上味道聞起來像被逼入絕境的動物。他想一把抱住她，狠狠抱緊，直到她回復正常。

威廉搜索枯腸，盼望找到恰當字眼。「不妨用軍人來比喻這件事。假設妳是軍人，部隊接到緊急重大任務，而妳自告奮勇加入，就得為自己的安危負責，並明白其中風險。如果妳死了，那是妳自己的問題，與別人無關，當初可沒人逼妳上前接下任務。妳表哥既然是自願的，萬一他死了，責任也不在妳身上。」

他檢視她的臉，表情好像沒有緩和。

「再拿戰鬥來比喻。」威廉說，「妳不是攻擊就是閃躲，一旦猶豫就會死。如果妳不小心失誤而受傷，也只能忍痛等到敵人斃命。下了決定，導致受傷，那就胡亂包一下再繼續打。妳可以事後再遺憾，再放馬後砲。等妳打贏了，可以全身而退、贏得酒或女人時，再來說這些也不遲。」

瑟芮絲看他一眼。

也許他說獎品時，不該提到女人。

強力的吼聲響遍沼澤，威廉手臂上的寒毛立刻豎起。有種古老、巨大而野蠻的生物藏在暗處，飢餓的雙眼正覬覦他們。牠怒吼時，彷彿是沼澤本身發出來的，警告著隨時可能吞噬他們。

另一聲狂吼緊接著從左邊傳來，威廉舉起十字弓。

「那是老鱷魚在唱歌啦。」瑟芮絲說。

高大的柏樹林聳立在溪畔，守護整片水域。威廉盯著林中的暗處，除了微光，什麼也沒看到。

「多謝你。」她輕聲地說，「為了安慰我說了這麼多，還幫我救烏洛，剛才其實不是你的場子。」

「怎麼不是？本來就是我的場子。」威廉說。

有個東西迅速移到左邊枝椏間，威廉立刻舉起十字弓。不管是什麼，看起來很像人，而且動作很快。那個形體在樹枝上飛跑，以黑暗作爲掩護，宛如披著隱形斗篷，後來又跳上另一棵樹。威廉只能隱約看出這玩意兒有粗短的身軀及黑毛。第二個忽然竄過右邊的樹枝，恰巧在十字弓的射程內。

「別射。」瑟芮絲說，「那是烏洛的孩子。」

左邊那位一陣衝刺後往下跳，灰色身軀掠過溪水，最後落在甲板上。

他們在水裡俐落地行進，簡直是魚。威廉暗暗叮嚀自己，千萬別和任何一個在水裡打鬥。

男孩站起來，渾身滴水。他的臉看起來很年輕，大約十六、七歲，但身體厚重結實、肌肉發達，就像一頭熊。男孩望著灰男的身體，接著齜牙咧嘴，發出凶猛咆哮。

「是銅中毒。」瑟芮絲高喊，「賈斯東，回去告訴你母親。」

男孩立刻潛入水中。

小溪轉過急彎後注入池塘，高大的柏樹羅列池畔。池中有一棟高腳屋，旁邊有一座小碼頭。屋子以木頭和石材打造，屋頂被青苔覆蓋，整體看來就像沼澤裡的蘑菇。

有個女人跑上碼頭，抓住欄杆，鮮紅色髮辮垂落肩上，她是烏洛的妻子。

瑟芮絲甩動韁繩，催促累壞的獺豹加速趕路，不久船砰的一聲靠了岸。

女人怒瞪他們。威廉心想，要是她的眼睛可以噴火，他和瑟芮絲鐵定會被燒成人乾。

「該死的，瑟芮絲，妳對他做了什麼？」

瑟芮絲的臉部糾結，以嚴肅表情充當面具。她轉身背對那女人。「威廉，可以幫我抬他嗎？」

「跟我來。」烏洛的妻子厲聲說完便離開。

威廉托住烏洛腋下，愣在原地，不知道該怎麼把這副四百磅重的身軀拖到甲板上。烏洛另一個孩子浮上水面，接著爬上船。他的年齡看起來更大，和父親一樣全身長滿厚實的肌肉。他抓住父親的雙腿，兩人合力將烏洛抬上碼頭，走進屋裡。

「快點！」烏洛的妻子喊道，「抬到這邊地上。」

威廉跟著男孩進門，設法穿越狹窄的室內，進入昏暗的房間，把烏洛放在一堆棉被上面。

烏洛的妻子湊近細看，腫脹距離喉嚨只有半吋。「馬特！拿草藥！」

男孩急忙奔進廚房。

烏洛的妻子雙膝跪地，掀開大箱子，取出以塑膠袋封裝的解剖刀。「瑟芮絲，氣切導管，快。」

瑟芮絲立刻拆開另一個塑膠袋。

紅髮女抬手在胸前畫了十字，接著以解剖刀切開丈夫脖子。

威廉趕緊溜到戶外。

威廉站在甲板上，觀看柏樹根上的數百條小蟲。蟲蟲大軍身體透著粉彩微光，有綠寶石色、薰衣草色以及淺檸檬色，使得整座池塘籠罩在詭異的彩光中。他曾經在某個酒吧喝酒，酒杯底部裝了LED燈，只要輕拍它就會亮。兩種效果如出一轍。

他在甲板上等了至少兩個小時。一開始隔著牆還能聽見室內有人在發號施令，後來魔法蔓延開，現在一切歸於沉寂。他不知道灰男是否挺了過來，他希望答案是肯定的。因為灰男有孩子，孩子們需要父親。

他沒有父親，就算想找也找不到人，何況他並不想找。霍克學院一些變形者曾談起想要尋找父母，但威廉覺得毫無意義。何必呢？十二歲那年，他闖進學院的檔案室，找到自己的記錄。他出生時，父親根本沒有來探望，產後的母親等到可以下床後，立刻就把他送走了。這叫「艾朮昂里亞免責政策」。女人一旦生下變形兒，可以立刻拋棄孩子，不需要負責或回答任何問題。州政府會負起養育孩子的責任，把小寶寶送去霍克學院，將他們培育爲怪物。

他因爲闖進檔案室而挨打，但很値得。以前他還存著一絲好奇心，想知道自己有沒有家，後來總算弄清楚了。沒有人要他，沒有人在等他，他只有孤身一人。

腳步聲漸漸接近，威廉重新振作起來。門開了，烏洛的妻子走出屋外，來到他身旁，倚著欄杆。近看她時，不如照片來得漂亮，皮膚太緊繃，五官太深刻，臉也過瘦。威廉覺得她很像憔悴的母狐狸，因爲養育一窩小狐狸，累得不成狐樣。

瑟芮絲漂亮多了。

「我之前對你的態度很惡劣。」她說，「我不是故意的。」

「妳丈夫能熬過來嗎？」

「最難熬的時刻已經過去，他睡著了，腫脹也已消除，我們剛拔掉導管。」

「那就好。」威廉客套地說。

烏洛的妻子接受他的好意。「瑟芮絲說你救了我丈夫，我們全家都欠你恩情。」

她說的應該是……那條魚叉繩，威廉想起來了。「我只是朝繩子射箭，剛好打斷它，不用談什麼恩情。」

她直起身子，眼中閃著驕傲的光芒。「不，欠了就是欠了，我們家一定會還。你叫威廉？」

「是。」

「我叫克萊拉。威廉，我一定會還清你的人情。明天一早，我會派最快的獺豹還有最快的船，加上我的兒子們，送你回鎭上。」

「不能這樣。」

她點頭說：「可以的。不過瑟芮絲說她邀你去主屋，勸你別去。」

這下子可有趣了。「爲什麼？」

克萊拉嘆道：「瑟芮絲是個美麗的女孩。不，她是女人，今年已經二十四歲，非常好看。但你必須明白，她是馬爾家的人，他們最看重的就是整個家族。」

「妳也是馬爾家的人。」

她點頭。「沒錯，我也效忠家族。他們把我丈夫視爲族人，像他這種半托厄斯的混種人，不是每個家族都能接受。馬爾家對我的孩子們也很好。」

她的視線投向樹下，一個兒子上了岸，就坐在樹根上。「我和馬爾家的恩怨十分複雜，你不需要知道。威廉，一旦去了鼠穴，就沒有轉圜的餘地了。沼地人有自己的律法，爲了維持秩序，我們會幹骯髒的勾當，但我聽說比起邊境其他地方，這裡的秩序好多了。你不屬於本地，你的衣著高級，端著一副外地人的架子。沼地的律法不能罩你，去了鼠穴後，哪怕稍稍越線，瑟芮絲或是那群堂親與表親就會用漂亮的刀切開你喉嚨，把你埋進泥裡，沒有人會因爲殺了你而睡不著。我覺得你看起來像正派人士，快走吧，馬爾家和席里爾家即將展開腥風血雨的惡鬥，你可不要無端捲進去。」

她錯了，他也是這場惡鬥的一份子。威廉一定要黏著瑟芮絲不放，直到查出她父母和「手」的關係到底多麼密切。總之，他現在絕對不會離開，何況他見過她的身手，還等著和她過招呢！不過他不打算對任何人提起這些事。

「多謝妳提醒。」威廉對她說。

她搖搖頭。「你是個傻子，瑟芮絲絕不可能愛上外人。」

「我也沒指望她愛上我。」他說。

克萊拉趴到欄杆上。「好吧，我已經勸過你了。」

「妳爲什麼和烏洛在一起？」威廉問。

她抬眼，威廉看見她眼中泛起暖暖愛意，不料她卻說：「你當心了，這種問題會害你吃子彈。」

那也要有槍才能發射，哪來的槍？「我沒看到這裡有步槍。」

「威廉，你眞是個怪人。」

她不知道的可多了。

「你爲什麼想知道？」克萊拉問。

他認爲沒有必要說謊。「因爲他有人陪，我沒有。」

烏洛的另一個孩子從樹上跳下來，游過池塘，上岸後坐在兄弟身旁。眼前這兩個孩子，加上屋裡最小的，總共三個，他們會聚集起來保護烏洛，因爲都是自己人。

克萊拉嘆氣說道：「我在他之前也和別人好過，有些對象很好，有些根本就是混帳。後來我和他在一起，他把我當成全世界。我知道不管發生任何事，他一定會盡力保全我和孩子。也許他盡了全力仍然不夠，但不管情況多麼惡劣，他絕對不會獨自逃走，留下我收拾殘局。總之，他絕對不會傷害我。」

兩人要長相廝守，需要的不只這樣吧？「只要他不傷害妳，這就夠了嗎？」

她微笑道：「這已經比大多數人好了，很多人孤獨地活著，但我不是。晚上我躺在他懷裡，世上沒有比這更安全的地方。再說，這個大塊頭沒有我要怎麼辦？我讓他獨自離家四天，他就受了重傷。」

她的笑容消失了。

想必是想到什麼不好的事。威廉盯著她的臉問：「怎麼了？」

「如果你非去鼠穴不可，一定要弄清楚這一點：沼地很少有托厄斯人。有人告訴那些傢伙，我丈夫要在病木和瑟芮絲碰面，有人知道銅對托厄斯人的殺傷力。」

威廉明白有叛徒。她這是在暗示他，瑟芮絲的家族出了叛徒。

「她一定會回去，展開獵巫般的清查行動。別捲進去，別被利用，讓我的孩子帶你回鎮上。你要是一意孤行，非但沒有半點好處，還會失去一切。」

瑟芮絲來到甲板上。

克萊拉立刻收斂神色。「妳要走了？」

「是的。」瑟芮絲說。

「不等天亮？現在外面黑得要命。」

「沒關係。」瑟芮絲說。

烏洛的小兒子跟到外面，威廉想起他叫賈斯東。

「拉加派人盯著每條水路。」賈斯東的聲音低沉粗濁。他竭力裝得成熟，就像他爸。如果他是隻貓，此刻就會拱起背部，豎起每根毛。「雷說他在沼地看見皮沃。」

「明天就要開庭。」瑟芮絲說，「如果等到天亮，我就趕不上了，已經耽誤好多時間。」她的目光轉向威廉。他望著她深色眼眸，思緒全亂了套。

好想要。

耳朵聽見她說話，腦子卻要花兩秒才能弄懂她的意思。

「如果你想留下來……」

「不了。」他走過碼頭，跨上船。他得設法避免瑟芮絲發現他這種魂不守舍的樣子。

瑟芮絲猶豫了一會兒，接著說：「克萊拉，天亮後妳也該一起來。」

「別傻了。」克萊拉交叉雙臂。

「『手』派了追蹤師。」瑟芮絲說，「也許他已經跟過來。」

「『手』要找的是妳，不是我們。」

「這裡不安全。」

克萊拉抬高下巴。「也許妳是全家族發號施令的人，烏洛清醒後，或許也會聽命於妳，但他現在還沒醒來，我也不打算在自己的地盤聽從妳這種人的指揮，妳自己走吧。」

瑟芮絲只能咬牙登船，心底怒濤一波又一波襲來。她拉起韁繩，獺豹向前邁步，拉著他們離開池塘。

「她為什麼不喜歡妳？」威廉問。

瑟芮絲嘆口氣。「因為我外公。他是異境人，非常聰明，我們這些孫輩都是他教的。沼地沒有一般學校，有些人甚至不識字，但我家有外公。我們懂的比大多數邊境人還多，使得我們與眾不同。」

「比如說哪裡不同？」

瑟芮絲改說高盧語：「比如說會講別的語言，比如說知道魔法基本原理。」

「大家都可以學習另一種語言。」威廉也以高盧語回答，「並不難。」

她看看他。「比爾大人，你這人還眞令人意外啊，我以為你是艾朮昂里亞人。」

「我是啊。」

「但你的高盧語很純正，沒有摻雜別的腔調。」

他故意用沿海地區慢吞吞的腔調說出高盧語：「小姐，這樣有沒有比較好？」

她眨眨大眼，威廉又換成比較刺耳的北部方言：「我也可以當毛皮獵人。」

「你怎麼會這麼多？」

「我的記性非常好。」他還在換口音，這次改爲優雅高尚的版本。

她以相同的腔調說：「我相信。」

瑟芮絲的外公一定是貴族，也來自東部，因爲她說「a」的時候會拉長音。威廉打算有空再查清楚。

「眞讓人刮目相看。」她說。

哈！他打斷好幾根骨頭、殺了會變形的人、幫她抬那隻大犀牛表哥，她居然眼皮都不抬一下。但他只不過說了別種語言，她就決定對他刮目相看。

瑟芮絲恢復艾朮昂里亞語，「像克萊拉這樣的人就不喜歡，根據她的說法，我們很愛『裝腔作勢』，好像我們會愈多就害她被貶得愈低。其實，你知道，她說得沒錯。你現在正往龍潭虎穴奔去，剛才應該接受她的提議，讓她幫助你回鎮上。」

原來她已經聽到他們的談話。威廉搖搖頭，他有任務在身，再說如果現在離開，就再也見不到她了。

「我說過會跟妳一起去，如果我失信，誰保護妳？」

她嘴角微揚，「比爾大人，你好歹也看過我打鬥，還會以爲我需要人保護？」

「妳的身手是不錯，但『手』相當危險，而且手下眾多。」他以爲瑟芮絲會發火，結果沒有。「再說，妳可以把我載到安全、溫暖而乾燥的安樂窩，說不定還會送我熱騰騰的食物。我必須爲妳的安全負責，否則可能再也吃不到一頓像樣的飯。」

瑟芮絲仰頭輕笑，「這件事結束前，我一定要把你改造成邊境人。」

威廉喜歡她笑的樣子，喜歡看她秀髮垂落兩頰，雙眼神采奕奕。威廉別過頭，以免控制不住自己，犯下蠢事。「妳打算怎麼對付那位狙擊手？」

她朝那具屍體呶呶下巴。「我想，應該讓死人效勞。」

威廉看看獵人，對屍身齜牙咧嘴。

第十章

史派德無聲地推開門，走進溫室。五十呎狹長的溫床上罩著玻璃蓋，一條小徑由中間穿過，將溫床分爲兩排。白天日照充足，現在則只有魔法燈微弱的橘光滋養著溫室裡的植物。前任屋主運用沼地土壤，在溫室中培育黃瓜，若是他現在看見滿屋奇特的東西，一定會大吃一驚。

史派德檢視兩排植物，瞥見波薩德畸形的身軀，此人站在小徑中央，正彎身整理植物的根部，身旁擺著大水桶和手推車。

史派德大步走向這位園丁，腳下的碎石路發出吱嘎聲響。波薩德的左手像女人的手一樣嬌小，他從桶中抓起一把黑色油質泥巴，抹在小樹根部周遭的土壤。這棵樹高七呎，呈透明藍色，光禿的樹枝完美地向四面八方伸展。

藍枝紛紛伸向史派德，其中一根如害羞的孩子般，試探性地碰觸他的肩膀。他伸出手，藍枝便在他的掌中摩挲。

他拿起手推車裡的飼料袋，朝小樹撒了把灰粉。一根小樹枝伸過來，以樹皮上的細縫承接灰粉，同伴也爭先恐後地湊近他的手掌，整棵樹朝食物傾身。

波薩德繼續用三叉耙將泥巴抹在土上。「你把他寵壞了。」他對史派德說。

「沒辦法，他太有禮貌了。」史派德餵完飼料，對依依不捨的藍枝擺手說：「各位，抱歉，沒了。」

藍枝摩挲他的肩膀，彷彿向他道謝，小樹則直起樹幹。

史派德看著樹幹往下輸送一顆顆飼料，灰暗團塊在透明發光的樹身裡蠕動，就像雪花被日光照射後化爲星狀細冰。

這棵樹是融合不可或缺的要件，唯有藉著它，約翰才能把珍妮芙的身體和植物結合起來。這個過程將摧毀她的意志，確保她完全順從。史派德憶起，融合有一定風險，珍妮芙可能會失去認知能力，到時就派不上用場了。另外，她也可能保有過多意志，爲了報仇而謀殺他。不過，他沒有選擇餘地，因爲日記非常重要，無論如何都要弄到手。

波薩德將抹布甩上肩頭，推著手推車前進。他背上和右側增生的組織短短幾天已經變大許多，這是植入物準備分裂前的慣例。微微發光的粉紅色腫塊底下，粗大的紫色血管嵌著皮肉，非常醒目。

波薩德和「手」的大多數變異人一樣，被組織當成武器。他本來被安排擔任蜂王，負責指揮大群致命的昆蟲。後來親上戰場，發現昆蟲根本派不上用場，他便爲自己找到另外的安身立命之處，待在溫室栽培植物，提供組織實施變異術需要的化學藥物。

「我找不到拉文。」波薩德邊說邊伸出和鏟子一樣大的右手，拍掉褲子上的土。

史派德想了一會兒。拉文是組織中最強大的獵人，但也最不穩定，具同類相殘傾向，快要被替換掉了。只有在最嚴密的監督下才會派他出任務，但據史派德所知，拉文沒有接到任務，不該離開屋子。

「說清楚。」史派德吩咐。

波薩德苦著臉說道：「卡瑪胥說要派人出去，拉文昨晚還好好的，現在可不好了。」

原來是史派德的副手派拉文出任務。他感到一股怒氣漸漸湧上，只好默默數到三，讓自己冷靜。「你確定？」

「金薄荷沒有接到他。來，你自己看吧。」

他們走過小徑，手推車的舊輪碾過乾燥的碎石路，發出規律的嘎吱聲。

陳年尿臊味撲鼻而來，轉過彎後，他們停在一朵巨花前方。它有七呎寬，花瓣呈淺黃色，根部牢牢抓著地面，高度達史派德、腰部。拳頭般大的膿瘡密密麻麻分布在肥厚的花瓣上，一叢偽雄蕊直達天花板，將整朵花固定在溫室屋頂的木造框架。

一靠近臭氣薰天的膿汁，史派德立刻眼淚直流。他望著整片糾結的偽雄蕊花絲，尋找夾在其中的真雄蕊。他數到三十一，第三十二根雄蕊垂在一旁，如鹿角般的蕊上長滿白色絨毛。這根雄蕊已經長成，開始生成花粉。拉文的魔法和這朵花原本緊密連結，現在卻無法抑制雄蕊生長。

「拉文死了。」波薩德說，「我想應該讓你知道。」

史派德點頭。園丁伸出手，以小刀割下雄蕊。自從瑟芮絲離開鼠穴，史派德已經失去兩名手下。第一個是提博，他一直沒有回報，昨天他的雄蕊已經被割除。現在則是拉文，他原本應該好好地待在基地。

史派德離開溫室，快步前往書房。樓梯口擺著小草籃，他看了一眼便爬上階梯。來到兩段階梯之間的平台，又看到兩個草籃，他繞過去，直達樓上走道。小小迴廊上散置著更多草編物件，靠牆擺著提籃、布製食盒和麵包碗，搭配整排圓垃圾桶，整條廊道簡直成了草編工藝品的天下。精緻食盒與花籃互別苗頭，這屋子原本瀰漫著水草臭味，如今混合了乾燥花草的香氣。

史派德暗暗怒罵，避開整排高聳的圓花盆，每跨出一步，都要謹慎地左閃右躲，最後終於推開門，來到辦公室的接待處。薇珊縮在座位上，正用草編織小地墊，她腳下有一堆草，旁邊則是另一堆差不多高的草籃。

薇珊看見他進屋，一鼓作氣起身，強壯的雙手一把撕掉編了一半的草墊。「老大！」

「叫卡瑪胥來見我。」他下令。

「是的，老大。」

狀似空心鴨子的大型草編物擋在他和門之間，他一腳把它踢去牆角。

「還有，不要再亂搞這個地方，我們又不是草籃販子。」

「遵命，老大。」

他進入書房，繞過方型大古董桌，來到窗邊，只見外面一片漆黑。他那雙經過改造的眼睛瞬間便增強了視力，黑暗再次蔓延擴散，像一朵盛開的花，但再也遮不住氾濫平原與整排柏樹。

卡瑪胥竟然背叛他，而且不只一次。

史派德心頭泛起陣陣怒潮，殖入的腺體爲血流注入催化劑，使他的感官超載。他拔下窗栓，推開窗戶，夜晚的氣味和聲音湧來。他敏銳的聽力捕捉到卡瑪胥特別的步伐，於是他轉身面對門口。腳步聲愈來愈近，史派德已經能聞到這位破壞份子身上的汗味。

「進來。」他大吼。短暫的停頓後，門驟然開啓。卡瑪胥進入屋內，龐大的身軀使得門口顯得窄小，他進去後便將門關上。他的白髮滴著水，史派德嗅到一絲沼澤的氣味。

「你去游泳？」史派德問。

「是的，老大。」

「水暖不暖？」

「不暖，老大。」這位大塊頭不安地把重心移到另一腳。

「所以這次體驗不是『清新爽快』四個字就足以形容？」

「沒錯，老大。」

「我明白了。」

他轉向古董桌，盯著桌上大批文件，耳邊傳來卡瑪胥擂鼓般的心跳聲。

「老大，我很抱歉……」

史派德忽然一拳擊中桌面，厚實的木板應聲斷裂，抽屜也彈開，掉出一堆鬆散的紙張、各種小盒子，以及金屬墨水罐。一陣高級香氣從這堆亂七八糟的東西中襲來。史派德抓住半截古董桌，包括殘破的桌子、桌面、抽屜，以及裡面的東西，舉起來就往旁邊甩，桌子撞上牆，宛如爆炸般四分五裂。

史派德緩緩轉身，動作不慌不忙，好整以暇。卡瑪胥臉上血色盡失，膚色和他的白髮十分相稱。史派德跨出兩步，來到桌子的殘骸前，細細打量。

「我對你很失望。」他說。

卡瑪胥張嘴想回答，卻又閉上。史派德踩著桌子殘骸的邊緣，目光鎖定他。恐懼從卡瑪胥的皮膚散發出來，也在他眼中震顫，甚至從他緊握的大手中逸出，就連他膝蓋微彎、準備逃跑的樣子，也透著強烈的恐懼。史派德打量一番，將他的恐懼悉數吞下，嘗起來宛如老酒般香醇甜美。

「我們再檢討一次。」史派德清晰的咬字如玻璃般鋒利，口氣和緩又有耐性，這種態度通常用來應付令人光火的叛逆小孩或女人。「你覺得我的命令有哪個部分不清楚？」

卡瑪胥困難地吞了一口口水。「全都很清楚，老大。」

「一定有什麼地方不清楚，不然你的行動不會違背我的命令。一定有什麼地方溝通不良，不妨說清楚，你複述一遍我的話。」

史派德嚴厲地盯著卡瑪胥，連眼皮都不眨一下。兩人的視線交會，史派德看見原本裝作努力思考的卡瑪胥這會兒已被恐懼淹沒。這大塊頭驚恐到全身僵硬，儘管張開嘴，卻發不出聲音。汗珠從他的額頭頂端冒出來，一路滑過蒼白的皮膚，流到濃密的白眉上。

「說。」史派德命令。

卡瑪胥勉強擠出一個字：「你……」

「我聽不到。」

卡瑪胥別過視線，下頷肌肉活像打結。他的眼皮眨得很快，整個人像片硬木板。史派德檢視他的脖子，想像自己伸出手，以鐵鉗般的手指鎖住他的喉嚨，擠捏氣管，直到軟骨發出清脆的斷裂聲。

卡瑪胥繼續努力：「你告訴我……」

「什麼？」

大塊頭的聲音卡在喉嚨裡，睜大雙眼死盯著地板，由於瞳孔放大，整個眼睛幾乎全黑。太容易了。*畏縮吧，卡瑪胥，畏縮並服從。*

卡瑪胥的身體晃了一下，鼻孔沒有大張，因爲他忘了呼吸。心臟若再這樣劇烈跳下去，十幾下過後他就會昏倒。史派德壞心地想，不妨就讓他昏死過去，但接著又決定放過他。儘管心裡有些遺憾，但卡瑪胥要應付的麻煩實在太多了。

「你打算讓我等多久？」他的口氣和眼神稍微和緩下來。

稍微和緩就夠了。卡瑪胥膝蓋發抖，張大鼻孔拚命吸氣，氣息非常紊亂。他渾身戰慄，每根神經和每塊肌肉都在發顫。他一度像個破娃娃，彷彿身體隨時會和頭分家。

史派德靜靜等候恐懼的第二階段——釋放。原本因驚恐而僵硬如化石的身心，意識會一直鬼打牆。只要身體放鬆，解除僵硬警報，邏輯思維也會隨之復返。這是生物反應，是自然之母的自我防禦機制，她明白只要給她這群小孩一次機會，他們就會想通，所以她在生物面臨危險時，會釋放他們被捆綁的意識。從本質上來看，我們都是動物。史派德心想。*行行好吧，卡瑪胥，最好趕快服從，別逼我齜牙咧嘴，再次把你打趴，我個人可是非常享受這件事。*

「你要我找到那女孩。」卡瑪胥顫抖著一鼓作氣講完。

「你做了什麼？」

「我派拉文去抓她。」

史派德十指交叉成拱形，並以食指按著嘴唇，像是在思考。「那看看我說得對不對。我叫你找到那女孩，你卻派我們這裡最笨、最不聽話的獵人去，而且那傢伙已經被升級到完全扭曲的狀態，只對人肉有興趣。我說得對嗎？」

「對。」

「假設他真的捉住瑟芮絲・馬爾，雖然我不明白他能有什麼辦法，總之就這樣假設好了。那麼，你爲什麼會認爲他一定把她平安健康地帶回來，而不是把她乾枯的人皮丟在我門前台階上？」

「我認爲……」卡瑪胥猶豫地說。

「別停，拜託說下去，我對你的思考模式非常感興趣。」

「老大，我以爲拉文不會動她，因爲她只是個平民。我告訴他，這次是他讓大家刮目相看的好機會，但我錯了。」

史派德閉上眼睛，深深嘆息，藉以滌清思緒。只是個平民，沒錯。

「老大……」

史派德舉起手說：「噓，先別說話。」

卡瑪胥再度別過頭。這傢伙偶爾會把自己的權力無限上綱，導致頭腦不清，做出錯誤判斷。他唯一的可取之處在於，史派德臨時找不到人替補他。

「有件事和你說明一下。」史派德緩慢而嚴肅地說，確保這傢伙每個字都聽懂。「我討厭沼澤，討厭它的外觀，討厭它的味道。我被它打敗了，只能按兵不動，等待約翰把珍妮芙融合。我在這裡乾等，坐立不安，無聊到爆，而我最高竿的殺手卻像得了強迫症，一直在樓梯上編草籃，她要是不弄點複雜的玩意兒來轉移注意力，恐怕會撲過來把大家殺光。」

史派德微微一笑，露出牙齒。「至於你，不管是出於無知、愚昧還是故意，似乎想藉著搞砸任務害我在這裡等更久。卡瑪胥，別讓我有充足理由把注意力轉到你身上，別害得你自己成了我擺脫無聊的工具。你不會喜歡這種下場。」

卡瑪胥張大了眼睛。

「這不是命令。」史派德說，「只是一點友善的忠告。」他起身走向貼著後牆的大書架，只見大大小小的書亂七八糟擺在一起。他的手拂過一排破爛的書背，最後抽出一本厚厚的精裝書，書名頁蜿蜒盤踞著幾個金色字體：帝國——第三次入侵。

他將書本遞給卡瑪胥。「我發現當年馬爾家遭到逮捕時，你沒有在場親眼目睹，因此對他們的判斷失誤，希望你能修正。把這本書讀完，你就能對瑟芮絲・馬爾有基本的了解，藉以推算與她交手時，我方可能會有多大傷亡。這是命令。」

卡瑪胥的長指抓住書本。史派德沒有立刻鬆手，依然緊盯著他一會兒，這才縮回手。

「眞希望你當初在場。」他說，「葛斯塔夫・馬爾還眞是號人物。」

「很遺憾我錯過了，老大。」

說到錯過，他們其實已錯過逮住瑟芮絲的機會，後來她似乎對住家施展了保護咒，而且一直躲在家裡足不出戶。不過，爲了某個既成事實，她不得不離家，機會再度出現，他的手下又有得忙了。史派德朝牆上的地圖點點頭，卡瑪胥順從地轉向地圖。

「有一條小路從馬爾家向東南方延伸。」

「老大，您說的可是白花小徑？」

「這是從鼠穴到鎮上唯一的陸上通道，你可以看見，其他地帶全是沼澤。我要你派韋爾和安貝爾斯守住那裡，只負責監視。一旦她離家，他們倆其中一個務必緊跟，另一個回來報告。」

「遵命，老大。」

「這次不得有誤。」

「遵命，老大。」

「你可以走了。」

卡瑪胥把重心移到另一腳。「您要我派一組人去找拉文的屍身嗎？」

「不必了，我自己去找，我想新鮮空氣對我有幫助。」

卡瑪胥便一溜煙跑了。

史派德嘆了口氣。也許那女孩會犯錯，讓他們有機可乘。但願如此。他想和她坐下來，弄清楚她腦子裡到底在想什麼。相信她一定是個迷人的健談高手。

史派德來到門前，打開門，薇珊見狀便將扛著的一批籃子放下，立正敬禮。她把一頭藍灰色鬈髮束起，髮絲披在肩上，像爬滿了細蛇。

「把牆修好，還有，搬一張新桌子來。」悔意刺痛了他的心，原本的桌子其實很好用。

「遵命，老大。」她那張顏色如生肉的臉龐上，長著一雙天藍色眼睛，正直直地望著他。

「關於那些草籃，我很抱歉，妳可以繼續編籃子。我當時真的太累，壓力又大。」

「多謝您，老大。」

他草草點頭便大步離開。

她轉過頭，朝他身後問道：「老大，您要去哪裡？」

「外面，我要到外面去，很快就回來。」他繼續前進。也許在尋找拉文的途中，可以殺點什麼來取樂，他已經無聊到想逞凶鬥狠了。

第十一章

皮沃・席里爾靠坐在濕地松的樹幹旁，望著黑暗水面，身邊圍繞著褐斑蕨，布滿紅褐色斑點的羽狀葉片在晚風中搖曳，發出輕柔沙沙聲。左邊有濃眉貓頭鷹正在啼叫，想把尖鼠從藏身處嚇出來。水裡有老鱷王，宛如半沉的木頭。

皮沃傍晚在溪邊埋伏並監視，這裡是病木通往鼠穴第二快的水路，他若是瑟芮絲就會選擇這條航道。這隻母賤鼠正在趕時間，明早必須趕去聽證會，既然最快的脊背溪過於引人注目，而祭司舌溪又太曲折，拖慢了速度，那麼她一定會走這裡。夜間搭船穿越沼澤太冒險，她會在破曉時分悄悄溜過來，安靜低調，以為自己多麼伶俐，卻沒想到會遇上他的「黃蜂」和箭襲。他拍拍十字弓的胡桃木柄。黃蜂十分饑渴，瑟芮絲有足夠鮮血餵養它。

在鼠穴旁將她棄屍，身上插著他的箭，這主意挺不賴。皮沃試著想像理查的臉，在哀傷與震驚之下，他向來高貴冷靜的表情將變得呆滯僵硬，皮沃想到這裡便咧嘴笑開。是時候讓那混帳想起自己的身分了，他就是泥中鼠輩，正如其他爬來爬去、咬來咬去、在沼地中一同呑食垃圾的數十隻同類一樣，沒有比較好，也沒有比較差，所有邊境雜種物以類聚。沒錯，讓他認清身分的時候到了。

不知道為什麼，腦海中理查的臉變成拉加的臉，滿腔喜悅頓時化為烏有。可惡。他不禁好奇，哥哥看見屍體時會浮現何種表情。他轉念一想，拉加還是別看到瑟芮絲的屍體為妙，沒有這個必要。

他覺得奇怪，拉加和瑟芮絲之間似乎有什麼，但似乎不是她願意為他獻身的那種關係。話說拉加也沒有努力追求過她的跡象，從來沒送她禮物、鮮花或女人喜歡的東西，只是每次瑟芮絲路過，拉加就會盯著她。還有那次要命的共舞，兩人繞著營火旋轉，拉加喝醉了，眼神狂野不羈，瑟芮絲也露出燦爛的笑容。那不就代表他們之間有什麼？他幻想兩人在一起的樣子，不得不承認，如果他們孕育了下一代，孩子一定會很漂亮。

下輩子吧。

不，不是下輩子，得在另一個世界才行。就算雙方沒有世仇，若要母親同意瑟芮絲這種人進家門，除非天下紅雨。這個醜老太婆不愛和人較勁，但牛脾氣發作起來，他們都別想結婚，除非是娶個又聾又啞的老婆。

皮沃做出結論——快快殺了瑟芮絲，然後棄屍，再告訴拉加事情收拾得乾乾淨淨，絕不拖泥帶水。這樣最好。

林間狹窄的空隙出現輕微動靜，那裡恰巧是小溪急轉彎的地方。他凝神細看，有個比其他都黑的影子正滑過水面。是船，但黎明尚未來臨。該死，這個無恥婊子居然還是決定趁黑夜行動。

他瞬間感到熱血澎湃，心臟狂跳，嘴巴發乾，興奮浪潮一波又一波湧上心頭。他向前傾身，密切注意船頭黑暗的剪影。皮沃放慢呼吸，舉起十字弓瞄準。小艇上的人影癱坐著，看來累壞了，真是得來全不費工夫。

多麼美妙的時刻，他暫且按兵不動，只是盯著她。在這寶貴的瞬間，他和目標緊緊相連，這是一種與獵食歷史一樣古老的羈絆。他感受到她的生命，像一條已經上鉤的魚正在發抖，他將這緊緊相連的感覺一飲而盡。人類只有兩件事可比眾神，一是創造生命，二是摧毀生命。

皮沃慢慢地、歉疚地扣下扳機。

箭矢射中剪影胸口，對方倒臥在甲板上。

「回泥巴去吧，瑟芮絲。」皮沃喃喃說道。

有個東西從他身旁呼嘯而過，轟隆一聲撞上松樹，白光在夜空裡炸開。皮沃一時睜不開眼睛，趕緊蹲下，朝小艇回敬幾枝箭，隨即滾進蕨類中躲藏。可惡，對方射的是魔法箭。

颼颼聲破空傳來，他聽見兩個響聲，有兩枝箭射中他先前蹲坐的地面。灼熱的白光圈在他眼前遊動，非常刺眼，皮沃只能摸索著裝填箭矢。

他的心怦怦直跳，宛如小鳥被關進籠裡，拚命想要逃跑。他屏住呼吸，強迫自己平靜下來。

皮沃趴在地上，伸手摸索剛才射過來、現已插在地上的箭，終於摸到一枝箭柄。他拔起箭，繼續摸索箭的長度，明白這是一種短箭，剛才差點射中他。

瑟芮絲不可能在十碼外以短箭射中他，可見這婊子有幫手，她一定派了弓箭手上岸，而皮沃射出的箭恰巧暴露藏身之處。

皮沃摸到箭尖，觸感光滑，兩邊對稱，製作技術一流，臨時找來的弓箭手不可能有如此精良的裝備。皮沃扔掉箭，以免鋒利的箭尖畫傷手。蕨類的羽狀葉片輕觸他的臉，他依然什麼都看不見，一旦貿然移動，必死無疑。不過，待在原地遲早也會沒命，弓箭手一定會找到他的藏身處。他感到箭矢射來，伴著他剛剛大口飲下的古老羈絆，只是立場已經互換。皮沃閃到旁邊，回敬兩箭，並再度裝填箭矢。

令他睜不開眼的火光漸漸黯淡，他已能看見蕨類，在一片明亮薄霧中顯出羽狀剪影。只要再一會兒工夫，他的視線就能恢復正常，必須多爭取一些時間。他隱約看到左邊有棵高大的柏樹，又厚又圓的樹幹足以遮蔽他。

皮沃．席里爾今天總算不會葬身沼澤之中。

□

瑟芮絲在一片褐斑蕨中停步。只見皮沃死時還抱著柏樹，雙膝跪地。威廉射了兩枝箭，把他釘在樹幹上，一箭穿透脖子，另一箭則穿胸而過。死亡把皮沃的臉化為血色盡失的面具。瑟芮絲望著他的雙眼，月光下顯得空洞而悲傷，她忽然沒來由地內疚。

她別過視線，不想再看。眞是蠢斃了，這傢伙可是想也不想就對她痛下殺手，她居然會內疚。不過，大家認識這麼久，幾乎就像是失去家人一般。想到萬一自己家人不幸死去，她又會多麼傷心。

她困難地嚥下一口唾沫，現在不是想這種事情的時候。

威廉從蕨類中走出，把箭矢塞進皮囊裡。瑟芮絲心中一凜，剛才她躲在「手」的特務屍體後方，目睹整個經過。她先前猜想皮沃會在這條路上埋伏，拉加應該會派一堆人手給他，但皮沃既傲慢又愛裝內行，一定會把這些人都派去駐守其他路徑，他才能單獨殺死瑟芮絲。她和威廉做了一題簡單的算術：一個人總比一群人好對付。於是他們把屍體架在船頭，假裝是獺豹的駕駛者，而她壓低身子負責駕駛，威廉則在岸上與船並行。等到皮沃現身，威廉就將他拿下，只是事情的發展出乎預料。

「你故意讓他逃跑。」她不帶情緒地說。

威廉抓住皮沃背上的箭，黑箭柄插得很深，只看得到羽毛和一吋左右的箭身。得用盡全力才能拔出來，他繃緊全身肌肉，啪嗒一聲將箭拔出。

「你玩弄他覺得很愉快嗎？」

「我不是爲了找樂子才那樣。」威廉用皮沃背上的衣服擦拭箭矢，並察看箭尖。「我發射火焰箭，讓他暫時看不到，接著逼他跑開，萬一有援軍藏在灌木叢裡，這時就會現身。結果發現他沒有別的援手，我就直接殺了他。」

他伸手拔第二枝箭，箭柄直接穿透皮沃的脖子，深入樹幹至少三吋。瑟芮絲見狀，心想她應該可以整個人站在那枝箭上，箭柄也不會移動。米基塔就算用盡全力也不可能把箭拔出來。

威廉緊握著箭，一隻腳踩上皮沃的背，面孔因用力而扭曲。隨著他一聲低吼，箭從柏樹上被拔出來。威廉嗅了一下，做個鬼臉。「箭尖彎了，但箭柄依然完好。」

威廉根本就不是人，他不可能是人。

瑟芮絲早就懷疑這一點，第一次是在阿爾法小屋中，因爲他還沒進去就一口咬定屋裡沒人。與肯特的打鬥令她大爲驚愕，但眞正令她堅信威廉不是人，則是和獵人交手那次。當時威廉移動的方式令她不寒而慄，他動作太快、太老練，表情透出十足把握。他們面對的是變異人，這傢伙的能耐超出她的想像，而威廉居然一副無關痛癢的模樣，彷彿不帶一絲情感。換作是她，不是怕得要死，就是氣得要命，但眼前的他活像一頭狡詐的掠食動物，殘忍地算計。他檢視獵物，斷定自己會贏，接著付諸行動。而現在，她已掌握確切的證據，他的力氣超越人類極限，以他精瘦的身形看來，不可能吃得消。

瑟芮絲不禁後退一步。

威廉凝立不動。

她必須立刻解決這件事。「你騙了我。」

他的眼眸清澈而冰冷。又在算計。「好吧，我說實話，我確實很享受這個過程。他想殺你，反而被我殺了。我沒事先告訴妳，因爲不希望妳怕我。」

「我不是指這件事。」

「那是哪件事？」

「你所謂的來沼地尋找戒指，全是狗屁。」

「噢，那個啊。」

他忽然舉起十字弓，一枝黑箭對準了她。

瑟芮絲握緊劍柄，魔法在身體深處迸出火花，吟唱著流竄全身，從她的眼睛和握劍的右手滲出。一點白光沿著劍身蜿蜒直下，最後消失不見。

威廉眼睛閃閃發光，宛如兩塊琥珀煤。她迎上他的目光，不禁畏縮。琥珀裡沒有情緒，只有聰明的算計，像正要捕食獵物的沼地貓一樣目露凶光。她在他眼神中看不到擔憂與溫柔，也沒有任何念頭，只有等待。此刻的他似乎不能說是人類，而是凶猛的野獸，在黑暗中靜靜等待襲擊的時機降臨。

威廉看看她的劍，然後噘起上唇，對她齜牙。哇！啊！比爾大人，你有又大又尖的牙。沒關係，反正她又不是小紅帽，沒在怕的，再說她祖母可以用力詛咒他，讓他連續一個星期分不清上下左右與東西南北。

威廉朝她的劍點點頭。「我想得沒錯，妳削人骨像切奶油一樣輕鬆，因爲妳在劍上注入電光。」

「這道電光很棒，白得很漂亮。」還會把你大卸八塊。

「不過要是妳胸口中箭，就沒啥用處了。」

「你怎麼知道我不能用電光保護自己？」

威廉咯咯笑起來，笑聲相當低沉。「妳沒那本事，如果可以就好了，但我們都知道辦不到。」

眞是一針見血啊，威廉。多年來她傾盡所有心力學習電光劍術，只要她注入電光，劍就能無堅不摧，但她每次只能注入少量，若要以電光當防護罩，確實超出她的能力範圍。他認定她是一招半式闖天下，這可沒錯。

不過，吹牛總不至於犯法吧？「你那麼想死嗎？」

「如果妳能阻止我的箭，不妨一試。」

噢，牛皮馬上吹破。瑟芮絲全身緊繃，打算等他發射，便立刻跳進身後的溪裡。「儘管放馬過來。」

但威廉只是站在原地，她臉上不論抽搐幾下，都逃不過他的琥珀法眼，但他沒有移動的跡象。

她瞬間恍然大悟，要是他真心想發動攻擊，早就已經把箭射出了。「你根本不打算射我，對不對？」

威廉咆哮：「要是我眞的射妳，妳一定活不了。」

那她丟掉小命爲什麼會令他心煩意亂？是沒錯，他覺得她很漂亮，但她可沒天眞到以爲這樣就能阻止他。

瑟芮絲試探性地後退一步。

十字弓稍微偏了四分之一吋，瞄準她的腳。「不要動。」

「威廉，我們在這裡分道揚鑣吧，你走你的路，我走我的路。」

「不要。」

「爲什麼？」

他沒答腔。

「我要是跑了，你會怎樣？」

他向前傾身。「那妳可就鑄下大錯了，因爲我會追妳。」

噢，我的天！

他的聲音透著期待，還有一種奇特渴望，彷彿他已經開始幻想奔過黑暗樹林的情景。瑟芮絲後頸細毛根根豎起，不管做什麼，總之不能跑，因爲他熱愛追逐，而且她不知道追到最後結果會如何。從他的眼神看來，他自己也沒把握之後會做出什麼事，唯一可以肯定的是，他將樂在其中。

她有點想體驗在沼地林中被威廉追逐，以及被他抓住的感覺。畢竟他望著她的眼神沒有透出殺氣，而是打著別的主意。她只要轉身跑進樹林即可，這念頭令她不寒而慄，不知道是出於警覺或是興奮。

她覺得情況有點棘手，就只有一點。

瑟芮絲挑高眉毛說：「我一輩子都住在這片沼澤，你憑什麼以爲自己抓得到我？」

威廉咧嘴笑開，露出白森森的牙，再度以狼的方式咯咯笑著。那低沉刺耳的嗓音令她渾身發毛，瑟芮絲旋即明白，他一定會跟蹤她、追逐她、接著逮到她。她非常確定，自己絕對跑不掉，除非經過一番惡鬥，但雙方都不想動手。

瑟芮絲回瞪他，直望進那雙熾熱眼眸。他微微向前傾身，心底的饑渴讓他一心只想得到她。他要她。瑟芮絲從他的眼神中看得出來，從他好整以暇、蓄勢待發的模樣看得出來。只需要最輕微的觸發，好比微笑、眨眼，或者一點暗示，他就會立刻衝上來親吻她。

一股熱流沖刷著她，緊接著腎上腺素激升，如針一般扎痛了她。只要上前一步，她只需要跨出一步就夠了，一個月前的她一定會毫不猶豫地上前。

一個月前，她不需要爲家族的存亡擔責任，現在她可沒時間自私自利。

如果任何一方發難，挑起爭鬥，她還是會殺了他，而且爲了原因不明感到遺憾。應付威廉就像玩火，怎麼做都不對。

「如果你抓到我會怎麼樣？」下場有兩種，不是把他撕成碎片，就是被他迷得神魂顚倒。

「跑了不就知道了。」

威廉說完上前一步。

瑟芮絲猛地向後退。如果被他碰到，她就得立刻做決定：看是要砍殺他還是勾引他。她不知道自己會挑哪一個。

他的眼神宛如迸發的火花，不久火光變得微弱。「不會發生什麼……不幸。」

瑟芮絲吞了一口口水。她全身緊繃，腿上肌肉都在發痛，而他居然說什麼「不幸」？不幸到底是什麼意思？「你就不能直接回答該死的問題嗎？」她的聲音變得尖細，眞要命。

威廉嘆了口氣，蓄勢待發的凶猛野性忽然消失得無影無蹤。他稍微放鬆肩膀，垂下手裡的十字弓。「我不會傷害妳，不用怕。如果妳非走不可，那就走吧。我不會有事，也不會追妳。這樣回答夠直接了嗎？」

他是眞心的，瑟芮絲從表情看得出來。他認爲她被自己給嚇到了，便決定退讓。

她卸下心頭緊張，忽然覺得筋疲力盡。「那你自己一個人在沼澤幹什麼？」

他聳聳肩。「找出路嘍。」

是啊，沒錯。他會在沼地團團轉，好幾天都走不出去。當然，他不會有生命危險，就是沒那麼快找到出路。

「我把知道的說出來：你動作很快，也清楚『手』的底細，並且受過徒手殺人的訓練。你殺人時，看來很有經驗，而且不拖泥帶水，我認爲你喜歡殺人。還有你的眼睛，會……」她撫著臉沉思。

「會怎樣？」

「會發光。」

他眨眨眼。「我戴了隱形眼鏡，就是爲了遮掩。」

「呃，看來沒用。」

「沒用？」

她搖搖頭。「你被眼鏡行坑了。」

「那就沒必要再戴著。」他挑了塊木頭坐下，拉開下眼皮，取出隱形眼鏡，把它丟進泥中，接著丟掉第二片。他抬起頭，表情如釋重負，好像小孩終於可以脫掉做禮拜的正式服裝。他的眼睛原來是淺褐色，每次眨眼，虹膜就會散發火焰般的琥珀色光芒。

瑟芮絲揣想著上前去，雙手環抱他脖子，低頭親吻他，然後直望進那雙狂野的眼眸深處。這幕景象只能留存在腦海中，但只是暫時。

「好點了嗎？」她問道。

「好多了。」他坐在那裡眨眼，滿臉挫敗，精心的安排居然失策。他的表情很……憂傷。前一刻他還像個雙眼放光的地獄使者，下一刻他就成了癱軟的憂鬱症患者，而且兩種樣子看起來和感覺起來都相當眞實，不像是刻意裝出來的。

她本來應該離開的，要不是他清楚「手」的底細，而且比她認識的人都還要清楚，說不定還會比沼地的每個人都要清楚，她迫切需要摸透「手」這個組織。沒錯，就是這樣。

少來了。她告訴自己。

成爲電光術士的路是由多年苦練鋪就而成，但開頭只要遵循一條簡單規則：絕對不要欺騙自己。這代表接受自己眞實的動機，主管情緒和慾望，不要裝高貴或邪惡。這條規則可以說知易行難，就和現在情況一樣。

她必須承認並接受事實：有琥珀眼和狼笑聲的威廉、瘋狂而致命的威廉，已經把她迷得暈頭轉向。他就像插滿利刃的益智箱，一旦按錯鍵，利刃就會把你的手指切斷，非常危險。而她則是那個等不及要玩益智箱的傻瓜，妄想每個鍵都按，直到找到對的鍵。

瑟芮絲呼出一口氣。好吧，她承認自己想要他，否認也沒有用，但單憑這個理由也不能讓他進家門。既然她都已勇敢面對自己的心情，乾脆拋下顧慮，一吐爲快。

「威廉，你這種人不可能跑來沼澤找小東西。你先前騙了我，我差點就把你帶回家人住的地方。我可禁不起受騙。」

「有道理。」他說。

「不過，你大可以趁我睡著時將我殺了，但你沒有，還幫我躲過『手』的追擊，更救了我表哥。威廉，說實話吧，你爲什麼來沼地？你在替什麼人效力嗎？告訴我。」

告訴我，因爲我不想把你一個人丟在沼澤。告訴我，好讓我知道我們之間還有機會。

「如果你不能說，我也不會怪你，那就在這裡分道揚鑣，我可以畫張地圖，讓你回鎮上。如果你另有隱情，不能交代堅持跟著我的原因，那就別說了，但也別對我說謊，否則我發誓，一定讓你後悔莫及。我或許可以和你合作，但我絕對不會允許你利用我或我的家人。」瑟芮絲說著抬高下巴，「你決定怎麼做？」

他不得不撒謊騙人。

瑟芮絲是路易斯安納貴族的外孫女，威廉在路易斯安納的同類都被貴族殺了，對她來說，他是討厭的存在。

威廉刻意掩蓋這項事實，如今它卻再度浮上檯面。他叮嚀自己，一定要非常小心，因爲她已經嚇壞了。他只能繼續說謊，隱藏眞實身分，直到她習慣他的陪伴。

他並不是存心嚇她，只是按捺不住追捕她的渴望，而且他敢說到時一定樂趣無窮。他會讓瑟芮絲先跑，一旦逮著她，他就會設法阻止她再次逃跑。

可是她偏偏不跑，而是站在原地，等他給個交代。

他認爲，「鏡」最好也別曝光。「手」是一顆石頭，「鏡」是另一顆，瑟芮絲家恰巧就在兩顆石頭相撞的正中央。瑟芮絲一定會認爲威廉要利用她，而他確實會。瑟芮絲也明白，在偉大的計畫裡，犧牲幾個邊境人不算什麼。

他只能撒謊。

這是特務的拿手好戲，他們靠撒謊達到目的。此刻他非得說個漂亮的謊不可，否則一旦失敗，她將立刻遁入沼地，留下他一個人承擔苦果，而且無計可施。讓她受到這種傷害實在惡劣，畢竟她的出發點是保護家人。如果威廉有家人，也會盡全力保護他們。

他必須說服瑟芮絲相信，他只是個獨行俠，出於自身的意願進行復仇計畫，還有他是人類。

威廉望著她說：「帶走妳父母的人名叫史派德，我是來殺他的。」

瑟芮絲眨眨眼，「爲什麼？」

想也知道她一定會這麼問。威廉別過頭，看著河水，竭力控制著就要潰堤的回憶。「四年前，他殺了一些小孩，他們在我心目中占有重要地位。」

「是你的孩子？」她柔聲問道。

野性在他體內呼號，他緩緩呼氣，試著壓抑。「不是，我沒有家人。」

「眞遺憾。」她說。

威廉好想咆哮。他不要瑟芮絲爲他感到遺憾，只要她看見他的強壯和迅捷，以及他能照料自己。「我第一次和他交手時，他打斷我的腿。」威廉起身，脫下外套，拉起上衣，讓瑟芮絲看背部扭曲的長條疤痕。「這是第二次，他的刀塗了東西，是某種毒藥。」

她上前一步。「那你怎麼對付他？」

威廉露出笑容，回想當下情景。「我用船錨打得他滿地找牙，本來可以順利了結他，但他把我打進水裡，後來那艘該死的船爆炸。我當時已經有點流血，中毒後喉嚨一度腫脹，無法呼吸，所以我也不能做什麼。」

「於是你認為第三次一定會成功？」她問道。

最好會。「我這次一定會殺了他。」他保證。一想到把史派德大卸八塊，他的聲音立刻轉為狼開心的低吼。

她又上前一步，愈靠愈近。只要再往前一步，她就進入直接攻擊他的範圍了，她是在悄悄進逼。

「你怎麼知道史派德在沼地？」

他必須透露更多訊息，否則瑟芮絲不會相信。「就是病木那個人，那個標本製作師。」

「柴克？」

「他替我做事。」

她的眼睛變得又大又圓。「怎麼回事？」

「柴克在異境有連絡人。」這麼說並沒錯。「大家都知道我在找史派德，願意花錢買線索。」這也算對。「柴克告訴連絡人史派德在沼地，他們便與我接洽。」還是沒說錯，撒謊的祕訣在於說實話。

「那麼當時你們倆去後面……」

「他對我說明妳家和席里爾家的恩怨。」

「好個王八蛋。我像白痴一樣站在那裡，等你們兩個出來，心想：『他當然要慢慢來，柴克一定把他的錢都搜刮光了。』你害我覺得自己……」

他跨了一大步，來到她身旁。「覺得怎樣？」

她抬眼看他。好想要，想要這女人，想要，想要，想要……

「你害我覺得自己好蠢。」她的聲音變得輕柔，「你是貴族嗎？」

「技術上來說是。」

「什麼意思？」

威廉微微一笑。「意思是，大家都叫我杉汀領主，但除了這個頭銜，我什麼都沒有。沒有權勢、沒有領地、沒有地位。我只有服役期間的一點積蓄，現在身上帶著的錢就佔了其中的大部分。」呃，終於開始撒漫天大謊了，其實「鏡」給了他很多錢。

「所以你當過兵？」

瑟芮絲沒有聽出重點。威廉點頭說：「對。」

她依然保持戒備，眼睛也密切注意他的動作，但她已不再像是要奔進荒野消失不見。可見他做對了。

「你在哪個單位服役？」

「紅軍。」

「紅魔鬼？」

他再度點頭。「聽著，我想殺死史派德，唯有妳才能帶我找到他。因爲史派德要抓妳，妳就等於是我的誘餌。」

「我怎麼沒有受寵若驚的感覺？」她偏著頭說，「我怎麼知道你這些話不是編出來騙我的？」

他攤開雙手。「妳可以去問柴克呀！他也會說一樣的話，如果妳有管道可以查詢外界的情況，不妨問問異境的『八人屠殺事件』。不過這些都很花時間，瑟芮絲，妳現在需要我。妳不知道如何對抗『手』，我知道，我們倆是同一陣線。」

「你還有沒有要對我說的？」

我每次看著妳，都得拚命控制自己。「沒有。」

「如果你敢騙我，我一定找你算帳。」她信誓旦旦地說。

威廉齜牙咧嘴。「試試看嘍！」

瑟芮絲嘆氣說道：「比爾大人，你搞得我提心弔膽，眞是害人不淺。」

他又贏了。威廉竭力忍住笑意。「妳是該操心，我也一樣。」他收起十字弓，走向小船。

瑟芮絲雙手扠腰。「你要去哪裡？」

「上船啊，妳既然又開始喊我比爾大人，表示我們之間沒事了。」

瑟芮絲狠狠拍一下額頭，無奈地跟上。

「好吧，我就帶你一起上路，但那是因爲我不想莫名其妙捲進打鬥中。」

他們並肩走向船，他嗅著她芬芳的香氣，看著她行走時飄逸的長髮。她的姿態優雅，步伐謹愼，仔細挑選行進方向，彷彿跳著舞。現在總算大局底定，他將和她在同一個屋簷下共度幾天。那是她的家，充滿她的香氣，他可以每天見到她。

她也每天都會見到他。如果他押對寶，說不定她不只是見到他而已。他必須冷靜，耐心等待。他是一匹狼，最不缺的就是耐性。

「我只想知道一件事。」瑟芮絲說。

「什麼事？」

「你殺死史派德後，會不會砍下他的頭，然後要求柴克把它做成標本，確保他眞的死了？」

第十二章

拉加腳下的木板發出嘎吱聲響。這座莊園已經腐朽，屋裡飄著霉味，壁板濕黏，長滿黑色霉斑。

他一直很想得到這座莊園，便與「手」同謀奪下它。去他的怪胎組織。他聳聳肩，試著壓下回憶，他不願再想起「手」炙熱激烈的魔法，它總像一大把滾燙的針掠過他的皮膚。他忍耐是爲了什麼？就是爲了這棟破房子。

拉加想要這棟該死的房子，唯一理由是它原本屬於葛斯塔夫。葛斯塔夫擁有一切，他是一家之主，親戚都敬重他、崇拜他，有事便徵求他的意見……還有，瑟芮絲和他住在一起。

查德自屋後現身，手握步槍。

「怎麼了？」

「我找不到布倫特。」

拉加跟著守衛繞過屋子，來到長滿雜草和白斑果的花園。在灰濛濛的晨光中，他看見灌木叢邊緣出現一小灘暗紅色液體。是血。

查德不安地把重心換到另一腳。「我本來要和他換班……」

拉加舉起手，示意他閉嘴。爛泥上有數道長抓痕，幅度很大，由深深的印子可看出，這是龐大重量壓出來的。另外有排腳印向小徑走來，想必是布倫特看見這些抓痕，猶豫了一會兒，頃刻間便丟掉小命。有東西撲向他，把他拖走了。

拉加身後的查德再度換個站姿。「我覺得可能是沼地貓……」

「太大了。」拉加的視線越過大片雜草，來到松樹和昔日耕地之間的石牆，如今牆已坍塌。他默默聆聽，但四周安靜無聲。

「他的槍呢？」他想了一下，隨即大聲問道。

「嗯……」

「步槍，查德。布倫特有一把，動物要槍幹什麼？」

天空飄下細雨，打濕灰綠色白斑果葉與紅色葉子，高大的月桂樹爲對抗雨的侵襲，以綠葉遮蔽紫花。冷冷水氣從拉加的頭皮滑至後頸，有些則向前滴到眉心，他懶得伸手抹去。

「讓他們兩兩成一組。」拉加說，「從現在起，不准任何人單獨站崗或行動。派克里桑到鎮上買些對付鱷王的陷阱回來。」

「要買假窩還是切碎機？」

「切碎機。」這種事沒必要講究細節，給牠一個痛快就對了。「派槍手上閣樓盯著花園，再組三個兩人小隊派到花園，進行地毯式搜索，看看能不能找回步槍。搜索完畢後，再架設陷阱。」

拉加揮手要他退下，查德立刻飛也似地跑了。拉加在小徑旁蹲下，張開雙手測量抓痕距離。看來前爪幾乎有十呎幅度，接著走進草叢，找到深深的壓痕，代表曾有動物蹲踞於此。他回望抓痕，兩邊相隔七碼半。

他撫摸爪印邊緣，以手指測量痕跡的深度。這動物有又圓又厚的手指。如果是貓，一定是公的，身長四碼，體重接近七百磅。他努力想像龐然大物。難道是異境的動物？牠跑來這裡做什麼？

拉加走出草叢，以靴底抹掉爪印，地面只剩黏答答的爛泥。眼前最不需要的就是讓大家撞見這些，免得令人驚慌失措。

他在門廊前停步。兩星期前，這裡的泥巴被許多雙腳踩得亂七八糟，後來腳印都被雨水沖去。那天他們把葛斯塔夫帶來，他為了奪回自由與妻子，和他們奮戰到底，但終歸失敗。

拉加扯著垂落的一綹髮絲，回想當時葛斯塔夫吃癟模樣。「手」的魔法網好不容易幫他們奪下葛斯塔夫手上的劍，看著他那副憤怒又無助的表情，眞是一大享受，但他們也折損了四個人。

那是拉加的四名手下，他認識每一位的家人，為他們的遺孀送上撫卹金。艾蜜拉・庫克接過自己那一份時，表情透著無聲的譴責，令他眞想跳水自盡。當時他覺得自己活像沒用的人渣。

瘋狂的念頭在心中盤旋舞動。走吧，放棄這座莊園，離開沼地，去新的地方，沒有人認識的地方。他都快二十八歲了。

拉加縮著肩膀，嘴角扯出一抹冷笑。為了顆假鑽石，他已經付出太多，就像全力衝刺的跑者，抵達終點才發現自己停不下來。

他被疾馳的馬蹄聲驚醒，連忙跑上門廊，看見阿里騎著灰馬狂奔而至。

「拉加！」

小弟一時停不下馬兒，只能繞著屋子打轉，等到速度放慢，他急忙下馬，滿臉通紅，氣喘吁吁。

「怎麼回事？」

「媽要你去沼澤一趟，皮沃出事了。」

□

威廉坐在船頭，盡可能遠離獵人的屍體。他已經懶得管瑟芮絲為何堅持帶著屍體，其實他問過，但她只是笑笑，說那是送給嬸嬸的禮物。

也許她嬸嬸是食人族。

獺豹以穩定速度前進。被霧氣籠罩的沼澤有種寧靜而近乎極致的美，散發陰鬱而原始的優雅氣息。紊亂的植被在薄霧中，化爲一團又一團朦朧綠影。沿岸有排柏樹，樹幹上點綴著捲葉鳳尾蘚，孤零零的樹在霧裡漸漸現身，船過後又消失在霧中。水面看起來像水銀般平滑，清晰的倒影掩蓋了漆黑深處。

「這裡的水深不深？」威廉好奇問道。

「不深。只是看起來深，因爲底下有一層黑色泥煤。」

他忽然感到魔法拂過皮膚，像片輕柔的羽毛。「這是什麼感覺？」

瑟芮絲微笑說道：「記號。這裡已經是我家的土地，就快到家了。我們在房子和外圍土地設下結界，這種結界古老但好用，而且深入土壤，只是範圍不大。」

他瞥見岸邊有一塊灰色巨岩，高約兩呎、寬約一呎。還有另一塊大小相同的灰白岩石放在水中央。這是結界石，他曾見過，魔法將它們串連，打造魔法屏障，就像形成蘑菇圈一樣。以前蘿絲也用它來保護自家和兩個弟弟，她的結界石很小，但會漸漸變大。眼前這兩個看起來有幾百年之久了。

「那河呢？」他問。

「河也一樣，河床上照樣設置結界石。未經我們同意，你無法進入鼠穴。不過結界範圍不大，我們家土地大多沒有包含在內。」

難怪史派德沒有直接殺進來，有個安全基地是好事。「那麼妳外祖父母的家呢？」

她搖搖頭。「那邊沒有結界，外公拒絕設置。」

霧已散去，他們轉進較小的溪流。天空飄下冷冷細雨，威廉咬牙忍耐。這鬼地方就沒有一天不下雨嗎？

若能這時回拖車去該有多好。他會泡一杯香濃的咖啡，然後欣賞電視節目。他會去買新一季的《CSI犯罪現場》，迫不及待拆開來看。他喜歡看這部影集，它就像神奇魔法。如果想看有趣的節目，《條子》【註】會是首選。他想研究影片中的殘境警察，揣摩辦案技巧，萬一哪天和警察起了衝突，他才知道該怎麼應付。可是影片中的白痴裸體醉鬼太神經質，往往占了大部分節目時間，以致他根本沒機會了解警察如何辦案，只知道他們必須跑個不停。

他幻想自己坐在沙發上，瑟芮絲依偎在身旁。眞好。不過這種事永遠不會發生。他提醒自己。

他只想把身體弄乾，幾分鐘也好，順便洗個頭。動物的毛皮必須保持清潔，否則會很癢，還會長跳蚤。他不會把錢花在昂貴的玩具上，好比高級車或電話，但他會買不錯的洗髮精，也會上美容院理髮。美容院的氣味很好聞，美髮師還會和他調情，而且剪髮時靠得很近。

沒完沒了的潮濕令他抓狂，如果繼續這樣下去，這星期結束前，他頭上就會長出水草。下回他再去理髮，他們就得幫他剪掉頭皮上的蘑菇。

小溪注入小灣，此處被松樹和一種獨特樹木環繞，矮胖的樹幹配上黃色圓形葉片。威廉傾身看個仔細。嗯，很漂亮。

岸邊有座小碼頭，一條自然形成的土徑通往山丘。左邊有沉重的木門，可能是用來攔截另一條溪流。他聞到獺豹氣味，門後遠遠傳來動物的呼嚕和尖叫聲，想必邊境人把獺豹當成乳牛般圈養。

有個人走到碼頭上望著他們。他有頭黑髮，身材高瘦，大約三十歲。如果這是在異境，威廉敢說這人

譯註：《條子》（*COPS*）爲美國實境秀，由攝影師跟隨警察執勤，拍下各種辦案實況。

一定是貴族。只見他抬頭挺胸，站得筆直，整個人占據的空間比瘦削身軀所需的還大。他渾身散發冰冷、高傲、優雅的氣質，不輸德朗那些親戚。威廉在心底暗自咆哮，把德朗從記憶深處拔除。眼前這傢伙若是貴族，威廉必須全心應付，不可洩露自己的底細。

「那是理查，我堂哥。」瑟芮絲說。

有個全身裹滿泥巴的小東西坐在理查腳邊，正在聽訓。威廉聽不清楚理查說什麼，只覺得他疾言厲色。威廉把注意力放在小東西身上，原來是個孩子，看起來像女孩，她坐在地上，膝蓋抵著胸膛，一頭亂髮黏滿泥巴和樹葉。

威廉聽見瑟芮絲深吸一口氣，便看看她。她正望著小女孩，兩道黑眉已經糾結。她的嘴抽動了一下，嘴角隨即下垂，威廉看到她眼中流露哀傷，但她很快便收斂，換上一抹微笑，就像戴了面具。

理查的訓斥飄過來：「……絕對不恰當，尤其是拿石頭砸他的頭……」

小女孩看見他們，匆忙擠過理查身邊，迅速跳進水中。理查話說到一半，只能閉嘴。

「唉，雲雀。」瑟芮絲喃喃地說。

小女孩游過來，四肢時而浮現在水面上。瑟芮絲放慢獺豹速度，女孩潛入水中，不一會兒冒了出來，爬上他們的船，全身淌著泥水。她撲上去，一把抱住瑟芮絲，臉埋進她的腹部。瑟芮絲環抱女孩，一副要哭的模樣，笑容再也裝不下去，只能咬著嘴唇。

「別走。」女孩低聲說著，雙臂牢牢鎖住瑟芮絲。

「我不會走。」瑟芮絲柔聲回答，「我已經回來了，不會有事的，妳現在很安全。」

「別走。」

「我不會走。」

這小孩活像流浪貓，看起來又餓又容易受驚。她巴著瑟芮絲不放，好像那是她媽媽，而且她渾身散發恐懼的味道。

威廉接過瑟芮絲手裡的韁繩，抽打水面。獺豹開始拉船，他引導著牠游向碼頭。船輕觸碼頭邊的支柱，微微震動幾下。理查彎下腰，湊了過來，威廉便將繫繩遞給他。

「你好。」瑟芮絲的堂哥說。

「嗨。」

「雲雀，妳得放開我。」瑟芮絲輕聲細語。

小孩就是不肯。

「我不能抱妳進屋，妳太大了。就算我抱得動，其他孩子會笑妳。妳必須堅強起來，放開我，自己站好。來，妳可以握著我的手。」

雲雀終於聽話放開，瑟芮絲牽起她的手。「抬頭挺胸，看著房子，妳擁有這棟房子和這片土地，走路要理直氣壯，要像妳值得擁有這一切。」

雲雀立刻挺直背脊。

「就是這樣，不要示弱。」瑟芮絲握住她的手，兩人一起跨上碼頭。

威廉拎起兩個背包跟上。理查邁開長腿，與他並肩同行。理查的步伐很輕，平衡感很好。威廉心想他一定是劍士。

「我是理查・馬爾，幸會。」

看他這副樣子，活像有人把他直接從異境丟進邊境，風度和禮節絲毫不減。唯一差別在於，貴族不穿黑色牛仔褲。

威廉下巴微抬，模仿德朗。「威廉・杉汀。」

「杉汀領主？」理查問道。

隨你怎麼想。他的僞裝效果一定比想像中好。「偶爾，適當的時候我就是。」

「我痛恨探聽別人隱私，但你和瑟芮絲怎麼認識的？」

「我怎麼覺得你就愛探聽。」

理查容許自己露出一抹淺笑。

瑟芮絲回頭說：「從殘境回來時，我們剛好一起被困住。他來這裡是爲了對付『手』。」

理查依舊保持客套而淡漠的表情。「噢？」

「他還救了烏洛。」她說。

表情依然沒變。「發生什麼事？」

「『手』用塗了銅屑的魚叉射中烏洛。」

理查眼中閃過暴怒。威廉暗暗記住，這人也是有脾氣的。

「我懂了。」理查說，「這麼說，杉汀領主，您是我們的貴客及盟友？」

「叫我威廉就行了，你說得沒錯。」

「歡迎光臨鼠穴，威廉，有句話要說在前頭，如果你背叛我們，我們會宰了你。」

哈！「這點我一定會放在心上。」

「只要和我們相處兩天，說不定你就會把它列爲優先考慮。」理查以深色眼眸細細打量他，接著轉向瑟芮絲。「文件呢？」

「我拿到了。」

一位少年騎馬過來，後面跟著三匹馬。

瑟芮絲皺起鼻子說：「帶這些馬來幹什麼？我們只是要回家洗個澡。」

「妳沒空洗澡。」理查說。

「我全身都是泥巴和血水。」

「堂妹，洗澡可以等，多貝改了開庭時間。」

瑟芮絲眨了兩下眼皮。「我們還剩多少時間？」

理察看看腕錶。他戴著一只卡西歐G-Shock，是挺耐用的塑膠手錶。威廉在殘境也買過，雖說沒有特別好看，但防震又防水，而且精準。渾身散發濃濃貴族氣息的理查，倒是個實用主義者，由此也可看出馬爾家常往返殘境。

「只有五十二分鐘。」理查說。

瑟芮絲抬頭，對天咒罵。

威廉生平見過一些糟糕的城鎮，天使窩可說是其中的佼佼者。這裡有一條長長的爛泥街，兩旁約有十幾間房屋，街道盡頭則是瑟芮絲所謂的「廣場」，其實只是曲棍球場一樣大的空地。空地一邊座落著兩層樓房，招牌寫著「禮拜堂」。另一邊則是以巨型柏木建成的長方形建築，上面的招牌比另一棟更大，寫著「法院」，大門仿造穀倉門樣式，此刻正敞開著，長長的人龍魚貫走進屋裡。

「這就是妳說的鎮上？」威廉低聲問瑟芮絲。

「郡政府所在地。」她說。

威廉聽得猛眨眼。

「前人決定不依附病木，所以設置自己的郡。我們有專屬法官、民兵，以及一切所需。」

威廉裝出左顧右盼的樣子。

「你在找什麼？」瑟芮絲問。

「所有人共用的那匹馬。」

她像個孩子吃吃笑了，威廉見她認同自己的幽默，心裡頗得意。

理查則皺緊眉頭。

「他在暗示這裡是窮鄉僻壤【註】。」瑟芮絲告訴理查。

理查仰望天空一會兒。

「你也會默默對祖字輩喊話嗎？」威廉問道。

理查嘆一口氣。「其實是對過世的父親。他認為我最近該接受各種愚蠢磨練。」

他們在法院前下馬，將馬匹拴在欄杆旁，便加入進屋的人龍。數十種氣味在風裡翻騰，侵襲威廉的鼻子。他聽到許多細碎對話片段。為了進門，他的周遭全是擠來擠去的人。

他緊張得頭昏，暈眩感悄悄蔓延。人群既危險又刺激，正因如此，他平常一定躲得遠遠的。

他叮嚀自己，快蓋上它。他必須熬過這次開庭，然後就可以回家放鬆。

「我們這裡有點偏僻，沒發生過任何事。」理查說，「開庭成了頭等大事。」他說著露出笑容。

瑟芮絲也報以微笑。

「是我沒聽出你在說笑嗎？」威廉問道。

「這叫上戰場前的武裝笑容。」理查說。

「顯示出我們沒在擔心。」瑟芮絲補充說明，「全沼地的人都在看，這裡的人最重視名聲。」

威廉湊近瑟芮絲。她身上散發濃濃的泥巴味，但他仍嗅到一絲她眞正的體香，他又開始想要她了。

「妳擔心嗎？」

「如果不是要努力擠出笑容，我早就緊張得把頭髮拔光了。」她小聲答道。

「別這樣，妳的頭髮很漂亮，要很久才能長回來。」

她聽得眼睛發亮，趕緊咬住嘴唇，看得出來她在憋笑。

法院內部空氣比街上涼爽多了。清新的松木香飄散在空中，數個角落裡擺設了大型木桶，裡面種植小松樹，天花板嵌著一長排不透明燈管。他們費力地穿過擁擠的走道，燈忽然打開，發出黃光。

威廉看看瑟芮絲。

「我們有自己的發電廠。」她說，「靠泥煤發電。」

這想必又是人類的某種笑話，他沒聽懂。

她看見威廉的表情，便咧嘴笑道：「我是說眞的，乾泥煤其實是很好的燃料，我們也用來取暖。」

這絕對是威廉生平聽過最瘋狂的事。他心想，這些人偶爾會看看四周，然後問道：「嘿，家裡有什麼燃料？」

「泥巴！今天又濕又冷，我知道，快來燒泥巴！」

「哦，這玩意兒也不是毫無用處。」

搞什麼鬼？他猜想，如果連魚都有腳，那麼泥巴自然可以當燃料。如果此地的貓開始飛行，不管史派德是否在這裏，他都要以火箭般的速度逃離。

譯註：原文是one-horse town，意指鎮的規模非常小，小到鎮民共用一匹馬就夠了。

瑟芮絲在前排找個位子坐下，面前有張桌子。理查就在她的正後方，他對威廉稍稍鞠躬，指著一個位子說：「請。」

威廉便坐下。法庭另一邊也有張一樣的桌子，他猜測那是被告的位子。越過這兩張桌子，有一個高台，上面設置了法官的桌椅。另有兩個面對法官的小講台，一個給原告使用，另一個給被告使用。他很熟悉這樣的安排，當年從軍時，他就在軍事法庭見過。

另一個法庭在記憶中浮現，透過柵欄向外看，那個法庭大多了。他們把威廉像動物一樣關在軍事法庭，就連他的辯護律師也刻意保持安全距離。他記得自己氣得要命，現在回想起來，或許這才是最好的安排，畢竟他懷著滿腔怨恨和痛苦，根本不在乎會傷到誰。

他發現瑟芮絲的視線瞟過來，立刻強迫自己回神。

一位身材枯瘦的灰髮婦人在威廉左邊椅子落座，朝他微笑，整個人活像顆乾癟杏仁。小小的黑眼安在皺紋滿布的臉上，宛如兩塊發亮的黑煤。她身高大約只有四呎出頭，年齡可能接近一百大關，有些邊境人就和異境人一樣長壽。

理查湊過去說：「奧姿祖母，這位是威廉，是瑟芮絲的朋友。」

威廉立刻鞠躬。每個人都該尊敬長輩。「女士，很榮幸認識您。」

奧姿祖母舉起小手，輕輕掠過威廉頭髮。一道魔法如火花般竄過他全身，他不禁往後縮。

「好個有禮貌的小狼狗啊。」奧姿祖母柔聲說，寵溺地拍拍威廉手臂。「隨時歡迎你坐我旁邊。」

她居然認出他的底細。威廉心頭警鐘大響，張嘴正想說話。

瑟芮絲回頭說：「嗨，祖母。」

「寶貝，妳在這啊。」奧姿祖母拍拍瑟芮絲的手。「妳朋友是個非常好的男孩。」

瑟芮絲微微一笑。「這我可不敢說……」她看看整個空間。「郡裡有一半人都跑來，準備看我們輸掉官司。」

「我剛和威廉說，這裡的開庭是一種娛樂。」理查說。

「也沒那麼糟。」奧姿祖母說著，哼了一聲。「你們應該去看看葬禮，一堆老怪物聚集，慶幸自己還沒死，然後幸災樂禍地討論可憐的死者。我死了以後，你們一定要把我火化。」

瑟芮絲大翻白眼。「又來啦！」

「爲什麼要火化？」威廉問。

「這樣他們就可以生起大營火，圍著它喝得爛醉。」老太太說，「人很難圍著一大團火搞憂鬱。」

一位金髮高個女子走進來，身上的黃色飾帶象徵她的律師身分。兩個人跟在後面，抱著一堆文件。她身材偏瘦，脖子線條十分優雅，腳踝也好看。威廉盯著她穿越走道，足足有一分鐘。她看起來很敏感，很難應付。不過，長腿挺美的。

嗯，聞起來也有合歡花的香氣，這是昂貴的香味。瑟芮絲洗乾淨時比這更好聞。

「看來席里爾家請了異境的律師。」理查說，「打算重砲迎擊就對了。」

「我們家見鬼的律師呢？」瑟芮絲皺眉問道。

「我已經通知他開庭時間了。」理查說，「兩次。」

側面的小門開啓，超級大塊頭擠進法庭，在法官的右邊站定。他雙臂交疊，二頭肌高高隆起，臉上明白寫著「少惹我」。萬事俱備，只缺胸膛刺上大大的刺青「退下」。

根據威廉判斷，這人是保鏢。塊頭大，可能很壯，但不年輕，接近中年。遇到這種人，最好閃遠一點，搞不好他會一拳打斷你骨頭。威廉仔細察看對方的腿，如果想從他身邊過去，威廉會選擇攻擊膝蓋。

因爲對方身上肌肉必定沉重，膝蓋恐怕早已磨損，再說他的反應也沒快到能及時堵住去路。

「他是克萊德，這裡的法警。」奧姿祖母對大塊頭擺擺手。

克萊德對她眨眼，但依舊保持撲克臉，視線也沒移動。

一頭巨獸奔進側門，肩膀至少三十五吋寬，一身蓬亂綠毛，上面布著玫瑰花狀的棕色斑紋，整體看起來像大型山貓。巨獸慢慢走過去，在克萊德腳邊躺下，黃色的眼睛掃視群眾。

好極了，綠棕色大貓。爲什麼不呢？這地方本來就有綠和棕兩種顏色，這頭野獸剛好兩者兼具。

「那是克萊德的美國山貓寵物，叫作恰克。」奧姿祖母替威廉解惑。「克萊德、恰克與多貝法官，簡直是一個模子刻出來的。」

有個人在瑟芮絲身旁落座，衝著她咧嘴一笑。那雙黑眼微微透著狂野，身形消瘦，動作迅速，身手俐落，宛如天生就是做賊的料。他的上衣和牛仔褲沾滿泥巴，一頭棕髮披肩，下巴有兩天沒刮的鬍碴，左耳戴著一枚閃爍的銀耳環。他看起來就像爛醉狂歡後被關在拘留所一夜，而且一副沒安好心的樣子。「我錯過了什麼嗎？」

「卡爾達，」瑟芮絲戳他。「你遲到了。」

「你就不能弄乾淨再出庭嗎？」理查怒道。

「我的樣子有什麼不對嗎？」

奧姿祖母狠狠朝他頂著亂髮的後腦杓拍了一下。

「噢！妳好啊，奶奶。」

「你有沒有帶地圖？」理查問道。

卡爾達忽然驚慌失措起來，全身上下拍遍，最後把手伸到瑟芮絲的頭髮裡，抽出一張對摺的紙。「我就知道一定擺在某個地方。」

理查的表情活像不小心咬到酸檸檬。「這裡可不是馬戲團。」

「不妨看看四周。」卡爾達說。

「馬戲團有大象。」威廉說。他在異境看過巴勒姆馬戲團的表演，結果他身上的氣味把大象嚇得半死。大象儘管身軀龐大，卻是一種非常歇斯底里的生物。

卡爾達斜眼瞧他。「你是誰？」

「他叫威廉，是我的客人，烏洛還能呼吸都是因爲他。」瑟芮絲說。

卡爾達看看瑟芮絲，再望望威廉。他有雙銳利的眼睛，瞳孔接近黑色，威廉覺得他就像透過步槍瞄準鏡看著自己。不管卡爾達是不是小丑，只要威廉敢越雷池一步，他一定會嘗試割斷威廉喉嚨。

關鍵就在於他只能「嘗試」。

卡爾達臉上閃過一抹會心微笑，彷彿已弄清楚某個祕密，接著綻出快樂的笑容。「歡迎來我家。」

「你是她哥哥？」威廉問。

「堂哥。」卡爾達向著理查呶呶下巴。「我是他弟。」

理查望著天花板。「別提醒我。」

「你和我會成爲朋友。」卡爾達對威廉說。威廉從他口氣中聽出一絲威脅意味，但卡爾達的表情依然快活。

克萊德走上前，嚴厲地緊盯觀眾，大吼：「全體起立！」

第十三章

觀眾手忙腳亂地起身，後面傳來椅子傾倒的聲響，還有女人的咒罵。

有位中年男子快步進入室內，肩上繫的藍袍頻頻飄揚，就像晾在曬衣繩上的床單。藍袍頂端有一張棕色的臉，歷經長年風吹日曬，宛如葡萄乾。兩道寬大眉毛把臉分開，遠遠看去活像兩條肥胖的毛毛蟲。他一邊走向座位，下巴一邊活動，彷彿是正在反芻的老牛。

「天使郡邊境區法院正式開庭。」克萊德響亮地宣布，「由多貝法官擔任首席法官。請坐。」眾人就坐。

克萊德走到法官面前。「案件編號一二五二，馬爾家提告席里爾家。」

多貝法官從桌子底下取出小金屬桶，朝裡面咳了一陣。「好。」他說著把桶子放回原位。

威廉忽然想到卡爾達剛說的話，說不定這裡真的是馬戲團。

「雙方律師，起立。」克萊德高喊。

金髮女和卡爾達起身。

法官見狀，濃眉緊鎖。「卡爾達，你今天是原告的辯護律師？」

「是的，庭上。」

「哦，不妙。」多貝說，「我猜你對法律非常熟悉，畢竟你打過它的頭，在它家放過火，還害它的姊妹懷孕。」

卡爾達綻出燦爛笑容。「謝謝您，庭上。」

金髮女清清喉嚨。「法官，恕我直言，此人沒資格擔任辯護律師，他是被宣告有罪的重罪犯。」

多貝的視線投向金髮女。「我不認識妳。克萊德，你認識她嗎？」

「不認識，法官。」

「聽見了吧？我們不認識妳。」

「我代表席里爾家出庭。」金髮律師上前，高舉羊皮紙。「我是新亞維儂的開業律師，這是我的證書。」

「新亞維儂在異境。」多貝說。

金髮女微笑說道：「法官，爲了打這場官司，我已經充分研究邊境的法律。」

「本地的人才到底有哪裡不妥？拉加・席里爾爲什麼要去異境找律師？」多貝斜眼看看空座位。「拉加呢？還有他家的人呢？」

「他放棄出庭權利。」金髮女說，「本郡法規的第七條第三款賦予他此項權利。」

「我了解法規，一半都是我寫的。」多貝眼中閃著危險的光芒。「所以，拉加認爲我的法庭不夠資格讓他出席。好，很好。卡爾達，那位律師說你是被宣告有罪的重罪犯，沒有資格擔任律師。你有話要說嗎？」

「我在異境和殘境是被宣告有罪的重罪犯。」卡爾達說，「但我在邊境只被罰款。再說，同一條法規也明訂，邊境人可以在法庭上爲自己辯護。既然事關馬爾家共有的產業，我是家族的一份子，我爭取爲自己辯護的權利，也就是說，我要當自己的辯護律師。」

「說得好。」多貝揮手。「說下去。」

卡爾達清清嗓子。「馬爾家有一塊兩英畝的產業，名叫塞尼，包含土地和塞尼莊園裡的房子。」

卡爾達把地圖交給克萊德，克萊德轉交給多貝。法官瞇眼看了一會兒，再度揮手。「說下去。」

「五月七日當天，瑟芮絲・馬爾、伊瑞安・馬爾和米基塔・馬爾前往我剛提到的莊園，看見拉加・席里爾、皮沃・席里爾、阿里・席里爾與一干傭兵闖進莊園中。瑟芮絲・馬爾提出禮貌而非暴力的請求，要他們即刻離開我們的土地，但遭到拒絕。」

多貝看看瑟芮絲。「妳就這樣算了？爲什麼？」

瑟芮絲起身。「我們家愛好和平，決定由法院處理雙方爭執。」

觀眾大笑，多貝露出一抹笑容。「能不能再說一遍？」

「他們帶了幾把步槍，我們只是空著手的騎士。」瑟芮絲說。

多貝擰了擰斑白的眉毛。「記下了。至於妳家，爲什麼在別人眼中活像鱷王留著過冬的肥肉？」

「庭上，沼澤的生活本來就不容易啊！」

「記下了。妳先坐下。」

瑟芮絲就座。

多貝看看卡爾達。「那麼，你今天對法庭有什麼盼望？」

「希望席里爾家不要霸占我們的家產。」

「很好。」他望著金髮女。「輪到妳了。爲了公平起見，我會讓妳跟上進度。我的審理簡單俐落，沒有拖泥帶水的發言。不准引用先例，不准引用法律條款企圖爭辯。我絕不理會任何先例，畢竟這年頭白痴都可以當法官。」

金髮女喃喃地說：「不是開玩笑吧？」聲音壓得比氣息還微弱。

恰克抬起頭，口中嘶嘶作響，黃色眼睛鎖定金髮女。威廉不由得會心一笑。他見過那種認真的表情，他臉上偶爾也會出現。如果可以敲開這隻大山貓的頭顱，在裡面搜尋一番，一定能找到清晰的念頭：你能跑多快？

「妳有說話嗎？」多貝問。

「沒有，庭上。」

「那就好。說下去。」

金髮女擠出一抹淺笑。「我們討論的這份產業已經由葛斯塔夫・馬爾合法售予席里爾家，這是銷售契約及塞尼莊園土地與建物的所有權狀。」

她舉起兩份文件。克萊德緩步過去，把文件轉給多貝。多貝瞇眼細看，接著對卡爾達揮舞文件。「我看了覺得挺有理的。我想，既然葛斯塔夫的女兒坐在這裡，他本人應該不在現場。」

「自從那天早上，我們就沒見過他。」卡爾達說，「但我們會找到他的。」

「好，非常好，但這裡有兩份證明文件。你有什麼要說的？」

卡爾達低下頭。

室內安靜下來。

就這樣？威廉心中納悶。事情就此落幕？瑟芮絲冒著生命危險與「手」過招，還在沼澤來回奔波，就爲了這個結局？

「怎麼樣？」多貝問道。

卡爾達垂著頭，手在亂髮裡摸索。

「回答庭上。」克萊德大喊。

卡爾達抬起頭。「庭上，葛斯塔夫不能賣掉塞尼。」

「為什麼？」多貝問道。

「因為二十七年前，根據放逐移置法案，這片土地由路易斯安納公國向天使窩郡買下，後來授與一位流放者，也就是弗納・杜布瓦。他的女兒珍妮芙・杜布瓦嫁給馬爾家的葛斯塔夫・馬爾之後，他與馬爾家便有了親戚關係。按參議院轉讓證書規定，塞尼莊園及其土地不可轉讓，不管全部或局部，都不可出售，唯有流放者的後代可以繼承。既然弗納和妻子都已過世，他們的後代珍妮芙也失蹤，這片土地的所有權屬於珍妮芙的女兒瑟芮絲・馬爾。就算葛斯塔夫真的簽下這些契約，他的簽名也無效，因為他根本不是土地所有者。瑟芮絲才是，而且她並沒有出售。」

有人倒抽一口氣。

卡爾達高舉手中成扇形的折疊文件。「這是路易斯安納的原始購買契約副本，有簽名和加蓋印花。參議院轉讓證書副本，上面列舉珍妮芙為繼承人。葛斯塔夫與珍妮芙結婚證書副本。弗納・杜布瓦與薇安娜・杜布瓦死亡證明副本。瑟芮絲・馬爾出生證明副本。」

他浮誇地鞠躬，把一疊文件倒進克萊德手裡。

多貝一一檢視文件，咯咯笑起來，那是一種快活而帶著嘲弄的笑，眉毛還會動來動去。「金髮小姐，看來妳白費心機了。」

金髮女那張律師臉變得扭曲。「我要檢查那些文件。」

「盡管檢查吧，我準備裁決了，我好愛這麼簡單的案子，你說是不是，克萊德？」

「是啊，庭上。」

瑟芮絲起身。

「席里爾家只有一天時間撤出塞尼莊園，如果隔天早上還沒有撤出，馬爾家可以採取任何手段奪回產業。如果馬爾家無法自行處理，可以請求沼地民兵支援。結案。」

多貝撩起長袍，迅速離開法庭。

威廉明白，馬爾家已贏得攻擊席里爾家的合法權，看來免不了一場腥風血雨。

「作秀。」瑟芮絲癱在椅子上，微駝的背顯露疲態。

「噢，大家都很愛看好不好！讓我自得其樂一下嘛！」卡爾達拍拍她肩膀。「妳看起來不太好。」

「只是覺得累得要命。」她說，「我已經好久沒睡，也沒吃。」

「我們該回家了。」理查說。

「沒錯。」瑟芮絲起身，卻再度跌坐椅上。「艾默爾。」

有位穿著深紅色長袍的男子從後面走來，他髮色偏黑，身材很瘦，長得像理查，只要把理查的臉再拉長兩吋就對了。威廉在記憶中搜尋。艾默爾，瑟芮絲的堂哥，就是那位死靈法師，爲了長腳的魚會把她的頭啃個大洞。

「妳不想見我們親愛的堂兄弟，有什麼特別原因嗎？」卡爾達收拾桌上的文件。「他的表情有點可怕，身上的氣味像死人，但再怎麼說也是一家人……」

「威廉殺了他的鰻螈。」瑟芮絲壓低身子，在座位上縮成一團。

馬爾家另四個人全瞪著威廉。他聳聳肩說：「那條魚想吃我。」

「艾默爾會找你索賠。」瑟芮絲喃喃說道，「我現在沒力氣應付這件事。」

卡爾達朝大門猛一揚頭。「快走，我們拖住他。」

瑟芮絲悄悄溜進人群中。威廉頓時緊張起來，若想跟上去，就得拋下她這堆堂兄弟。

卡爾達回身，帶著大大笑容上前。「艾默爾！」

艾默爾有點摸不著頭腦。「堂哥。」

兩人相擁。

卡爾達趁機對艾默爾身後的威廉眨眼。奧姿祖母慈祥地笑望著他們。

「恭喜你們打贏這場官司。」艾默爾的聲音聽來出乎預料地歡欣。

「謝謝你。」卡爾達說。

艾默爾雙手合十，就像虔誠的僧侶。「拉加不會乖乖離開，凱特琳絕對不容許他這樣。如果你們需要幫手就通知我，雖然因爲教派不希望捲進這場紛爭，表面上幫不了忙，但我還是可以牽線。再說，我個人不反對進行低調的殺戮。」

卡爾達點頭。「謝謝你，艾默爾。」

艾默爾的表情蒙上哀傷的陰影。「說到需求，我是來找瑟芮絲的，有一件需要愼重處理的事，我想和她討論。」

是啊，長腳魚在沼澤隨機攻擊愛好和平旅人的問題，是該愼重處理。威廉張嘴正準備說話，奧姿祖母卻按著他手肘，對他搖頭。他立刻閉緊嘴巴。

卡爾達嚴肅地點頭。「很抱歉，她已經先離開了，但我一定會盡力幫你傳話。」

「我要和她討論教派的某隻動物……通常我不會提這種事，但教派認爲他們有資格索賠。」

「你的寵物沒了，是不是？」奧姿祖母彷彿大夢初醒般，忽然開口。

艾默爾臉色轉白。「啊，奧姿奶奶，我沒看見您……」

「你這叫活該。」祖母的眼睛閃著凶光。觀眾發現又有新的好戲可看，移動的人潮放慢速度。「她很小的時候，你偷走她的娃娃，把死東西塞進去，還讓娃娃跳舞！什麼人會以爲小女孩看到塞滿蛆的臭娃娃會開心？你當時到底在想什麼？」

艾默爾被罵得畏縮。

「照我說，她殺了你的鰻螈才是對的。受人尊敬的人該養那種寵物嗎？你就不能養隻狗或貓？對，你就不養，你這傻瓜跑去養一尾禿頭的長腳魚！」

輕輕的笑聲在人群中此起彼落。

「奧姿奶奶——」艾默爾正想開口，立刻被打斷。

「我才不在乎你是不是死靈法師！最重要的是，晚輩過來，居然沒向祖母打招呼。你對家人還眞好，是不是啊，艾默爾？我很清楚，我辛苦帶大的孫子比你好多了，看來應該去找你媽談談！」

艾默爾憂鬱的眼眸燃起恐懼。「我該走了。」他輕聲說。

「那最好。」卡爾達小聲回答，「我會把你的話轉告瑟芮絲。」

艾默爾對祖母行禮，接著便擠進咯咯笑著的人群，朝門走去。

奧姿祖母捏起小拳頭，扠著腰說：「艾默爾．馬爾，不准你就這樣走掉！我還沒講完！艾默爾！」

死靈法師抓起長袍，開始小跑步，落荒而逃。奧姿祖母對周遭揮揮手，驅散圍觀的人潮，然後戳著威廉的肩膀說：「你相信嗎？那孩子竟然這樣？唔，他實在太令我失望了！他小時候其實是個很可愛的寶貝啊。」

□

拉加把船拖上岸，將繩子繫在柏樹上，然後走上濕漉漉的草地，面前有一大片沙沙作響的蕨類。

「皮沃？」

沒有人答話。他跨進蕨類中，看見帶狀的破碎草莖蔓延到松樹旁。追蹤師的小包掉在那棵松樹的樹根上，堅果和葡萄乾四處散落。上方有一圈黑色痕跡，看起來是火焰箭造成的，像大眼睛在樹幹上死盯著他。

皮沃沒有火焰箭。一想到此，拉加後頸的寒毛全豎起來。

他俐落地拔劍，開始搜尋地面。

樹根旁有兩處刺穿的痕跡，泥土也有兩個洞。看來有人朝他弟弟射擊，還把箭拿走，除非是皮沃自己把箭拔出來。

拉加奔到蕨叢邊緣地帶，發現地上有數根被壓斷的蕨莖。他忽然瞥見一棵柏樹上插著一枝箭，箭柄有綠色符號。這是皮沃的箭，但射得太低，皮沃可是百發百中的神射手，想必他發射這枝箭是爲了引開敵人的注意力，並非瞄準某個目標。拉加蹲下，以劍尖對準箭的方向，然後回身察看反方向。

二十呎外有棵大柏樹擋住視線，他跑過去，繞著粗大的樹幹走……

皮沃仰躺在地上，那毫無血色到發青的皮膚，僵硬的面孔，胸膛的棕色血跡，一股腦兒地映入拉加眼簾，像有人一拳打中腹部的神經叢。他不禁雙膝跪地。

雨落下來，綿綿細雨將冰冷的水灑進沼澤。雨水浸濕皮沃髮根，也積在他死掉的雙眼中，變成假的淚水。看不見的手掐住拉加的喉嚨，令他疼痛。

拉加把弟弟拉起來，緊緊抱著。

第十四章

瑟芮絲靜靜騎著馬，讓馬兒自己決定速度。路的兩旁閃過沼澤的景象，黑如焦油的沼澤中矗立著蒼白枯木，一根又一根從眼前掠過。

他們打了第一輪勝仗。皮沃已死，法院也判馬爾家勝訴，他們有權奪回外公的房產，現在只差這一步。

她應該要快樂，卻只覺得空虛，而且打從心底感到疲累，好像身體變成掛在骨架上的舊破布。她好累，只想下馬，找個漆黑安靜的地方窩著。其實，她最想要的是回到母親身邊。

瑟芮絲無奈地嘆氣。這股衝動太可笑了，她已二十四歲，再也不是小孩。如果可能，她早就結婚，而且有自己的小孩。但不管她如何保持理智，這顆心宛如被棄置在黑暗中的孩子，拚命想找媽媽。這股需求既深又強，她都快哭了。

她想不起來上次哭是什麼時候，一定是好幾年前了。

理智告訴她，打贏官司只是她在這條長路上跨出的第一步。這十天來她有明確的目的：找到休叔叔，拿到文件，及時返家上法院。她活著爲了它，呼吸也爲了它，如今事情辦完了。她已經達成目標，這顆曾經爲了任務疲於奔命的心，如今只想要母親，她覺得自己上了大當，父母並沒有像變魔術一樣，在任務完結時自動現身。

身後傳來馬蹄聲，馬鞍上的瑟芮絲回頭察看。

兩匹馬輕快地小跑步過來，馬背上是威廉和卡爾達。威廉帶著皮沃的十字弓。有些女人一輩子等待身穿閃亮盔甲的騎士，至於她，只有穿著黑色牛仔褲和皮衣的騎士，而且這傢伙一心只想追捕她，對她幹邪惡的勾當。

少女時期，她常幻想結識陌生人。對方是異境人或殘境人都好，反正絕不能是本地人。此人既危險又強悍，連她都不怕。他還很風趣，而且長得很帥。她的幻想力達到巔峰，幾乎可以把這位神祕男子的五官描繪出來。

威廉一定會踢他屁股。

瑟芮絲自我反省，也許這就是她始終忘不了他的原因。人往往對永不可能實現的幻夢懷抱希望。

兩人奔過來，接著停馬。

「看見沒？」卡爾達扮個鬼臉。「她還好好的。」

威廉不理他，對瑟芮絲說：「妳剛才自己騎著馬離開，可別養成這種習慣。」

他在擔心她的安危，比爾大人眞貼心，而且措詞這麼小心。噢，他簡直是大俠的化身。「怎麼？在爲你的誘餌擔心？」

「妳死了對誰都沒好處。」

卡爾達的表情變得古怪。

「怎麼了？」瑟芮絲問道。

「沒事。我想，我還是去前面好了。」他策馬離開。

瑟芮絲嘆氣。「你是不是惹毛他了？」

威廉聳聳肩說：「他的笑話很難笑，但我還是誇他幽默。妳不可以隨隨便便一個人騎馬，如果妳小錯不斷，就會養成習慣，到時害死自己。」

死正是她需要的。「比爾大人，多謝教誨。要是沒有你幫助，我眞不知道自己怎麼活到二十四歲。」

「不客氣。」

諷刺的字句從貴族頭上飛過時，會不會像鳥嘎地叫一聲？不，我猜不會。

「別對我下指導棋。」她輕拍馬兒，母馬便揚蹄追上卡爾達。威廉與她並轡而馭，雙眼專注地凝望她。瑟芮絲只好別過頭，避免看他。

比爾大人的問題在於，他渾身散發的熱力比七月的地獄還要燙，而且他很幸運，完全沒發現自己熱力十足，正因如此，他變得更吸引人。長久凝視他不是好事，應付這人是艱鉅的挑戰，但她目前有太多問題要操心，包括父母和世仇，還有大家族……

「妳心情不好嗎？」威廉問。

「嗯。」

「因爲我？」

「不是。」

他下巴的線條稍微放鬆。「那是爲什麼？」

瑟芮絲看著天空，整理思緒。「我忽然發現自己是小孩。」

威廉的目光筆直射向她胸部。「才不是。」

笑意一湧而上，她實在忍不住。「看這裡，比爾大人。」她指著自己的臉。「盯著女生的胸部不禮貌，當然啦，除非她脫光了和你一起躺在床上，到時你愛怎麼看就怎麼看。」

威廉的眼中閃爍琥珀光芒，流露熱切而赤裸裸的慾望，一會兒後歸於平靜。

噢，比爾大人，你這個不誠實的傢伙。他的念頭往往寫在臉上，他的妻子根本不用猜測，如果丈夫不高興，她一看就知道。如果丈夫想上床，她也一看就知道。如果丈夫移情別戀，她依然一看就知道。威廉不擅撒謊，即使他有時候想騙人。

「妳爲什麼覺得自己是小孩？」威廉問。

「因爲我想找媽媽。」瑟芮絲告訴他。讓他發現自己內心深處的祕密或許很傻，但這種事不方便對家人提起。「到現在我才驚覺自己被寵壞，我一直處在父母保護下，不用做眞正重要的決定。他們讓所有事都變得容易，我只要照他們的吩咐做，即使偶爾陽奉陰違，事情還算好應付，反正他們永遠會幫忙擦屁股，或至少教我如何擦屁股。我抱怨過，也覺得很痛苦，而現在他們不在了，我得自己做決定、自己負責。明天，爲了奪回外公的房子，我得派家人出去惡鬥，當中有些人將再也沒機會回來。我唯一希望的就是聽爸媽說我做對了，但他們沒辦法。我只能自己分辨對錯，這感覺就像參加考試，準備好的小抄卻被人偷走。從今晚到明早，我要強迫自己長大幾歲，而且最好快點開始。」

全說出來了，她敢打包票，一定比他想聽的還多。

「這就像擔任軍士官。」威廉說，「一開始妳是個志願入伍的普通軍團兵，一旦上面要妳站上某個位置，而妳也接下命令，就再也不能出錯。之後妳就成爲一名軍士官，從現在起，妳必須安排每個下屬的位子和任務完成時間，大家都在等著看妳搞砸，包括上面的人和下面的人，以及那些與妳熟識但覺得自己比妳更該升官的人，都在等著看好戲，沒有人會幫妳。」

「我想，這件事確實很像擔任軍士官。」她喃喃說著。

「規則就是：可以經常犯錯，但永遠不要懷疑。這樣妳就能與眾不同。一旦讓人看出妳心懷疑慮，沒有人會聽妳的。」

「但若是眞的懷疑呢？」

「不要表現出來，否則鐵定搞砸。」

她嘆氣說道：「我會牢記這一點。比爾大人，你還眞喜歡軍隊，老是提到這方面。」

「軍旅生活確實挺自在的。」他說。

「你爲什麼退伍？」

「因爲被判死刑。」

什麼？「不好意思，怎麼回事？」

威廉望著前方說：「我遭到軍法審判。」

他到底做了什麼？「爲什麼？」

「有個恐怖組織占領異境的某個水壩，而且挾持人質，如果沒有滿足他們的要求，他們就會讓整個城鎮被淹沒。」

「他們想怎樣？」

威廉扮個鬼臉說：「要求多得很，周旋到最後，他們只要錢，其他都不要了，但這個組織偏要裝成自己比土匪還高級。」

「後來呢？」

「那座水壩非常老舊，還有像蜂窩一樣的通道。我奉命接下任務，因爲我方向感不錯，而且他們指望我完成交付的使命。這使命有一整套嚴格的規定：除掉恐怖份子，避免水壩遭到破壞。保護水壩完好則是任務首要目標。」

她聽懂了。「比拯救人質的性命還重要？」

他點頭，陷入沉默。

「威廉？」她柔聲催促。

「有個小男生。」他低聲說道。

喔，不妙。「爲了救他，你只好眼睜睜看著他們把水壩炸了。」

他點頭。

「軍隊就因爲這樣判你死刑？這些異境王八蛋到底是怎樣？你家人沒有抗議嗎？你母親應該會對每個找得到的政客尖叫！」

他直盯前方，端著一張厭煩而高傲的臉，十足貴族樣。「我沒有母親，從來沒見過她。」

瑟芮絲滿腔怒火登時熄滅。「眞遺憾，我猜不管在異境或邊境，女人免不了難產而亡。」

他的下巴又抬高一吋。「她沒有死，而是拋棄我了。」

瑟芮絲頻頻眨眼。「你說她怎樣？」

「她不想要我，把我交給政府處置。」

瑟芮絲盯著他。「什麼意思？交給政府？但你是她兒子。」

「當時她很年輕，也很窮，不想撫養我。」他的聲音很輕，彷彿只是在說下午的散步因雨暫停一次。

「你父親呢？」

他搖頭。

「你在孤兒院長大？」

「類似那種地方。」

從威廉平靜的樣子看來，那一定不是什麼好地方。上次烏洛炫耀家人的照片時，她也看見威廉露出相同表情。她終於明白了，威廉爲什麼凡事都和軍隊比較，因爲他在地獄般的孤兒院長大，後來從軍，不料就連部隊都不要他。軍旅生涯是他的全部，卻被迫放棄。

穆莉德姑姑曾潛入殘境，再回到異境。她在路易斯安納從軍十二年，後來被人發現是流放者的親戚，她只好逃回家。這件事差點害死她，每年三月底是她的逃亡紀念日，家人得把酒藏好，否則她會喝掛。

威廉倒是不喝酒，把重心擺在追捕史派德。他可能有鍛鍊體魄的習慣，不然打不過「手」。生平唯一的志業既已無望，這件事他可不希望再搞砸。

「我並沒有資格評判，也不知道你母親當時的狀況。」瑟芮絲說，「但如果是我，不管多窮、多困苦，除非我死，別人才能從我僵冷的手中奪走我的孩子。她是多早就決定……？」

「我出生隔天。」

「所以她連試一下都沒有？」

「沒有。」

雖說成長中的孩子某個階段適合和別人生活，父母不在身邊反而好，但威廉的母親不曾給過他充滿愛的家庭，直接將他推入地獄般可怕的地方。「我眞的很遺憾。」瑟芮絲搖搖頭。「知道嗎？別管她了，你可以親手打造自己的家。」

威廉看她一眼，她覺得彷彿一記白眼從天外狠狠射來。威廉說：「我這種人不適合家庭。」

「你在說什麼？威廉，你既仁慈又強壯，而且長得帥。世上有一大堆女生爲了得到你，不惜爬過帶刺鐵絲網，只爲了討你歡心，要是失敗，她們會發瘋。」

至於她也不例外，有很高的意願成爲其中一員。她嘆口氣，看來她已累到糊塗的地步了。

威廉聳聳肩說：「當然，女人爲了長期飯票、擺脫差勁的生活或是單純惹父母生氣，願意付出一切。如果妳徹底絕望，就算和我這種人上床也覺得挺不賴的。但這些女人不想建立家庭，只要花錢就能買到她的時間，這樣一來，可以暫時達到目的，然後繼續過日子。這是我比較偏愛的方式。」

等一下。所以，對威廉來說，她只是個想擺脫差勁生活或是絕望到不顧一切的女人，如果他可以花錢買她的時間，對大家都好。

也許他根本就畫錯了重點，或者他只是想說，她只值得上床，不值得更進一步。笨啊，瑟芮絲，笨死了。

一星期前，她在該死的沼澤遇見這位貴族，也許她不該繼續和他調情。

「唔，如果你指望和我去乾草堆裡打野炮，那你的運氣就太不好了，威廉。」瑟芮絲輕聲說，「我不是出來賣的。」

威廉還來不及開口，她已催促馬兒先走一步。

威廉只能壓下咆哮的衝動。他無法對瑟芮絲解釋霍克學院的經歷，而且他根本不想說。在瑟芮絲眼中，他是貴族，他還不想揭穿眞實身分，時候未到。反正她遲早會明白，威廉是個變形者，也是個窮苦而快樂的無名小卒。他自己心知肚明，在異境，女人偶爾會看上他，面帶微笑地獻慇懃，等他說出自己身分，她們的笑容便立刻消失，有些甩頭就走，少數比較善良的會找藉口推托，盼能減輕他的難堪，然後才轉身走掉，但他反而更痛恨這種人。有兩位曾經惱羞成怒，彷彿他騙了她們，彷彿變形者身上都該掛著招牌，大大的寫著他是誰，或者乾脆套一副鎖鏈，搞不好更適合。

他不願去想，瑟芮絲一旦發現他是變形者，會出現何種反應。反正她很快就會發現了，不過他目前有任務在身，還得暫時假裝貴族。

他們騎上山頂，一棟大房子座落在空地上，有兩層樓高，足可容納整個營的部隊進駐。一樓被紅磚和堅固梁柱包圍，柱子支撐著二樓四面的陽台。高大粗壯的廊柱貫穿二樓地板後，轉爲細小木柱，白色柱身上刻著花紋。一道寬梯通往二樓陽台，也通往他唯一看到的門。

這棟房子蓋得好像要塞，也許馬爾家打算利用家園抵抗敵人的圍攻。

主屋兩旁斜後方還有幾間小屋，好像一群鵝由最大隻的領頭。左邊有一小座水塔高高聳立，襯著上方的藍天。沼澤居民爲什麼需要水塔？如果你住在六吋深的洞裡，頃刻間就能被水灌滿。

「比爾大人，這就是鼠穴。」瑟芮絲說。她的口氣愉悅，眼睛卻瞇了起來，威廉從她緊抿的唇形讀出她的憤怒。剛才聽他描述生平時，她眼中的同情像藥膏敷在他的傷口上，那麼舒服又溫暖。記憶因她不再殘酷，他爲此而感激，但現在她卻無端對他生悶氣。

「我哪裡得罪妳？」

瑟芮絲皺起眉頭。「我不知道你在說什麼。」

「別這樣。我到底說了什麼，惹妳不高興？」他得立刻解決，否則他的心會被痛苦侵蝕，久久不癒。

瑟芮絲搖頭。「我現在不想談。」

他咬緊牙關，壓下心頭的衝動。他多想一把將她拉下馬，一直搖她到她吐露實情。「告訴我，我究竟做了什麼？」

她背對他，回頭望著他，長髮披瀉而下，雙眼燃著怒火。

「怎樣？」他怒吼。

「好好想想，你會想通的。」

威廉在腦海中搜尋剛才的對話與她的反應，但始終摸不著頭緒，不知道自己到底說了什麼話冒犯她。

兩人談過軍隊，還有孤兒院……她聽了這些似乎很難過，但不是針對他，而是那些害他過著悲慘生活的人。一直談，一直談，直到……「只要花錢就能買到她的時間，這樣一來，可以達到暫時的目的，然後繼續過日子。這是我比較偏愛的方式。」「唔，如果你指望和我去乾草堆裡打野炮，那你的運氣就太不好了，威廉。我不是出來賣的。」

她氣炸了，只因爲誤以爲他把她看作妓女。她爲什麼會這樣想？他可從沒說她是妓女……

「威廉，你既仁慈又強壯，而且長得帥。世上有一大堆女生爲了得到你，不惜爬過帶刺鐵絲網，只爲了討你歡心，要是失敗，她們會發瘋。」

他驟然明白，原來瑟芮絲喜歡他。

她喜歡他。她想到自己竟和那些女人一樣，不禁大爲光火，因爲威廉招認偏愛花錢買春，然後拍拍屁股離開。她不要威廉離開，她要他留下，和她在一起。

威廉繼續搜索記憶，試著找出她挑逗他的蛛絲馬跡。他見過無數女人挑逗德朗，包括市場上每位擦肩而過的陌生女子，還有正式舞會上的貴族小姐。

「比爾大人，我猜異境的女人一定整天誇你的頭髮。」

「我跳下去可是爲了救你，你這個笨蛋！」

「你把他們全滅了。」

「如果你抓到我會怎麼樣？」

她喜歡他。這個眼睛像兩團黑火的美女想要他。威廉差點笑出來，只是這個節骨眼還笑，一定會被她宰了。遊民女王，妳可失算了。她不該讓他知道，現在他恍然大悟，她後悔也來不及了。他決定暗中加把勁，小心謹慎，耐著性子等，他會送她花或劍，她喜歡什麼就送什麼，直到他確認自己撲過去時，她不會拔腿逃跑。

威廉望著她，對她淺淺地微笑。

「聽我說，我並沒有暗示妳是蕩婦，我根本不了解妳。」他告訴瑟芮絲，「再說，這種事一定要你情我願，只要對方有一絲疑慮，我絕對不會傷害她，絕不會逼迫任何人就範。我和她們的交易向來簡單明瞭，事前先付一半，事後付清另一半。妳和我是合作夥伴，不管我曾經做過什麼或沒做過什麼，都不影響我們的合作。我的私生活與公事無關，只和私人領域有關。」

她聳聳肩。

「那妳氣完了沒？」

「氣完了。」

「那就好。」好個瘋婆子。

他們騎馬進庭院，威廉翻身下馬，立刻聞到一股潮濕濃厚的毛皮氣味，還有撒尿做記號佔地盤的嗆鼻味道。有狗，慘了。

十幾副毛嗓子一起狂吠，叫聲粗啞，震耳欲聾。威廉繃緊神經。有些狗不在意他的氣味，但根據經驗，大多數的狗都會出現狼闖進地盤的反應，牠們會和他打一場，爭奪地盤，但每次都是他贏。

嗨，瑟芮絲，抱歉，妳的狗攻擊我，我幾乎把牠們全宰了，但有個好消息，妳現在多了很多張上等毛皮……

一群狗從轉角衝出來，全是大型犬，至少重達一百磅，毛色有黑也有棕，而且全都長著獒的方型頭，尾巴被剪得很短。通通去死吧。

狗群朝他飛奔而來，全力衝刺。

刀子幾乎是自動跳進他手中。

第一隻是大型淺色公狗，撲到他面前，上半身立刻貼地，屁股翹得高高的，尾巴搖個不停。

搞什麼鬼？

其他則繞著他打轉，腳掌刮著泥土，牠們用鼻子頂他，舌頭舔他，幾大團黏黏的口水甩來甩去。有隻小狗忽然淒厲地叫著，原來是腳被踩到。

「好了，坐下！通通給我安靜！」瑟芮絲大吼，「你們是怎麼搞的？」

威廉伸手拍拍老大的巨頭，牠張著一雙憂愁無辜的狗眼看他，眼神流露著愛慕。狗是很單純的動物，這隻狗似乎喜愛他的味道。

「牠叫咳福。」瑟芮絲說，「是帶頭的白痴。」

大狗嗅嗅他的手，開始用力舔，在他皮膚上留下沾著泥巴的口水。眞噁。

「咳福，你個呆瓜。抱歉，牠們通常會收斂一點，一定是因爲太喜歡你了。」

「沒錯。」上方傳來女人平靜的嗓音。

有個女人站在陽台上，身旁則是卡爾達。她又高又瘦，五官像瑟芮絲，只要瑟芮絲再多個二十歲，還終年替紅軍幹下流勾當，以致夜夜都被惡夢驚醒。瑟芮絲若是肌肉做的，她就是肌腱和骨頭打造的。她的視線鎖定威廉，像是在評估彼此距離，彷彿是隻猛禽正在打量獵物。看來她曾是狙擊手。

即使眼神沒有洩露她的底細，從她隨身攜帶的步槍也能瞧出端倪。威廉只在一本目錄見過一次這種槍——雷明頓 700 SS 5-R狙擊步槍。這款槍械一年只生產五百枝，威廉萬萬沒想到會在邊境看到。

「她是穆莉德姑姑。」瑟芮絲告訴他。

「拿著皮沃十字弓的人。」穆莉德說，朝皮沃的武器努了努下巴。「我們敵人的敵人就是我們的朋友。歡迎。」

「她說了算。」卡爾達打開門，室內飄出一股烹煮牛肉的香氣，威廉腦子頓時只剩下一個念頭。食物。

瑟芮絲已經開始行動。威廉高舉十字弓，從狗群中奮力擠出去，朝樓上前進。他進門後，剛好看見瑟芮絲轉進左邊的房間。

「你得跟著我直走。」卡爾達忽然冒出來，像魔術師般油腔滑調地說。「繼續走不要停，就是這樣。我可能要把你帶去圖書室才行，我妹在那裡，等一下我去弄吃的，她會一直盯著你。廚房每天這個時候都一團亂，要是你進去，就有回答不完的問題。你是誰？你是貴族嗎？你很有錢嗎？說到這個，你是不是有錢人？」

「不是。」威廉說。

「結婚了沒？」

「還沒。」

卡爾達搖頭晃腦地說：「唔，兩項裡有一項，不算太差。富有又未婚最理想，已婚又窮就是兩次三振，沒半點好處。窮但是未婚，這我倒是可以想想辦法。圖書室快到了。對了，你得見見我妹。」

威廉努力揣摩女版卡爾達的模樣，卻只得到一張長得像卡爾達的女人臉孔，上面還布滿泥漬，而且臉頰留著鬍碴。顯然他需要吃些東西，然後閉上眼睛，什麼都不看爲妙。

「往這邊走。轉彎後穿過那扇門就到了。」卡爾達替他開門。「請往這走……請問貴姓大名，我好像還不知道你的名字。」

威廉好想掐死卡爾達，但他是瑟芮絲堂哥，而且瑟芮絲很喜歡他。不過他眞的好想掐死這傢伙。

「我叫威廉。」

「就是威廉，請吧，進圖書室。」

威廉進門，大房間在眼前開展，牆壁擺滿天花板高的書架，架上堆滿了書。角落散置柔軟的座椅，左邊有張大桌，對面牆上有扇窗戶，一個女人坐在窗旁的椅子上，正用金屬鉤針編織花邊之類的布品。

午後陽光透過玻璃灑進室內，在地上形成方形亮光區，她就坐在這片陽光底下。她的頭髮柔軟，接近金色，在光裡閃閃發亮。她帶著淺笑抬起頭，金燦燦的頭髮就像頭上頂著光輪，威廉覺得她的模樣宛如殘境大教堂的畫像。

「凱瑟琳！我爲妳帶來威廉貴族大人。瑟芮絲在沼澤發現他。他現在需要吃東西，我得去幫他張羅，我不在時，妳可以幫忙照顧他嗎？我不能讓他在屋裡到處走，因爲我們不知道他是什麼來歷，搞不好他會把小孩抓來吃掉。」

凱瑟琳再度微笑，笑容溫和柔順。「我哥就像犀牛一樣暴躁又跳針。威廉大人，請過來這裡坐。」只要不是和卡爾達一起坐都好。威廉走過去，坐到她旁邊的椅子上。「叫我威廉。」

「很高興認識你。」她的聲音平靜柔和，一邊說著話，一邊不停以鉤針編織，完全不需要注意手上的動作。她戴著橡膠手套，威廉在《ＣＳＩ》看過，只是她好像戴了兩副。她的布料擺在橡膠圍裙上，編織用的絲線則來自裝滿液體的桶子。

眞詭異。

「開庭結果如何？」她問道。

「我們贏了，算是吧。」卡爾達說，「天一亮大家就要死作一堆了。」

「法院給席里爾家二十四小時。」威廉糾正他。

「是沒錯，不過『天亮大家死作一堆』，聽起來並不誇張。」

「難道你非得一直這麼誇張不可？」凱瑟琳喃喃地說。

「當然要，每個人都有天賦，妳擅長編織，我則擅長製造駭人聽聞的句子。」

凱瑟琳搖頭，只顧望著手裡的東西。她的編織品有複雜的波浪、帶刺輪狀物，還有些奇怪的網眼。

「這是什麼？」威廉問。

「披肩。」凱瑟琳答。

「爲什麼要用濕的線？」

「這是一種特別織法。」凱瑟琳微笑地說，「準備送一位特別的人。」

卡爾達嗤之以鼻。「我敢說，凱特琳一定會喜愛它。」

威廉聽過這名字……凱特琳・席里爾，拉加和皮沃的母親。

他們在搞什麼？幹嘛織披肩送給凱特琳？也許是爲了傳達訊息。

威廉湊過去，聞到一絲氣味，是一種非常微弱的苦味，狠狠掐住他的鼻腔，直覺的警鐘大響。

壞！壞，壞，壞。

是毒。他雖然沒有聞過這種味道，但狼的直覺告訴他，那是毒，他最好躲遠一點。

他假裝伸手要摸披肩。

「不行！」卡爾達迅速扣住威廉的手腕。

「你不可以碰。」凱瑟琳說，「這東西非常脆弱，還會弄髒你的手，所以我戴著手套，有沒有看到？」她對威廉擺擺手。

她撒謊。這個有著美好笑容的肖像畫美女說謊時，眼皮都不動一下。

在這種節骨眼，他必須說點人話。「抱歉。」

「沒有關係。」卡爾達放開威廉。「她沒有不高興，是不是，小琳？」

「完全沒有。」凱瑟琳投給他美好溫暖的笑容，繼續編織毒線。

眞可怕的一家人。

「好吧，那麼，我該去弄些吃的了。」卡爾達轉身，緩步離開。

凱瑟琳傾身對威廉說：「快把你逼瘋了，對不對？」

「他很健談。」談很多，而且談太多。他活像吱吱喳喳講電話的少女，而且靠太近，要是他再近得把氣息吹到我臉上，我可能會扭斷他脖子。

「他就是這樣。」凱瑟琳認同。「但他不壞，從他對待手足這一點來看，換作是我可能做得更差。你和瑟芮絲在一起嗎？比如說有正式關係？」

威廉僵住。人類的禮節像泥巴一樣乾淨，但他很肯定有些事不應該問。

凱瑟琳對他眨著長睫毛，臉上依然掛著沉靜的笑容。

「沒有。」他說。

凱瑟琳微微皺眉說：「那太可惜了，你們打算在一起嗎？」

「沒有。」

「我明白了，別告訴她我問過你，她不喜歡我們探聽隱私。」

「我不會說。」

「謝謝。」凱瑟琳呼出一口氣。

這個家簡直是地雷區，他最好正襟危坐，嘴巴閉緊，以免惹麻煩。如果有人送他手工縫製的衣服，他會扭斷對方脖子，再把屍體拖去林中。

雲雀捧著籃子走進圖書室，剛烤好的麵包和蘑菇烤兔肉的香氣撲鼻而來。威廉的口水都快滴出來了，他餓得要命，不想去管食物有沒有毒。

小女孩在威廉身旁屈膝，她全身都已清洗乾淨，頭髮也梳好，整個人看起來就像縮小版的瑟芮絲。雲雀掀開籃子的保溫布，取出一袋烤好的麵團。「這是餡餅。」她說，「皮沃是你殺的？」

「是。」

雲雀伸手摸了一下皮沃的十字弓。

「好吧，你可以吃我們的東西。」她把麵包袋撕成兩半，遞給威廉一半，自己咬著剩下的部分。「卡爾達叔叔要我吃給你看，這樣你才可以確定麵包沒有毒。」

威廉咬了一口，嘗起來就像天堂的美食。「妳會不會發射十字弓？」

雲雀點頭。

威廉把皮沃的十字弓遞給她。「拿去。」

她有些猶豫。

「它是妳的了。」威廉說，「我已經有一把，而且比這個好。」「鏡」的十字弓更輕，瞄得更精準。

雲雀看看他，再看看十字弓，歡欣雀躍地一把抓走，活像偷到骨頭的野生小狗。他眼前閃過她的光腳，下一秒她已奔到門口，回頭以黑眼凝望他，不忘叮嚀：「別進去森林，那裡有怪物。」她說完猛地轉身，沿著走道跑開。

威廉看看凱瑟琳，她已經停止編織，滿臉哀傷，好像在參加葬禮。

雲雀不太正常。他遲早會查個清楚。

走道傳來輕輕的腳步聲，有個人在門口現身。身高大約五呎十吋，有點壯，一頭金髮，皮膚也像馬爾家其他人一樣黝黑。他倚著門框，以藍眼遙望威廉。「你就是那位貴族？」

威廉點頭。

「你知道席里爾家？」

威廉再次點頭。

「我是伊瑞安。十歲那年，老席里爾在市集正中央朝我父親頭部開槍，我母親早在這件事多年前便過世，父親是我的唯一。他被槍殺時我就在現場，他的血噴了我一身。」

然後呢？

「瑟芮絲的父母，也就是我叔叔和嬸嬸，他們收養了我。其實他們沒有義務這麼做，但他們還是做了。瑟芮絲對我來說就像親妹妹，如果你傷害她或我家任何一人，我會宰了你。」

威廉咬著餡餅，估算門口的距離。嗯，大約十八呎，可能多一點或少一點。只要一個縱身，他就可以跳過去，直接揍伊瑞安腹部，再抓這傢伙的頭撞門，只要砰一下，他就可以得到安靜與平和。但他只是對這位金髮男子點頭說道：「說得很好。」

伊瑞安也點頭致意：「很高興你喜歡。」

第十五章

魯傾身向前，將網拋入溪裡。網上血管覆蓋著細細紅毛，史派德望著紅毛在黑暗的水裡顫動。良久，網自行摺疊並收起，退回這位追蹤師的肩膀裡。

「他們路過這裡。」魯的嗓音刺耳還帶著氣音，令史派德想起石頭滾過碎石路面。「水裡有拉文的血，但他們已經走遠。我嘗到獵人體液的兩種殘留物，一種分解得比較徹底，那表示他們往這邊走又折返離開。」

史派德抬頭，望著高腳柱上的小屋，屋旁有個飽受風雨侵蝕的碼頭伸進池中，柏樹環繞著池畔。「他們來過這裡，爲了某種原因逗留，之後離開，一直帶著拉文的屍體。」

「我還發現奇怪的殘留，和水裡的一樣，是血，但嘗起來不像人。」

史派德以手肘撐著膝蓋，傾身向前，十指托著下巴。這新發現的血挺有意思的。「有傷患，他們之中有人受傷，他們把這人留在這裡。」

「是的，老大。」

「爲什麼留在這裡？爲什麼不把他帶回以結界保護的馬爾家？」史派德輕拍臉頰思索。「拉文的屍體離開這裡多久了？」

「二十二分鐘，不過我可能算錯，對了，現在則是二十三分鐘。」

史派德微笑說道：「魯，你從來沒有算錯過。我們在這裡等，看看推測是否正確。」

水邊有棵多節瘤的樹，樹幹朝水面彎曲。他摸了一下韁繩，獺豹便順從地將小船拉到隱蔽的樹下。

□

瑟芮絲沿廚房後方的小型樓梯往下。經過四代住戶踩踏，木造階梯在她的重量下彎曲，發出刺耳的摩擦聲。看來再過不久，這道階梯得修整一番。當然，珮蒂嬸嬸到時便無法待在實驗室，瑟芮絲可不想找死，她絕不會笨到去當嬸嬸的出氣筒。嬸嬸一定會很生氣，那是當然，因爲她從不半途而廢。

瑟芮絲疲憊不堪，雙腿異常沉重。但這件事她非做不可，接下來就可以上樓洗澡，然後倒在床上大睡幾小時。她已經不記得上次吃飯是多久以前的事。

木梯的盡頭有一扇堅固的門，緊密的設計不讓門縫透出一絲光線。瑟芮絲掄起拳頭敲打金屬門。門被打開，露出碉堡內部。這是吉恩叔叔參考原子塵避難所的設計，專爲珮蒂嬸嬸蓋的，看起來挺像那麼一回事，有堅固的混凝土牆，天花板的圓錐燈射出刺眼光芒。嬸嬸始終不明白，叔叔怎能把防水做得萬無一失，總之碉堡從來沒漏水。萬一這裡不幸遭到污染，只要拉一下遠處牆上的鍊條，水塔的水就會全部注入碉堡，以魔法加持過的水將淹沒整個地方，中和所有污染源。這些中和過後的液體最後會被排到外面的水塘。

瑟芮絲入內後，米基塔替她關上門。她沿著牆邊的木台前進，縱身跳到底部，迅速繞過淨化消毒區，來到實驗桌前。珮蒂嬸嬸正拿著解剖刀，彎腰忙個不停。

矮胖的珮蒂嬸嬸對瑟芮絲皺眉，表情非常專注。她那種眼神會要人命。珮蒂嬸嬸做的派最好吃，她每次揉麵都會浮現這種表情。每當瑟芮絲看見她全神貫注，就會立刻回到五歲，那時的她總是偷一片熱騰騰的漿果派，躲在桌子底下，竭力忍住笑。珮蒂嬸嬸則故意誇張地尋找小偷，還假裝笨手笨腳地撞到桌子，增加戲劇性。

很不幸，這次珮蒂嬸嬸沒有做派，桌上躺著獵人屍體，像被剖開的蝦。內部器官都被小心地移除並秤重，擺在瓷托盤上。紅色軟塊布滿托盤底部，不該出現這種東西的。

「我眞喜歡妳，孩子。妳帶了這麼有趣的東西回來。」珮蒂嬸嬸的聲音透過布口罩傳來。

「戴上口罩。」米基塔大聲說道。

瑟芮絲接過他手裡的口罩戴上。

「他腐爛得太快。」珮蒂嬸嬸說，「幾小時後就會什麼也不剩。妳看那邊。」她朝著旁邊的顯微鏡呶呶下巴。

瑟芮絲透過目鏡觀察，看見熟悉的血球，但它們之間以扭曲的長條物連結，還散發微微藍光。「那是什麼？」

「蟲。」

「我也覺得是蟲。」

「先別這麼肯定，小姑娘。我還不知道到底是什麼，不過牠們一定是在身體開始變冷時孵化出來的，接著吞食這具死屍。這是一種高等魔法。可能有人做出這些小怪物後，把牠們一輩子養在體內。還有其他的，妳過來看。」

她以鑷子扯開獵人上唇，掀起來，露出尖牙。「看這些牙齒，這兩顆牙有毒腺。」

珮蒂嬸嬸把目標移到手臂。「還有這邊，指節間有爪子，爪子會收回去，後面的小袋會收縮，還有一大堆黏液。」

她以鑷子施加壓力，小黑爪便縮了回去，沒入混濁的黏液中。

「它現在不能發射，因爲這傢伙已經死了，小袋也空了，但我猜他平常可以射出四到五呎遠。」

「更遠，差不多有九呎。」瑟芮絲說。

珮蒂嬸嬸挑高眉毛。「九呎！眞的？」

瑟芮絲點頭。

「眞是隻噁心的小動物。」珮蒂嬸嬸直起身子。「妳外公要是看到，一定會愛死了。當然，他會嚇破膽，但也會爲這精湛的技術讚嘆不已。當妳用魔法把一個人徹底改變，唔，他就不再是人了。」

沒錯，根本就不是人。瑟芮絲雙手環抱自己。這個東西，這是個不受控制的怪物。她可以應付人類，人類有弱點，他們不喜歡受傷，他們在乎家人，威脅、矇騙、賄賂在他們身上都管用……當時獵人望著她的眼神，令她毛髮直豎。自己好像成了某種物體，像是可以隨便打破或吃掉的東西，而不是活生生的人。這種敵人要怎麼對付？她不知道該用什麼方式才能阻止他，更別提摧毀他。

和這種人交手，需要她的電光術，或是重量級槍械。威廉也行，威廉似乎很懂得對付他。

「那麼，我什麼時候可以檢查另一個？」珮蒂嬸嬸的眼睛從眼鏡上方看她。

「什麼另一個？」

「據說妳在沼澤找到一個很棒的傢伙。」

瑟芮絲高舉雙手，「這個家就沒有一件事可以低調一點嗎？」

「當然沒有。」珮蒂嬸嬸不屑地說，「我聽說他帥到連穆莉德都和他說話。」

「他也沒那麼帥啦！」瑟芮絲稍微猶豫。「好吧，對，他是很帥。」

「哼。」米基塔說。

「妳喜歡他！」嬸嬸咧嘴笑道。

「也許有一點。」說得太保守。「他是個笨蛋。」

「哼！」米基塔又說。

「我想，兒子這兩聲是在說，這種女生的話題傷害他脆弱的情感。」珮蒂嬸嬸擠眉弄眼。「親愛的，妳看起來很累，身上的味道好像腐殖土。」

多謝妳啊，嬸嬸。「這個禮拜很難熬。」

「去吧，去洗澡，吃飯，睡覺，和妳的貴族調情。對身心有好處。」

米基塔邁著重重的步伐，前去開門。

「他不怎麼和我調情。」瑟芮絲低聲說，「不是他根本不喜歡我，就是他不懂。」

「妳這麼可愛，他當然會喜歡妳，也許他只是狀況外，有的呆頭鵝就需要當頭棒喝。」嬸嬸翻個白眼。「我總覺得最好畫一個大招牌給妳吉恩叔叔看，不然乾脆綁架他，對他施展我的邪惡伎倆，直到他明白我的意思。」

「哼哼！」

「去吧。」珮蒂嬸嬸揮揮手。「去吧，快去，快去。」

「好啦，好啦，我走了。」瑟芮絲爬上去，走出門外。

米基塔小心地關門並上鎖。

和妳的貴族調情，是啊，沒錯。瑟芮絲走上樓梯。對於不解風情的人，要怎麼和他調情？

□

「三。」魯低聲數算，「二……」

「一。」史派德說。

□

一股爆炸衝擊力震得樓梯直搖。

噢，眾神啊！

瑟芮絲急急轉身，兩下就跳下十個台階。

門上傳來沉重的碰撞聲響，刺耳的玻璃碎裂聲中夾雜陣陣粗啞的喊叫。

「米基塔！」瑟芮絲重重拍門，「米基塔，快開門！」

裡面有東西撞擊的聲音，還有木板清脆的斷裂聲，以及金屬刮過石頭的尖銳聲響。

「珮蒂嬸嬸！」

回答她的只有一記悶響，最後化爲水撒落金屬的聲音。是淨化消毒程序，可見裡面還有人活著。

「米基塔！」

上方的門「砰」的一聲被推開，有人急忙跑下來。伊瑞安邁著輕盈的步伐來到她身旁，後面的威廉映入她眼簾。他縱身一跳，一次越過所有階梯。

「門一直不開！」她對威廉說。

威廉看看門，隨即奔回樓上，幾乎把瑟芮絲的堂妹伊娜塔撞倒。一會兒後，伊娜塔奔下來，蓬亂的紅色鬈髮襯著白皙的鵝蛋臉，擔憂的表情全寫在臉上。「媽？怎麼了？」

「實驗室爆炸，妳哥和妳母親都在裡面，我進不去。淨化消毒液打開了。」

「米基塔！媽！母親！」伊娜塔頓了一下。「我們得把門打開。」

「不能開。」伊瑞安低聲說道，「他們已經啓動淨化消毒程序了。」

「他們受傷了。」伊娜塔說。

威廉不知跑到哪裡去，瑟芮絲現在沒空追究他的行蹤。

「伊瑞安說得對。」這麼說很傷心，但非說不可。「如果貿然開門，他們嘗試控制住的東西就有蔓延開來的風險。」

「你們倆已經失去理智了。」

「樓上有小孩。」瑟芮絲提醒她。

伊娜塔瞪著她，「他們很可能死在裡面！」

「若眞是這樣，事後妳可以怪我。」瑟芮絲咬緊牙關。

理查在上方的門口現身，「怎麼回事？」

伊瑞安舉起手說：「有聲響，還有水在流。」

伊娜塔靠著牆，雙手環抱自己，指節泛白。

淅瀝的水聲中夾雜微弱的抓門聲。瑟芮絲耳朵貼著門問：「米基塔嗎？」

「在這裡。」粗啞低沉的嗓音傳來。

她閉上眼，大大鬆了口氣。還活著，他還活著。

「珮蒂嬸嬸呢？」

「受傷了。」

噢，不妙。

「你能不能開門？」

「卡得……太緊。」

「撐著點，米基塔。」她低語，「撐住，我們會救你們出來。」

想啊，快想，快想。魔法加持的中和液會清除所有污染源，她非常肯定，因爲是外公教珮蒂嬸嬸做的，他的魔法從來沒有失效。「伊瑞安，我們家還有剩下的中和液嗎？」

「需要多少？」

「有多少通通拿來。」

他奔上樓，一次跳兩道階梯。

瑟芮絲看看伊娜塔。「我需要妳騰出地方來。」

伊娜塔便爬上樓梯。

她得挖出門鎖才行。「理查，我需要一把刀。」

他將刀子遞給瑟芮絲。她對著刀鋒凝聚心神，這門厚達三吋，只施展一次魔法不夠。

瑟芮絲發出電光，以刀劈砍門把，金屬門出現三吋長的凹陷。

第二次劈砍。她打破金屬門。

第三次劈砍。

第四次劈砍。

她的額頭冒出汗珠。法術施展得不夠快。

第五次劈砍。

第六次劈砍。

大功告成。

門上出現參差不齊的新月形開口，鎖頭和門分家。瑟芮絲用力撞門，人卻被彈開，門卡得很緊。

威廉回到她身旁，拿著墊著紙張的泡泡糖。他先撕下一塊泡泡糖，貼在上面的門樞，再撕下另一塊，貼在下面的門樞，接著一次撕掉兩塊泡泡糖的紙，拖著她往樓上跑，把她拉進擁擠的廚房，遠離那扇門。

「要炸了！」理查大吼。

家人都緊貼著牆。

過了一秒。

再過一秒。

出現爆炸聲，但不大，差不多是鞭炮炸開的規模。

威廉鬆開她，奔回樓下。理查跟在後面，瑟芮絲殿後。

「米基塔，離門遠一點。」理查在外面大喊。

伊瑞安現身，提來一桶中和液。瑟芮絲伸手抬起桶子的一邊，伊瑞安抬著另一邊。

理查和威廉合力以肩膀撞門。

門在「嘎吱」聲中漸漸傾斜，就像一顆快要脫落的牙齒，最後垮了下來。瑟芮絲和伊瑞安一抬手，把亮晶晶的液體潑進去。水溶液落下，剩下全身濕透、臉色發白的米基塔，他母親像個孩子般癱在他懷裡。

他才跨出一步便倒下，他們一擁而上，撐住他龐大的身軀，以免他撞到地面。

第十六章

史派德狐疑地挑高眉毛。沒有爆炸。

「你說得沒錯。」他說，「他們已經離開，還帶走拉文的屍體。」

回鼠穴去了，回到史派德無法觸碰的結界裡。他交叉十指，默默思索。瑟芮絲，瑟芮絲，瑟芮絲，瑟芮絲，擁有精湛的鑄劍技術，還能一劍斬斷人體，最令人矚目的是劍鋒布滿電光，這本領已幾乎失傳。然而，還有誰和她在一起？誰是船上的另一個人？

「現在怎麼辦？」魯那雙黃色的眼眸注視著他。

「我們可以先回基地。」史派德微微一笑。「不過，還要查清楚在水裡發現的怪異血跡。當時他們船上有三個人，一個是瑟芮絲，這我們已經知道。另一個是她的表哥，托厄斯人。問題是，第三人是誰？托厄斯人流著血，身中劇毒。根據我們所知，那是銅中毒，他中毒後會失去意識，所以瑟芮絲不可能搬動他。船上還有她的幫手，可能是強壯的男人。我要知道他的身分。魯，難道你不好奇嗎？我可好奇得很。那間小屋看起來挺不賴，似乎很殷勤好客，我想應該過去拜訪一下。」

□

克萊拉調整羊毛毯，讓烏洛露出雙腳。平常他若蓋著腳便睡不著，他會一直扭動，直到有爪的腳趾從毯子底下鑽出去。其實克萊拉不需要費心，草藥發揮功效後，烏洛已經睡死，就算鱷王在他耳邊怒吼，他也醒不過來，更別提只是腳上蓋著羊毛毯。

她撥開他前額髮絲，他的臉觸感冰涼。高燒已退，他的呼吸恢復規律，雖然氣息有點短，但情況逐漸好轉。她沿著烏洛眼角紋路撫摸，那是笑紋，他稱之爲克萊拉的皺紋，還說大多是她害的，她要負責。與她相遇前，他很少笑，不可能出現這麼多笑紋。

不覺間，淚水溢滿眼眶，她趕緊把它壓下。克萊拉差點失去他，中了那種毒，他極可能挺不過來，就這樣離她而去。

刹那間，她閉上眼，大膽想像萬一他逝去，日子會變成什麼樣。他的笑容、神力與聲音，全都消失不見。她感到喉嚨發痛，很想吞嚥，但有個硬塊堵著，直到她忍不住嗚咽起來，硬塊終於消失。他要是走了，日子一定天翻地覆。眾神啊，人怎能熬過這種痛苦？

她張開眼睛，只見他還在呼吸。

我的烏洛。

她用力眨眼，擠出淚水，接著別過視線，望著房間牆面，不想再觸景傷情。牆上掛著幾束乾草藥，還有幾個小型木架。架上分門別類地擺著小玩意，有漆成深紅色的瓷牛；有淺綠色小茶壺，壺身畫著亮紅色星形的沼澤花朵；有穿著藍黃相間洋裝的小娃娃，顯得喜氣洋洋。十九年前生下雷之後，她一直想生女兒，因此買了娃娃，打算將來送給女兒。她的目光移向嬰兒床，多年後心願終於達成，生了三個兒子，如今她有了小女兒，一切似乎很順利……

爲什麼？爲什麼世仇偏在這節骨眼又被挑起？難道是見不得他們快樂？

烏洛在毯子底下動了一下手指，她悄悄傾身察看，生怕吵醒他。他的嘴稍微蠕動，但眼睛依舊緊閉，呼吸也平穩，可見還沒醒。

她可以坐在這裡，看著他起伏的胸膛，直到他清醒。這個念頭一度相當誘人，但她還有三個兒子要養，晚餐可不會自動出現。克萊拉最後一次輕撫烏洛臉頰，隨即起身。

她朝廚房前進，經過木架時把娃娃拿下來。那雙彩繪的藍眼直望著她，一抹簡單的線條爲臉龐勾出快樂笑容。五個月前，她生下小女兒，決定等到雪妮大一點，再把洋娃娃給她。

然而，人生苦短，轉瞬即逝。今天不好好利用手上的資源，明天它就會消失不見。

克萊拉把娃娃裙子拉直，來到嬰兒床邊。雪妮縮著身體，毯子踢到一邊，頭上豎著許多細嫩的深色頭髮。克萊拉把娃娃塞進女兒小小的臂彎裡，幫她和娃娃蓋上毯子。

她來到廚房，點起火爐，察看早上處理的湯料。兩小時前，她在這鍋湯料裡加進打散的蛋和碎蛋殼攪拌，以接近沸騰的溫度小心燉煮，以便脫去油脂。

還需要撒些胡椒，她看看玻璃瓶，一粒胡椒也沒有。她可以派賈斯東採一些野生香料回來，雖然比不上眞的胡椒，依然可以派上用場。

只不過，兒子必須站崗，保持警戒。馬特和雷不在，只有賈斯東留守。這是烏洛訂下的規矩，她自己也會嚴格遵守。尤其是在這個節骨眼。魚湯沒有胡椒也沒關係，再說，兩個大的把獺豹都趕進避難處後就會回來，她再要求其中一個去採也行。

*你會以爲我們在打仗。*她惱怒地將濾網丟進水槽，把爐火調大，接著取出冷藏箱中嘴巴大張的魚。這條魚是昨晚兒子們抓來的。

怪的是，她喜歡葛斯塔夫・馬爾。她對珍妮芙倒是不太在意，因爲這人太聰明，又太……也不算神經質，就是太……太那個什麼了。好像珍妮芙高人一等，禮節比他們都周到，長相也比他們都好看，而且活得理直氣壯，覺得自己不需要爲這種優越感抱歉，好像她就這麼麗質天生。珍妮芙讓克萊拉覺得自己像隻蠢笨的泥老鼠，所以克萊拉從不注意她，也不太在意她那兩個女兒。

克萊拉用切肉刀剁下魚頭，再以熟練精確的刀法將魚身切片。不過，她不能否認，葛斯塔夫這個人向來親切。現在他失蹤了，怎樣也找不回來。就算找得回來，得賠上多少條人命？不管他女兒怎麼想，世上沒有人值得那麼多人爲他流血。

湯料已接近沸騰，她彎下身，將魚骨從砧板刮起，全丟進大垃圾桶裡，忽然看見廚房裡出現一雙穿著黑靴的腳。

克萊拉非常緩慢地起身，視線從靴子移到黑長褲，接著移到外套，再到寬闊肩膀，最後是深色衣領上方的臉。這張臉屬於一位金髮男子所有，看不出年齡，大概介於二十八、九到四十出頭，表情相當愉悅。克萊拉望進他的眼眸深處，忽然僵住。這雙眼空洞冷硬，透著危險。恐懼立刻攫住她的心。

他是怎麼通過賈斯東那一關的？她沒有聽見任何聲響或動靜。

「萊姆。」那人說著遞給她表面凹凸不平的果子。「妳要在魚湯裡撒點這個，所以我經過妳的儲藏室時，擅自拿了一些過來。據我了解，把它切成薄片，等將湯倒進碗裡，這些薄片就會浮在表面。」

那雙眼睛令她想要高舉雙手，慢慢後退，直到她可以轉身就逃。但她沒地方可逃，這是她家。烏洛和寶寶在隔壁沉睡，手無縛雞之力。克萊拉堅定地望著對方。雪妮，不要醒過來，保持沉睡，因爲妳一旦被他挾持，我就只能聽他的命令行事。

「唔，妳到底要不要拿萊姆？」

克萊拉張嘴，知道不管說什麼都不對，也沒有幫助。但她還是粗聲說道：「滾出我家。」

對方嘆氣，把萊姆放在流理台上，身體斜倚著櫥櫃，就像黑烏鴉停在她的墳墓上嘎嘎叫。「七個多小時前，有兩個人來這裡，帶著一個托厄斯人，還把這人留在妳這裡。那個托厄斯人是妳的誰？說不定是妳丈夫？」

「滾出去。」她說著向後退。手上雖有切肉刀，但派不上用場，反而會被他奪下，把她剁成肉片。

「我懂了，就是妳老公。他受傷了，真可憐，希望他能康復。」對方莊重地點頭。「不過，我只對帶他回來的那兩個人有興趣，其中一人是瑟芮絲．馬爾，我想了解她的同伴，想摸清這人的底細，包括相貌、年齡和口音，任何妳覺得可能有幫助的資訊都可以說。」

他對她微笑，笑得愉悅又燦爛。「如果妳老實回答我的問題，我聽完就離開，讓妳繼續煮飯。順便告訴妳，那鍋湯料聞起來超香的。那麼，妳有沒有什麼要說的？」

他的視線鎖定克萊拉。她猶豫了一會兒，忽然恐慌起來，像被關在玻璃箱裡的小鳥。他口氣中透著濃濃威脅意味，令她打從心底畏縮，宛如肚子底部出現吞噬一切的大洞，她只想趕快把洞遮起來。

「這是誠實可靠的提議。」他向前傾身。「把我想知道的說出來，我立刻消失。」他長長的手指在空中揮舞。「像鬼一樣來無影去無蹤，只會留下不愉快但沒有傷害的回憶，隨著時間慢慢淡忘。」

他的凝視充滿安慰，像是可以依靠，克萊拉頓時明白他是說真的。如果她有問必答，對方不會傷害她。她覺得自己必須取悅這人，只要他高興就可以放心了……

但他曾經傷害烏洛，這個念頭粉碎她的猶豫不決。不管是他或替他賣命的人傷害了烏洛，幾乎害她失去丈夫。如果任由對方擺布，她會失去孩子。

「恐怕要提醒妳，我在趕時間。」他說。

克萊拉深吸一口氣，朝他扔切肉刀。趁他忙著伸手接住急速旋轉的刀柄，她拎起爐子上的熱湯鍋，往他身上潑。

沸騰的湯料像下雨一樣撒在那人身上。克萊拉奔出去，把他引開，讓他遠離寶寶和烏洛。

身後傳來動物暴怒的咆哮，她急得發狂，跌跌撞撞穿過熟悉雜亂的房間，從小書房到雷的臥室，再到窗邊。她抓住窗台，雙手撐起身軀。

一隻鐵手抓住克萊拉的腿，用不可能的怪力把她拖下來。她的後腦撞上地板，疼得她大叫。他單手握住她的腳踝，幾乎把她整個人拎起來。對方眼中瘋狂的怒火燒灼克萊拉，她心底深處有個角落拒絕接受事實，固執地複誦著：這不是真的，這不是真的，這不是真的……

對方以左手手腕敲擊克萊拉膝蓋，她聽見骨頭發出尖銳的斷裂聲。第一秒她沒有感覺，但疼痛立刻從膝蓋蔓延到大腿骨，直達臀部，好像有人把融化的鉛灌進腿骨。克萊拉放聲尖叫，雙手在空中亂抓。

「很痛，是不是？」他咆哮。

克萊拉幾乎聽不見他的聲音，她只想翻身，把受傷的腿縮回來。噢，眾神，好痛，真的很痛，噢，神哪！幫幫我！

他再度抬高克萊拉的腳踝。她看見他握著切肉刀，刀鋒閃了一下，她張大雙眼，驚恐地僵住。不，不，你不能這樣對我。不。

切肉刀劃出一道閃亮的金屬弧線。冰冷襲擊她，接著那人高舉她血淋淋的斷腿，那隻腳上還套著棕色的鞋。他把殘肢拋到一旁，好像在扔一塊木頭。斷腿撞上牆壁後反彈，在牆上留下一片血跡。

深紅色的血從切口大量噴湧。克萊拉說不出話，也不能呼吸。全世界的聲音就此消失，時間彷彿以極慢速度在爬。她看見那人的嘴唇開闔，然後他迅速轉身，在她那雙溢滿淚水又遲鈍的雙眼看來，動作快得嚇人。他從她上方縱身一躍，撞破窗子，玻璃碎片如雨般撒了她一身，不斷撒落、撒落……

烏洛的臉猛地映入她的眼簾。他露出尖牙，眼中燃燒著瘋狂的怒火。她看見他拋下巨型十字弓。烏洛多年來一直把它放在屋頂上，以備不時之需，其實這把武器他根本抬不動，真是傻透了。

四目相交，他的唇在動，但克萊拉聽不見聲音。他看起來很害怕，好像迷路的孩子。別怕，親愛的，別怕。

她感到黑暗漸漸襲來，準備撲向她。她想伸手摸他的臉，但手不聽使喚。

我想我快死了。

我愛你。

第十七章

瑟芮絲癱坐在椅子上，痛苦地發現威廉像一道暗影守在她身旁。他似乎沒有任何目的，只是……站在那裡保護她。真是荒謬，她可是在自己家裡，但奇怪的是，她居然覺得窩心。

對面的理查倚牆站立，銳利的目光打量威廉。其他家人蜂擁而至，來來去去，瑟芮絲不太注意他們。

「威廉，你有多強壯？」理查問道。

「剛好符合我的需求。」威廉答道。

理查幾乎不動聲色，但瑟芮絲從小就摸透他的表情，看他那張微撇的嘴，就知道他在擔憂。威廉的某方面正深深困擾她堂哥。

門開了，伊娜塔走出來，以毛巾擦手。瑟芮絲連忙起身。

「米基塔斷了兩根肋骨。」伊娜塔宣布。

「珮蒂嬸嬸呢？」伊瑞安問道。

伊娜塔挺起胸膛，瑟芮絲立刻明瞭情況不妙。「媽的左眼沒了。」

瑟芮絲受到嚴重打擊，踉蹌跌坐。她早該把那具可惡的屍體丟進河裡。先是烏洛，再來是米基塔和珮蒂嬸嬸。烏洛和米基塔的傷勢遲早可以復元，但眼睛無法失而復得。她居然害嬸嬸一輩子毀容。

伊娜塔拉拉毛巾，擰乾。「事情還沒完。那具屍體上面爬滿小蟲，爆炸當下，骨頭碎片和腐爛組織撒滿他們全身。小蟲已經進入他們的血管，隨著血液循環。目前小蟲看起來像是死的，但我不知道會不會有變化。」

「是透明的蟲？」威廉的神情非常專注，好像想要記起某件事。

「是的。」伊娜塔說。

「當身體的溫度降到華氏八十八點七度以下，這些寄生蟲才會有活力。妳知不知道如何清除瘧疾？」

伊娜塔點頭。「我們有氯化奎寧。」

「那是什麼？」

「是殘境人用來消滅瘧疾的一種藥。」

「給他們吃這種藥。」威廉說。

伊娜塔噘起嘴，目光投向瑟芮絲。

「快去吧。」瑟芮絲說。

伊娜塔這才轉身回房。

瑟芮絲看看威廉。「你知不知道那具屍體會爆炸？」

「不知道。」

「可是你知道那些蟲？」

威廉點頭。「『手』爲了防止敵人研究那些變異身體，有時候會在裡面放這種蟲。」

「你爲什麼不事先警告我？」

「我的記性沒那麼靈活。如果妳特地問我關於蟲的事，或是問我『手』有沒有用寄生蟲感染他們的特務，我就會回答。」

正常人的記性才不會這樣。瑟芮絲現在可以拍胸脯保證，威廉一定對他自己的身體動了手腳。他像「手」的那些怪胎，也提升了身體功能，他不是其中一份子，就是爲了復仇而把自己改造得和他們一樣。

瑟芮絲盼望能打開他的頭，在裡面搜尋。既然不可能這樣做，只好憑直覺猜測。直覺告訴她，威廉想報仇，念頭非常強烈，就像快渴死的人超想喝水。他每次提到史派德，立刻神色大變，整個人緊繃，眼睛像掠食動物一般警戒而專注，身體蓄勢待發，好像彈簧。瑟芮絲對尋找父母也有相同渴望。

而現在，尋找父母已經害嬸嬸失去一眼。以後教她如何和嬸嬸相處下去？他們還要遭受多少傷害？經常犯錯，但永遠不要懷疑。說得沒錯。「理查。」

「什麼？」

「『手』有一名追蹤師，可能會沿河追蹤那具屍體，我們最好在結界邊安排一些神射手。如果他們現身，或許可以爭取一點優勢。」

「很好。」理查轉身，離開前不忘投給威廉意味深長的目光。伊瑞安陪著他走出去。

「妳目前還是占上風。」威廉說。

「烏洛命懸一線，我嬸嬸瞎了一眼，另一個堂兄弟還斷了兩根肋骨。」

「沒錯，但他們還能呼吸。」

說得好。既然如此，她爲什麼沒有感到安慰？

伊娜塔再度現身，把手上的盒子擺在桌上。「妳這是在自我悔恨，還是自我憐惜？」

「現在只有對『手』痛恨無比。」瑟芮絲告訴她，「等我陷入自憐，一定會告訴妳。我早該把那具屍體丟下河。」

「噢，拜託。」伊娜塔大翻白眼。「媽一輩子都在和屍體周旋，我一再叮嚀她，戴上那副可惡的護目鏡。那可是卡爾達爲她偷來的特製品。我說過，米基塔也說過：媽，戴護目鏡。但她偏不要。我們家的人大多不聰明，什麼都不懂，她算是觀察力比較好的，偏偏她戴上護目鏡時，鏡片就起霧……」

伊娜塔發完牢騷，把肩上毛巾扯下來，丟進房裡。

「這樣可以幫妳宣洩心頭的壓力。」威廉說。

伊娜塔揮手阻止他說話。「你，閉嘴。瑟芮絲，妳聽好，人都會犯錯，都要爲錯誤付出代價，尤其是傲慢造成的錯誤。」

伊娜塔從盒中取出小玻璃瓶，臭襪子的味道和爛柑橘的酸味立刻瀰漫開來，是纈草的萃取液。

「所以，不管妳再怎麼想要『獨享』這次錯誤，它都屬於我媽。她孤獨的自我要負全責，她自己也明白。如果她戴上護目鏡，就會像我哥一樣僥倖逃脫，只斷兩根肋骨。」

伊娜塔朝杯中注入十滴萃取液，再將瓶裡的水倒進杯裡。「喝吧，妳需要睡眠。」

瑟芮絲接過杯子。

「我不喝。」威廉喃喃地說。

伊娜塔死瞪著他。「你——安靜。妳——快喝光，馬上。」

反正只是纈草，和伊娜塔爭辯就像妄想對鬥牛犬講理。瑟芮絲一口吞下所有水，火焰和夜晚流進她的喉嚨。

「裡面放了什麼？」

「水、纈草，還有一種強力安眠藥。妳只有五分鐘進房並洗澡，時間一到，就會原地躺平。」

「伊娜塔！」

「伊娜塔！伊娜塔！伊娜塔！」伊娜塔揮舞雙臂，「妳多久沒吃飯、睡覺了？怎樣？無話可說嗎？妳只有今晚可以睡，明天可以休息，後天妳就要率領人馬去找席里爾，那之後我可沒空理妳了。到時我得忙著治療其他人，所以妳快去！噓噓噓！順便把妳的貴族帶走。」她用手指指著威廉，「你，和她一起走，別讓她倒在樓梯上。」

瑟芮絲嘆了口氣，衝上樓梯，威廉跟在後面。

「她瘋了。」他說。

「沒有，她只是拚命忍住，不讓自己哭。她母親和哥哥原本可能會死，她對這事無能爲力，就對我頤指氣使。」

威廉皺眉。「妳的意思是藉此報復妳？」

「沒錯，有一點。父親曾告訴我：『當妳負責主管大局，一切都是妳的錯。』她有點怪我。」瑟芮絲的步伐愈來愈沉重，好像有人把鉛灌進她的骨頭。「連她自己都不承認，但她確實在怪我。」

「那麼，這就是大家庭的生活寫照。」他說。

瑟芮絲的頭變得很重，眼皮一直要闔上。她在房門口停步。「差不多，你還沒看到最可怕的部分。他們有沒有給你房間？」

威廉露出牙齒。「有，卡爾達帶我去看了。」

他講到卡爾達時咬牙切齒，活像要掐死他似的。

「我並沒有因爲蟲生你的氣。」瑟芮絲對他說。她努力凝聚心神，保持思緒連貫，但終於不敵藥效威力，打起超大哈欠。「很抱歉，我睏得要命。」

「沒關係。」威廉說。他靠得有點近。

「比爾大人，什麼樣的貴族會說沒關係？你的僞裝功夫要再練好一點。」她打第二個哈欠。「你會是個糟糕的間諜。答應我，別趁我睡覺時傷害那些親戚，就算是卡爾達也不行。」

威廉望著她。

「我累壞了，心情也糟透。答應我，不要把別人的頭扭下來，不要打碎別人的骨頭，別讓我後悔帶你回家。」

「沒問題。」他說。

「謝謝你。」

「不客氣。」

「那個小妹妹說，森林裡有怪物。」他說。

她的心一凜。「是她。」

威廉又望著她。

「就是雲雀自己。」她說，覺得心好痛。「她覺得自己就是怪物。」

威廉伸出手，環抱瑟芮絲。她應該抗議，應該把他推開，但她太累，心情跌到谷底，他的懷抱多麼有力又令人安慰。他將她拉近，啃咬著她的悶痛減輕了。感覺多麼舒服，她便放任自己依偎著他。威廉低下頭，她看著他的臉慢慢湊近，卻不知道他要幹什麼，直到他的雙唇輕輕掠過她的嘴。

「好好睡吧。」他說，「我會替妳守護家人。」

威廉放開她。

瑟芮絲關上門，呆望著門板許久，不確定彼此的唇有沒有碰到，或者全是自己的想像。她沒有結論，便坐在床上脫靴子。她才剛脫左腳，床立刻翻了過來，倒在她的後腦上。

威廉在黑暗的房裡醒來。空氣相當涼爽，狹長的月光透過窗簾落在地板上。他躺在床上，盯著天花板，雙臂枕著頭。

威廉親了瑟芮絲，她也沒有拒絕。他的記憶幾乎完整保存了當下的情景。他記得所有細節，包括她仰起的臉、頭髮的角度、帶著迷惑的黑眸、抱著她的觸感、他的唇嘗到她細微的芬芳。他一定要再吻她，哪怕她全家排成一列朝他掃射，他也在所不惜。

威廉翻身下床，安靜地邁步。他試試門把，依然鎖住，他們把他像孩子一樣關在房裡。

他微微一笑，打開背包，找出夜行衣，脫下身上衣服，換上褲子和上衣。這身布料染成深灰和淺灰，緊貼他身體，就像第二層皮膚。他第一次看見這套裝備，發現上面還有兜帽和面罩，把全身包得密不透風，只露出眼睛。他告訴南西，據他所知，自己可不是忍者。南西則說，穿上它就會愛上它。他到現在還是不知道，南西到底有沒有聽過忍者？她知不知道忍者是幹什麼的？

威廉不得不承認，夜行衣的設計自有道理。眞正的夜晚並非只有黑色，而是影子與黑暗微妙地變換與交織，是一種帶著斑紋的灰色和深深的靛藍。身穿純黑色衣服的人站出來，就像黑暗中出現明確的目標。

不過，他還是把兜帽和面罩的繩子解開。一個人得要有原則，他可不想把耳朵蓋住，或是透過布料呼吸。再說，這玩意兒害他看起來像個十足的白痴。

自從瑟芮絲回房睡覺，他便輪流接受她的親戚盤問，外加卡爾達每三十分鐘過來盯他，直到他打算扭斷這傢伙脖子爲止。卡爾達擁有高明騙徒的伶俐、從容與魅力，想到什麼就說什麼，動不動大笑，而且話很多。不過就一個晚上，威廉看見他從凱瑟琳的籃子裡偷了一副鉤針，也偷了伊瑞安的刀，又偷了伊娜塔的金屬工具，最後從瑟芮絲的某個親戚那裡偷了一把子彈。他下手時看似漫不經心，動作流暢而優雅，而且短期使用後便將物品悄悄歸位。威廉強烈懷疑，就算卡爾達下手時被活逮，他那些腦子有洞的親戚也不會爲難他。他們知道卡爾達是壞蛋，但不在乎。

威廉翻出迷彩顏料盒，往臉上塗了一些灰色、深綠色和棕色顏料，讓色彩呈現不規則分布。塗完後，他將刀子插進腰帶，抓起「鏡」給的十字弓。他取出箭囊裡的兩枝毒箭，小心翼翼地裝上十字弓，避免碰觸箭尖複雜的機械裝置。上面的毒素足以讓一匹奔跑中的馬倒下。箭尖做得太大，而且形狀奇特，很難瞄準目標，但他不在乎。十字弓是最後手段，唯有在保證能擊殺敵人的近距離，他才會拿出來使用。

瑟芮絲的某個家人沒有按規矩來，居然對「手」透露烏洛的弱點。他明白許多當地人都知道馬爾家有個托厄斯親戚，但唯有家人知道這位托厄斯人去病木接瑟芮絲回家。

如果家中出現叛徒，想必和史派德或他的手下有連絡管道。既然瑟芮絲帶著奇怪的貴族回家，叛徒想必恨不得立刻告訴史派德。

叛徒一定會等到大多數家人就寢才行動，偏偏馬爾家對安靜這件事特別無能爲力。主屋整個晚上幾乎都像嗡嗡響的蜂巢，此刻已近午夜，這個吵雜的大家族終於安靜下來。

威廉把麻醉劑繫在手腕上。這是相當複雜的裝置，以發條和齒輪搭配魔法，再嵌入皮製保護腕帶。麻醉劑上方有一排四個窄小的金屬匣，威廉拉出腕帶內面三枚細鐵絲環，分別套在食指、中指和無名指。他伸伸手指，金屬匣便繞著他的手腕轉動，宛如左輪手槍的槍膛。他只要活動手部，手腕向前一伸，最下方的金屬匣就會啓動，將裝有針頭的小筒射出去。小筒裡裝的麻醉劑足夠在三秒內讓彪形大漢睡著。

這件武器相當精巧，任務結束後，這些向「鏡」借用的「玩具」一定會令他念念不忘。

威廉確信叛徒會親自前往沼地報信。第一，他已得知馬爾家毫無隱私可言。第二，雲雀曾說林中有怪物。瑟芮絲認爲雲雀把自己當作怪物，但威廉覺得這說法不一定對。可能是小妹妹搞不清楚狀況，也許她眞的在霧裡和森林中看見東西，但她無法對姊姊說明。某些「手」的特務有能力讓成人作惡夢，更別提一個孩子。如果雲雀在林中看過奇特嚇人的生物，他倒是想去會一會。

計畫很簡單：繼續觀察，找到準備離開並打算前往森林的叛徒，跟著對方就能得到等在另一頭的美妙禮物。他或許可以利用「手」的特務，跟著他找到史派德在沼澤的黑暗隱密藏身處。威廉心中盤算，也許可以故意讓「手」的特務發現他，雙方談上幾句，或者打上一架，斷那人幾根骨頭。想到這裡，他默默地笑起來。

窗戶被悄無聲息地開啓，威廉鑽出去，在長長的陽台上壓低身子潛行，利用欄杆黑影作爲掩護。月亮一會兒沒入參差不齊的雲後，一會兒出現。遠處有老鱷魚發出慵懶的吼聲，風裡有潮濕的氣味，還有夜針花香氣，微微透著一股合歡花香。

他已經好一陣子沒有追捕獵物，夜晚正在急切地呼喚他。

欄杆底下的庭院空蕩蕩的。威廉靜靜坐著，耐心等待。

時間宛如黏稠的蜂蜜，一分又一分緩慢流動。

左邊的柏樹樹枝出現輕微顫動，有個拿著步槍的男孩現身，看起來不超過二十歲。右邊又有動靜，一個年輕女子站在松樹林中。根據樹木和這棟房屋的距離估算，屋子的另一邊可能還有第三個守衛正在監看四周。那兩人朝著外面監視沼澤，沒有發現威廉。

上方傳來輕輕的關門聲。

他沿著陽台潛行，先伏在黑影中，再迅速移動到下一段欄杆影子底下。在這裡看得到一小部分房屋正面陽台，以及大部分樓梯。

從容的腳步聲傳來，後面跟著幾乎聽不到的另一種腳步聲。後面這一位的步伐他早已相當熟悉，是卡爾達，唉。

風將兩人的氣味送到他面前。沒錯，是卡爾達和理查，恰巧也是他的叛徒可疑名單中第一和第二名。卡爾達明擺著「一直缺錢而且一直賺不夠」的樣子，「手」給的酬勞可是相當優渥，前提是要能活著領到這筆錢。

理查則是另一種情況。威廉坐在圖書室時，聽凱瑟琳談了不少家族的事，外加整個晚上都在聽這家人聊自家事，最後拼湊出大致的輪廓。奧姿祖母生了七個孩子，老大是亞倫．馬爾。亞倫生了三個兒子，理查、卡爾達與伊瑞安。席里爾家在市集槍殺亞倫時，理查十七歲，卡爾達十四歲，伊瑞安十歲。這個家後來由瑟芮絲的爸爸葛斯塔夫接管，瑟芮絲的雙親收養了伊瑞安，因爲他的兩個哥哥年紀太小，沒能力照顧他。

理查天生散發一種領袖氣質。威廉在這麼短的觀察時間裡有了初步結論：他理性、冷靜而受人尊敬。全家都仰望他，連瑟芮絲也不例外。但掌管這個家的居然不是理查，而是瑟芮絲，究竟爲什麼？

他私心希望叛徒是理查。瑟芮絲這一大票親戚由堂親和表親組成，包括他們的孩子，以及幾位姻親，但只有核心成員知道烏洛去接瑟芮絲回家。根據這些線索，威廉列出最有嫌疑的七個人：瑟芮絲、理查、卡爾達、伊瑞安、穆莉德、珮蒂和伊娜塔。

凱瑟琳談到理查的妻子大約一年前離他而去，看來馬爾家的婚姻往往無法長期維繫。

威廉認爲，換作是他，如果老婆離開，他一定會覺得自己很沒用。他會設法找到天底下最凶惡、塊頭最大的混帳，把對方摺倒。其實輸贏都無妨，只要身體的疼痛能取代心痛就夠了，畢竟皮肉痛可以處理，而且會慢慢痊癒。威廉和理查有相同特質，兩人都藏著心事。晚上他在理查身邊坐了一會兒，彼此沒有交談，只是共享片刻寧靜。理查只有一次流露眞實情感，就在他們目睹卡爾達把刀子悄悄塞回伊瑞安皮帶上的刀鞘，理查忍不住嘆氣，宣洩深藏已久的鬱悶。

也許理查想對大家證明，老婆棄他而去並不代表他眞的很沒用。

「那個人的背包裡擺著軍用炸藥。」理查低聲說道，「那是異境的東西，魔法帶來強烈的餘震，我被震得牙齒都痛起來。」

「瑟芮絲說他以前是軍人。」卡爾達的語調輕柔。「威廉顯然正在出任務，有追捕的目標。只要他的目標是另一邊，我們就贏了。」

他們居然在討論他。哈！

兩人沉默了許久。

「我根本沒撞那扇門。」理查說。

「呃？」

「碉堡的門，都是他撞的。我還沒碰到，他已經把門撞倒，我只不過輕輕碰了一下而已。」

「所以你現在不爽，是因爲他害你錯過肩膀瘀青的好機會？」卡爾達問道。

「大家把米基塔扶到外面後，我察看碉堡內部，大架子倒下來，剛好擋住門。門的重量再加上架子……」

「理查，我今天已經說過，你活像一隻母雞。」卡爾達走下幾級階梯，進入威廉的視線範圍。威廉保持靜止不動。

「老哥，你最好放鬆，別把自己逼得太緊，否則你會害死大家。」

「他是危險人物。」

卡爾達高舉雙手。「他當然危險，想和『手』作對，你得要有過人勇氣。向來只有『手』追殺人，沒有人追殺『手』這種事。再說，你也知道，如果他們之間沒有達成某種協議，琵芮絲是不會帶這人回來的。琵芮絲相信他，我則相信琵芮絲。」

「琵芮絲還年輕，別說你看不出端倪。我可是清清楚楚看見，他把琵芮絲拉上樓時，琵芮絲看他的那種眼神。她爸媽失蹤了，現在的她腦子不清楚。」

卡爾達在樓梯上回身。威廉見他平衡感不錯，心想得找個機會和他較量一番。

「理查，你認爲她幾歲？」

「她……」理查說不下去。

「是啊。」卡爾達說，「她已經二十四歲，而你三十三歲。但你一定還把自己當成是青少年，而她和伊瑞安則是剛學走路的幼兒。他們已經長大，我們都長大了。我比你更常來主屋，雖然家是葛斯塔夫在管，但整個地方是瑟芮絲在維持。」

「什麼意思？」

卡爾達嘆氣說道：「我是說，我們親愛的叔叔葛斯塔夫把馬爾這艘船開到一敗塗地的地步。他沒有生意頭腦，你就算送他一箱異境製造的槍械，他也有本事賣到賠錢。珍妮芙太忙，雲雀的問題加上小孩的吃喝拉撒就夠她受了，不過總歸一句話，她就是不想管錢。這也不能怪她，換作是我，我也不想管。所以，三年前他們把財務大權交給瑟芮絲，她負責平衡收支，所有人的配額是她在發放，所有人的開銷也是她在處理。你覺得她爲什麼要和我一起去殘境？她明知那裡多險惡，但爲了節省每一分錢，也爲了尋找更多財源，她不得不去。我們一直在想辦法塡補葛斯塔夫製造的財務大洞，但進展緩慢，再說有這麼多人，每個人都有緊急情況，搞得我們家族的荷包老在大失血。」

「我還眞不知道。」理查急促地說。

威廉鎖緊眉頭。他也不知道瑟芮絲家的財務狀況。他自己沒有太多錢，但他也知道這種東西不能少。在軍隊時，吃穿用度全都免費，他的錢便花在休假、喝酒、買書和找女人。在殘境定居的頭幾個月，世界變得天翻地覆，他幾乎因爲沒錢被房東趕走，這才明白錢要先留著付帳單，剩下的才能自由運用。馬爾家的慘況他看得夠多了，他們的衣服有很多補丁，除了偶爾看得到比較稀有的家具，其他器具和用品都很老舊，不過人倒是吃得飽飽的。爲了讓馬爾家維持正常生活，瑟芮絲必須掐緊每一分錢。

卡爾達接著說道：「他們假裝葛斯塔夫依然大權在握，但相信我，管事的是瑟芮絲。如果你去她房間，把她叫醒，問她家裡還有多少錢，我敢說她報給你的數目可以準確到幾角幾分。要說全家有誰頭腦清楚，就她了。」

理查的聲音透出一股冷冰冰的傲慢。「等找到葛斯塔夫，我會和他談談。」

「有什麼好談？難道你要說，我們這位滑稽幼小的堂妹正在到處搜刮零錢，爲了讓我們繼續過早已習慣的『富裕』生活？」

理查沒有答腔。

卡爾達的臉部肌肉抽搐。「我當初發現時，已經問過葛斯塔夫，他看我的眼神活像我頭上長了一朵睡蓮。那時她二十一歲。葛斯塔夫自己在二十四歲那年，就已經接管整個家族了。」

「這樣不對。」理查說。

卡爾達聳聳肩說：「理查，她做得要死要活的，現在還跑出一隻扯後腿的『手』。如果那個貴族能逗她開心，我舉雙手贊成。自從三年前和混帳托比亞斯分手，她就沒和其他男人約會過，這才叫不對。當然啦，時機有點不恰當。相信我，如果王八蛋貴族搞破壞，我一定衝第一個，二話不說切斷他喉嚨。但目前還沒那麼糟，他還是瑟芮絲的客人，你和我要讓他覺得賓至如歸。」

「那如果瑟芮絲愛上他，最後他離開了呢？我見識過，異境貴族可不會想買被放逐的新娘。」

「至少她沒有白活。」卡爾達說，「她也有犯錯的空間，你和我也犯很多錯啊！我們都是繫在她脖子上該死的大石頭，除非這個家再度站穩腳跟，否則她無法離開，到她眞的可以放手時，就和你現在的年紀一樣了。讓她找些樂子吧，搞不好她明天就沒命了，我們搞不好都會沒命。」

卡爾達下樓後向左轉，朝較小的房子走去。一會兒後，理查的腳步聲退去，威廉知道他進屋了。所以，他們知道瑟芮絲喜歡他，而且至少卡爾達不反對。威廉暗自謹記，要找機會查清楚托比亞斯這個人。

威廉又等了幾秒，讓理查進門後走遠一點。接著他穿過前廊，來到草地，貼著牆躲避夜哨。他聽見細碎聲響，便轉頭察看柏樹林側面的白斑果灌木叢，布滿刺的長芽微微顫動，接著另一根也動了一下。

威廉傾身向前，發熱的肌肉讓他動作快而精準。

樹叢搖動，彷彿在嘲弄他，忽然有一顆方形大頭從葉間鑽出來，一雙棕眼在空地對面鎖定威廉。大笨狗。

咳福擠過灌木叢，快步朝他接近。狗兒看起來有點小跑步，但還能勉強算是一步一步地前進。如果守衛決定沿著咳福行進的路線望去，必定會立刻看到威廉。

威廉露出牙齒。滾開。

咳福繼續前進，毛茸茸的臉露出狗兒特有的歪嘴笑容，一看就知道這傢伙腦袋空空如也。如果狗會哼唱，牠這會兒一定配合腳步，口中高唱著：「啦啦啦！」

咳福就這樣漸漸接近他。

威廉緊貼著牆。沒有人開槍，目前為止還好。

咳福忽然站住，吐了一大塊東西在草地上。太好了。

大狗原地坐下，困惑地望著威廉。

「唔，快把那玩意兒吞回去。」威廉以氣音說道，「能吃的就不要浪費。」

咳福小聲地哀鳴。

「我才不要吃你的嘔吐物。」

咳福朝他噴著鼻息。

「不要。」

有個細瘦身形忽然從陽台上跳下，奔過他和狗兒的身旁，進入林中。威廉瞥見深色頭髮和棕色小靴。是雲雀。小孩爲何會半夜偷偷溜進森林中？難道她是去和所謂的「怪物」碰面？

咳福起身追了上去。

好主意。威廉離開牆，全速奔過空地。他經過哨兵所在的大樹，抬頭看見那孩子已經窩在樹枝上睡著，步槍擱在膝上。

總算有一件順心事。

第十八章

威廉悄悄穿越小樹林。柏樹漸漸被邊境松樹取代，巨大樹幹環繞著他，整片藍葉苔蘚宛如海洋，彷彿這片海底下深埋無數沉船，一棵棵高聳的黑色松木就像船上的桅杆。

濃密的灌木叢簇擁著松林，當中點綴著一片片褐斑蕨。矮小的沼澤柳樹看起來白得嚇人，像插在灌木叢中的白蠟燭。這裡不是他熟悉的樹海，而是古老又不可靠的地方，絢爛的凋零和嶄新的生命合而爲一，令威廉打心底不自在。

身旁的狗兒也和他一樣，不太注意這片樹林。這隻睡眼惺忪的溫馴笨狗豎起耳朵，大大的棕眼懷疑地掃視著林間。

微風輕輕吹來，一人一狗同時聞到某種氣味，然後一起左轉，追隨雲雀的蹤跡。

那孩子上哪去了？威廉跳過傾倒的樹枝。他一心期盼雲雀在林中不會遇上什麼「好」怪物，還會乖乖把家裡祕密全告訴他。

前方隱約出現粗壯的白橡樹，樹幹孤單而巨大，表面點綴著捲葉鳳尾蘚。風夾帶十幾種腐肉的臭味撲向威廉，有些味道很舊，有些很新。這是在搞什麼鬼？

除了腐肉，他什麼也嗅不到。

咳福只顧往前衝，狗就是狗，笨動物。

威廉小跑步追上。

十幾隻毛茸茸的小身軀吊在橡樹枝椏上，有兩隻松鼠、一隻兔子。還有一隻像是浣熊和白鼬生下來的怪動物，以及邊境人會煮來吃的玩意兒，毫無疑問，那是條魚……

一具骨瘦如柴的身軀爬過威廉上方的樹枝，雲雀的小臉從葉間露出來。

「你不該來這裡。這棵樹是小怪物的家。」她說，「這是小怪物的食物，那是小怪物的房子。」

他抬頭看她指的方向，橡樹枝椏間有胡亂打造的遮蔽處，只是粗陋地把舊木板又釘又捆，做出一小片平台及頂部。平台邊緣有黃色的小東西，威廉瞇眼細看，原來是泰迪熊，旁邊則是皮沃的十字弓。

瑟芮絲說得沒錯。雲雀認爲她自己是怪物，但她只是小怪物，那大怪物究竟是什麼？

泰迪熊的小黑眼彷彿看著他，令他不自在，總覺得自己像是病了，或面臨重大危險，不知道下一波攻擊何時會冒出來。他想把雲雀和泰迪熊帶走，遠離這棵樹，讓她回去溫暖明亮的家。直覺告訴他，如果他付諸行動，雲雀一定會逃走。

話又說回來，人類的孩子不會這樣殺小動物，而且她不是變形者。她若是變形者，威廉早就認出來了，瑟芮絲也不會被他眼睛的亮光嚇一跳。

威廉拍拍樹幹。「我可以上去嗎？」

雲雀咬著嘴唇思索。「我可以相信你嗎？」

他讓眼睛向著月光，眼珠發出光芒。「可以啊，我也是怪物。」

雲雀見狀睜大雙眼，震驚地凝視他，過了許久終於點頭。「好吧。」

威廉後退兩步，跳上樹幹，像蜥蜴般往上爬，不到兩秒便在雲雀對面的樹枝上蹲坐。

「哇。」她驚嘆，「你爬這麼快，在哪裡學的？」

「我本來就會。」他說。

咳福在樹下哀鳴。

雲雀急速爬過樹枝，抽出小刀割斷綁住水鼠的繩子。這隻小動物「撲通」一聲落在地面，咳福過去嗅一嗅，接著坐下喘氣，黏答答的口水拖得老長。

「牠從不吃這些東西。」雲雀皺眉說道。

那是因爲肉已腐爛。「妳常來這裡嗎？」

她點頭。「如果找不到媽，我可能會搬過來。我喜歡這裡，沒人來煩我。只有那隻大怪物會來，但每次聽見它的聲音，我都會趕快逃走。」

「大怪物？」

她點頭。「月亮升起時，它會呻吟，還會咆哮。」

「手」的特務全是怪胎，但他懷疑他們會對月亮嚎叫。「那東西一直住在這裡嗎？」

「我不知道。我四個星期前才開始來這棵樹。」

「它長什麼樣子？」

她聳聳肩。「不知道，我覺得好可怕，每次都會跑回家。」她神色變得落寞。

「家裡有人煩妳嗎？」

雲雀別過視線。

「怪物屬於森林，不屬於我家。」她說，「你小時候是小怪物，其他孩子會因此對你很壞嗎？」

威廉想了一下，在一團糟的童年時光裡搜尋人類女孩所謂的很壞。「我在一間屋子長大，裡面有很多和我一樣都是怪物的小孩。我們常常打架。」他們眞的動手時，非打到你死我活不可，往往只有一個變形兒還能起身。

雲雀挪過來。「大人不會阻止你們嗎？我們家不准任何人打架。」

「他們會阻止，也很嚴格。我們常挨鞭子，如果妳犯了大錯，他們還會用鎖鏈把妳單獨鎖在房間，很多天都沒有人和妳說話。」

雲雀聽得猛眨眼，「那要怎麼吃飯？」

「他們會把飯從門上的開口送進來。」

「上廁所呢？」

「地上有個洞。」

她噘起嘴。「不能洗澡？」

「不能。」

「眞討厭。你在那裡待了多久？」

他向後靠坐，一條腿伸到樹枝下方，懸在半空中。「我猜，最長的一次是三個星期，在那裡面很難計算時間。」

「他們爲什麼把你關進去？」

「我闖進檔案室，想查清楚我父母的身分。」

「有查到嗎？」

他搖頭。「沒有。」

「所以你從來沒有爸爸？沒有媽媽？」

威廉搖頭，這場談話比預料的還要深入。

「你怎麼會沒有媽媽？萬一生病呢？誰幫你買藥？」

沒人。「妳媽媽呢？她對妳好不好？」

雲雀的嘴浮現一絲笑意，但表情立刻轉為痛苦的皺眉。威廉猜想，她正在努力忍住哭泣。

「我媽對我很好，她會叮嚀我梳頭，還會抱抱我。她頭髮有蘋果的香味。她煮的菜超好吃，有時候，她在煮飯，我坐在廚房陪她，她就會偷偷弄一杯熱可可給我喝。這個東西很少，因為卡爾達叔叔必須從殘境帶回來，只有大日子我們才會喝，就像生日和聖誕節，但媽讓我喝了好多次……」雲雀忽然閉緊嘴巴，看著威廉。「你知道自己的生日幾月幾號嗎？」

他點頭。「知道。」

「你有沒有拿過生日禮物？」

威廉用力把空氣吸進鼻腔。她淨問些糟糕的問題。「我是怪物，記得嗎？人們不會想慶祝小怪物的生日。」

雲雀再度別過視線。

好極了，這下他把孩子弄到心情惡劣。幹得好啊，白痴。

威廉伸手觸摸吊著松鼠屍體的繩子。「這些都是妳抓的？」

「對，我很會抓。」

水鼠身上都有箭傷，也許她真的對這些動物射箭，但兔子的屍體看起來至少掛在這裡八天了，上面竟沒有長蛆。威廉抓著繩子，把兔子拉上來細看。鼻子警告他這玩意兒不能吃，上面有病菌。

水鼠的模樣很醜，但兔子很可愛，她應該不會殺牠。說不定這具屍體只是她在別處發現的，若是變形兒，要殺兔子絕對沒有問題。兔肉很好吃，嘗起來有點甜味。

威廉把繩子放回去。「妳打算吃這些？」

她抬高下巴，看來這話題很敏感。只聽她說：「對！」

「好吧。首先，我要告訴妳，松鼠肉不好吃，妳只能拿去燉，就算燉好了，牠們吃起來也沒什麼肉，而且很臭。水鼠也一樣，不要吃這種東西，牠們身上有病，會害妳發高燒、肚子絞痛、全身打冷顫，妳的皮膚和眼睛都會發黃。妳這邊掛的動物腐敗已久，不能吃。再說，那邊那隻還被鳥啄食過，還有那一隻上面有蛆。至於那條魚，因爲妳吊得太靠近樹幹，魚身上有一些斑點，那是因爲山丘上的螞蟻爬上來，吃了妳的獵物。」

雲雀張大的雙眼活像小茶碟。

威廉拉起繩子，舉高有點像白鼬的動物。「這一隻嘛，看不出來是什麼……」

「這叫沼地鼬，那些松鼠都是牠殺的，牠還吃了松鼠寶寶。」

這就說得通了。沼地鼬突襲松鼠窩，最後遭到懲罰。「這玩意兒我也不會吃。」威廉說，「除非我眞的餓慘了，但牠還算新鮮，勉強可以吃。」

他割斷繩子，把屍體放在樹上。「把東西吊掛起來是爲了放乾血液、冷卻，還有避免被下面那些傻瓜之類的動物吃掉。如果妳殺死一個生命，是爲了延續自己的生命，妳得尊敬它，而不是浪費它。」他剖開屍體，「第一個步驟是把裡面的東西都去除，這叫清理。要注意胃和各個內臟，妳不會想要切到它們。這個部位叫肝，這個深色的小球裡面充滿膽汁，要是切破它，整塊肉都完了，會苦到讓妳吞不下。」

他把內臟扔掉，再將鼬甩一甩，抖掉殘餘的血。

「現在將它剝皮，像這樣。如果妳留下一點脂肪，肉就不會乾透。另外，妳還要確保蒼蠅不會叮這塊肉。回去偷一瓶黑胡椒來，撒在肉上面，蒼蠅不喜歡黑胡椒的味道。」他剝完皮，把生肉舉起來，「現在，妳可以烹調，也可以將它儲存起來。如果妳想儲存，可以冷凍，但在這裡應該沒有辦法，所以妳的選擇有醃製或煙燻……」

威廉頸背的寒毛忽然豎起，他感到背後射來一道目光，像匕首般鋒利。

威廉慢慢轉身。

黑暗中的松枝間，有兩隻眼睛正死盯著他。

「那是什麼鬼？」他低喃。

雲雀顫聲說：「是大怪物。」

那雙眼上下打量威廉。他直望進對方眼眸深處，發現一絲幾乎像是人的意識。它的眼神透著不懷好意又殘忍的訊息，令威廉的背脊竄過驚恐的寒意，他像彈簧一樣繃緊全身。

兩個菱形瞳孔縮成兩條縫，視線越過威廉，落在他身後樹枝上的女孩。

威廉拿下背上的十字弓，固定弩翼。

那雙眼動來動去，始終追著雲雀不放。伏在松枝間的不管是什麼，已經準備撲上來。

「跑。」

「什麼？」雲雀低聲問道。

「跑，快。」

威廉舉起十字弓。你好啊，混帳。

那雙眼忽然鎖定他。

這就對了，忘掉小孩，只管衝著我來。威廉輕輕扣下扳機，一枝毒箭破空射去，正中眼睛下方。

痛號畫破夜空。

他身後的雲雀急忙爬回地面。

那傢伙竟然沒有倒下。他以毒箭射中它，但它沒有昏厥。

那雙眼轉了轉，插在肉裡的箭跟著移動。威廉瞥見一張惡夢中才會出現的臉，膚色慘白，光禿無毛，下頜特別長，露出整排牙齒。

野獸拱起強力的後腿，巨大的身軀向前一躍，試圖拉近距離。威廉見狀立刻發射第二枝箭，縱身跳過去，阻擋它的去路。

龐大的身體在空中撞上威廉，他覺得宛如被卡車撞到，整個人彈飛後被橡樹擋下，怪物則已經來到他的上方。肺裡的空氣在尖銳的痛呼聲中瞬間炸開，劇痛在肋骨間擴散。它超大的下巴距離他的臉只有一吋，嘴裡噴出臭氣。王八蛋！威廉咆哮，以刀畫開野獸的喉嚨，鮮血立刻湧出。

結實的腳掌重擊威廉的頭，整個世界都在搖晃，眼前冒出許多彩色泡泡。

他被怪物的重量壓得動彈不得，便再畫一刀。兩枝箭，外加脖子上兩道傷口，它早該死了。

怪物再度出擊，把他打得頭暈眼花，眼前一堆影子亂晃。

威廉在半盲狀態下將刀深深刺進野獸皮肉，手牢牢握住刀柄。

結實的腿掃來，以鋼鐵般的力道箝住他。威廉甩甩頭，仍抓著刀。他忽然覺得森林開始掠過眼前，綠色斑點急速閃過，他和怪物竟然在移動。那傢伙像蜥蜴一樣抓住橡樹，往樹頂攀爬，一併將他拖行。

威廉扭動身軀，左手張開，把麻醉劑針頭插入怪物白皮膚底下鼓起的血管，用力一壓。針頭將小筒裡的藥物注入它的血液，劑量足以讓成人立刻倒地。

怪物咆哮，拚命甩他，像狗咬住老鼠狠甩。威廉也以咆哮回敬，迅速朝脖子連續注射，一針、兩針、三針。最後針筒發出喀嗒聲，藥用光了。

野獸嘶嘶吐氣，終於將威廉甩落。他壓斷許多樹枝，身軀筆直墜落，他趕緊抓住樹幹，肩膀差點脫臼。他像體操選手在空中擺盪，一個翻身便落地。

威廉的視線恢復清晰，他一抬頭，驚見上方的野獸沿著樹幹，頭下腳上地朝他衝來。都已經射了箭、下了毒、中了刀，還有足以讓一千兩百磅的大漢跑到一半原地倒下的麻醉劑，但它還是在動。威廉連忙後退。

這頭畜生翻身落地，月光穿透雲層，在它身上灑滿銀光。它全身由長而硬實的肌肉組成，以四隻巨腿站立，每隻腿都有五根肥厚趾爪。棕色粗毛呈塊狀分布於強壯的上半身和側腹，雖然骨盆的毛更厚，還是不能完全掩蓋肉色皮膚上的皺紋。用以防禦的扁平軟骨沿脊椎生長，來到頭部後展開爲骨板，套住窄小頭顱的頂部。長尾如靈活的蛇，時而伸縮，時而盤繞。怪物的脖子出現兩道鮮血淋漓的深長傷口。

威廉這輩子從未見過這種東西。

怪物以腳爪刨地，動作挺像猿猴，倒不像狗。不懷好意的眼睛瞪著威廉，傷口周邊的皮肉隨著動作顫動。威廉看見傷口邊緣聚攏，紅色肌肉接合，皮膚伸展，那道深長的口子忽然消失不見。脖子除了兩道細細的疤痕，什麼也沒有。

可惡。

野獸張開大嘴，愈張愈大，好像蛇的血盆大口。歪斜的尖牙閃閃發光，裹著一層起泡的唾沫。

「很好。」威廉舉起刀子，左手打著手勢。「過來，我用傳統方式把你大卸八塊。」

灌木叢中竄出毛茸茸的蒼白身軀，叫得活像從地獄爬出來的狗。只見咳福繞著野獸打轉，又撲又叫，嘴邊都是口水泡泡。野獸只是搖了搖那顆醜陋的頭。

威廉凝聚心神，準備突襲。

野獸忽然變得有些畏縮，彷彿被電線電到。不久威廉也聽見了，有個低沉的女聲在唱歌，聲音起起落落，以高盧語喃喃吟唱著。

野獸渾身戰慄，喉嚨大張嚎叫，低沉悲號迴盪在空中，充滿悔恨傷痛。它猛一轉身，沒入夜色。

「給我回來！」威廉氣得大罵。

吟唱聲愈來愈近，黑暗的松林間出現一盞搖曳的小燈。

威廉奔進灌木叢，把咳福留在雜草堆。

樹叢被撥開，奧姿祖母現身。她舉起提燈，搖晃的燈光將她臉上的紋路刻得更深。雲雀躲在她身後偷看，又圓又黑的眼睛在白臉襯托下，看起來特別大。

狗兒奔過去，緊挨著老婦的腿，差點把她撞倒。

「你在這啊，咳福。」奧姿祖母拍拍咳福唾沫四濺的頭。「沒事了。」

「它走了？」雲雀問。

「對，孩子，他走了，今晚不會再回來。妳這陣子不要進森林，但願妳早點告訴我他出現過。來，我們回家吧。」

奧姿祖母露出撫慰的笑容，牽起雲雀的手走回林中。狗兒跟著她們，時而低吠，時而喃喃地發出狗的碎唸。

威廉坐起身。他的胸膛劇痛，覺得肩膀變成一大塊腫脹。那傢伙居然在他眼前長出新的皮肉，即使是「手」的怪胎也不可能這麼快痊癒。它到底是什麼該死的東西？

他漸漸理出頭緒。自己被痛揍一頓，什麼也沒查出來，還被笨狗和老太太救了這條命。

如果他命夠長，能活到回艾朮昂里亞向南西報告，這一段一定略過不提。

第十九章

威廉刮完鬍子，覺得早晨來得太快。他溜回屋後，睡了幾小時，此刻依然感到全身多處像是被丟進殘境人用的乾衣機烘了一陣，而且機器裡還加了小石頭，加強烘乾效果。

至少他的房間有浴室，讓他保有隱密的梳洗空間。肩膀的瘀青已轉爲噁心的黃綠色，傍晚顏色就會褪盡，因爲變形者的復元力很強。他想起在霍克學院時，傷好得快反而招來更多處罰。

稍早不知發生了什麼事，他還記得被騷動吵醒，但他的門始終被鎖上，他也就翻身繼續睡。

威廉穿上衣服，再度試試門把。開了，很好。他昨晚竭力壓下把鎖打壞的衝動，被鎖住從來不是他喜歡的待遇。

他悄悄進入走道。四周陽光普照，闃無人聲，空中飄著培根香。他待了一段時間，結論是挺喜歡這個地方的，喜歡它乾淨的木造地板和高高的窗子，喜歡它開放又有條理，讓人無拘無束，舒服自在，沒有壓迫感。他聞到瑟芮絲微弱的體香，便跟著這股氣味下樓，進入大廚房。這裡有一張坑坑疤疤又老舊的大桌子，占據室內大半空間。後面是大型柴爐，旁邊還有舊電子爐。伊瑞安坐在桌前，正努力清空滿得離譜的餐盤。卡爾達則倚牆站立。沒看見瑟芮絲，好極了。

「你來了。」卡爾達向他揮手示意。「朋友，你錯過早餐了。」

「我還以爲你負責監視我。」威廉說，「搞什麼啊？」

卡爾達做個鬼臉。「剛好有事。反正我想你自己遲早會找到這裡來，再說，我們全家都在監視你。這個家無法對陌生人視而不見。無意冒犯。」

「沒關係。烏洛的妻子已經對我解釋過我的立場。」

卡爾達瞇起眼睛，別過視線。

卡爾達的反應有些畏縮，想必克萊拉或烏洛出事了。

「那是克萊拉的說詞。」卡爾達說，「先別提她，對了，你應該見過我弟，對不對？」

「對，他是伊瑞安。」

伊瑞安對威廉揮揮叉子。他吃得很慢，把食物切成小塊，細細品嚐。他伶俐的表情下藏著一絲憂鬱，可見心裡正在發愁。

「我們通常要對客人介紹三到四遍，他們才會開始記住大家的名字。」卡爾達端起大金屬盤，揭開蓋子，威廉看見盤裡堆滿炸香腸、炸魚塊、炒蛋和兩疊金黃色奶油煎餅，只得拚命嚥下就要滴出來的口水。

「這是吃剩的。」卡爾達說，「不好意思，只有魚，本地很難買到肉。你後面的櫃子裡有餐盤。」

威廉拿出兩個餐盤，將其中一個配上刀叉，遞給卡爾達。他們在伊瑞安對面坐下。威廉首先進攻煎餅，香甜蓬鬆的口感無懈可擊。

卡爾達把一小罐綠色果醬推過去。「試試這個。」

威廉在煎餅上面抹了一點果醬，放進嘴裡。吃起來甜中帶點微酸，酸得恰到好處。味道像草莓加奇異果，還有一種他吃過一次的怪水果……對了，是柿子。

「好吃吧？」卡爾達對他眨眼。「瑟芮絲做的，她手藝很好。」

伊瑞安停止咀嚼。「你是不是想把瑟芮絲介紹給他？」

卡爾達對他擺手。「閉嘴啦，我在忙。」

「不要。」伊瑞安說，「第一，我們幾乎不認識這個人。」

威廉在盤裡堆滿香腸，是兔肉做的。嗯。如果卡爾達以爲瑟芮絲會任由他把她賣掉，那就大錯特錯了。這一點威廉非常清楚。

「我可以算是她的親哥哥，而且我就坐在這裡。」伊瑞安說。

卡爾達打量他。「那關我什麼事？」

「卡爾達，你不能當著一個男人的面，把他妹妹賣掉。」

「爲什麼不能？」

「那樣就是不對。」伊瑞安看著威廉，「你告訴他。」

「這種事你務必當心。」威廉說。他很早就明白，對普通人開玩笑與算計軍人的妹妹，兩者可是完全不同，但他自己始終分不清界線，所以他乾脆絕口不提別人妹妹，以免惹禍上身。「有些人很容易被冒犯，你搞不好會被割喉。」

「唔，我看不出這樣做有什麼問題。」卡爾達說。

「那是因爲你是個流氓。」伊瑞安冷冰冰地說。

卡爾達按著胸口說：「哦，伊瑞安，聽到你嘴裡說出這種話，特別傷人。」

伊瑞安搖頭，「我是不懂什麼割不割喉的，只知道你再亂搞，瑟芮絲會把你的卵蛋切下來。」

這種事威廉可是百分之百相信。「她人呢？」

兄弟倆誰也沒答話，慢條斯理吃著東西，伊瑞安許久才答腔：「她在小院裡砍東西。」

「我說。」卡爾達向後靠坐。「你是貴族，但你之前提到，你並不富裕。」

「他不富裕？」伊瑞安盯著他。

「沒錯。」威廉說。

「那你靠什麼賺錢？」卡爾達問。

我在殘境鋪設地板。「狩獵。」

「獵物是人還是野獸？」卡爾達問。

「人。」

伊瑞安點頭。「有錢拿？」

威廉喝口水，把嘴裡的煎餅沖下肚。「有一些，假如幹得好的話。」

伊瑞安的目光鎖定他。「你幹得好嗎？」

再逼問下去，你很快就能親眼目睹。威廉揚起嘴角，朝伊瑞安露出牙齒。「你有多麼想了解？」

「噢，現在不太適合……」卡爾達說著，舌頭彈了幾下，發出嘖嘖聲響。

樓梯傳來腳步聲，威廉轉頭對著門說：「有人。」

「我沒聽見什麼聲音。」卡爾達說。

「也許你該先閉上嘴。」伊瑞安揣測地說。

樓梯吱嘎作響，門一開，大塊頭擠過狹小門口。是烏洛，他穿過房間走來，面容憔悴，原本灰色的皮膚顯得蒼白。他蹣跚地來到桌邊，右臂看似受了傷，以吊帶支撐。卡爾達起身，替他拉出一張椅子，烏洛便坐下。

他似乎用光了力氣，彷彿肌肉已經無法支撐過重的身軀。

「貴族。」他的左手越過桌面，朝威廉伸過來。

他們握了握手。烏洛的手勁依然強力，但威廉感到當中隱含一絲脆弱。

「你還好嗎？」威廉問道。

「好些了。」烏洛滿眼血絲，目光呆滯。

「你太太好嗎？」

「受傷了。」

他也這麼猜測。克萊拉受傷後，烏洛的世界整個崩壞。他承受得住慘無人道的傷害，但未能保護妻子，令他崩潰。「很遺憾聽你這麼說。」

「有件事想請你幫忙。」烏洛慢慢地說，好像要很用力才能擠出字句。「你已經幫了我一次，所以我欠你兩次。」

「你沒欠我。要幫什麼忙？」

「我打算讓小兒子留在這裡，他不能閒下來，你這裡若有事，就叫他幫忙，任務愈繁重愈好。」

「好的。」威廉說，「我會照辦。」

烏洛從口袋掏出一個東西，擺在桌上，然後推到威廉面前。這個物件呈圓形，大約兩吋寬，以麻線和人髮編織而成。一根帶著乾血跡的黑爪嵌在圓形物件中央，聞起來是人血，看起來則像是烏洛的爪子，但他身上的爪子根根完好。

「替我保管這個，我兒子就會聽你的話。」

卡爾達站在烏洛身後，張大眼睛，瘋狂搖頭。伊瑞安雖然小心翼翼地不動聲色，垂在桌旁的手卻刻意避開烏洛的視線，對威廉做出「不要答應」的手勢。

「這是什麼？」威廉問。

「一個東西，一種標記。」烏洛粗啞的嗓音微顫。威廉頓時領悟，眼前這人在用最含蓄的方式哀求他。他心中湧起一股衝動，多想立刻起身走開。

「我沒人可以託付。」烏洛說，「託給家人沒用，至於沼地其他人，呃，沒有值得信任的人可以照顧我兒子，他們會拚命利用他。」烏洛的眼睛充滿痛苦，聲音轉為破碎嘶啞的低喃。「威廉，為了我，請你收下吧，我不想殺死自己的孩子。」

威廉僵坐著，動也不動，思緒千迴百轉。他讀過這種事，在一本介紹異境南方大陸的書裡，談到當地部落這類風俗習慣。當孩子犯下足以判死的滔天大罪，家人可以將他交給別人監護，否則無法保住他的性命。這孩子將為監護人效命，直到成年。

烏洛的小兒子犯了滔天大罪，可能會被處死，所以烏洛不能再留下他，把他送人是他唯一活路。

威廉僵直地坐在那裡。他自己出生後，母親不想要他，大可以將他扔進陰溝裡，然後走開。若是生在路易斯安納，他剛呱呱落地就會被掐死。因為生在艾朮昂里亞，也因為母親還願意將他交給政府，而不是把他直接丟在垃圾堆一樣的陰溝裡，他才能保住這條小命。不管是好是壞，總之政府收養了他，供他吃住，儘管一直活得很辛苦，他倒是從沒後悔被生下來。

這孩子不是變形者，何況威廉和烏洛不熟，還有他不知該怎麼安排這孩子。其實這些通通無妨，何況這裡不是艾朮昂里亞。

這回輪到他了，只有傻子才不向命運討公道，他可不是傻子。

威廉接過那塊護身符。

烏洛緩緩呼出一口氣。卡爾達假裝不小心把臉撞到櫃子，伊瑞安則傾身向前，手肘撐著桌面，以拳頭托腮。

「如果你需要什麼……」烏洛說著起身。

威廉會意地點頭，一切盡在不言中。

烏洛轉身，走了出去。

「你不應該接下那個東西。」伊瑞安抬頭說道，「這下完了。」

卡爾達嘆氣，「威廉，你是好人，笨笨的好人。」

威廉已經聽夠了。「你話太多。」

「我這些年來一直在提醒他。」伊瑞安說。

門再度開啓，烏洛的某個兒子進門，威廉想起他就是賈斯東。從他的外貌來看，大約十六歲左右，身材雖然沒有烏洛強壯，但高了兩吋，看情形遲早會趕上父親魁梧體型。從他結實臂膀上淺淺的疤痕看來，脾氣也一樣壞，可能是和哥哥們打架留下的。威廉審視這孩子的面孔，只見線條剛硬的下巴、寬扁的顴骨、深邃的眼窩，以及濃密的黑眉底下灰白得嚇人的皮膚。在光線昏暗的地方，他很容易被誤認爲人類。他的下頷和脖子布滿瘀青，大概挨了揍。

威廉指著對面的椅子說：「坐吧。」

男孩坐下，立刻縮著肩膀，彷彿準備挨揍。他的左手少了一根爪子，傷口看起來才剛結痂。

「餓不餓？」

男孩看著食物搖頭。

威廉拿了另一個餐盤，裝滿後遞給他。「別撒謊，我看得出來。」

男孩立刻埋頭狼吞虎嚥。威廉讓他專心吃了幾分鐘，一會兒後見他慢下來，這才開口。

「你幾歲了？」

「十五歲。」

比蘿絲的弟弟喬治大三歲。

「叫什麼名字？」

「賈斯東。」

威廉摸摸護身符。「你幹了什麼？」

賈斯東的叉子舉在半空，全身僵住。

威廉沒有說話。

男孩費力地吞嚥。「你走後，爸在睡覺。雷和馬特把獺豹關進庇護所，因爲媽擔心萬一席里爾家殺來，會先對獺豹下手。我負責守衛屋子，樹上有手搖鈴，發生狀況時，我必須搖鈴，好讓馬特和雷立刻趕回來。媽那時正在煮鯉魚。」賈斯東盯著盤子。「爸很討厭吃鯉魚，他說吃起來活像水草。我在溪裡設了釣魚線，於是我跑去看那些線。」

賈斯東繼續盯著餐盤。「我棄全家於不顧。」

「你不在時，誰來了？」威廉問。

賈斯東的口氣變得單調。「一個男的，他攻擊媽。他……把媽的腿切下來。伊娜塔說她無能爲力，我媽這下子成了殘廢，就因爲我。」

儘管這孩子不遺餘力地自我厭惡，但錯不在他。瑟芮絲說出魯的事時，克萊拉就該聽勸趕緊離開。賈斯東並非因爲擅離職守而被逐出家門，畢竟他只是個孩子，說不定從未接受正規訓練。他被逐出是因爲烏洛愛克萊拉，只要他看見小兒子，就會想起克萊拉的傷。烏洛當初執意攬下接回瑟芮絲的差使，導致敵人追來，他的妻子又不願撤離，現在夫妻倆將自身的罪惡感和過錯都推到孩子頭上，把他趕出家門，好個清理門戶。

內心深處的野性蠢蠢欲動。那也無妨，這孩子現在是他的了。

「那人長什麼樣子？」

「我只看了一眼，他就從窗子跳出去，很高，金髮。」

「還有呢？」

「他送克萊拉萊姆，讓她煮湯。」卡爾達靜靜說道。

正是史派德。威廉壓下怒嚎的衝動。只有史派德這種喪心病狂的人才會去別人家審問一個婦人，而且開頭還送她水果。

威廉傾身向前。「那人潛進水裡，沒有浮上來呼吸。」

賈斯東眨眨眼。「對，爸和其他人都不相信我，但他眞的沒有浮上水面。」

「因爲他有腮，可以把空氣注入肺裡。他找你母親有什麼目的？」

「他問起你和瑟芮絲。」

威廉料得沒錯。史派德沒能從克萊拉口中套出訊息，但一定不只這樣。發生了什麼事，讓他忘了此行的目的，而且暴怒失控甚至行凶。「你媽對他做了什麼？」

賈斯東凝望著威廉。

「他失控了，不然也不會攻擊我媽。他擅長讓人受苦，逼他們開口。切下某個人的腿會讓人流血致死，斷腿的人受驚過度，再也不會回答他的訊問，痛苦和傷害奪走他們全部的注意力和應變能力。」

大家都皺起眉頭。顯然賈斯東離題了，但威廉不在乎，他非追根究柢不可。「你媽到底對他做了什麼？」

「她把滾燙的湯潑到他臉上。」

那就對了。威廉向後靠坐。「是啊，這會激怒他。」

「後來爸抄起十字弓跑來，那人就從窗戶跳出去。」賈斯東說。

「我看過，那張十字弓超大。」卡爾達說，「若是我也會趕緊逃命。」

不是十字弓的關係。史派德剛被燙傷，忽然看見烏洛灰色的皮膚和鋸齒狀牙齒，嚇得落荒而逃。

「這個人，」伊瑞安把餐盤端去水槽。「他對湯很敏感？」

「他是對滾燙的東西敏感，因爲小時候曾被他爺爺潑滾水。」

「爲什麼？」賈斯東問。

「老人以爲孫子是變形者，想把他體內惡魔等級的獸性逼出來。」

「眞可愛的一家人。」卡爾達喃喃說道，「我猜，你在追捕的就是這傢伙。」

「沒錯。」

「你們有過節？」伊瑞安問道。

威廉點頭。

男孩抓住桌子，木頭被他捏得嘎吱作響。他發出刺耳的咆哮：「要是看到他，我一定宰了他。」

史派德一招就能把賈斯東劈成兩半，像拋棄死老鼠一樣把他扔在一旁。「你看到他時，一定要來找我，這是命令。」

賈斯東張嘴想反駁。每當威廉遇到擋路的野狼，總以凌厲的眼神逼對方讓路，他以相同的眼神注視賈斯東，這孩子立刻閉緊嘴巴。「好的，先生。」

「你搞砸了任務。」威廉告訴他，「一旦接到命令，絕不可擅離職守，只要離開，就會有人受傷。」

賈斯東點頭。「我明白了。」

「話又說回來，這次是你母親自己惹禍上身。明明已經有人告知她危險，要她離開，她還是拒絕。」

賈斯東咬緊牙關。

「我知道你不想聽，但你母親看你表姨不順眼，於是做了不好的決定。你是小孩，不用爲她的錯誤決定負責，所以不要再陷進自怨自艾當中，你這個樣子對我沒好處。」

威廉起身，想去找瑟芮絲。自從昨晚各自回房，他就沒再見過她，現在只想嗅著她的芬芳，望著她的臉，明白她一切安好。「小院子在哪裡？」

「我帶你去。」卡爾達走向門口。賈斯東跳起來，把盤子放進水槽，跟著他們離開。

瑟芮絲練完一套劍招，垂下手中的劍。太陽已經出來，早晨的小院清新宜人，在主屋高牆的遮蔽下，這個地方非常安全，宛如沼澤中的小型避風港。陽光在小草上方舞動，整片綠草地朝氣蓬勃。西面牆下有一處小花園，花朵正恣意盛開，奧姿祖母坐在矮磚牆上，爲花圃修築邊欄。祖孫倆的視線交會，老太太揮手致意。祖母被白色和藍色的花朵圍繞，在晨光中顯得蒼老而安詳，宛如深受老一輩崇敬的收穫女神。

瑟芮絲一躍而起，開始練另一套劍招，以劍纏絞或劈砍假想敵。消耗體力的感覺棒透了……兩小時前，她來到這裡，滿腦子縈繞克萊拉拄著拐杖的景象，內心糾結不已。她以爲心頭沉重的壓力永遠不會消失，雖然還沒完全退散，但已經輕鬆許多。

她警告過克萊拉，要她回鼠穴避難。克萊拉最後仍決定留下，瑟芮絲也無計可施。然而，整件事畢竟因她而起，如果她沒有害烏洛身陷險境，克萊拉也不會失去一條腿。

天哪，她怒不可遏。眞想衝上樓，到克萊拉的房間賞她一巴掌。她害孩子和烏洛遇險，自己也失去一條腿，這一切到底爲了什麼？就爲了那一點傲氣？

瑟芮絲咬緊牙關，不停練劍。

門被打開，威廉來到陽光下。

不要直視他，不要看，不要看……太晚了。好吧，她會假裝自己沒看。

瑟芮絲朝空中猛砍，眼角偷瞄威廉。他筆直地站在原地看她。卡爾達說了什麼，但威廉似乎沒注意聽。

透過他的表情，證實了她的想法。威廉昨天確實吻了她，她沒作夢。

繼續看吧，比爾大人。瑟芮絲一回身，開始施展「雷暴」，如旋風般精準出招，隨著魔法凝聚，劍愈轉愈快。左、右、左、下，像怒號的風攪動空氣，捲起暴風雲層。她頓了一下，以腳尖立於致命的風暴中，讓電光滲入眼眸。魔法如閃電般迸發火光，射向她手中的劍。她再度舞劍，閃電在劍刃遊走，她陶醉在舞動的旋律中，整個人被魔法的洪流淹沒，無法自拔。她抬眼一看，發現威廉站在兩呎外，全神貫注地觀看她施展每一招。

她拱著背，手一轉刺出順暢的最後一擊，然後直起身子。

「比爾大人，」希望這場秀令你滿意，我需要立刻躺下。「沒看見你站在那裡。」

他光明正大地盯著瑟芮絲，她心底湧現赤裸裸的渴望，針尖般的腎上腺素竄過全身。她想要他立刻拉近彼此距離，親吻她。

威廉後退。瑟芮絲看見他眼中的熱切，雖然忍得很辛苦，但他依然後退，好像身上被一條隱形鎖鏈捆綁。她的無奈感排山倒海而來，連心都痛了起來。

「非常好看。」威廉說，「但有點小問題。」

「什麼問題？」她轉身放下劍。

「空氣不會反擊。」

她猛回頭，瞇起眼睛。「你會。」

他點頭。

噢，你這個讓人傷心的東西，你這個人。她站到旁邊一鞠躬，手一揮，邀他前去武器陳列架。「請自行挑選。」

威廉檢視架上的武器。「都太大了，有沒有刀？」

「比爾大人，你不能用刀和我比劍。我會把你砍成碎片。」

他低聲咆哮，挑了一把短劍。

身後的卡爾達伸出手肘，撞一下烏洛的小兒子。「和你賭，他至少可以撐三十秒。」

「嗯……」賈斯東看看他。「不，他撐不了那麼久。」

「來賭嘛！」

「我什麼都沒有。」

卡爾達扮個鬼臉。「把那塊石頭撿起來。」

賈斯東一把抄起地上的石頭。

「你現在有一塊石頭了，我用五塊錢和你賭石頭。」

賈斯東咧嘴笑道：「成交。」

卡爾達露出全神貫注的表情。瑟芮絲望望他，沒錯，他又想施展魔法。他和人對賭時，好運不時落在他頭上。魔法不會每次都有效，但常常有效，而現在這位堂哥似乎想要窮盡心力幫助威廉打贏。她不知道卡爾達爲什麼要這樣，他那顆腦袋是神祕地帶，正常人最好還是閃得遠遠的。

瑟芮絲舉起劍。「隨時候教，比爾大人。」

威廉刺出一劍，她以長劍撥開，回身立刻反轉另一隻手的短劍，以劍柄打中他的臉，他腳步踉蹌，隨即仰天摔倒。

這感覺太美妙了。但罪惡感同時擰著她的心。

卡爾達和賈斯東倒抽一口氣。

「你沒事吧，貴族？」卡爾達叫道。

威廉雙腿一扭，翻身站起，改變姿勢，將短劍高舉過肩，膝蓋微彎。琥珀光芒在他眼中流轉，一閃即逝。他居然露出笑容，有意思。瑟芮絲從沒見過那種姿勢，但沒關係。

瑟芮絲發動猛攻，威廉加入戰局，以短劍迎戰她的長劍。她閃身打算躲開，他揮出左拳，打中她的肋骨，她肺部的空氣全被這一拳打了出來。她揮劍砍向他的肋骨，把黑襯衫畫開一道口子。想玩是吧？奉陪到底。

威廉奮力回擊。瑟芮絲不是省油的燈，但他強壯得離譜，而且非常認眞，絕不開玩笑。他們在院中跳躍奔馳，不停劈砍、出拳並暴喝。威廉的拳頭打中瑟芮絲的肩膀，她的臂膀幾乎麻木，另一隻手的短劍也掉落。混帳！她肘擊威廉肚子，但這個部位一定是以盔甲打造的，因爲他連眉頭都沒皺一下。她再朝他的肺部上方揮拳。威廉笑起來，丟下手裡的劍，抓住瑟芮絲的右腕。她朝威廉的膝蓋狠踢，他痛得彎腰，她再往他下頜補一腳，讓他趴在草地上。

「脆弱的膝蓋和手肘，比爾大——」

話沒說完，威廉抓住瑟芮絲腳踝，把她扳倒。她重重撞上地面，腦袋嗡嗡響，只能拚命眨眼，盡快平息響聲。但威廉趁機以雙腳箝住她的手臂。這叫鎖臂功，好吧。

「打完了？」威廉望進她的眼底，稍微加強雙腳的力道。

她發出呻吟。

「現在呢？」

她的肩膀劇痛。「打完了。」

他依舊夾緊她的手。「那幫個忙，說明一下，這是不是表示我贏了？」

「你可以再得意一點。」

他咧嘴大笑，點頭說：「我可以。」

「好吧，你贏了。」

他壓低聲音。「有什麼獎品？」

她眨眨眼。「你想要什麼？」

威廉眼中的野性朝她猛眨眼。

「不行！」她嚴詞宣告，「不管你在打什麼主意，我才不會當著全家人的面做那種事。再說，把我的肩膀弄脫臼，這種威脅可不是你達到目的的好方法。」

「孩子們，通通起來吧。」奧姿祖母忽然叫道。

威廉放開箝制，瑟芮絲一翻身，朝他的頭踢一腳，剛好踢中耳朵下方，但力道不大。威廉甩甩頭，有點頭昏的樣子。瑟芮絲趁機起身。

「妳是在踢什麼鬼？」他怒吼。

「就踢你的笨。」

瑟芮絲撿起兩把劍，過去陪奧姿祖母坐。她料定威廉不大可能跟過去。

他們的觀眾增加了，只見珮蒂嬸嬸和伊娜塔也坐在奧姿祖母身邊。珮蒂嬸嬸戴著黑色眼罩，讓瑟芮絲看得揪心。她們身後還有穆莉德姑姑，她正倚著樹站立。

瑟芮絲擠進珮蒂嬸嬸和奧姿祖母中間，坐在草地上，不懷好意地望著威廉。他扮個鬼臉，起身走向院子另一邊的圓形大水槽，打算清洗一番。

「他一拳打中妳，幹得漂亮。」珮蒂嬸嬸說。

「我本來可以砍下他的頭。」

「但妳沒砍。」伊娜塔說。

「對。」

伊娜塔露出天眞的笑容。「眞不知道妳爲什麼不砍。」

威廉脫下上衣，露出背部和側腹縱橫交錯的小傷口。看來他身上的傷比她料想的要多。

「噢，天哪。」珮蒂嬸嬸低喃，「異境人都餵他們吃什麼啊？」

一隻手伸過來撫摸瑟芮絲頭髮，是奧姿祖母。瑟芮絲把頭靠過去，摩挲那隻熟悉的手。

「妳的羅曼史進展得怎樣了？」奧姿祖母問。

「才沒這回事。」

「妳們在說什麼？」伊娜塔斜睇著眼看她。「他對妳拋媚眼？」

「那不叫拋媚眼。」珮蒂嬸嬸說，「那叫看對眼。」

「光是『看』就夠受了。」瑟芮絲喃喃說著。威廉正在清洗側腹的血跡，強壯的胸肌和精瘦的腹肌在她眼前展現，害她無法集中精神說話。沒見過這種景象，可能會以爲男人當面沖洗血跡，一點都不吸引人。是啊。

她想起來，問題不在他的身體，而是眼神，他凝望她的那種眼神。

「妳有沒有給他一些暗示？」伊娜塔問。

「我給了一大堆。」瑟芮絲說，「他每次都躲開，沒用。」

「我不懂怎會沒用？」伊娜塔說著咬咬嘴唇。「他明明想和妳在一起。」

「也許他不懂妳的暗示。」珮蒂嬸嬸說，「有些男人——」

「要給他們來個迎頭痛擊才行。沒錯，媽，我們都清楚這一點。」伊娜塔翻白眼。

「我不想太直接。」瑟芮絲說著扮個鬼臉。

「那可不行，會更糟。」珮蒂嬸嬸皺起眉頭。「妳說過他以前是軍人。妳覺得會不會是……？」

「噢，天啊。」伊娜塔眨眼。「妳的意思是，他『那邊』有什麼問題？」

所有視線不約而同轉向威廉，他偏挑這節骨眼把濕襯衫穿回去，在她們眼前表演臂肌的拉抬伸展秀。

「那就太可惜了。」瑟芮絲喃喃評論。搞不好他就是陽痿患者，剛好可以解釋他那挫敗的神情。

「眞是暴殄天物啊。」珮蒂嬸嬸哀怨地說。

「他的身體沒問題啦！」奧姿祖母說，「有問題的是他的腦子。」

威廉轉過身，經過她們身旁，來到卡爾達和賈斯東面前，這兩個傢伙正在爲一塊石頭討價還價。威廉停步，望了瑟芮絲一眼，目光透著饑渴，隨即默默離去。

瑟芮絲覺得自己像著了火。

「哦，要命。」伊娜塔呢喃。

「現在不適合搞這種事。」瑟芮絲挺直背脊。

「妳瘋了啊！」珮蒂嬸嬸瞪著她，「你們倆很有可能明天就沒命，現在是搞這種事的最佳時機！孩子，要好好把握生命。」

一隻手搭在瑟芮絲肩上，她回頭看，穆莉德姑姑對她點個頭便邁著長腿離開，追著威廉去了。她對威廉說了什麼，威廉點頭，兩人並肩同行，賈斯東跟在後面。卡爾達站在原地，瞥了一眼手裡的石頭，聳聳肩，也跟上他們。

「妳認爲他們要幹嘛？」伊娜塔問。

「誰曉得？」珮蒂嬌嬌聳聳肩說。

第二十章

史派德張開眼睛。他躺在池底，沉入清涼黝黑的深處。上方的天空在水面與空氣交接處閃閃發光，他覺得溫度適中，不冷不熱。水底平靜無波，沒有任何干擾，他獨自一人，載浮載沉，在暗影底下望著陽光透進來，把水照得發亮。

如果閉上眼睛，他可以假裝自己沉浸在遙遠南方的透明水域，那裡有一長串新埃及群島，從大陸最東端蔓延至遠方的大海。在當地的海裡游泳，漂浮在珊瑚礁上方，豐富的海洋生物圍繞著他，很幸福地沒有半個人，讓他感到平靜安詳，單純地爲了活著而高興。

唉，現在的他沒福氣去南方海域浮潛。史派德容許自己最後再惋惜一會兒，接著便一蹬腳，悄無聲息地浮上水面。

空氣涼得令人不舒服，他側腹的皮瓣立刻關閉，遮住輕軟的粉紅色腮。他身上有多種變異，這一項可說是最沒用，卻帶給他最大的樂趣。

史派德攀著岸邊，身體依然泡在水中。頭上太陽正發出燦爛光芒，天空呈現清澈透明的藍色，但除了難得一見的陽光，沼澤仍是老樣子，一種腐物加爛泥的原始景象。左邊是他一手打造的基地，這座莊園矗立在樹林中，原本想營造莊嚴典雅的氣勢，但徒勞無功。

薇珊的孔雀藍眼迎接他。她那藍綠色眼瞳與紅皮膚造成巨大反差，每每令他嚇一跳。薇珊的眼神充滿熱切期盼，史派德覺得她活像小狗，而且是凶狠、致命、精神異常的小狗。

「您好，老大。」薇珊刻意壓低聲音。

「妳好，薇珊。」

「老大，您的皮膚癒合得好快。」

池裡富含幫助復元的催化劑，迅速癒合也沒什麼好驚訝。「薇珊，妳說話幹嘛那麼小聲？」她蹙眉，表情看起來有點可憐。「老大，我也不知道。」她稍微提高音量。「總覺得這樣比較好。」她遞過去蓬鬆毛巾。史派德抓住池畔的岩石邊緣，回到岸上，接過毛巾擦乾身體。池水在黃色毛巾上留下淡粉紅痕跡，他已有數月不曾因爲受重傷而進行水療。史派德摸摸臉頰，很高興原本嚴重燙傷的部位都已復元，此刻摸起來光滑順手。

薇珊遞過去一疊整齊衣物，接過他手上的毛巾。他開始穿衣。「我在水裡時，有沒有發生什麼大事？」

「多貝法官最後判決馬爾家勝訴，席里爾家必須在一天後撤離塞尼莊園，暫緩執行令明早就會解除。瑪麗娜‧威廉斯律師寄了一封信給席里爾家，詳述她的歉意，而且她打算上訴。」

史派德聳聳肩。「沒用，他們當初應該聘請當地老手，邊境人看重熟人，根本不重視辯護技巧。」

「我們接到拉加‧席里爾的消息。」

史派德皺眉說道：「他想要我們增派援手，幫他對付明天打上門的馬爾家。」

「是的，老大。」

「他得自求多福，我再也不需要他了。」就讓爛泥裡的老鼠自相殘殺吧。爲了抹去雙方勾結的痕跡，他本來得消滅席里爾家，如今兩家就要廝殺，用不著他親自出馬，他手下也不用冒著受傷的風險。拉加有的是機會殺死瑟芮絲，不過考量到她母親的進展非常順利，史派德沒必要再打瑟芮絲的主意。他用力搖晃腦袋，甩乾頭上的水。史派德願意爲瑟芮絲的死掬一把同情淚，那是一種對珍藏畫作毀滅而產生的痛惜，這女孩精通失傳的武術，一旦失去她未免可惜。不過在他偉大的計畫裡，她其實沒有多大用處。

「派高階斥候過去，我要知道十字弓手的底細。」

「遵命，老大。」

薇珊遞給他一把梳子，他接過後緩緩梳理濕髮。

「拉加還說，他們被大得反常的貓科動物攻擊。」

史派德望著她。

「到目前爲止共有兩次，第一次被攻擊的是一位正在値勤的哨兵，第二次是有個人外出採買，在回家路上遭到攻擊。兩起事件中，那隻大貓都把受害者的武器搶走。據拉加．席里爾估計，牠大約有四碼長，七百磅重，腳印的周長——」

「倒回去，回到武器那裡。」

「兩起事件中，那隻大貓都把受害者的武器搶走。」薇珊精確複誦說過的句子，就連語調和停頓處都和第一次完全一樣。

「對於這隻動物爲什麼要攻擊他的手下，拉加有沒有什麼看法？」

「他沒有提到這一點，老大。」

怪了。史派德彈一下手指，不想再提這件事。「有沒有安貝爾斯和韋爾的消息？」

「他們依然躲在馬爾家結界外圍。」

他並不期待他們眞能活捉瑟芮絲，但希望總是有的……史派德的手滑過臉頰，覺得有些鬍碴，該刮鬍子了。

薇珊立刻送上一組刮鬍工具，肥皀已經打出濃密的泡沫。史派德伸手接過。

「還有呢？」

「老大，約翰回報，目標再度恢復意識。他說，就在這兩天會有結果，她不是開始聽命行事，就是腦漿會從耳朵流出來。」

「我猜，他還在爲時間太趕而不爽。」

「我想也是。」

眞是個小心眼。「他遲早會習慣。」

「老大，如果他還是很介意呢？」

「那他就是妳的了，假使妳可以挑戰自己極限，一次弄死一個人就好。」

薇珊緊張地舔嘴。「我試試，已經……好久沒有了。」

史派德按著她的肩膀，感到肌肉像鋼索般緊繃。「佳比里拉，我懂。很抱歉害妳沒事幹。」

她吸吸鼻子，紅色皮膚慢慢泛起一片紫色。她和其他特務一樣，加入「手」之後便改了名。史派德只在特殊場合喊她的本名。他曾經昭告特務們，每個人的本名都在他的掌控中。一個簡單的名字居然產生這麼大的效果，實在滑稽。

「謝謝您，老大。」

史派德大步邁向莊園，薇珊亦步亦趨跟隨。

「老大。」

「什麼事？」

「那本日記裡有什麼？」

他對她咧嘴一笑。「薇珊，那裡面有武器，一種可以打勝仗的方法。」

「但我們又沒打仗。」

他搖搖頭。「等日記一到手，就準備開打。」

□

威廉清理完畢步槍，把頭抬起來，將槍遞給賈斯柬。瑟芮絲的姑姑穆莉德長著一雙狙擊手的利眼，她先前拜託威廉幫忙，於是他花了三個小時清理槍枝，和她一起在屋後的靶場檢測十字弓。

穆莉德對他說的話不超過兩個字，他覺得挺好，但她會一直盯著他，而且不太掩飾，那種持續的緊迫盯人令他心情惡劣。起初威廉猜測，她是故意把他引開，不讓他接近瑟芮絲，但後來他覺得這位女士另有目的。

穆莉德的眼神空洞，就像一個人飽受折磨後還被團隊除名，好不容易熬過來，從此內心沒了羈絆、自我也迷失了。這樣的她顯得陰晴不定、變幻莫測，威廉不想花力氣猜測她的打算，只是靜靜等待她出招，隨時準備好做出回應。

穆莉德測試十字弓的發射是否正常，箭矢射中目標，她的箭術很好。雖然比不上他，但他是變形者，本來就具備絕佳的協調能力。如果她剛才突然轉身朝他射擊，他也不會意外。

威廉的耳朵捕捉到輕微腳步聲，朝著這邊走來。他回頭察看，原來是雲雀，她正從屋子跑來，手裡拿著皮沃那把黃蜂。她發現威廉望著自己，便放慢腳步，面露愁容，很不高興自己被活逮。她慢慢晃過去，站在他左邊，身旁則是賈斯柬。

威廉從架上拿起最後一張十字弓，舉高後發射，沒有刻意瞄準，全憑肌肉的記憶。一個小時以來，他架設的靶心已被他射中十多枝箭，此刻又多了一枝。

雲雀抓起黃蜂，模仿他的動作發射，箭矢胡亂飛去。

「沒用的。」賈斯東滿臉陰沉地說，「我這一個小時都在學他，可是學不來。」

威廉想起來，賈斯東也在附近的草叢撿了一小時的箭。這孩子的箭術已經夠好，手眼十分協調，領悟力也強。只要適當地練習，假以時日就能成爲傑出的射手。

雲雀高舉十字弓，發射第二枚箭，錯失目標。「你是怎麼辦到的？」

「練習。」威廉說。加上變形者絕佳的反應。「我當兵多年，由於不會施展電光，我必須依賴十字弓。」

雲雀猶豫地說：「我會施展電光。」

「讓我見識一下。」

她握住一枝箭，白色電光在她的眼中冒出火花，往下竄到手掌，與箭矢合而爲一，最後消失。又一個白色電光術士，他早料到了，電光常在這家人之間迸發。

「棒！」威廉誇她。

雲雀投給他勉強的笑容，就和她的電光一樣一閃即逝，但他還是看到了。

威廉轉身問賈斯東：「你呢？」

「托厄斯人不會施展電光。」男孩搖著頭，揚起一頭黑色長髮。他那頭要命的長髮幾乎到腰部，一方面實在太長，萬一在戰鬥中被人抓住，頭部就會受制於人。但另一方面來說，頭髮可以遮住他的臉，雖然他長得有點像人，擦身而過時不易察覺異狀，但禁不起細看。他下頷太寬大，眼窩太深，黑眉又粗又大，而且虹膜向著光源時，總會發出銀白色冷光。

不過，這孩子需要給這裡的人來一場震撼教育，證明他已脫離原生家庭，得舉辦一場入籍儀式。威廉抽出刀鞘裡的刀。「削掉它。」

賈斯東的眉毛糾結。

「把你那頭長髮削掉。」

賈斯東看看他，再看看刀子，然後接下刀，牙關緊咬。他抓起一綹髮絲，用刀削斷，黑髮立刻落地。

雲雀蹲下，撿起斷髮。「把頭髮扔在外面不好。」她靜靜地說，「可能會被人用它來詛咒你，我替你燒掉。」

「謝了。」賈斯東抓起一大把頭髮，一刀削斷。

穆莉德姑姑張開嘴。

終於要說了。威廉繃緊神經。

「午飯時間快到了。」

他只好點頭表示明白。

「如果事先知道今天的菜色會比較好。」穆莉德說，「如果是魚，我們就得趕快回去，因爲魚不耐久放。如果是豬肉，還可以多待半小時。」

「我可以回去問。」賈斯東說。

威廉嗅了一下風裡的氣味。「今天吃雞肉。」

穆莉德呆板的黑眼轉向他。「你確定？」

「雞肉和飯。」他說，「添加小茴香。」

「弄清楚最好不過。」穆莉德說，「那麼我們還有點時間。」

威廉有一種奇特的感覺，剛才一定發生了什麼事，但他無從得知。賈斯東在他身後削掉第二把頭髮，然後遞給雲雀保管。威廉為另一張十字弓裝填箭矢，扣下扳機。反正他遲早會查出來。

□

拉加閉上眼睛，沒用，皮沃還在，即便置身黑暗中，皮沃仍在他心底。

「看看你弟弟。」母親喃喃訴說的聲音像蛇的鱗片刮過地板。「他是被你害死的，你不夠聰明，沒有能力保護弟弟的安全。」

他緩緩睜眼，看見皮沃的身體赤裸而發青，躺在清洗台上。上方掛著一盞燈，光線凝聚為刺眼的圓錐形，照在兩個女人的臉上，把她們的面孔化為蒼白模糊的面具。他看著她們把厚布泡進桶裡，沾滿帶有香味的水，用來擦拭皮沃四肢的泥巴，髒水從皮沃皮膚流進桌子凹槽。

皮沃死了，永遠不會起身和說話。死亡是一種可怕的結局，一種絕對而徹底的終結，讓人無計可施，無法可想。

拉加別過頭，深吸一口氣。他們一輩子都在汲汲營營，朝巔峰邁進，但又如何？終究淪落到這種下場，被擺在清洗台上。

明天瑟芮絲會來找他，明晚不是她就是他躺在清洗台上，就像皮沃這樣。這可不是他要的結局，在無數夢裡，當他獨自一人，沒人監視他時，他的眞心希望可不是這樣。

「何必多此一舉？」拉加的喉嚨哽住，勉強擠出粗啞的嗓音，聲調緊繃。

凱特琳陰鬱地瞪他。眞像個醜陋矮胖的東西，身軀包在披肩裡。這是他母親，但他覺得活像有毒的老癩蛤蟆。

「妳何必多此一舉？」他再次強調。「他死啦！靈魂已經走掉，皮沃走了，什麼都不剩，只有這副……軀殼。把它丟進溝裡，或者扔給狗吃，他根本不在乎。」

老太太沒有說話，只是抿緊了嘴。一股嫌惡湧上拉加心頭，他一回身走出房間，重重關上身後的門。

□

瑟芮絲步出房外，來到迴廊上，隨手關上門，一併關掉廚房的吵雜聲響。之前她厭倦了擬定計畫與挑選武器，便下樓來煮飯。在廚房忙來忙去，站在火爐前，鼻中嗅著香氣，嘴裡品嚐味道，耳朵還能聽見各種沼地的八卦，通常都能撫慰她的心。今天，她昏頭昏腦地烹調食物，聽女性長輩和平輩聊天，心裡卻始終縈繞著明天的大事，想知道還有誰會死於非命。

不知過了多久，她後知後覺地發現，晚餐竟然煮好了。全家都來到主屋，包括那些住在外圍房屋的人，還有人從沼澤更遠的地方過來，每個人都在決戰前趕來共享這頓晚餐。座位爆滿，爲了騰出足夠的空間，小孩只好移到小廚房吃飯。

她坐在主位，那是先前父親的位子。她聽著家人聒噪的談話聲，望著他們的臉孔，看到許多小口角最後化爲揶揄，她十分肯定，明天這些椅子有一部分會空掉。光是猜測和估計到底是哪個位子會空掉，就令她覺得愈來愈冷，最後全身開始發抖，彷彿胃裡浮現一大塊冰。她再也忍不住，只好開溜。

她只是需要一些空間，外加一點安靜。她沿著陽台走去，朝著她最愛的藏身處前進。腳步聲跟在後面。也許是威廉……她轉身察看。

穆莉德姑姑追上來。

早就料到了。如果是威廉，動作就像狐狸一樣無聲無息。打完架後，她幾乎沒和他碰面，首先是穆莉德姑姑把他帶走，後來理查和瑟芮絲騎馬出去，爬上松樹察看塞尼莊園的情況。晚餐桌上，威廉坐在角落，賈斯東陪在身邊。這孩子把頭髮剪了，她差點認不出來。烏洛到底在想什麼？再怎麼說賈斯東也是一家人。不過，事已至此，無可挽回，只是總讓人覺得不痛快。

瑟芮絲停步，穆莉德姑姑也停步。這位長輩的動作顯得猶豫，害得瑟芮絲心頭一凜。這是什麼情形？

「妳休叔叔是好人。」穆莉德姑姑柔聲說。

呃，說得沒頭沒腦的。穆莉德從不提起這位弟弟，尤其是十二年前他搬去殘境後。他每隔幾年會回來主屋一到兩星期，然後再度離開。瑟芮絲去找他取文件時，他看起來和記憶中幾乎一樣，高高瘦瘦，肌肉發達。他的頭髮呈現怪異的黑白交錯，但撇開這個部分不看，他簡直就是男版的穆莉德姑姑。不過，穆莉德很嚴厲，休叔叔倒是個性和說話都很溫和。

「我這次只和他見面一小時。」瑟芮絲坦承。「只想趕快拿到外公家的房地契。他看來很好。」

「我相信他確實很好。來吧，我陪妳走走。」

她們沿著陽台踱步。

「休小時候很難搞。」穆莉德說，「有些事他就是不懂，父母和我盡全力照顧他，但他腦子就是和我們不一樣。你得一個字一個字說清楚，讓事情明明白白。休對狗和其他動物的愛勝過對人的愛，他說動物比較單純。」

瑟芮絲點頭。但她其實不懂，這到底是在演哪一齣？

「他並不壞。」穆莉德說，「心地善良，只是作風古怪，而且非常暴力。」

「暴力？休叔叔很暴力？」瑟芮絲試著想像那個安靜的人大發雷霆，但無法拼湊那種景象。

穆莉德姑姑點頭。「他有時候會對某些事生氣，但你根本不知道爲什麼。一旦開始打架，他就不會停手，一定要宰了對方，除非被別人拉開。」她停步，倚著欄杆。「休和其他人不一樣，生來就不同，你無從改變。這是我們這一支脈的基因，從父親那邊傳下來的。我沒有遺傳到，我爸也沒有，但爺爺有。」

所以，休叔叔是瘋子，而且這種瘋病會遺傳。瑟芮絲也隨著穆莉德倚著欄杆。他似乎從來不曾發過瘋，不過她對叔叔本來就很陌生，只能從兒時記憶搜尋。

穆莉德費力地吞了一口口水。「我希望妳明白，如果妳是休的朋友，他可以爲妳擋子彈。當他愛一個人，他會全心全意付出愛。」

這位長輩望著夜幕下的柏樹林。「休十九歲那年，遇見一個女孩，名叫喬吉娜・華勒斯。她非常漂亮，休當時也很帥。女孩騎馬載他出遊，他們還一起看了幾個星期的星星。後來，喬吉娜覺得玩夠了，便對休宣布，說她打算和病木的湯姆・洛克訂婚，她和休在一起，只是婚前最後一次找樂子。」

「噢。」

「休不明白，他深愛對方，無法想像對方不愛他。我試著安撫他，說明事情有時候就是不如預期。我還試著解釋喬吉娜欺騙他，但他一直放不下。對他來說，喬吉娜是全世界。當初她接受休，和休做愛。在休心目中，那代表他們永遠屬於彼此。休認定她是伴侶，靈魂的伴侶。」

瑟芮絲全身竄過寒意。「後來呢？」

「休離開家。隔天早上，有人發現湯姆・洛克和喬吉娜，以及湯姆的兄弟克萊恩。湯姆和喬吉娜被咬成碎片，克萊恩還活著。他成了殘廢，但沒有死。他說有隻灰色大狗闖進家裡，攻擊他們。」

「休派家裡的大狗咬他們？」

「不是。」穆莉德閉上眼睛。「不是家裡的大狗。克萊恩從未離開沼澤，他只認得狗，但我看見那隻動物離開的腳印，牠是狼，一匹大灰狼。」

「沼地可沒有狼。」瑟芮絲說。

「那一夜就有一匹。」

瑟芮絲皺眉問道：「妳的意思是？」

穆莉德望著沼澤。「那天晚上，休前往殘境。有很多從異境來的路易斯安納人，在異境的路易斯安納公國，他們會殺掉休這樣的人。瑟芮絲，妳懂嗎？他們殺掉他的同類，一出生就將他們掐死或溺死，彷彿他們是得了狂犬病的狗。」

瑟芮絲恍然大悟，那種備受衝擊的感覺，就像兩眼中間被石頭打中。原來休叔叔是變形者。

不可能。變形者是恐怖床邊故事中惡魔般的存在，他們瘋狂、凶狠而邪惡。路易斯安納公國無情地殺害他們，因爲這群人太危險。他們會變成野生動物，還會屠殺並吃掉人類。她聽過的每個傳說把他們塑造成怪物。

不管多努力，她都無法想像休叔叔是怪物。他明明就是家人，以前還替她蓋過樹屋，後來她常在那上面玩耍。他也會訓練狗，還會做冰淇淋。他安靜又強壯，眼神和善，瑟芮絲從沒見過他發脾氣。

「後來他還有殺人嗎？」

穆莉德搖頭說道：「除非家人要求，否則他不會殺人。」

「我爸知道嗎？」

穆莉德點頭。

這個故事背後一定有原因，也許當初是她父親逼休叔叔離開。也許對穆莉德來說，這是讓她弟弟回家的好機會。

「是不是變形者都無所謂，總之他是我叔叔，這個家隨時歡迎他。」

「這一點他很清楚，他去殘境是自己的選擇。」

好吧。「那妳爲什麼告訴我這些？」

「休是非常強壯的人。」穆莉德遙望遠方。「非常擅長射擊十字弓和步槍，反應超級敏銳，幾乎不用花時間瞄準目標。他不怕死，坦然面對死亡，抱著這種信念活下去。」

威廉。

她的心臟怦怦直跳，重重撞擊肋骨。不，拜託，不要。「休叔叔的動作很快，是不是？」

穆莉德姑姑點頭。

「他眼睛在黑暗中會發光？」

穆莉德再度點頭。「我們在靶場時，他總能告訴我家裡正在煮什麼菜，因爲他大老遠就聞得到廚房飄出來的味道。」

靶場離家可遠了，遠到假使你在屋裡，想要引起靶場某個人的注意，非得扯開嗓門用盡力氣吼叫才行。瑟芮絲清清喉嚨，試著保持聲調平穩。「妳今天帶威廉去靶場了？」

穆莉德轉頭看著沼澤。「雞肉配小茴香和飯。」

「我明白了。」有些事終於說得通了。瑟芮絲咬著嘴唇。威廉是怪物，他待過孤兒院，當過兵，她在他眼中感應到野性，這一切忽然間說得通了。

「妳一定要把話說得清清楚楚。」穆莉德說，「瑟芮絲，別玩遊戲，別搞暗示。妳一定要徹徹底底、明明白白告訴他。要非常小心，行動前仔細考慮。他很危險。休不常變形，但威廉經常這麼做，因爲他懂得隱藏，可以應付自如。他受過打鬥訓練，他的師父明白如何激發他最大的潛能。到目前為止，他還能自制，但當妳和他獨處，手上沒有刀劍，妳就沒有希望。不要給他錯誤的訊息，不要害自己被侵犯。威廉搞不好根本不明白，強迫女性是不對的。」

湖畔小屋在記憶中閃現。噢，他明白，他非常明白。

「如果妳放任他繼續下去，他會愛妳一輩子，不知道如何放手。在妳決定陷進去前，務必確認自己真的想要他。還有……」穆莉德頓了一下。「將來妳的孩子……如果妳打算生的話。」

他們的孩子會是小狗狗，或者小貓咪，反正就是威廉野獸迷你版。

「我這種人不適合家庭。」

哦，眾神啊！歷經漫長等待，她終於找到想要的人，搞了半天這傢伙居然是變形者。也許她被詛咒了。「這種事永遠不容易，是不是？」

穆莉德姑姑湊到她眼前。「我曾有機會和一個男人在一起，但我沒有把握，因為太難太複雜了。看看我現在的樣子，又老又孤單，最好是有那麼快樂。瑟芮絲，去他的容易。如果妳愛他，就為他而戰。在這世上，值得守護的人事物絕不可能白白獲得。如果妳不愛他，就要斷乾淨，只是別花太多時間決定，我們的未來說不定很短。」

她說完便轉身，走進朦朧夜色中。

威廉在夜幕中步行，追隨瑟芮絲的體香。他一直密切注意女性的氣味，有些會噴濃得讓人窒息的香水，有些則摻雜她們上一餐的餘味。有些香味撩撥他的心，有些像在吶喊，少數則顯得卑微，而且透露著「很容易到手」的訊息。

瑟芮絲的香氣符合他想像中的情人，乾淨又帶點髮香，有微微的甜味，還有一絲難以言喻的氣味，聞起來健康、危險又刺激，牽動他每根神經。

嗯，瑟芮絲。

他循著她的氣味來到陽台，繞過屋子，把她的香氣和穆莉德的體味區分開來。兩位女性在這個地方短暫停留，接著穆莉德離開，但瑟芮絲還在，手扶著欄杆凝望……他靠著欄杆佇立，底下的沼地松挺拔聳立，彷彿已經可以刮過天幕。樹根周圍開滿白色鐘形花朵，雅緻的外觀宛如精美的毛玻璃杯。瑟芮絲剛才站在這裡看花。如果她喜歡花，他會送她。

威廉翻身躍過陽台欄杆，落在柔軟的土地上。五分鐘後，他抓著一把花爬回樓上，繼續追蹤瑟芮絲的香氣。他跟著氣味回到屋裡，繞過轉角，撞上端著綠酒和兩個玻璃杯的卡爾達。

這下糟了。

卡爾達看著他摘的花。「很好。拿著。」他把酒瓶和杯子塞給威廉，威廉反射性地伸手接下。卡爾達指著他身後說：「你現在萬事俱備了。小門，樓上。」

他繞過轉角，從威廉來時的路離開。

一家瘋子。威廉看看酒瓶。有何不可？

穿過那扇小門，來到一道窄梯，他小跑步上樓，進入大房間。地板以木頭打造，頭頂上方的木椽橫七豎八，顯然這裡和閣樓其餘部分是分開的。左邊有一面牆通往狹窄的陽台，右邊則擺著兩張椅子。瑟芮絲蜷縮在左邊的椅上，就著一盞落地燈讀書。

終於找到妳了。

她看見威廉，眨了眨眼，一臉震驚。

他用酒瓶敲敲樓梯欄杆。

「誰啊？」她問。

「是我，可以進來嗎？」

「看情況。如果我不讓你進來，你會不會吹一大口氣，把我的房子吹垮？」

看來她根本就不懂。「比起那種踹開門衝進去把一堆人撕成碎片的狼，我可厲害多了。」

「那我最好讓你進來。」她說，「我可不想被撕成碎片。那是給我喝的酒嗎？」

「是。」

威廉走過去，把大酒瓶交給她。燈光照在瓶身上，裡面的酒液閃爍著翡翠深綠光芒。

「這叫綠莓酒。」瑟芮絲看看標籤。「是我最愛的年份。你怎麼知道的？」

他決定老實說：「卡爾達給的。」

她微微一笑，威廉只能拚命控制親吻她的衝動。「我堂哥還眞是無所不用其極，但不能怪他，這些年來，他一直想把我嫁出去。」

「爲什麼？」

「那是他的工作。他替全家人安排婚事，男方要求的嫁妝由他去砍價，婚禮由他來籌備，這些都由他一手包辦。」瑟芮絲看著他手裡的花。「這些也是卡爾達給的？」

「不是，我摘的。」

她眼睛一亮。「送我的？」

「送妳。」他把花遞過去。

瑟芮絲伸出手，威廉一把握住，所有神經立刻緊繃，彷彿沉睡許久後，有人在他的頭旁邊開了一槍，把他嚇醒。好想要。

她接下花，用力嗅著。「謝謝你。」

「不客氣。」

威廉望著她把花放在膝上整理。她挑了三朵花，再加一朵，用第四朵的花莖纏繞前三朵。「你可以幫忙倒酒嗎？」

當然好，因爲此刻他最需要的就是酒。威廉打開酒瓶，在兩只玻璃杯中注入發亮的綠色液體，味道聞起來眞香。他端起杯子啜一小口，很好，有點甜但很順口。不過，不會比她香甜誘人，只是他現在只有酒，無法直接品嚐她。「好喝。」

「這是自家釀的。」瑟芮絲繼續整理花朵，把它們繫在一起。「我們家傳的祕方，每年秋天，我們都會上漁夫之木挑選莓果，帶回來釀酒。」

她啜著酒液，他在一旁陪飲，好一陣子沒人說話，只是靜靜相伴。威廉多想伸手過去碰觸她，他覺得瑟芮絲好像他捧在手心裡的小孩。威廉喝著酒，感到暖意蔓延全身。也許他該直接撲過去抓住她。要是他膽敢這麼做，瑟芮絲一定會當場砍掉他的頭。她是威廉美麗又野蠻的女孩。

「你爲什麼在笑？」她問道。

「因爲想起好笑的事情。」

瑟芮絲將最後一朵花綁好，現在她手裡有了大花環，她把花環擺在頭上。

哦，太好了。威廉一定要摘更多花，還要端更多酒來，她想要什麼都給，直到她喜歡他，願意和他在一起。

「這裡是妳專屬的地方？」威廉沒話找話。

「嗯，我如果和別人吵架，就會躲進這裡。」

他不記得瑟芮絲和誰吵架了。晚餐桌上她略坐了一會兒便悄悄開溜。

「妳和誰吵架？」

瑟芮絲起身，走到牆邊。威廉跟過去。牆上有幾張嵌在玻璃框裡的照片，瑟芮絲觸摸其中一個相框，這張照片裡有一個男人和女人站在池畔，兩人都很年輕，看起來沒比小孩大多少。男人是馬爾家的人，高瘦、深色頭髮及曬得黝黑的皮膚。女人則有一頭金髮，看起來很溫柔，身材苗條，很脆弱的樣子。威廉心想，如果這是他的女人，他每次碰她都要擔心把她捏碎。

「這是我父母。」瑟芮絲低語，「葛斯塔夫和珍妮芙。」

「妳母親看起來像貴族。」

瑟芮絲看他一眼。「你爲什麼這麼說？」

「她有鬈髮，眉毛都快拔光了。」

瑟芮絲輕笑著說：「我也拔眉毛啊，難道我看起來也像貴族？」

「妳的眉毛看起來還算自然，她的就很怪。」威廉扮個鬼臉。「她的樣子就像被人呵護備至，似乎沒曬過太陽。」

「這是他們的結婚照。我爸當時十八歲，我媽十六歲，她才剛來沼地一年。你看這裡，這張你一定會喜歡。」

他望著下一張照片，有個年齡和瑟芮絲差不多的女人坐在大型死鱷魚上面，手肘靠著鱷魚頭。笑開的嘴橫過那張布滿泥巴的臉。

他點點頭。「我確實喜歡這張。」

「她總是讓我外婆活在愁雲慘霧中。薇安娜外婆和弗納外公。外公常開玩笑，說他和外婆剛好可以湊成一個W【註】。他還眞想替我母親取個W開頭的名字，但外婆反對。」

瑟芮絲拿起拳頭大小的玻璃盒，底部鑲著一小塊水晶。她按下按鈕，水晶裡面發出微光，一對夫婦的立體肖像畫隨即躍上盒子上空，看來栩栩如生。這是異境的紀念品，看來可不便宜，畢竟它橫越千山萬水來到邊境，功能還能維持這麼多年。

威廉細看這對夫婦。女的就像結婚照裡的珍妮芙，一樣脆弱，好像她是高級水晶做的。有個人坐在她身旁，上半身靠著椅背，看起來笨手笨腳的。他手長腳也長，就算坐著個子還是很高。

毫無疑問，他們都是貴族，而且世代綿延。此外，他們一定很富裕，衣著看起來相當昂貴，女子戴的翡翠項鍊價值不菲。

「我之前說過，我和外公感情很好。他很聰明，非常聰明。他總是抽空陪我，我們常常一起種花除草。明天，我們就要過去，把席里爾家趕出外公的屋子。」

瑟芮絲的肩膀繃得僵直。「我外公來自異境的古老家族，從事醫療研究。他在這方面很有名氣，家境富裕又有地位。我母親以前常提起她家的城堡，在北方，那裡有山茱萸林，春天開滿白花。她說家裡會舉辦舞會，各地的人都會趕來參加，一起跳舞……威廉，你有沒有參加過舞會？」

他參加過太多次。德朗的伯父蓋茲洪收養了他，讓他脫離監獄，希望他和德朗自相殘殺，雙方來個玉石俱焚。他被收養後要上一堆禮儀課。「參加過。」

瑟芮絲望著他。「好玩嗎？」

「我覺得很無聊。人太多，顏色太花，每件東西都太鮮艷，太有活力。大家搶著說話，沒有人注意聽，因爲他們一心想要成爲眾所矚目的焦點，所有聲音過不了多久全混在一起。」

「我倒想參加一次看看。」她說，「說不定我也不會喜歡，但我想至少去一次，才可以對別人說我參加過。有時候我覺得自己好像上了賊船。我知道這麼想很自私，但有時候忍不住好奇，如果當初外公沒有被流放，我們會變得怎樣？誰曉得呢？我搞不好會成爲高貴的淑女。」

淑女對威廉沒有多大用處。所謂的淑女往往是某人的老婆或女兒或姊妹，她們並不眞實，幾乎像是永遠得不到的獎品。瑟芮絲很眞實，而且強壯。

她好像要哭了。

「妳想不想跳舞？」

她張大眼睛。「你是說眞的？」

威廉一旦學會某個技能，就再也忘不掉。他上前一步，完美地深深鞠躬，並且伸出左手。「瑟芮絲小姐，可否請您賞臉，與我共舞一曲？」

她清清喉嚨，行屈膝禮，雙手牽起想像中的裙襬。「當然嘍，比爾大人，但這裡沒有音樂。」

「沒關係。」他靠過去，一手環住她的腰。她的手則搭著威廉的肩，兩副身軀相觸。接著他帶著瑟芮絲轉圈，輕盈的腳步引領她繞著閣樓打轉。她起先不適應，一會兒後終於跟上他的節奏。她很靈活，反應也快，威廉默默揣想她裸體的樣子。

「你的舞跳得眞好，比爾大人。」

「要是手裡有刀，跳得特別好。」

她笑起來。兩人繞了閣樓一圈，再一圈，最後威廉帶她跳到地板中央，從快舞轉爲平穩的搖擺。

譯註：兩人的名字都是V開頭，湊在一起就是W。

「你為什麼慢下來？」她問。

「現在放的是慢歌。」

「噢。」

瑟芮絲靠著他，兩人幾乎抱在一起。

「妳在煩惱什麼？」威廉問。

「我怕得要命。」她的聲音只比呢喃大一點。「而且很氣。氣『手』害我陷入地獄，我簡直不能呼吸。現在我得救父母回來，威廉，我好愛他們，想他們想得心好痛。就算他們再怎麼糟糕，我還是會救他們，因為要是不救，我家的名聲一定會毀掉。大家會覺得我們很弱，然後一點一滴分化我們。可是，為了救爸媽，我必須犧牲一些家人。明天他們會死，他們在餐桌旁的位子會空掉，為了什麼呢？只為了讓我們繼續住在這片爛泥中，繼續吵吵鬧鬧。神哪！生命應該有比這更重要的事……」

她閉上眼睛。

威廉緊抱著她。「妳一定會做得很好，妳是天生好手。」

「哪方面的？」她問道。

「殺手。我認識一些劍術高超的人，但內心深處缺乏殺戮的動力。他們會猶豫，會慢慢考慮，然後我就趁機宰了他們。但妳有動力，劍術精湛，動作迅速。明天我會陪妳一起去，保護妳的安全。」

「威廉，我不想當殺手。」

「妳不用刻意挑這條路，妳天生就是。」

她離開威廉的懷抱。他不想放開她，但只能鬆手。

瑟芮絲環抱雙臂。「看你左邊牆上。」

他轉頭察看，兩張照片掛在和眼睛同高的地方。第一張畫面裡有三個站得很近的男人，中間是皮沃・席里爾，他一隻手摟著一位少年，少年看起來就是一副被寵壞的樣子。皮沃另一手摟著一位金髮高個子，這人臉上有一雙哀傷的灰眸。

「那是席里爾家的人，明天我們打算殺掉的人。」瑟芮絲痛苦地說。

威廉往第二張照片看去，忽然愣住。那是瑟芮絲和拉加共舞的剪影，後面映著營火。

她居然和敵人共舞。

爲什麼？

難道這傢伙比我好？難道她喜歡對方？

她還想和對方跳舞嗎？

「剛才我們共舞時，妳是不是想著他？」

「什麼？」

威廉只想一把扯下拉加的頭。但他只是轉過身，走下樓梯。

瑟芮絲目送他離開。門關上後，她跌坐在椅子上。現出原形了，野狼大人。在她看來，他應該是熊才對，但不知道爲什麼，狼更適合他。他具有掠奪性，動作快，人又狡猾。一連串九十度轉圈令她頭發昏，搞不懂上一刻還在跳舞，下一刻他爲什麼就齜牙咧嘴地翻臉走人。

瑟芮絲望著牆上的拉加。威廉不明白這些照片的含意，但拉加一定懂。他絕對知道爲什麼瑟芮絲把他的照片掛在牆上，這是一種把永遠的不可能化爲瞬間的可能。

瑟芮絲嘆口氣，喝乾杯裡的酒。如果情況不同，如果家裡沒有和人結仇，如果拉加的母親凱特琳不是被仇恨氣昏了頭，如果拉加能夠自主，不必受母親擺布，他會來追她。瑟芮絲相當肯定這一點。那天夜裡，就在營火旁，她看見他眼中的熱切，那無可救藥的渴望。如果情況不同，她說不定會接受拉加的追求。他會是好伴侶，因爲他英俊、聰明，古老家系由軍團兵一脈相傳，擁有強大的魔法，而且他很富有，她不用再掐緊每一分錢。瑟芮絲並不愛他，但誰又曉得將來會如何，說不定一旦局面不一樣，她搞不好會給他機會。

牆上的照片充分顯露出拉加的渴望。而外祖父母的照片則代表她的渴望。

她多麼希望自己不是沼地人，沼澤具有蠻荒之美，但不適合生活，沒有地方供人建立家庭及撫養子女。和她年齡相當的沼地居民，有一半不識字，也無心學習，這是最讓人難過的一點。不過，每個人從十二歲開始就懂得使用十字弓，可以毫不猶豫地射殺別人。沼地沒有希望，運氣永遠不好。哪怕是富有的拉加，靴子上依然沾著同樣的爛泥。

她想到外婆，柔弱地站在丈夫身後，她不禁嘆了口氣。瑟芮絲不想成爲薇安娜外婆這樣的人，不想當富人。她可以一輩子不戴金戒指，沒有珠寶首飾對她來說毫無差別。她只想知道，黑暗的隧道盡頭會出現光亮，他們可以送雲雀去上學，去一所眞正的學校，有眞正的老師。然後讓她就醫，治療師也罷，醫生也罷，可以幫助她的都好，因爲家人實在不知該怎麼辦。她希望能賺足夠的錢，讓每個人吃穿無虞，不用再搞偷雞摸狗那一套。她還希望可以安心走在路上，不需要回頭注意背後，生怕自己隨時都得和另一家人打一架，就像垃圾堆裡兩隻老鼠互咬。她希望他們可以搬走，不要住在父母被綁架卻無人聞問的地方。

瑟芮絲頻頻搖頭。如果這個家正慢慢爬出沼地，那她願意等，但他們只是愈陷愈深。將來，她的孩子不認識她的外公，如果有孫字輩，說不定根本不知道他的存在。他擁有的知識將隨著時間消逝，她已經忘了許多，就算有書也幫不上忙，因爲她累得沒空去讀。

這眞是大錯特錯。瑟芮絲咬緊牙關。一個人拚命工作，爲的不過是讓下一代和下下一代的生活更好。但他們沒本事，不但沒本事，還愈來愈糟糕。時間愈久，路易斯安納就會塞愈多的流放者過來，這個地方就會變得更墮落和邪惡。

不管她多麼努力，不管全家人多麼辛勤工作，生活始終原地踏步。他們只是一再滑回沼澤裡，而她唯一的安慰就是作著沒用的白日夢，以「如果可以就能怎樣」這種充滿自憐的假設欺騙自己。

後來，她遇到威廉。早該明白生命處處是陷阱，好東西不可能白白到手。他符合她心目中理想男人的所有條件：聰明、強壯、風趣、英俊，還是超級厲害的鬥士……他還會變成怪物。天殺的！

她拾起威廉進門前她正在讀的書，書名是《野獸的天性》，這是路易斯安納的舊書。儘管字裡行間充滿偏見，卻是她手邊最好的材料。幾個月前，她從圖書室借出來，讀給雲雀聽，試著說服她相信，外面有眞的怪物，但她絕對不是其中之一。她並不是不相信穆莉德姑姑，但因爲休叔叔，姑姑恐怕無法保持客觀。

若不是姑姑爆料，她絕對想不到休叔叔會是變形者，若有人指證歷歷，她一定會拿自己的性命作賭注，一口咬定他不是。這樣看來，並非所有故事都是眞的。沒錯，她叔叔是殺人犯，但在沼地這種地方不算禁忌。

也許威廉變成狼時，和休叔叔一樣。狼應該是一種高貴的生物……瑟芮絲放下玻璃杯。她到底在想什麼？威廉是頭殺人的野獸，她覺得無妨，難道只是因爲他兼具貴族身分？

可憐的威廉。她已讓全家嚇了一大跳，但比起威廉受的驚嚇，根本不算什麼。他來沼地追殺仇家，在沼澤遇見一位女孩，迷得他昏頭轉向。接著他發現女孩有一大家子瘋狂的親戚，還有八十年的世仇，甚至招來一大群「手」的特務。代價實在太高了，單單是和卡爾達有親戚關係，就能讓大多數男人拔腿逃命。

瑟芮絲擺弄著玻璃杯。威廉是她的，憑他看著自己的眼神，跳舞時抱著自己的方式，一切盡在不言中。她看見威廉上樓時，心跳立刻加速，並不是因爲她怕自己被撕成碎片。她想要他。但光是想要不夠，因爲他是個麻煩。穆莉德姑姑說得對，威廉一頭栽進愛裡，就會死心塌地去愛，一旦他吃醋或生氣，將會變得不受控制。他的日子想必從來不曾無聊，但也不會太好過。

她必須決定要或不要。讓他愛自己，或是斷得乾淨。

結論是，這一切全是沒用的臆測。明早他們就要攻打席里爾家，她沒有把握自己能全身而退。

威廉衝上陽台。她居然在牆上掛其他男人的照片。

他一翻身坐上欄杆，呆望著眼前的沼澤。他需要找人打架，打一場又累又長的架。

「孩子，你在欄杆上幹什麼？」

他猛地回頭。

奧姿祖母站在他身旁，露出微笑。「長時間盯著沼地不太好，它說不定會回望你。」她伸出細小發皺的手，拍拍他的手。「下來吧，快下來。」

撲向和藹的老太太有違他的原則，不管此刻他多麼生氣也不能破例。威廉乖乖跳下欄杆。

「就是這樣。」她說，「來，幫老太太搬張椅子。」

他隨著她繞過轉角，來到陽台最寬敞的地帶，這裡擺了三張藤椅，全都面對沼地。威廉替她拉了一張出來，讓她坐下。「你眞是個有禮貌的孩子，過來陪我坐。」

威廉便挑張椅子坐下。這位老太太各方面都挺令人安心的，但他依然不信任她，一如他不信任屋裡的每個人。老太太也知道他的眞實身分，而且保密到家。問題是，爲什麼？

奧姿祖母拾起另一張藤椅上的精美老相簿，將它翻開。「你看看這張。」畫面中有位高個子男人，站在一位年輕女子身邊。男人有深色頭髮，身材瘦削，女子則長得像瑟芮絲，但五官線條沒有那麼柔和。

「這是我和我丈夫。亨利是好人，我愛他。」她的眼睛閃閃發亮。「我爸不喜歡他。我爸是偉大的劍士，傳統的那種。」

「像瑟芮絲？」

「像瑟芮絲。威廉，你知道傳統的劍術嗎？」

「不知道。」資訊愈多愈好。

「我來告訴你。自從異境的新大陸充滿了人，他們便組成偉大的帝國。」這個傳說他聽過。在殘境，歐洲人移民美國，殺害原住民。在異境，歷史幾乎整個大轉彎。特拉鐸克人打造偉大的王國，由源自森林和叢林的魔法支撐，他們進攻東方大陸多年，最後做出足以毀滅全世界的武器，果然不出所料，消滅了東方大陸上的人。倖存者鼓起勇氣，結伴橫越海洋，在新的陸地落腳，發現空無人跡的北方大陸，還有一堵高牆，用來封鎖南方大陸。

「他們稱自己爲日蛇帝國。」奧姿祖母接著說，「他們是偉大的戰士，有悠久的魔法傳統，以及高明的法術。但他們終究被魔法所害，自取滅亡，只得逃命。有些人逃來此地，有些逃去邊境。這裡的人安穩住下，繁衍幾個世紀。這就是我們在此紮根的由來，當初的劍術和魔法完整保存至今。」

「所以這些就是瑟芮絲正在做的？」

老太太點頭，安詳地微笑。「她正在學習電光劍術，這是非常古老的技藝，很難學。」她拿起小茶几上的小拆信刀並舉高，一股細細的白光立刻竄過刀鋒。

全都下地獄吧！

奧姿祖母微笑說道：「你認爲是誰教她的？」

「她父親。」

「果然是男人會說的話。」

老太太用刀指著旁邊，電光在她手指上舞動。「在我心目中，她是個好學生，這項技藝需要大量練習和訓練。你得從小就被選上，瑟芮絲就是如此。你必須把自己完全交給它，練習、練習、再練習，每天練很多小時。當你如此辛勤練習，你會開始認爲自己的努力應該有所收穫，所以當你下定決心想要某個東西，就會無所不用其極地得到它。」

她這番談話別有用意，但威廉哪怕花上一輩子的力氣，也想不明白她到底在打什麼主意。

「我父親是偉大的劍士，這我剛提過了，至於我丈夫……」奧姿祖母一揮乾癟的手。

「沒這麼厲害？」威廉猜測。

「沒有。」老太太微笑地說，「他是殘境來的，那個地方叫法國。他長得很帥，也很勇敢，但劍術不太好。我爸不希望我嫁他，就找亨利決鬥。」

「亨利有沒有贏？」

她搖頭。「沒有，但我爸用劍抵著亨利的心窩時，我則用劍抵著我爸喉嚨。我告訴他，人只有這輩子，我想快樂地過。孩子，你明白我想對你說的話嗎？」

「不明白。」

「沒關係，以後你會明白的，自己好好想想。」

她到底要說什麼，威廉根本摸不著頭腦。「告訴我那個怪物的事。」

她的臉立刻垮下來。「離他遠一點，他是可怕的東西，非常可怕。」

「他到底是誰？爲什麼在這裡？」

「他察覺出這裡有麻煩。很快就會沒事，這一切就快落幕了。」

威廉壓下咆哮的衝動。看來她什麼都不會說。

「雲雀到底怎麼了？」

「和我說說拉加・席里爾。」

奧姿祖母搖頭，安詳的笑容再度浮現。威廉挫敗地呼出一口氣。

「他很帥，又有錢，是那種傳統型的壯漢。」

好極了。「他和瑟芮絲一樣，可以將電光延伸到劍上面？」

「孩子，我們之間的仇恨累積多年。要是席里爾家沒本事遵照古法練劍，你認爲他們能撐這麼久嗎？」老太太重重嘆口氣。「但拉加家裡有麻煩了，原本好的血脈已經變壞，傳統很快就會式微。」

「什麼意思？」

「凱特琳。」她咬牙切齒吐出這幾個字，好像不小心吃到毒水果。「她來自很好的家庭，在她嫁進席里爾家前，我們曾是朋友。她父親是很難對付的人，她母親過世後，父親沒有再娶。凱特琳是他唯一的孩子、唯一的血脈。他把她管得死死的，任何事都除不掉這副枷鎖，就連他歸西也一樣。」

她嫌惡地彈一下手指。「凱特琳對孩子也一樣。她駕馭他們，要他們往東，他們不敢往西，好像是一群替她拉車的馬。」老太太不屑地哼聲，「拉加……他本來很有前途，但被她毀掉，用她的專制扼殺他的意願。凱特琳不懂，劍士得在人世間自己殺出一條路來，不管要花多久時間也在所不惜。她丈夫就明白這一點。」

她痛苦地說：「這麼好的血統，長達四代和我們作對，依舊存活到今天。結果全被她給毀了，這個老笨蛋，現在就連她的魔法也挽救不了。」

老太太眼中閃現邪惡光芒，手指蜷縮起來，宛如爪子。她張開嘴，露出牙齒，鬼魅般的魔法在她喉嚨深處張牙舞爪，黑暗而嚇人。威廉心頭警鐘大響。

奧姿祖母犀利的目光穿透他，她抬高下巴，雙眼炯炯有神，低沉嗓音迴盪在空中，挺嚇人的。「凱特琳就要完蛋，她的孩子和整個家就要完蛋。我們將把席里爾家從這個世界的記憶中連根拔除，十年後，沒有人會記得他們的名字，但我們依然在這裡看著樹林生長，一棵棵都是用我們撒下的席里爾家的鮮血灌溉而成。」

威廉費力吸氣，沼澤特有的凝滯臭味把周遭空氣變得濃稠，濃得化不開，充滿暴力與蠻荒的氣息。那腐爛的泥巴味，夜裡開的花散發的刺鼻香氣，從陰溝裡爬出來的狗渾身散發的惡臭……

一扇門砰的一聲向左開啓，有個女人的笑聲從屋內傳出來，正常得令人覺得不協調。

奧姿祖母眼中野蠻的怒火消失，她輕拍威廉的手，發皺的臉擠出一絲笑容。「呃，你看我，一直嘮叨，正好暴露年齡。我想，睡覺時間到了。」

她站起身。「有件事請你幫忙，明天要向你借一下烏洛的小兒子。」

「只要別讓他去當炮灰，妳盡管帶著他。」

奧姿祖母綻出一抹笑容。「傻孩子，他可是我的曾外孫，我不會傷害自家人。」她說完轉身進屋。

威廉癱坐在椅上。

瘋婆子。

瘋家族。

他自己也失心瘋，居然以爲他有本事引誘瑟芮絲離開他們。這群人絕對不可能放她走。

雲雀爬上來，翻過陽台欄杆，坐在椅子上。她的頭髮又弄髒了。

「你會趕我去睡覺嗎？」她問道。

威廉搖頭。

「我睡不著。」雲雀以膝蓋抵著胸膛。「我好怕明天。你覺得瑟芮絲會不會死？」

威廉交叉雙臂。「任何事都有可能，但她不會死，我認爲她一定會活下來。我也會過去，盡全力保護她的安全。」

他們望著彼此。

「妳對托比亞斯的了解有多少？」他問道。也許她可以回答這個問題，其他人都不願意說。

「那是很久以前的事了。」雲雀說，「大概三年前或是更久以前，我不太清楚。他和瑟芮絲訂過婚，他人很好，長得也好看。」

果然不出所料。「他爲什麼離開？」

「我記不太清楚。」她皺眉說道，「我想，那時候媽正在幫我綁頭髮，祖母也在。然後瑟芮絲進來，她很懊惱搞丟了錢，我想她認爲是托比亞斯拿走的。接著媽要她冷靜，不要做下半輩子會後悔的事，人該放手時就要放手，多給那人一次機會。祖母則說，在軍團興盛的時代，偷家裡的錢被判死刑，不算是不恰當的處罰。瑟芮絲聽了，表情非常瘋狂，後來媽說，軍團時代已經過去很久了，祖母則說，沼地在這方面問題很大，要不是因爲淪爲放逐地，應該會是還不錯的地方，瑟芮絲就會知道該怎麼處理這種事。後來瑟芮絲離開，媽要我出去，因爲她和祖母要說大人的話。那天起，我就再也沒看到托比亞斯。」

好個可怕的故事。「妳覺得瑟芮絲有沒有殺他？」威廉問道。

雲雀咬咬嘴唇，接著說：「我也不曉得，我想應該沒有吧。瑟芮絲在要殺人前非常平靜，冷冰冰的，可是她那時簡直氣瘋了。」

他們就這樣坐著，呆望著月亮。

一會兒後，雲雀轉頭對他說：「我明天也要去戰鬥，替我媽報仇。」

威廉想告訴她，她年紀還小，但他自己在這個年紀就已經參加第一場戰鬥。「自己要小心，不要幹蠢事。」

「我不會幹蠢事。」她告訴他。

第二十一章

瑟芮絲抬起頭，瞇眼望著早晨的天空，大片美麗而濃密的天藍色盡收眼底，代表這會是美好的一天。只不過，今天全家要出動，趕去另一個地方殺人和被殺，而她則是帶隊的人。

她身後有二十四名馬爾家的人騎馬跟隨。她已事先派遣幾個小孩在前方探路。她回頭看去，每個人都在，理查、卡爾達、伊瑞安、穆莉德姑姑和班叔叔……視線停在隊伍左方最外圍的威廉，他的旁邊是艾德瑞娜。威廉對她怒目相向。好好好，我看見你氣鼓鼓的臉了，比爾嫉妒大人。

如果今天她遭遇不測，理查會接管整個家族，雲雀則由珮蒂嬸嬸照顧。瑟芮絲心中一凜。雲雀和珮蒂嬸嬸不合，但她不知道還有誰值得託付。

奧姿祖母會幫忙，但祖母帶著賈斯東去打自己的仗了。席里爾家是極難清除的禍害，那兩兄弟會待在塞尼莊園，但除非他們母親凱特琳嚥下最後一口氣，否則整個家族不會滅絕。祖母已經決定，今天她要和凱特琳拚個妳死我活，家裡沒有人會笨到阻擋她。

一行人繞過轉角。如果外公房子在主路旁邊，那就好辦多了。他們可以開一輛大卡車過去，往屋裡扔擲惡臭彈，接著好整以暇地坐在外面等，見一個殺一個。但不可能，莊園位於沼澤深處，那些狹窄又半淹水的泥徑，大卡車根本開不過去。這表示他們得包圍屋子，就算那屋裡只有席里爾家兩兄弟，勝算也不大。更別提現在是席里爾家和「手」狼狽爲奸……誰曉得「手」會把什麼樣的怪物擺在屋裡迎敵？

不管怎麼盤算，他們終究得設法扔惡臭彈進屋，以最小的傷害把席里爾家的人逼出來，否則只能冒險進攻，到時很有可能毀掉父母在莊園裡失蹤時的線索。

父母被綁架已整整十六天。瑟芮絲直盯前方。在全家人面前淌眼抹淚的不太好。自從「手」帶走她的爸媽，已經過了十六天，而剛好就在八十年前的這一天，兩家人結下梁子。眞是個要命的日子。

一枝箭掠過她肩膀，射中前方一棵樹。樹上有隻松鼠被箭刺穿身體，痛苦地扭動。

威廉騎過去，用刀將毛茸茸的小身軀切成兩半。一團亂七八糟的觸手噴出來，撲通落在濕泥地上。她見過這些觸手，就在「手」的死靈法師派來的蝙蝠體內。

「是斥候？」瑟芮絲問道。

威廉點頭。「妳今天不需要擔心『手』會來了。」

「爲什麼？」伊瑞安在後面問。

威廉回頭看了他一眼。「如果史派德派人支援席里爾家，就不會需要斥候監視一切。想必他已不再和席里爾家來往，但他依然想了解這場打鬥的情況。」

這代表拉加和阿里只能靠自己，就憑兄弟倆和請來的打手。瑟芮絲抬眼看天。「謝謝你。」

「我可以宰掉這個死靈法師。」威廉說。

「你要帶多少人去？」

他咧嘴一笑，白牙閃現，臉上露出凶相。「一個都不用。」

「那我們在莊園碰面，狩獵愉快。」

威廉翻身下馬，消失在灌木叢中。

她撥轉馬兒。「席里爾家現在只能靠自己了，我們立刻過去把他們趕走。」

大家齊聲回答，音量大得刺耳。擔憂像針刺著她的心，但她硬生生地將它壓碎，不讓它有機會透過表情浮現。

威廉來到空地邊緣的松樹旁，一鼓作氣攀上松枝，察看現場。他的靴底沾上高階斥候的血，變得黏滑，讓他多花了一秒才爬上去。

這棟老屋座落在緩坡上。席里爾家想必擁有除草機，因爲周邊的草剛修整過。從松樹到老屋之間長達六十碼，全是石子路面，修剪過後的草根點綴其中。馬爾一家參差不齊地排成一列，望著老屋。他也在樹上觀看。這是棟兩層樓高的廢棄建築，在殘境常常看得到。每件東西都在剝落、傾塌或腐爛，只有窗台上的鐵柵例外，看起來倒像全新的。鐵柵間的空隙布滿步槍，把這地方武裝成要命的堡壘。換作是威廉躲在裡面，一旦敵人攻過來，他會立刻開槍，殺得他們片甲不留。

理查在樹林邊緣看見他，便拍了一下瑟芮絲肩膀。她轉頭朝威廉方向察看，威廉抓著高階斥候的頭髮，將整顆頭高高舉起，對她晃了幾下。「手」的死靈法師死時面目猙獰，也許對她展示這麼可怕的頭顱不太好，但還有什麼法子能讓她知道他宰了這傢伙？

瑟芮絲居然對他豎起大拇指。哈！

他把頭擺在樹枝的彎曲處，再度望向馬爾一家。雲雀在遙遠的另一頭，也爬上樹坐著，把樹皮披在身上作爲掩護。她朝威廉揮手，威廉也揮手示意。

樹林邊緣有個蹲著的女人站起身，手裡拿著看來相當眼熟的青銅色球狀物。那叫惡臭彈，異境軍隊最愛拿這種非致命性武器控制群眾。把惡臭彈丟進密閉空間，看著人們踐踏彼此，爭先恐後奪門而出。要想弄到這玩意兒，瑟芮絲的荷包一定大失血。不過，他們要如何突破防禦，把它丟進屋裡？威廉看看整棟屋子。噢，有個地方，一呎長、六吋寬的三角窗，因爲面積太小，敵人懶得裝鐵柵。

女人深吸一口氣，手上瞬間閃現淺綠色電光，她屬於電光防衛士，法力不高強。就算偶爾運氣好，碰上法力較強的時候，也持續不了多久。

她奔進空地，賁張的魔法像一面發光的牆。子彈呼嘯而至，全被反彈開來，綠色電光將它們紛紛轉向。她不需要太多法力，只要能反彈子彈就行了。

女人全速直線衝刺，身軀在槍林彈雨下震顫。好計畫。去吧，威廉暗自加油，去吧，快！

距離屋子還有三十碼。二十五碼、二十碼……

她左腳下方的地面忽然出現開口，大鋼牙閃現，女人驚叫一聲，腳被大型金屬陷阱夾住，電光逐漸微弱，最後熄滅。

她摔倒時，第一顆子彈射中她的胸膛，穿透整個身軀，在後背轟出一大塊皮肉，深紅色的血噴灑開來。第二發、第三發和第四發子彈則擊中腹部，她手裡的青銅球狀物落在綠草地上。

一個小身軀忽然從樹叢中竄出，急奔過空地，深黑的頭髮迎風飛揚。是雲雀。

瑟芮絲在樹林邊緣尖叫。

雲雀這孩子像受驚的兔子左閃右躲，子彈畫破兩旁草皮，一枝箭破空射來，沒入她胸膛。小女孩正高高躍起，忽然被箭射中，剎那間輕飄飄地飛越半空，雙眼怒睜，張大的嘴像可怕的O，臉色如粉筆般慘白，就像多年前在長滿蒲公英的草地上慘死的孩子……

威廉心底的野性發出怒吼，並用利爪狠狠傷害他。他一躍而下奔向雲雀。草地和碎石掠過眼前，他奔過整個世界，唯一支配他的只有急遽的心跳，像狼一樣全速衝刺。子彈如狂暴的蜜蜂險險擦過，粉碎他的身影，擊穿他的足跡。他一把抱起雲雀繼續狂奔，愈跑愈快，以迅雷不及掩耳的速度奔向安全的樹林。

伊瑞安從他身邊經過，朝老屋跑去。許多張面孔映入眼簾，擋住去路。威廉跳過他們，朝最近的樹幹用力一蹬，進入樹林深處，再躍過倒塌的樹木，穿越灌木叢，來到半沉入水中的柏樹林。

他知道已經跑得夠遠，便找了一塊乾地休息。他的心跳劇烈，血流在內耳奔騰。

雲雀驚駭的雙眼望著他，像老鼠看見貓。他豎起她的身體，只見箭矢剛好插在她的鎖骨上方，沒有射中胸膛。只是皮肉傷，幸好只是皮肉傷。

「爲什麼？」威廉怒吼，聲音幾乎不像人類。雲雀沒有答腔，威廉搖了她一下。「爲什麼？」

「我非幫忙不可。沒有人會懷念怪物。」她喃喃說著。

「下不爲例。」他衝著她的臉咆哮。「聽見了沒？下不爲例。」

她點點頭，渾身發抖。

他急急回頭，發現許多人正穿過灌木叢趕來。他讓雲雀躺在地上，拔刀出鞘。他嗅到他們呼出的氣息，聽見脈搏鼓動。這群人的恐懼淹沒他，他內心漲滿掠食的歡愉。威廉張大了嘴，朝空中狠狠一咬，那些人嚇得紛紛退開。

「威廉！」瑟芮絲的聲音切斷他的狂暴。「威廉！」

她擠過人群，涉水而過，她的香氣令威廉的感官超過負荷。瑟芮絲抓住他，只見她眼眸發著光，忽然低頭以唇擦過他的嘴，讓他淺嚐即止。「謝謝你！」她低聲說完，人隨即消失，抱著雲雀離開。威廉只能站在原地甩動全身，因爲刺激感步步進逼，拚命要撕開他的身體，釋放野性。

人群退去，隨著瑟芮絲離開，只剩下一個人。威廉望著那張熟悉的臉，還有一頭亂髮，戴著耳環，深色眼眸……他愣了一下才認出來，是卡爾達。

「欸，你。」那人說。

威廉咆哮。

「放鬆，放鬆，收起你的瘋狂，打鬥現場在那邊。」卡爾達扭頭指著身後說。「壞人在那個方向。」

「我知道。」威廉大步走過他身旁。

「談話有好處。」卡爾達跟著他。「說出連貫完整的句子會更好。貴族，你動作還眞快啊。」

威廉擠過灌木叢，心頭狂躁不已。他需要血，需要撕開溫暖的皮肉。

伊瑞安衝到屋前，貼著兩扇窗子間的牆面，皺眉拔下肩上的箭。馬爾家以火力掩護，箭矢和子彈乒乒乓乓地打中他頭上的鐵柵，距離他頭部僅僅一呎。他壓低身子，往右邊挪動，背部依然緊貼著牆。接著他伸出手，以拳頭敲碎小玻璃窗，將惡臭彈扔進去。

嘶啞的嚎叫響徹樹林邊緣。

風吹來一絲酸臭味，聞起來腐敗、油膩又酸苦，宛如正在腐化的嘔吐物。威廉的喉嚨湧現苦澀的膽汁，便往旁邊吐了口口水。太多了，太多刺激，太多腎上腺素。他感到熟悉的冰冷滑過表皮，身上每根寒毛全都豎起。這是他即將變身的前兆，壓力太大時，變形者就會深受狂暴襲擊。

威廉咬緊牙關，試著壓下這股悸動。稍待一會兒，他會用得著，他要通通留給史派德。不是現在，去他的，不是現在。

「我和你賭一塊錢，我殺死的人一定會比理查殺得多。」卡爾達大叫，手裡握著一把寬劍。

「你輸定了。」理查說。

威廉內在的野性已經用利爪撕開一條口子，他瞥見它潔白閃亮的尖牙，宛如冰川表面。他漸漸迷失了，分裂即將展開。

伊瑞安從皮帶的刀鞘中抽出短彎刀。剎那化爲永恆，接著又出現另一個……

野性張開血盆大口，露出腹部黑暗的深淵，周圍有冰冷的尖牙守衛。威廉直望進那座深淵。

野性撕咬他，尖牙刺穿他心智。野性大口呑噬，黑暗將他整個人呑沒。

時間慢得像在爬，威廉走進戰場。

卡爾達在他身後尖叫，威廉毫不在意。

有人用力踹著鐵柵，幾次後終於將它踢掉，匡啷一聲落在地上。一位深色頭髮的女子從窗內跳出來，才跑了兩步就被箭射中喉嚨，仰天摔倒。

席里爾家的傭兵紛紛逃出房子，有人破窗，有人直接開門，火速奔過空地。威廉大吼，撲向他們。

一個男子高舉刀子衝向他，太慢了。破空殺來的刀鋒畫出一道閃亮的金屬弧線，威廉閃身躲過，一刀畫破對方腋窩，那人往旁邊倒下，他趁機割喉，立刻尋找下一個目標。有個女人從左邊撲過來，威廉精準地一劈便將她開膛剖腹，接著踏過她的屍身繼續前進。他殺了又殺，深知除了蛻掉這身人皮，撕咬活生生的血肉，再沒有任何事能讓他滿意。他必須接受自己的本質。周遭傳來陣陣金屬撞擊聲，不時有子彈呼嘯而過。他以狼的柔軟腳掌，在濃濃的血腥味中穿行，去除所有擋路的障礙物。

世界化爲黑暗與鮮血。

瑟芮絲看見威廉奔過戰場，愣了一秒後恍然大悟，等到她明白究竟發生什麼事時，威廉已經開始揮刀，快得肉眼看不清。動脈噴出的血濕了一地，呈現明亮的鮮紅色。席里爾家有個男子剛剛跪地倒下，威廉已經衝向下一個倒楣鬼。

他從遠處殺死一位婦人，下手毫不遲疑，接著轉身打倒擋路的另一個男子。瑟芮絲看見他的眼睛，就像兩塊熾熱的琥珀。

「退開！」她大聲疾呼，「離他遠一點。」

他又劈又切，像在戰場上肆虐的惡魔，殘忍而野蠻地殺戮，手法精準。好像發狂的老虎在無助的獵物群中失控，動作神速，不屈不撓，而且招招致命。

槍聲響起，威廉的身體抽搐，瑟芮絲的心跳漏了一拍。

威廉抄起插在敵人屍身上的刀，猛一轉身，將它投擲出去。刀穿過二樓窗戶鐵柵間的狹窄空隙，有個女人靠著鐵柵癱坐，最後倒下，喉嚨插著那把刀。

威廉咧嘴大笑，露出牙齒，接著繼續殺戮。

瑟芮絲的雙臂泛起雞皮疙瘩。

身旁的家人紛紛站起來觀看，沒人說話，只是呆站著，在駭人的寧靜中默默凝望。

他緊鎖在心底的原來就是這個。

「他是瘋子。」理查在她身邊說。

「我知道。」瑟芮絲說，「居然能忍這麼久，這人眞是令人難以置信，是不是？」

理查望著她，良久抬眼向天，「你們在那上面到底是幹什麼吃的？腦子通通有洞。」

「威廉？」

是那女孩，她的聲音飄進他心裡，香氣環繞著他，穿透熱血的氣味，朝他撲來。

是瑟芮絲，她在喊他。

威廉在被血浸透的霧裡探尋。

瑟芮絲的手碰到他，他立刻抓住，把她拉過來。視線瞬間變得異常清晰，他看見瑟芮絲，看見自己正抓著她雙肩，他的手沾滿血跡。

瑟芮絲對他微笑，「嘿。」

「嘿。」

她輕撫他的臉，「你要和我們一起回去嗎？」

「我從沒離開。」

他終於注意到她的家人，他們簇擁著他，手握十字弓或步槍。戰場上屍橫遍野，他沒敵人可殺了。體內的壓力已經降下。他需要更多更多血，需要更多敵人，好讓他消耗肌肉緊繃的熱力。但瑟芮絲需要他，而他所做的目前來說夠多了。

「我要去找拉加決鬥。」瑟芮絲告訴他，「你要不要看？」

他放開她，點個頭。

瑟芮絲走上門廊，手裡的劍閃過一道反光。

威廉坐在草地上看。

理查坐在他身旁，卡爾達便在另一邊落坐。

「穆莉德的步槍正瞄準你的腦袋，如果你出手干涉，她會立刻讓你腦漿迸裂，撒在這些漂亮的草上。」卡爾達說，「我只是覺得應該讓你知道。」

「很高興知道這件事。」威廉說。他的身體已經慢慢冷靜，疲勞大舉攻占。她家人眞傻，這是她專屬的戰鬥，要是他膽敢出手干涉，瑟芮絲絕對不會原諒他。

如果瑟芮絲退縮，他只能眼睜睜看著她死掉。這個念頭讓他體內的野性再度嚎叫，但是母狼可不容許自己和獵物之間出現任何障礙。

「你每隔多久可以這樣一次？」理查問道，朝著那堆屍體一揮手。

「沒辦法常常這樣。」

「結束了，拉加。」瑟芮絲喊道，「出來吧，了結這一切。」

寂靜降臨在這片空地上。

紗門砰的一聲被推開，有個男子來到陽光下。他穿著及膝藍袍，左臂用破布吊起來。拉加扯掉另一邊袖子，讓袍子掛在腰間。他揮舞手中的劍，一條條肌肉在裸露的胸膛和手臂上顫動。

瑟芮絲在他身上看見什麼？他很高，體格魁梧，帥到爆，淺淺的髮色，藍眼。他們是敵人，但他曾邀請瑟芮絲共舞。他很迷人嗎？他知道該說什麼才對嗎？

兩人從這一側往另一側慢慢移動，伸長了手，刻意保持距離。拉加縮回手，臂上血管賁張。「瑟芮絲，我們爲什麼沒在一起？」

和他比起來，瑟芮絲顯得嬌小，不過目標小是好事，況且她動作快。拉加比她強壯，可以用蠻力取勝，讓她無法抗衡。「我不知道，拉加。殺我親戚外加綁架我父母，可能多少有些影響。」

拉加停步，瑟芮絲跟著停步。

他眼中的電光勃發，燦爛的白光洶湧而出，沿著手竄向劍。

糟了。

「很可惜變成今天這種局面。」拉加說。

瑟芮絲的魔法沿著劍身流竄。「我們都知道遲早會這樣。」她答道。

拉加向前猛撲，快得宛如變形者。瑟芮絲迅速閃避，動作流暢，關節就像液體般。兩把劍互擊，魔法爆出火花。他們在空地上跳躍翻滾，發射電光，揮劍劈砍。金屬聲噹噹作響，魔法閃閃發光。

瑟芮絲後退，拉加跟著後退。兩人久久凝立，像兩隻靜靜等待打鬥降臨的貓，接著拉加率先發難，大踏步穿過草地，逼近瑟芮絲，劍豎得筆直。瑟芮絲也照辦，她鬆鬆地輕握著劍，以腳尖行走。

拉加跑了起來，她追上去。他一躍而起，打算來個迎頭痛擊，以壓倒性的力量取勝。兩把劍相接，魔法爆出刺眼的光芒，接著兩人分開，面對面站立。

血腥味一股腦地鑽進威廉鼻腔。

瑟芮絲襯衣上出現一道長長的裂縫，肩膀到前胸隆起血紅痕跡。拉加嘴角微勾，露出淺笑。

如果拉加打贏，威廉一定要親手宰了他。

這位席里爾男丁上前一步，忽然倒下，彷彿雙腿被砍斷。瑟芮絲慢慢癱坐在他身旁的草地上，拉加張嘴喘息，但只能小口而短促地吸氣。

一大片深色痕跡在拉加袍子上蔓延開來，看起來是接近黑色的深紅色。那是從肝臟流出來的血，沾上一些膽汁的臭味。

「天啊，好痛。」拉加低喃。

瑟芮絲牽起他的手，牢牢握住。她居然碰他，威廉好不容易才吞下已到嘴邊的咆哮。

拉加的肚子膨脹，像灌滿水的氣球，主動脈或骼靜脈被割斷，引發大量內出血。

「我們……本來可以好好的……」拉加開始咳血。

瑟芮絲摩挲他的手。「也許在別的時間，另一輩子可以。你對我父親的恨勝過對我的愛。」

「妳運氣好。」拉加輕聲說道。他全身一陣痙攣，他立刻抓緊瑟芮絲的手。

「你早該離開的。」瑟芮絲告訴他。「你一直都想離開。」

「假鑽石，」拉加喃喃地說，「就像沼澤的陽光一樣。」

又一陣痙攣襲來。他放聲尖叫，眼睛慢慢往上翻，鮮血從嘴裡湧出。

他的脈搏終於停止。

瑟芮絲縮回自己的手，表情淡漠而冷酷。「把他捆起來。」

「妳流血了。」理查說，「祖母沒能來幫忙。」

「她不會有事。」伊娜塔上前說道，「明天就太遲了。理查，把他綁起來吧。」

他搖著頭走開。

「現在是什麼情形？」威廉望著卡爾達。

卡爾達扮個鬼臉，朝草地吐了一口唾沫。「魔法，沼澤的古老魔法。」

第二十二章

瑟芮絲坐在草地上，胸部的傷口已經不再流血。怪的是，不會痛，沒有原先以爲的那麼痛。她的血總是迅速凝結，以繃帶包紮即可，換作其他人則需要縫合。

伊瑞安在幾碼外拖著一具屍體的腳，打算將它扔到愈來愈高的死屍堆上。他應該先去料理傷勢，而不是到處拖拉屍體。伊瑞安轉頭面對她，把屍體拋上去，眼中燃起興奮的亮光，張大的嘴露出牙齒，笑得很僵硬。他看起來活像精神錯亂，迷失在狂躁的歡樂中。

屍體的嘴流出鮮血。伊瑞安縱聲大笑，爆出喉音。

他的興高采烈令瑟芮絲打心底不安。這不是伊瑞安，伊瑞安向來平和而安靜，不會爲死亡大笑，不會因爲它而洋洋得意。

世仇已經結束，瑟芮絲告訴自己。伊瑞安長年等待復仇的這一天，或許是等太久，令他的行爲有點脫序。席里爾家完了，戰場清理完畢後，伊瑞安就會回復正常，但瑟芮絲會永遠記得他那僵硬的笑容。

她嘆了口氣，望著他正在拖拉的屍體。死屍慘白的頭在地上碰撞，嘴裡流出更多血。看起來有點面熟……是阿里。愛拋媚眼的阿里，現在只剩死魚眼，她幾乎認不出來。死亡抹去他所有表情，現在他就像是另一個過早殞命的男孩。

瑟芮絲盼望心頭的感覺會不一樣，不像現在充滿悔恨。席里爾家三兄弟已死，世仇已終結。她應該歡天喜地，卻只覺得空虛，七情六慾一掃而空，只有悔恨停駐。這麼多人死了，眞是可惜，可惜了人，可惜了生命。

就算有塊石頭從天而降，砸到頭部，害她當場慘死，她也不在乎，反正她已經筋疲力竭。

威廉在她身旁草地坐下。「這場打鬥表現得相當好。」

「是啊，你一個人就殺了三十人。」

「我是指妳和拉加。」

瑟芮絲嘆氣。「如果是我父親，全家一定捨命相陪，但我偏不是。我得證明自己夠好，下一次我可能要領導他們對付『手』，我需要他們。」

幾個人在空地中央捆綁拉加的屍體，把他吊在柱子上，再將泥煤和爛泥堆在底下。三個裝滿泥巴的水桶已經在屍體旁邊等候，理查和卡爾達抬了大塑膠箱，擺在水桶旁邊。

威廉看著那具屍體問：「這是幹嘛？」

「我們想邀請沼澤靈魂進入他身體，沼澤有很多靈體，以前被稱爲眾神。這些『古部落的古神』在幾世紀前逃進沼澤，而部落已經消失很久，現在眾神只是靈體。其中一位叫作葛斯波．艾迪兒，他是代表生與死的靈。還有一個叫沃達．艾迪兒，是水靈。我要召喚的是拉斯特．艾迪兒，植物靈。」

「目的是？」

她嘆一口氣。「我們不知道『手』把我父母帶去哪裡，也不清楚他們的用意，我們必須查出父母的下落，還有『手』到底想要什麼。植物具有旺盛生命力，足以讓死屍復活。我想要查證的東西就藏在拉加的腦袋瓜，他是謹慎的人，一定知道史派德綁架我父母的意圖，他不可能在不知情的狀況下和『手』達成協議。拉斯特．艾迪兒會融入拉加的身軀，替我找出想要的訊息。」

「融合。」威廉費了很大的勁才吐出這兩個字，好像它們已經腐爛。

「不完全是。融合是以活人和植物的部分構造結合，抹去那人的意識。至於拉加已死，沒有意識留存，我們只是需要儲存在他腦袋裡的資訊。威廉，不要那樣看我，我正在努力嘗試救回家人。」

威廉的臉上閃過一抹厭惡的表情。「會不會危險？」

「會，古老魔法十分饑渴。如果我不小心，它會將我吞噬。」

威廉張嘴正要說話。

「我得走了。」瑟芮絲撐起身子，朝拉加屍身走去，伊娜塔和凱瑟琳已經等在那裡。好好看著吧，比爾大人，你已對我展現陰暗邪惡的一面，現在輪到我了。

伊娜塔往自己身上倒下一桶泥巴，凱瑟琳也笨拙地抬起水桶，姿勢有些不穩。瑟芮絲抬起第三桶，全倒在自己頭上，清涼的泥滑過她頭髮，帶著淡淡的腐爛味和水的味道。

「但願祖母在。」凱瑟琳低語。

「她現在沒辦法。」伊娜塔說。

「我知道，我知道。我只是……但願已經結束。」

「我也這麼希望。」瑟芮絲喃喃地說。

凱瑟琳停下手邊的動作，「為什麼呢？難道妳覺得有問題？」

瑟芮絲差點咒罵。「沒有。」她撒謊。「不會有問題，我只是累了，又流了血，現在還有這身爛泥，我只想回家睡覺，小琳。」

「我想我們一定能順利回去。」伊娜塔說。

凱瑟琳嘆著氣，把泥巴往身上倒。「趕快把這件事搞定吧。」

瑟芮絲掀開大塑膠箱的蓋子，裡面裝著三袋灰燼。她遞給伊娜塔和凱瑟琳各一袋，自己留一袋。恐懼開始鑽進內心深處。

把這事搞定就對了，只要完成就好了。

瑟芮絲拉開袋口，開始圍著拉加的屍身倒灰，地上形成一個圓圈。

如果祖母在場，事情就會容易多了，但她偏偏不在。

□

奧姿托起愛蜜莉的臉，輕輕捧在手中，這孩子還是小寶寶時，她就常這麼做。愛蜜莉雖是小女孩，法力十分強大。奧姿嘆了口氣。在她所有子女中，蜜雪兒的魔法最強，難怪獨生女遺傳她。

他們面前有一片沼澤森林，當中散布結界石，保衛席里爾家土地。凱特琳藏身於此，以爲可以安然躲在莊園中，躲在老結界的保護裡，甚至認爲結界堅不可摧。唔，撐不了多久的，妳這個精神錯亂的乾癟老太婆。不會太久。今天就做個了斷。

米基塔和珮蒂妮雅看著她們。

「妳確定？茶道？」

愛蜜莉點頭。

「妳眞是個好女孩。」奧姿微笑地說，發現外孫女的手正微微發抖。受驚的孩子，害怕，很害怕。

「很好。」

「我要做什麼？」

「站在我旁邊就行了。賈斯東，你準備好了嗎？」

烏洛的小兒子點頭。那隻威廉狼竟然惡搞這孩子的頭髮，沒錯，他還眞幹了。賈斯東稍微調整背包帶子。

「記住，回來要走漁夫走過的路，結界把所有東西擋在外面，但無法阻擋你進入。不要久留，不要等著事情發生，否則你可能出不來。」

他再度點頭。

「那麼，我們出發。」奧姿按著愛蜜莉的肩膀，發現十分僵硬。「沒事。」她低語，「孩子，相信妳外婆。」

女孩隨即放鬆。奧姿站直身子，凝聚力量。龐大魔力從樹葉和地面湧出，像一股洪流將她團團包圍，也像一窩憤怒的蜜蜂鑽進她體內。這是古老魔法，沼地特有的魔法，曾締造世間獨有的強大帝國。如今帝國已逝，只有魔法依然留存。

愛蜜莉倒抽一口氣。奧姿饑渴地汲取她身上的魔法，愈來愈多。愛蜜莉渾身戰慄，雙膝跪地。她垂下頭，飄揚的深色頭髮拍著臉，魔法不斷注入奧姿手中。這是活人體內的魔法，蘊含真正的力量。

奧姿已看得到，魔法像深色斗篷披在肩上，在魅影般的氣流中翻騰。大家都說這叫女巫的斗篷。

奧姿感到愛蜜莉的心跳在她體內搏動，但是愈來愈弱。已經夠了。她本來可以汲取更多，靈魂某個角落渴望多一點力量，但她趕緊關閉，當著它飢餓嚎哭的臉用力甩上心門。她想放開愛蜜莉，耗盡所有力氣後，終於不情願地鬆開了手。寶貝外孫女面朝下，倒在柔軟的土地上。

女巫的斗篷漸漸聚攏，終於成形，她可以隨意變化形狀。這是送給妳的，凱特琳，祝妳和妳那一窩小鬼爛在地獄裡。

奧姿凝聚全身力氣，朝空中重重揮拳，魔法沿著她的手噴發，一根可怕的針瞄準席里爾土地中央的莊園。嵌進土裡的結界石立刻開始震動，其中兩塊變黑。

結界裡開出一條陰影遮蔽的小路，只有四呎寬，筆直如箭。

「就是現在，賈斯東！去吧！」

烏洛的小兒子沿著小路狂奔，兩次呼吸後便消失在視線之外。

「他去了。」奧姿低語。「好快，像風一樣。」

她的雙腿忽然癱軟，米基塔在她摔倒前攙住她。結界石顏色愈來愈淡，漸漸回復正常灰色。保護咒恢復效力，將她開出的小路收了回去。

「我太老了，不適合幹這個。」奧姿喃喃地說完，便沉沉睡去。

□

瑟芮絲倒光最後一桶灰，取出塑膠箱裡的繡花小提包，走進圓圈，兩位堂姊妹也加入她的行列。凱瑟琳即使滿臉爛泥，依然看得出來毫無血色，伊娜塔則咬著嘴唇。

她們站在柱子旁邊，瑟芮絲上前一小步。已經不能回頭了，她必須這麼做，還得正確無誤，畢竟古老魔法難以控制，而且它份外饑渴。拜託它幫忙就像玩火，給它一根頭髮，它會把你整個人吞掉。恐懼沿著她的脊椎蔓延，瑟芮絲趕緊將它驅逐。

媽，爸，再堅持一下，我就來了。

伊娜塔開始吟誦，凝聚魔法。一會兒後，凱瑟琳低沉的嗓音也加入。

瑟芮絲拉開小提包的絲帶，手伸進裡面抓出一把種子。這事她只做過兩次，每次都由奧姿祖母帶領，但還是讓她嚇得魂不附體，事後連續幾個星期作惡夢。拉斯特．艾迪兒會把人逼瘋，一旦出差錯，身體就不再是你的。它會自行其事，你只能驚慌地看著它作怪。拉斯特・艾迪兒讓你忘記自己是誰，如果不小心，你會永遠忘記自己是誰。

她的手抖個不停。

瑟芮絲把小提包遞過去，伊娜塔接下後將它闔上，再擺到圈外，回來繼續吟誦。

瑟芮絲跪在木柱下的泥煤堆和泥巴堆前，拉加的血已經滴在上面，她將種子輕輕撒上去。

魔法以帶電的脈衝穿透她，在她身上蔓延，由內向外噴撒，令她刺痛難耐。身旁的伊娜塔左搖右擺，凱瑟琳則喃喃吟誦，宛如細語呢喃的風拂過葉間。

奧姿祖母的話湧上心頭。不要屈服，不要忘記自己是誰。

魔法在體內盤旋，如浪潮一湧而出，沉入泥堆。

種子開始移動，外殼裂開，脆弱而黯淡的小綠芽鑽了出來。

魔法猛烈地從瑟芮絲體內湧現，不停餵養幾株發芽植物。

根變得愈來愈厚，把種子往上頂，根部深深扎進沾了血的泥巴堆，逐漸變爲棕色。綠色嫩枝呈螺旋狀繞著柱子向上生長，許多綠芽鑽進拉加身體，愈爬愈高。

瑟芮絲額頭冒出汗珠，與泥巴混在一起。

綠芽尖端開始長出葉子，顏色鮮亮，充滿活力，細小的紅色葉脈就像拉加的血。他屍身已經完全被整片綠毯裹住，再也看不見。

劇痛啃噬瑟芮絲的五臟六腑，泥堆索求更多魔法，要更多，還要更多。

綠葉冒出花苞，隨即綻放，黃、白和淡紫色花瓣舒展開來，令人發暈的香氣四散。香味纏繞著瑟芮絲，甜得像蜂蜜。內心盈滿令她頭昏眼花的幸福，它是如此美麗……她的身體開始搖擺並舞動。她想停下來，但身不由己。

凱瑟琳雙膝落地，輕聲笑著。

媽……爸……專心，要專心，可惡。瑟芮絲彎下身，朝泥堆上的樹葉吐口唾沫。「醒來。」

綠色團塊開始震顫，低啞的吼叫傳遍空地，彷彿十幾頭獺豹同時發聲，搶奪地盤。魔法穿梭葉間，古老、強勁而饑渴的魔法，多麼饑渴。

拉加的眼睛發出青翠而狂野的光，身體衝出許多細芽，它們藏在苔蘚和葉子底下，偷偷伸出來接近她，準備將她榨乾，試圖以虛幻的承諾灌爆她腦袋。瑟芮絲看見自己被樹枝攫住，身體成了乾枯的皮，整個人變成綠色；她還看見細芽得寸進尺，看到跪著的凱瑟琳變成綠色錐形體；也看見伊娜塔被藤蔓舉起，表情安詳，整個人淹沒在花叢中……

瑟芮絲猛地醒轉，提升防禦。不，你給我退回去！

古老的魔法恰好停在伸手不可及之處盤旋，它實在太強了。

地上的凱瑟琳開始啜泣，眼中流淌快樂的淚水，藤蔓朝她進攻了。

瑟芮絲靠過去，面對藤蔓凝聚魔法。一團黑暗的魔法自她背後冉冉升起，向前伸展。細芽立刻縮回去，頻頻顫抖。

這就對了，退回去，待在自己的地方。

瑟芮絲抬頭挺胸。她和祖母、曾祖母及高祖母一樣是沼澤女巫，技巧純熟，法力強大，古老魔法奪不走她的心智。

「我母親在哪裡？」

拉加的嘴張開，喉嚨噴出一團花粉，不停在空中盤旋，像金色粉塵般閃閃發亮。

「回答我。」

伊娜塔在她身後發出細細的貓叫聲。

亮光掠過花粉團，有個影像緩緩升起，是一片廣闊的水域，灰色岩石孤孤單單地聳立其上，好像某種野獸的背部，岩石後方隱約出現大房子……是青石岩，距離本地只有一天路程！

樹枝朝她伸來，她猛拍女巫的斗篷，樹枝立刻縮回去。

「我父親在哪裡？」

花粉變換方位，但沒有影像升起，這表示拉加不知情。

「史派德對我們家有何目的？」

樹枝開始盤繞，纏得愈來愈緊。拉加眼睛發出深綠色光芒，好像沼澤裡兩團星星之火。有種東西在深綠色光芒深處燃燒，可怕又強勁，它正慢慢向外爬。

「服從！」瑟芮絲厲聲說。

花粉再度發光，變成破爛的筆記本……看起來挺像外公的某一本日記。

拉加的身體像開花般忽然分開，伸出深藍色觸鬚，穿過影像朝瑟芮絲接近。

她把魔法推到面前，像盾牌一樣擋住。觸鬚撞上魔法，發出幽靈般的慘叫。強大的推力令她身軀搖晃，幾乎摔倒在地。

「跑！」

身後的伊娜塔趕緊抓住瑟芮絲，扶起她。瑟芮絲後退，開始流鼻血，頭陣陣發暈。

「退開！」有人喊道。瑟芮絲踉蹌退出圈外，觸鬚在她身後胡亂揮動並伸向灰燼，漸漸收縮及枯萎。

「燒了它！」理查走進圈裡，把桶裡汽油潑在葉上。有人畫了一根火柴，植物立刻著火。

拉加爆出痛號聲，像活人被火焚燒般慘叫連連。

凱瑟琳啜泣著，身體前後搖擺。

瑟芮絲縮成一團，試圖抵擋拉加的呼號。事情總算有了眉目，知道該往哪裡尋找。

□

凱特琳打開珍珠母寶盒的蓋子，手滑過盒中各種寶貝。有一綹拉加的金髮，小時候剪下來的。有皮沃第一次射箭留下的箭尖。還有阿里的小樹枝……還記得皮沃對阿里說，他的手指不夠力，不能迅速拔劍，有一陣子阿里不管走到哪裡都抓著小樹枝，一點一點地撕，鍛鍊手指力量。

她噘起嘴。她到底哪裡做錯了？怎麼會養三個沒用的兒子，到最後還辜負她？

她抬眼望著牆上鏡子，輕撫眼周細紋。老了……她已經衰老，把自己全獻給孩子，這是母親應盡的本分，他們卻辜負了她。

凱特琳凝望鏡中的自己。皮膚儘管下垂，頭髮儘管灰白，意志依然堅如鋼鐵，從眼神就能看出來。以前她父親也常說：「凱特琳，妳眼中有鋼鐵般的意志，妳很堅強。生活會傷害妳，但妳會熬過去，我的女兒。妳的意志力不會退讓。」

她挺起胸膛。還有魔法，黑暗、邪惡而禁忌的魔法可以對付這群鼠輩。到時鼠穴的乾癟老太婆就算窮畢生所學，也沒有任何魔法足以對抗。噢，不過這會引來禁衛軍，民兵也會跑來痛批她施展非法魔法。就讓他們來吧，反正她有本事擋住他們。

也許她可以東山再起。時間雖然剝奪了她的生育能力，但沼地有很多小孩，她大可以向一些女人買下強壯而優質的孩子，這樣一來，她就能再度擁有兒子。這次，她絕對不會再失誤。

她轉頭想拿先前擱在沙發上的披肩，卻發現東西不見了。她皺著眉頭找了一會兒，終於看到它掛在門廊的欄杆上，今早她就站在那裡，看著阿里陣亡。

眞怪。

她四處檢查，尋找外來魔法的蛛絲馬跡，但毫無所獲。從屋子向外延伸的結界依然完好，再說沒有人膽敢闖進她的領域，沒有人會笨到做這種事。

凱特琳跨上門廊，魔法細碎的火花在她的皮膚上分裂。她撫摸披肩，沒事，沒被下咒，質料和以往一樣細緻。她一定是忘了拿進屋。

凱特琳拿起披肩，裹住自己的肩膀，佇立廊上，呼吸沼澤的氣味。下午已近尾聲，夜晚很快就會降臨。在黑暗的夜裡，鼠輩會留在鼠穴慶功，飲酒作樂。她有幾樣東西要給他們看看。

手上出現微微刺痛感，她低頭檢視手指，發現指甲蒙上薄薄的灰色。她不明就裡，只能盯著它，大拇指輪流搓著每根手指，卻驚見皮膚和肌肉被搓掉。

她大驚失色，猛地轉身，努力回想防禦咒，口中喃喃吟誦，開始提高防禦力。力量湧現，形成牢固而令人安心的魔法牆，將她和整個世界隔開。她可以憑唸咒破解身上的傷害，於是她一再低聲吟誦，但手上的皮膚沒有痊癒的跡象。

披肩有問題。她扯下披肩，脖子皮膚隨之脫落，令她尖叫不已。手指開始麻木，漸漸蔓延至手臂。

這不可能，她是鋼鐵！她很堅強。

凱特琳的腿癱軟，身軀倒在門廊上。麻木感攫住她的胸膛，她的心跳漏了一拍……痲痹漸漸轉爲疼痛，開始往身體擴散，它野蠻的牙齒撕扯著她的內臟。

她想呼叫馬廄工人，但疼痛如燒灼的衣領扼住她的喉嚨，聲音拒絕服從。

我要死了……

她不會讓鼠輩搶走這片家園，她的土地、房屋，以及丈夫的遺骸，他們想都別想。凱特琳燃起熊熊鬥志，把殘餘的生命力化爲最後的魔法。

□

賈斯東沿著曲折的漁夫小路奔跑，他原本帶著處理披肩的麻袋和鐵夾，後來把它們扔了，減輕一些重量，但沒有多大幫助，腿開始感到疲累。賈斯東躍過一棵倒場的樹，奔跑時兩旁過高的雜草頻頻拍擊他肩膀，在他身上留下春天的黃色花粉。

身後響起嘶吼，聽來又悶又弱，很像遠方的瀑布。他回頭看，發現遠處的野草忽然筆直豎立，好像被無形的手拉直，就連松樹也開始低聲抗議。

他加速狂奔，彷彿這輩子從來沒跑過，肌肉拚命達到最快速度，直到他覺得骨頭和肌肉可能會分家。嘶吼愈來愈大聲，許多小石頭彈起來打到他。他感到肺部像火燒。

他瞥見河流就在前方，便縱身撲過去。

恐怕逃不掉了。

他撲進水裡，潛入朦朧的深處，小獺豹被他嚇到，從他身旁竄開。

上方天空轉爲黃色。

第二十三章

瑟芮絲伸展雙腿，喝幾口果汁。她全身劇痛，活像被一大袋石頭砸過。

「情況如何？」伊娜塔在房間另一頭問。

「還可以。」瑟芮絲看看她說。伊娜塔臉上皮膚似乎繃得太緊，眼睛下面掛著兩個大黑眼圈。凱瑟琳則自從進屋就躲回房間，一直沒有出現。瑟芮絲嘆了口氣。她自己要是夠機靈，也會躲起來。她其實試過，但當時已經累得快瘋了。洗完澡後，她進圖書室，伊娜塔早就端著一杯白斑果汁等她，要她「補充電解質」，誰曉得那是什麼意思。

「要命的一天。」伊娜塔喃喃低語。

伊瑞安擠進來，跌坐在柔軟的椅上，眼睛閉著，一隻手臂吊了起來。「要命的一週。」

伊娜塔轉頭對他說：「你爲什麼還醒著？我半小時前不是已經給你纈草？」

他張開眼睛，望著她。「我沒喝。」

「爲什麼？」

「因爲妳的纈草裡含的安眠藥劑量，足夠讓一頭大象睡著。」

伊娜塔雙手托腮，「知道嗎？如果你需要請醫生，我敢說你一定得照醫生的吩咐去做。」

「不行，我們不會請醫生。」瑟芮絲喃喃說道。

「貴族人呢？」伊瑞安問道。

「和卡爾達在一起。」

「我發現一件事。」伊瑞安轉頭說道，「他的記性和鱷魚陷阱一樣精準完美。我們家有五十幾個人，他到現在還沒喊錯任何一個人。」

瑟芮絲深深陷進椅子裡。這正是她需要的，讓家人在她面前談論比爾大人。

「我喜歡他。」伊娜塔說，「他救了雲雀。」她的嘴角揚起一抹笑容。「瑟芮絲也喜歡他。」

「別轉到我頭上。」瑟芮絲低語。

「時候也差不多了。已經過了多少年？托比亞斯逃走有兩年了吧？」

「是三年。」伊瑞安說。

卡爾達走進來，威廉跟在後面。瑟芮絲和他四目相交，心跳頓時漏了一拍。

卡爾達一屁股坐下，伸長了腿。「現在是在聊什麼？」

「我們正想討論出結果，看你何時要把瑟芮絲嫁出去。」伊瑞安說。

卡爾達向後靠坐，眼裡閃著狡黠的微光。「唔……」

瑟芮絲重重放下玻璃杯，發出清脆的聲響。「夠了。你們有沒有查出來，我媽到底在哪一間屋子？」

卡爾達皺眉說道：「還沒有。我要提醒妳，青岩位於大湖中央，要找到那棟屋子需要一點時間，明天就有結果了，我已經派一些人去查。」

「什麼人？」

卡爾達擺擺手說：「如果告訴妳我派誰去查，妳會唸個沒完，說什麼那有多麼危險，我不該讓小孩去冒險。反正事情已經在處理，妳知道就行了。」

「不對，等一下——」

有個東西忽然打中窗子。

瑟芮絲立刻抄起刀子，卡爾達一躍而起，手中握著匕首，沿著牆邊蹭過去。

又一下撞擊聲響起。卡爾達背靠著牆，彎身察看外面，嘆了口氣，把窗戶玻璃往上推開。

一隻小動物爬上窗台，身上和老鼠一樣長著細毛。牠坐下來，淺綠色的大眼望著他們。

噢，不妙。

小動物搖搖擺擺地晃到窗台邊緣，蝙蝠般的翅膀拍了一下、兩下，接著驟然躍下，飛到桌上。細爪在光滑的桌面滑行一陣，屁股忽然坐下，停止滑動，再往回爬一點，坐在她面前。牠的鼻子長得和鼬鼸的一樣，上面還有鬍鬚，對著她動來動去。

現在可不能跑。「艾默爾，你害我差點心臟病發。」

「抱歉。」艾默爾的聲音並非來自小動物體內，而是從牠頭頂上方三吋處傳出。「我兩個星期前才把這小傢伙做出來，還無法完全控制，但我確信以現今的技術來看，比牠大的都會被擊落。」

小動物以細小的黑腳掌搔抓側腹。

「安雅的事我很遺憾。」艾默爾說。

「我也是。」罪惡感狠狠刺著她的心。安雅自願接下扔惡臭彈的任務，如果不是拉加的鱷魚陷阱，她還活得好好的。

小蝙蝠身軀開始顫抖。「有人在塞尼莊園前的空地召喚拉斯特．艾迪兒，是妳，還是奧姿祖母？」

「是我。祖母在睡覺。」

小動物打個噴嚏，身體縮成一小團。「非常好。」艾默爾空洞的聲音說，「除了時間稍長，其他都做得很好。」

他的讚美充滿高高在上的氣燄，令人啼笑皆非。再怎麼說，至少她做對了一件事。「謝謝你。」

理查閃身進門，穆莉德和珮蒂媥媥跟在後面，珮蒂以黑皮眼罩遮蔽失去的左眼。

小動物打起瞌睡，窄小的胸腔規律地起伏。

「妳知不知道，席里爾莊園大多已毀壞？」艾默爾接著說，「房子正在傾塌，整個地方下著黃色松針。這和祖母無關，對吧？」

眞是聰明的小動物。「艾默爾，你非常清楚施展毀滅魔法可是要賠上一條命。我們都捨不得讓祖母去送死，她正在睡覺，我們今天失去很多親人，代價慘重。凱特琳可能是對戰敗氣瘋了，於是犧牲自己，施展毀滅魔法，和席里爾莊園同歸於盡。」

「我也這麼認爲。當然，妳一定記得，根據沼地法律，幫忙施展毀滅魔法的人也會被處死。」

如果她被沼地民兵拖走，艾默爾一定會傷心欲絕，當然，除非他先向她要到那條魚的賠償金。「對，我記得。」

小動物頭上出現清喉嚨的聲音。「有件事和鰻螈有關。」艾默爾說，「我沒有把握能完整傳達訊息。」

「你是在暗示什麼？」卡爾達原本以匕首尖清理指甲縫，聽到這裡便停下動作。

「無意冒犯，我只簡單說，畢竟你們今天都很辛苦，我相信你們根本不會在意鰻螈。不過，問題還沒解決。法律規定得很清楚，如果蓄意毀壞別人的財產，必須賠償。妳也知道，既然我們有血緣關係，鰻螈不會無緣無故攻擊妳。所以，不是妳刻意激怒牠，就是妳沒避開牠。我知道還有另一個人捲進這次紛爭，但事實就是這樣：妳獲准通過教派名下的土地，但他沒有。鰻螈只不過是履行應盡職責。既然當時妳也在場，而且妳不能說不懂我們的傳統，因此教派認爲妳得爲疏忽而負責——」

「多少？」瑟芮絲問。

「五千。」

她向後縮，卡爾達嘴巴大張，伊瑞安猛地睜開眼睛，伊娜塔差點失手砸了玻璃杯。

瑟芮絲向前傾身，「五千美元？太過分了！」

「那可是五十歲的動物。」

「牠在沼澤中沒有標誌的小溪裡攻擊我！」

「那裡有標誌，我們只是不確定標誌跑到哪裡去了。」

「不公平！」

艾默爾嘆氣說道：「瑟芮絲，妳我都明白，妳絕對有能力避開鰻螈，尤其是這麼大的，妳很難不去注意，牠可是長達十四呎。雖然妳的說法站不住腳，但妳是我親愛的堂妹，所以只向妳要五千元，換作其他人可得賠償七千元。」

「我們付不起五千元。」她斷然地說。

「瑟芮絲，我可以再幫妳殺到四千八百元，很遺憾，再低的話對教派就是侮辱，再說這兩百元折扣還得由我自己掏腰包補貼。」

眾神啊，她上哪去湊這一大筆錢？他們居然得付錢給教派。這種組織非常強大，和他們作對意味家畜會開始暴斃，先是乳牛，再來是獺豹，然後是狗，接著就輪到親戚。

「如果妳一時湊不到全額，我們可以擬定分期還款計畫。」艾默爾提議，「當然啦，得算利息……」

「分三期支付。」她說，「無息。」

「三個月付清，第一期信用付款的期限是本週末。」

「你這是逼我在冬衣和永遠虧欠教派之間選條路，我可不欣賞這種做法。」

「很遺憾，瑟芮絲，我真的很遺憾。」

小動物醒了。「我非常關心各位。」艾默爾說，「教派不希望我捲進家族和『手』之間的紛爭，但我會盡力幫忙，一定會有辦法的。」

小野獸飛起來，消失在漆黑的戶外。

卡爾達重重關上窗戶。

「我們上哪湊這麼多錢？」伊娜塔喃喃自語。

「我外婆的珠寶。」瑟芮絲說。她想起那些翡翠，嵌在薄如蠶絲的白金上。那是她和母親的連結，兩個生命體之間最後的連結。這就像割掉自己的一大塊肉，但錢一定得想辦法找到，而這是他們最後的儲金。「我們把翡翠賣掉。」

伊娜塔倒抽一口氣。「那是傳家寶，妳外婆留給妳結婚時戴的，不能賣。」

噢，可以賣，她真的可以賣，只要事前大哭一場就行了，這樣她就不會在販賣當下忍不住掉眼淚。

「妳看我賣。」

「瑟芮絲！」

「那些東西不過是石頭，石頭加金屬，又不能吃，也不能替妳保暖。我們得清償債務，而且小孩需要新衣，全家還需要添購彈藥和食物。」

「爲什麼不能叫他付？」伊瑞安對威廉呶呶下巴，「當初是他殺的。」

「他沒錢。」瑟芮絲說，「就算他有，我也不會拿。」

威廉張嘴想說話，但她已經起身。「就這樣決定，討論結束，再見。」

她趁自己還沒碎成片片，趕緊衝到迴廊上。

室外夜間的冰涼空氣包圍瑟芮絲，她深吸一口氣，沿著陽台前進，目的地是她最愛的藏身處。

黑色形體瞬間落在她面前，狂野的眼睛盯著她。是威廉。

他又沒有比她早出來，怎麼可能趕在她前面？她交叉雙臂。

威廉直起身軀。

「你擋到我的路。」瑟芮絲告訴他。

「不要賣翡翠，我會給妳錢。」

「我不要你的錢。」

「難道是因爲妳還在爲拉加的事情生氣？」

她高舉雙手。「你這個笨蛋，還不懂嗎？拉加和我一樣都被困住，我們生來就是這裡的人，無法離開，也明白最後會互相殘殺。我們想要的沒有不同，至少他曾經有機會跑掉，但我卻被家族綁死。威廉，我不愛他，除了替他感到遺憾，對他沒有任何感情。」

「那就收下可惡的錢。」

「不行！」

「爲什麼？」

「因爲我不想欠你。」

他不禁咆哮。

腳步聲迅速接近，兩人不約而同轉頭察看。

珮蒂嬸嬸繞過轉角跑來，「瑟芮絲？」

眾神哪，他們就不能讓她安靜一下嗎？瑟芮絲嘆氣說道：「什麼事？」

「卡爾達派去的幾個小朋友回來了，他們發現『手』的據點，也拍了照片。」珮蒂嬸嬸氣喘吁吁地說，「拿著，讓我先喘口氣。」她把照片遞過去。

瑟芮絲接過照片舉高，就著窗內透出的微弱光線察看。畫面上有一棟大房子，旁邊還有玻璃溫室。卡爾達的部下靠得太近了，她得找他談談，沒有必要冒這麼大風險。

珮蒂嬸嬸再抽出一張照片，擺在最上面。「那幾張都不重要，這張才是，快看！」

這張是溫室的特寫，直接透過玻璃窗拍攝內部。兩呎高的樹木殘株悲慘地站在土裡，樹枝呈現藍色且透明，好像是玻璃做成的。這叫借用之樹，是異境的魔法植物。

瑟芮絲抬起頭。

珮蒂嬸嬸怒道：「妳一定知道這棵樹是幹什麼的，想一想，瑟芮絲。」

瑟芮絲皺起眉頭。

借用之樹會製造少量催化劑，用來融合人和植物。威廉說過「手」充滿怪胎，有些人的身體可能嫁接了植物的某個部位，這就需要催化劑。這棵樹原先應該很巨大，卻被砍得只剩一小塊，可見他們確實需要大量催化劑。

蒐集那麼多催化劑，唯一的用途便是以魔法轉化某個人。但史派德要轉化誰？他的手下已經全都轉化，所以這次被轉化的一定是俘虜。但在俘虜身上嫁接植物說不通，不，他一定是要採取非比尋常的手段，以便控制俘虜，這樣看來就是……

照片從手中落下，瑟芮絲上半身向後一彈。「他要融合我媽！」

憤怒和驚慌瞬間淹沒她，眼前一片慘白，她的頭發熱，手卻冰冷。瑟芮絲僵住，像做錯事的小孩困在被活逮的剎那。回憶如潮水湧現，有雙藍眼和一頭秀髮的母親，站在火爐邊，手裡拿著湯匙，不知道說了什麼，她看起來好高……她們牽著手來到門廊上；母親幫她綁頭髮；母女倆坐在大椅子上讀書，她的頭靠著母親肩膀；母親身上的香氣，她的聲音，她的……

哦，眾神，這一切全消失了，永遠消失。母親不在了，什麼都會修的母親，卻修不好自己，融合是不可逆的。她走了，已經走了。

不！不、不、不！

沉重感填滿瑟芮絲的胸腔，試圖拖垮她。她咬緊牙關對抗痛苦，喉嚨像被鐵環勒緊，她強迫自己走開，大半視線都被淚水遮蔽。「我得走了，好讓大家看不到我。」

一雙手把她整個人抬起。威廉抱著她，離開珮蒂嬸嬸，離開廚房的噪音，走向那扇門，接著上樓，進入她的小天地。瑟芮絲的淚水浸濕臉龐，她把頭埋進威廉肩窩。他緊抱著她，溫暖的雙臂環繞她，兩人一起坐在地板上。

「他們要融合我媽。」她說話時喉嚨像被掐住。「他們要把她變成怪物，而她也會有感覺。她會知道他們在做什麼，從頭到尾都知道。」

「放鬆。」威廉低喃。「放鬆，有我抱著妳。」

母親美麗的微笑，溫暖的手，充滿笑意的眼睛。她說過的那些話：「我有天下最傻的孩子。」「甜心，我愛妳。」「親愛的，妳看起來好美。」都已永遠消失。來不及說再見、無法救援、這段日子所有犧牲的性命、耗費的辛苦，到頭來全都白費。母親再也不會回到她和雲雀身邊。

瑟芮絲把臉埋進威廉的頸間，無聲地哭泣，痛苦自淚水中緩緩滲出。

瑟芮絲張開眼，覺得溫暖舒適，身體靠著某個東西。她稍微挪動，抬頭看見淡褐色眼睛正望著她。威廉。

她一定睡著了，而且從頭到尾黏著他不放。兩人坐在地上，正好是他進來時落坐的地方。他居然不曾移動。

「你坐在這裡多久了？」她問道。

「大概兩小時。」

「你應該把我放下來。」

她微微扭動，但他的手依然擺在原來的位子。「我不在乎，反正我喜歡抱著妳。」

瑟芮絲緊偎著他，頭枕著他的肩膀。他僵住，隨即把她摟得更緊。

「我是不是看起來很糟？」她問。

「是。」

威廉就是這樣，不會撒謊。

柔和的燈光輕輕灑落，照亮她的藏身處。這地方現在看起來變得可憐兮兮，牆上掛著死人的照片，椅子也舊了。她從小就把這裡當作祕密基地，現在卻好像第一次見到。她本來應該會難過，但她的心已經空掉，她把所有悲傷都哭出來了。

「我得向雲雀解釋這件事。」一想到此，她頓覺畏縮。「而我也不知道我爸是死是活。」

她的聲音發顫。威廉將她抱得更緊。

「妳有沒有看過雲雀常去的那棵樹？」他低聲問道。

瑟芮絲點頭，「怪物之樹。」

「她到底怎麼了？」

瑟芮絲閉上眼睛，困難地吞嚥，「奴隸販子害的。我甚至不知道這些傢伙從哪裡來，我們一直查不出眞相，總之得有人帶他們穿越邊境才行。我的遠房親戚莎莉絲特陪著雲雀，當時雲雀還是蘇菲，她倆帶著酒走水路去病木。雲雀想幫媽買生日禮物……」

她講到這裡稍微哽住。

「所以莎莉絲特就帶著雲雀搭船，想用一箱酒換一些裝飾品。奴隸販子開槍擊中莎莉絲特的頭部，一顆子彈就要了她的命。她落水後，雲雀跳下河裡找她。奴隸販子等她浮出水面時，用船槳打昏她，再將她帶去沼地的營地，把她關在地洞裡。那個洞晚上會淹水，水深及膝，她只能坐著睡覺，免得溺死。爲了找她，我們幾乎翻遍所有地方，帶著狗去每個角落找。」

他環抱瑟芮絲，把她拉得更近。

「她說隔天，有個人跳進洞裡，也許是想對她性騷擾。對方可能得逞了，至少有到某種程度。雲雀也會施展一點電光，雖然準頭欠佳，但發出來的依然是強勁的白電光，她用電光射那人眼睛。」

「連腦袋也炸熟了。」威廉說。

「對，奴隸販子把屍體丟在洞裡，而且不給她飯吃。我們八天後才找到她，因爲祖母不在，她剛好進沼澤一星期，這是她每年的例行活動，回家後她就像我今天一樣，利用我們冰在冷凍櫃的奴隸販子屍體，召喚拉斯特・艾迪兒出來。我本來應該自己做，但當時還不懂方法。」

瑟芮絲吞一口口水。「等我們找到營地，滿地都是洞和小孩，有些孩子已經死了，奴隸販子並沒有妥善照顧商品。」

「妳有沒有殺死他們？」威廉的聲音轉爲刺耳的咆哮。

「噢，有啊，不留半個活口。如果有時間，我一定會拷打每個王八蛋。我們把雲雀從洞裡拉出來時，她雖然虛弱，但還活著，可以自己站立。整整七天沒有食物，她應該會更虛弱。」

瑟芮絲閉上眼睛。對他訴說這段往事，就像狠狠撕掉傷口上的痂。

「妳認為她吃了那具屍體？」威廉問。

「我不知道。我沒問，只是很高興她還活著。威廉，她生還後變得很怪，一開始是頭髮和衣服髒兮兮，後來她常跑進樹林，而且整天不說話。於是就有了怪物之樹，母親是她唯一信任的人，而現在只剩下我了。」

「樹林裡真的有怪物。」他說，「它想襲擊雲雀，我還和它打鬥。」

瑟芮絲抬起頭，「有怪物是什麼意思？是『手』的怪胎嗎？」

威廉搖頭，「我認為不是。」

「長什麼樣子？」

威廉皺眉說道：「很大，長尾，很像超大蜥蜴，有些地方還長毛。我砍了它一刀，傷口居然在我眼前迅速復元。」

該死。

威廉望著她。「我不知道那是什麼，但妳祖母知道。她對怪物唱高盧語的搖籃曲。」

奧姿祖母？「你怎麼都沒說？」

他舉起空著的手，「我不曉得它是不是妳家的寵物或朋友，還是什麼遠親，也許是妳另一個表哥……要是我猜中了，麻煩告訴我一下。」

瑟芮絲推開他的懷抱，「它既不是家裡的寵物，也不是親戚！我不知道那是什麼鬼，也沒聽過那種東西。」

「去問妳祖母。」

「她要睡覺，今天她施展了艱深的魔法，需要幾天時間恢復體力。」

瑟芮絲向前癱倒，他輕撫她的背，爲她按摩疲乏的肌肉，手指溫度透過衣服撫慰著她。威廉的動作就像愛撫貓咪。「那麼，如果我殺了它，妳會不會生氣？」

「如果它跑來害我們，我會自己把它碎屍萬段。」她告訴威廉。

他手向下挪，但隨即移開。他又找回自制力了，早上那頭發狂的野獸已被他再度藏起。

瑟芮絲向後靠著威廉，他的手摟著她的腰，把她拉近。他的身軀強壯溫暖，坐在他的懷裡，一種安靜的滿足感填補她空虛痛苦的內心。

「二十歲那年，我認識一個男人。」她告訴威廉，「他叫托比亞斯。」

「妳牆上也掛著他的照片？」威廉問道。瑟芮絲感到他聲音透出一抹咆哮的意味。

「在左上角。」

威廉轉頭，臉色變得難看。「帥。」他說。

「哦，是啊，他眞的很好看，好像殘境的電影明星。我很愛他，願意爲他做任何事。我們本來準備結婚，他幾乎可以算是這個家的一份子，爸甚至讓他處理某些生意。」

「然後呢？」

熟悉的痙攣攫住她的心。她微笑說道：「我發現帳有問題，賣牛的錢有一部分不見了，是托比亞斯拿的。」

「妳有沒有宰了他？」威廉問。

「什麼？沒有。我逼問他，他還想否認，我猜可能是我的樣子太可怕，最後他忽然決定攤牌，把他的偉大計畫全說出來。他打算儘可能搜刮錢財，然後逃去殘境。他想騙我，說這一切全是爲了我們，還想說服我跟他走，但我看得出來他在撒謊。反正這些人眼裡永遠只有錢，從來沒有我。」

「那妳怎麼處置他？」威廉問道。他的聲音沒有洩露任何心情，瑟芮絲猜不出他對整件事的想法。

她咧嘴笑道：「哦，他既然想去殘境，卡爾達和我就把他塞進麻布袋，讓他跨越邊境。卡爾達偷了一輛車，我們載他去大城市紐奧良，把他丟在法院的台階上，就只有他和裝他的麻布袋。殘境是個有趣的地方，他們不太喜歡沒有身分證的人在當地出沒。」她仰起臉。「如果我殺了他，你會不會不高興？」

威廉望著她。瑟芮絲覺得自己應該緩過來了，因爲她又開始想要抬起頭親吻他，只得竭力壓下衝動。

「不會。」威廉說，「但我知道這樣一來妳會不高興。」

她緊偎著他。「該你了。」

「什麼？」

「換你告訴我你的故事。」

威廉別過視線。「爲什麼？」

「因爲我已經說了我的故事，而且很客氣地請你照做。」

威廉低聲咆哮，琥珀光在眼裡流轉，瞬間即逝。她爲什麼從來不曾做過合理的推論，從他眼中的光芒猜出他的眞實身分？

「曾經有個女孩。」他說。「我在邊境遇見她，也喜歡她，爲了她，每件事都做得正確，每句話都說得好聽，但一點用都沒有。我不知道爲什麼，反正就是沒用。我猜，她不需要再添一個問題多多的人。她要照顧兩個弟弟，於是和我最好的朋友走了。這樣對她來說很好，對方很穩定，永遠知道什麼是對的，而且永遠不會做錯。」

瑟芮絲的臉部肌肉抽了一下。「你才沒有問題多多。」

他齜牙咧嘴，「別騙自己了，妳早上也看到我的樣子。」

瑟芮絲深吸一口氣。「你是不是像喜歡那個女生一樣喜歡我？」

「不是。」

她覺得活像被打了耳光。威廉愛過另一個女孩，但白痴女人根本不要他。她怎麼會不要他？他衝進空地搶救小孩，而且只有他敢，其他人避之唯恐不及。

瑟芮絲咬著唇。她不會委屈自己領個安慰獎，她至少還有一點該死的骨氣。

但在她和他一刀兩斷前，她必須完全弄清楚彼此的角色。如果這麼做需要犧牲一點骨氣，那也無妨。反正除了他們，沒有第三人知道。

「哪裡不同？」

他仰起頭，深黑頭髮落在肩上。「我和蘿絲在一起時，知道該說什麼，我可以退後一步，和她說話。我的腦袋裝滿雜誌登的所有廢話，背出來很容易。」

「那和我說話很難嗎？」爲什麼？因爲她是沼澤女孩？該說哪些雜誌上的東西才適合？

威廉刻意移開視線。「我不喜歡妳不在，如果沒看到妳，我就不能安心。如果看到妳和別的男人說話，我就想把他的喉嚨挖出來。雜誌那些話也都不適合對妳說。」

哦，這非得是好的才行。「哪一類的話？」

他嘆氣。「某些經典句子，好比『妳是我的一切』，或者『妳從天堂摔下時會不會痛？』。」

她忍不住笑起來，笑得歇斯底里又斷斷續續，怎麼也停不下來。

威廉再度嘆氣。「妳幹嘛笑？」

反正不笑，就準備哭。

「瑟芮絲？」

「你會不會問我，我爸是不是小偷，因爲他偷了星星，還放進我的眼睛？」

他放開她。「別提了。」

笑聲終於消失。「那叫分裂，對不對？」她問道。「就是你早上的變化。你這樣的人會分裂，因爲你變得——」

他撲過去，眨眼間將她壓制在地，龐大的身軀箝制她，眼中燃起火焰。

刺激感如閃電擊中瑟芮絲。她覺得緊繃的肌肉瞬間硬了起來。

機不可失。

瑟芮絲咬著下唇。「唔，比爾大人，你還眞把我困住了。」

威廉咆哮。她直望進他的眼底，看見深藏的野性。「狼。」她喃喃低語。「我想你是一匹狼。」

「妳什麼時候知道的？」他的聲音化爲參差不齊的咆哮，她彷彿在和動物交談。

「有一段時間了。昨天你在這裡找到我時，我正在讀變形者的書，因爲我已經知道。」

瑟芮絲屏住呼吸。她的心跳得太快，宛如正在逃命。冰冷的焦慮沖刷著她，一個月前還安穩的世界如今分崩離析，她連一小塊都握不住。萬一她弄錯了呢？萬一一切只是奢望？如果她誤解他眼中的渴望，他就此拋下她，轉身走人……她可以應付，她知道自己應付得來，因爲她沒有選擇餘地。但光是想到他毅然離去，想像整個經過，她就覺得喉嚨活像被緊緊掐住。她奮力掙扎，想把話說清楚。

「比爾大人，你從現在起要非常小心，因爲你的處境很危險。」

威廉盯著她，顯然不明白。她搜尋他的臉，找不到答案。眾神啊！這感覺眞是折磨人。

瑟芮絲勉強擠出笑容。「像你這種變形好男孩，不該和沼澤女孩玩。」

「什麼？」

她抬頭湊到他耳畔，覺得自己像站在懸崖邊。只要再向前跨一步，不是跌下萬丈深淵，就是展翅高飛。「你會被蠱惑。」

他張大眼睛，激烈的情感在熾熱的琥珀色裡翻騰。

她迎上前去親吻他。她的唇壓著他的嘴，請求著，索要著。*回吻我，威廉，回吻我！*

他張開嘴，瑟芮絲的舌尖立刻滑進去，輕舔他的舌。他嘗起來一如想像中般美好而狂野，她吻得更深更重。

威廉猛力將她拉近，嘴鎖定她的唇，接管這個吻。他吻她的方式宛如正和她做愛，彷彿只有一次誘惑她的機會，而這就是那千載難逢的好機會。瑟芮絲抓緊他硬實的身軀，雙手沿著肌肉發達的頸項遊走，手指滑過他的髮際，感受指尖底下絲滑的觸感。

威廉把她抬離地面，背上的肌肉隆起。他再度親她，舌頭急急伸入她發熱的口中。她的氣息被堵住，但她不在乎。

威廉粗糙熱燙的手愛撫她，伸進衣服裡輕觸每個部位，在她的脖子、背部和臀部遊走，直到她像急切的貓一樣拱起背部。他的嘴找到她脖子的敏感部位，輕輕的電流從脖子爆出，直竄趾間。她驚喘，威廉則再度親吻敏感之處，以雙唇輕擰。

「噢，眾神啊！」

威廉眼中閃著饑渴的光芒，還有掠食動物的滿足。「我叫威廉。這是很常見的錯誤。」

她的雙手在他的胸膛游移，感受皮膚底下硬實的肌肉。「傻子。」他發出狼一般刺耳的笑聲，令她瘋狂。他的手在她的雙腿間遊走，愛撫大腿最敏感的部位。她則以火熱的速度解開襯衣釦子，渴望體驗他壓在自己身上的感覺。他也急忙脫掉上衣，一把抱住她，再次親吻她，舌頭突襲她的嘴，喉嚨深處發出嚎叫。她品嚐他，不由得目眩神迷。

「別離開我。」她低語。

「永遠不會。」威廉告訴她。

心裡最後一點恐懼消融殆盡，只留下快樂和需索。

威廉捧起瑟芮絲的臀部，把她拉近，硬挺的勃起透過牛仔褲探進她的雙腿間。瑟芮絲抓著他寬大的肩膀，稍微往下挪動，以上身摩挲他。

威廉的手滑上她的背部，她的胸罩忽然脫落。他以瘋狂的琥珀眼凝望她。「妳把我逼瘋了。」

中！他可不知道她等這句話多久了。「不能怪我，你本來就瘋了。」她深吸一口氣，親吻他完美的下頷，體驗鬍碴輕刺的觸感。他的氣味聞起來這麼好，乾淨而濃烈，充滿男人味。「瘋狂，瘋狂的狼。」

「聽是誰在說話？」

他的手滑過她的乳頭，驚人的歡愉爆發，竄過她的全身，如此出乎意料，她幾乎想要躲開。他低下頭，輕舔她的乳房，吸吮乳頭，一開始十分輕柔，接著逐漸加重力道。他稍微抬頭，讓兩邊乳頭接觸冰冷的空氣，再銜起敏感的花蕾，一再重複，直到她就要失聲尖叫。

她的皮帶被解開，牛仔褲半褪。

「她大概在上面。」卡爾達的聲音從下面傳來。「我上去看看。」

「瑟芮絲？」是雲雀的聲音。

他們非停下來不可，眞是可惡到了極點。「威廉！」

他還在繼續。哦，不，不，她可不能在牛仔褲褪到膝蓋時被小妹撞見。尤其是現在，今天絕對不能，她還沒有對妹妹解釋母親正瀕臨死亡。

「威廉！」瑟芮絲大叫。

威廉的手滑到她的內褲底下，戲弄地將它拉下。

「住手！」

腳步聲正逐漸接近門。

她往威廉的頭狠狠打了一拳。

威廉嚇了一大跳，好像被人猛力搖醒，立刻翻身離開她。她拚命把牛仔褲穿回去。

樓下的門忽然大開。

威廉一躍而起，奔過室內，衝到陽台上，躍過欄杆。她朝左邊全速衝刺，一屁股跌坐在她專屬的椅子上，不忘把胸罩拉回原位，扣上襯衣的釦子。

卡爾達走上樓梯。「瑟芮絲？」

她故意打個哈欠。「怎樣？」

「妳在這裡。」他坐進另一張椅子。威廉在他背後，本來已經躍過欄杆，現在卻單手撐起全身，跳回欄杆上。

「珮蒂嬸嬸把大家嚇壞了，她還以爲妳會輕舉妄動。」

威廉站在欄杆上面，那該死的欄杆了不起兩吋寬，他居然在上面走來走去，好像踩著堅硬的地面，而且他還一邊在卡爾達背後做出噤聲的手勢。

瑟芮絲努力裝作沒看見他。「我從來不會輕舉妄動。」

威廉用嘴形無聲地抗議：「胡說。」

「她看見妳和貴族一起離開。」

瑟芮絲挑高眉毛。「我自己痛快地大哭一場，坐在椅子上睡著了。難道你以爲會看見我躺在地上，半裸地和他親熱？」

威廉點頭如搗蒜，臉上浮現大大的笑容。

「妳如果那樣，我也不意外。」卡爾達說，「他也是。誰知道他會做出什麼好事來？」

威廉做出割喉的動作。

「你要是不小心一點，他可能會宰了你。」瑟芮絲告訴卡爾達。

「誰？威廉？我們可是最好的朋友。」

威廉大翻白眼。

「感情好得不得了，我相信。」她咕噥幾句。

「妳如果決定和他親熱，不妨試試故意被別人活逮。」卡爾達說。「這樣可以輕易把他綁進婚姻。」

「我會牢記這一點。」

卡爾達的表情好像吃到什麼酸臭的東西。「關於融合，妳想不想談談？」

她滿腦子慾念瞬間煙消雲散。「現在不想。」

「妳明天得和全家人說。」卡爾達提醒她。

「我知道。今晚上床睡覺前，我會先對雲雀解釋。」瑟芮絲起身，卡爾達也站起來。威廉筆直往下跳，害她差點倒抽一口氣。「我要去拿髮帶，我忘在外面了，馬上就下樓。」

她走到陽台，感覺卡爾達還在背後盯著她。威廉攀著欄杆邊，腳抵著牆，看起來很輕鬆。說實話，她眞搞不懂自己。總之威廉抱著她時，她覺得快樂又安全。她的世界正在瓦解，她卻只想和他在一起，想得要命，哪怕只在極樂世界享受兩分鐘也好。

「今晚。」她以嘴形無聲地說，「我房間。」

威廉開心地咧嘴笑了，表情宛如野生動物。瑟芮絲轉身，和卡爾達一起下樓。

第二十四章

瑟芮絲一覺醒來，發現臥室一片漆黑。她愣了一下，回過神來，聽到身旁傳來細細的聲音，她認出那是雲雀的呼吸聲。

對雲雀解釋整件事並不順利。瑟芮絲竭盡所能，但雲雀聽進去的只有「母親再也不會回來」這一句。永遠不會回來。可憐的孩子崩潰大哭，極度絕望地哭了又哭。瑟芮絲起初還嘗試安撫她，後來受到影響，心跟著糾結，乾脆也哭起來。你也許會以爲她的眼淚早就乾涸，但她和雲雀一樣痛哭失聲。姊妹倆擠在一張床上，因著失去母親的痛苦和不公平而哭。過了很久，瑟芮絲好不容易停止，便抱著雲雀喃喃說著安慰的話，輕撫她的頭髮，直到妹妹縮成一團，像生病的貓般嗚咽地睡著。

瑟芮絲看著天花板。沒有噪音打擾此刻寧靜，她沒聽見聲響，也沒看見東西，但一定有什麼驚醒了她。

她慢慢坐起身，轉頭望著朝迴廊敞開的高窗，有一雙發亮的眼正透過玻璃窗凝望著她。

是威廉。

他沒有穿上衣。月光在他的背和肩膀遊走，沿著雕刻般的二頭肌移到如盾牌般的側腹，再到窄窄的腰間。他深黑濃密的長髮垂在肩上，站姿宛如掠食動物般從容而優雅，美麗而可怕。他以令人難以置信的渴望凝視她，她曾在湖畔小屋見過同樣的眼神。那熱切注視奪走她的呼吸，她不知道自己該昏厥、尖叫，或者乾脆完全清醒過來。

他動了一下，以指節輕敲窗子。

不是在作夢。他在陽台現身，而且想進屋。

瑟芮絲搖搖頭。不行。她一心想要他，想得心都快痛了，但雲雀更需要她。

威廉舉起雙手。為什麼？

她彎身過去，非常輕柔地拉開毯子，露出雲雀一頭亂髮。

威廉的臉立刻垮下來。他的身體前傾，一頭撞向玻璃。

「啊！」雲雀驚跳起來。「瑟芮絲！瑟芮絲！」

瑟芮絲連忙橫身擋在妹妹和窗戶之間。「怎麼了？」

「有怪物，窗子那裡有怪物！」

瑟芮絲抱起雲雀，轉個方向，不讓她面向窗外。威廉趕緊扯下褲子。一陣痙攣攫住他，令他抽搐，折彎他的手臂，肩膀也扭曲變形。瑟芮絲吞下一大口口水。「那邊沒有東西。」

「有一隻怪物！我看見了。」

威廉的肌肉像融化的蠟油流動，他化為四隻腳動物，濃密的黑毛包覆全身。他抖抖身體，巨大的黑狼出現在窗邊，灼灼雙眼宛如兩個狂野的月亮。

她不只看見怪物而已。當然不只。

瑟芮絲頸背的寒毛豎起，她再度吞嚥。「聽著，寶貝，不是怪物，只是一隻狗。有沒有看到？」

雲雀推開她，看看窗外。「哪裡來的？」

「牠是威廉的狗。」那匹要命的狼根本就和小馬一樣大，居然硬說是狗。

威廉對窗輕抓幾下，還舔一舔玻璃。

「威廉又沒養狗。」

「他當然有養。這隻狗一直待在森林裡，才不會和我們的狗打架。有沒有看到？牠很乖。」瑟芮絲起身，打開窗子。威廉慢慢地走進來，像巨大的黑影，頭枕在雲雀旁邊的床單上。她伸手摸摸牠深黑的毛。「牠真的很乖。」

「來吧。」瑟芮絲調整枕頭。「試著再睡一下。」

她鑽進被窩，躺在雲雀身旁。威廉跳上床，靜靜躺在她們的腳邊。「乖一點。」瑟芮絲告訴他。

他打個哈欠，露出和她的小指一樣長的白牙，然後喀嗒一聲閤上嘴。

「瑟芮絲？」

「嗯……？」

「妳不會任由他們對媽那樣，是不是？」

「嗯，我不會。」

「妳得殺了她。」

「我會的，蘇菲，我會的。」

「妳動作會快一點，對不對？我不希望她很痛。」

「我會非常快。現在睡吧，明天早上就不會那麼傷心了。」

瑟芮絲閉上眼，感到威廉稍微挪動，以便騰出空位讓她伸腳。她終於可以暫時安心。明天會是可怕的一天，但現在有這匹超大的狼在腳邊守護，她心頭湧現奇特的安全感。

瑟芮絲醒來時，威廉已經不見。他在這裡待了大半夜，她在黎明來臨前醒過一次，那時這隻粗毛動物還躺在床上，現在不知上哪去了。

她起床穿衣服，回想起來真是瘋狂。她知道他終究會變為動物，畢竟變形者本來就如此。但親眼目睹變身過程，就像和拉斯特．艾迪兒打照面一樣。這是多麼古老而原始的魔法，無法套用外公教的任何公式。這魔法狂躁、暴怒而野蠻，宛如山崩或風暴。

在拉加記憶中看見的日記令她心煩，看起來就像外公記錄種植時程表和研究心得的那本日記。它一定是關鍵，在這一大片亂七八糟的拼圖中，它是最後一小塊。

她在前院找到理查，他正看著安德烈替他打磨大砍刀。

「我需要去一趟塞尼。」瑟芮絲告訴理查，「你要不要和我一起去？」

理查沒有問原因，只是牽了兩匹馬出來，兩人便騎馬離開。

半小時後，瑟芮絲站在塞尼莊園腐朽的門廊上。她在這裡有過無數快樂回憶，園中花木扶疏，通往溪流的小徑掃得乾乾淨淨，牆面漆成喜氣洋洋的亮黃色，就像太陽，外公漆完後是這麼說的。外婆聳聳纖細的肩膀說：恭喜你，弗納，你把房子搞得活像超大的雞寶寶。

她依稀聽見他們的嗓音在空中迴盪，但兩人已經不在人世。很久以前，被瘟疫所害。她連外公外婆的遺體都沒看見，只有兩具牢牢釘住的棺材。遺體被發現時已經爛了幾天，父親說看起來很糟，不適合讓大家瞻仰遺容，瑟芮絲只能對著木頭蓋子道別。

外祖父母留下的只有這空房子，被人遺忘且荒廢多年。花園一度雜草叢生，如今則一片荒蕪，因為拉加用除草機把草全割了。

一片鮮紅色吸引她的注意，她瞇眼細看，原來是苔蘚，這裡的人都把它稱為壽衣。這種植物又短又粗，在沼地中隨處可見，以腐肉為生。動物若是倒斃，它會在整個屍體擴散開來，兩天後就長出厚厚一層，只看得到一片紅色裹著一大團東西。它居然出現在花園裡，真是奇怪。

理查對門廊邊一小片紅草呶呶下巴。「拉加的手下漏了這一塊。」

「我超討厭那種草。」瑟芮絲嘆氣地說。

「是啊，我記得。那是耳痛茶的材料。」理查點頭。「以前妳外公每天早上都逼我們喝，還眞有效。我記得耳朵後來再也沒有痛過。」

「我只記得那玩意兒害我吐，我大概寧可耳朵痛也不要喝。」

「呃，不曉得。」理查薄薄的嘴唇揚起一抹笑容。「也沒那麼難喝吧。」

「眞的很可怕。」瑟芮絲雙手環抱自己。

理查對門呶呶下巴，「妳耽擱愈久，就愈跨不進去。」

他說得沒錯。瑟芮絲深吸一口氣，越過血跡斑斑的門廊，來到扭曲地掛在鉸鏈上的門前。不能再浪費時間，她邁步進屋。

房子以昏暗和霉斑迎接她，潮濕的霉味撲鼻而來。她走過右邊的起居室，走道曾鋪著磚紅色小地毯，如今地毯已經又髒又破，和舊抹布差不多。地板被濕氣弄得變形，板子從破裂處露出來。

屋裡很冷，她每踩一步都讓地板震響。身後的理查停了一下，上半身前傾，檢視起居室。

「沒有害蟲。」他說，「沒有動物的排泄物，也沒有啃咬的痕跡，也許瘟疫還沒散。」

「也許只是因爲這屋子沒有活物。」裡面的居民已經過世，屋子也變得破敗，不想或不能維持生命。

「我們愈快出去愈好。」

一扇門隱約矗立眼前，是圖書室。記憶中的畫面隨即浮現：充滿陽光的房間，樸實簡單的桌子，牆壁排滿書架，架上堆滿書籍，外公抱怨陽光害頁面的墨跡褪色……

瑟芮絲以指尖推門，它「吱嘎」一聲地開啓。橡木桌倒在亂七八糟的廢墟裡，書架被拖離牆邊，碎成片片，一堆又一堆的木片散落各處。書本在地上堆得很高，有些攤開，有些闔上，宛如一道印花瀑布，也像蝴蝶的屍堆。圖書室不僅被洗劫，甚至是被搗毀，好像孔武有力的人在裡面發洩怒氣。

身後的理查發出細小聲音，聽起來很像威廉的咆哮聲。毀掉外公的圖書室，對他來說好比掘開他的墳墓，朝他遺體吐口水，這是一種褻瀆。

瑟芮絲在書堆旁蹲下，撫摸硬皮精裝書，手立刻沾上濕滑的爛泥。她捏著書的一角，把它抓起來，一張書頁被扯破，書離開地板，卻留下一些頁面黏在地上。長長的灰色和黃色霉斑從書頁蔓延到封面，把所有頁面黏在一起。

「這一團混亂已經很久了。」理查喃喃地說。

「沒錯，不是史派德幹的。」

恐懼在心底擾動。任何人都有可能洗劫圖書室，畢竟房子已經廢棄多年。然而，總覺得有哪個地方不對勁。賊若是單純跑進來偷東西，不會故意把書全丟到地上弄壞。

瑟芮絲繞過書堆，決定仔細觀察牆面，便縱身躍過桌子的殘骸。她落地時踩到黏滑的東西，差點一屁股跌坐下去。老舊牆面上有很多鑽孔，還有粗長而平行的痕跡，是爪印。她張開手，與牆上的爪痕比對，但手不夠大。這到底是什麼？

「過來，看看這個。」

理查以一貫優雅的姿態躍過書堆，摸摸爪印。「這是超大型動物留下的，看看那痕跡多深，可見牠有多重。我大膽推測，可能重達六百磅以上。動物沒道理會進來，這裡又沒有食物，而且四周全是空地。如果這是動物，還會留下其他證據，比如說排泄物或毛，以及更多爪印。但是，看起來就像這隻動物忽然闖入，把這裡整個搗毀，隨即離去。」

「牠闖進來像是專程要弄壞這些書。」

理查點頭。

「威廉說他在森林裡看見怪物，長得很像超大隻蜥蜴。」

理查皺起眉頭。「他去森林裡幹嘛？」

「雲雀帶他去看東西，結果怪物攻擊雲雀，威廉就和它打起來，顯然奧姿祖母有伸出援手。」

「妳喜歡那個貴族。」理查謹慎地說。

「很喜歡。」

「他喜歡妳嗎？」

「嗯，喜歡。」

「你們倆有多喜歡對方？」

她忍不住露出笑容。「已經夠喜歡了。」

理查以長指輕拍鼻邊。

「別這樣。」她揮一下手，當作請求。

「我們對他一無所知。他既是貴族，可能在他的世界裡揹負許多責任和義務，也許他是休假中的軍人。萬一他有老婆呢？萬一有孩子呢？他可以想和妳在一起就在一起嗎？」

「他已經退伍了，也沒有老婆和小孩。」

「妳怎麼知道？」

「他自己說的。」

「他可能是撒謊。」理查柔聲說道。

「理查，他是變形者，撒謊對他來說很難。」

理查後退一步，張開嘴，看得出來心裡很掙扎。「變形者。」他終於擠出三個字。

瑟芮絲點頭。

「哪一……」

「狼。」

理查清清喉嚨，「哦。」

她等他開口。

「反正還有更糟的。」他終於說出來，「愛芙妮雅嫁給縱火犯，傑克的太太則是偷竊狂。考量到這兩個人的配偶，我想，變態殺人狂也不是多麼怪的選擇。反正我們都得應付，天曉得！總之我們大家訓練有素，再怎麼說，他至少是個打架好手。」

瑟芮絲露出微笑。「謝謝。」

「當然嘍，我們是一家人。」理查說，「如果妳愛他，他也愛妳，我們願意盡可能讓妳過得快樂。」

瑟芮絲轉身面向牆角，那裡曾經有小書架，上面擺著種植日誌，如今書架已經傾倒。她抬起書架，把它扶正。沒看到日誌，只剩下一團濕漉漉的紙漿，也許以前是書，但現在成了昆蟲家族的避風港。日誌已經不知去向。

他們離開圖書室，前往廚房。兩扇窗戶大開，新裝設的鐵柵在晨光中閃閃發亮。風吹得枯葉沙沙作響，瑟芮絲踩著陶瓷碎片前進，腳下傳來陣陣碎裂聲。有個破盤子，還有一把刀。她拾起刀，削皮刀細薄的刀尖已經不見，刀身則沾上了深棕色污漬。她用指甲刮污漬，深棕色附著物隨即剝落，化為小碎片掉在地上。

「是血。」理查說，「刀身沾滿了血，一定是從頭到尾沒入某個人的體內。」

「可能是我外婆在煮東西。」

理查搖搖頭說：「她煮東西時，一定會先把血水滴乾，這把刀是刺進了活體內。」

瑟芮絲看看刀，大約三吋長，或許有四吋。「若要傷人，這刀也太小了，我是有這個本事，但外婆呢？她還沒舉刀就先昏倒了。再說，他們是死於瘟疫。」

「那只是推測。」理查走到水槽邊。

「只是推測？什麼意思？」

「我們又沒看到遺體。妳看，有盤子。」

水槽裡堆了一小疊髒盤子，右邊有兩個灰撲撲的玻璃杯倒放在托盤上。外公習慣把杯口朝上擺放，他認爲這樣比較通風。外祖父母常爲這件小事起口角。

瑟芮絲也來到水槽邊。「所以說，當時我外婆正在洗碗盤，忽然遭到攻擊。於是她隨手抓起一把刀，轉身……」瑟芮絲拿著削皮刀轉身。「這把刀的前面斷了。」

「她一定是抓了盤子，說不定抓了好幾個，朝攻擊者丟過去。」

瑟芮絲把刀擺在流理台。「然後呢？」

理查拉著她的手肘，讓她轉身，指著櫥櫃。櫃子的門血跡斑斑，黝黑的木頭上也有發黑的斑點，門把被厚厚的硬皮包覆，上面還纏著幾根銀色長髮。

「不管她是遭到什麼東西攻擊，總之她被打倒。」理查撥開地上的落葉，現出長條發黑的污跡。「還被拖出去。」

他們沿著血跡穿過廚房，經過走道，進入臥室。血噴灑在四面牆上，已經接近黑色，床頭板由左到右全是血跡，彷彿有人先把全身泡進血池裡，再來這個地方跳舞。

「看床。」理查低語。

他抓住破床墊邊緣，她抓住另一邊，然後抬高，床墊離開地板。只見貼地的那一面長滿大片霉斑，看起來不太妙。瑟芮絲湊過去，用袖子刮霉斑，驚見底下的深棕色痕跡。是血，超大一片，沒有人流那麼多血還能存活。

沒有瘟疫，沒有熱病，沒有疾病。她的外祖父母是被謀殺的。

她望著理查，他正在壓抑怒火。

「家裡的人騙了我們。」她說。

「沒錯，他們撒謊。」

□

廚房鬧哄哄的，充滿憤怒的嗓音，四十六個壓力破錶的大人互相吼叫，誰也不讓誰。畢竟最近發生的事令家族大大蒙羞，葛斯塔夫被綁架，珍妮芙遭融合，加上瑟芮絲外祖父母珍愛的房子被洗劫。瑟芮絲讓他們盡情發怒，必須將怒氣宣洩完畢，才能對他們講道理。她多麼希望威廉陪在身旁，但他必須待在外面，因爲這是馬爾家的私事。

「他們竟敢跑來我們的土地！」米基塔扯開大嗓門炮轟，「我們的土地耶！還綁走我們的人！我們可是馬爾家，沒有人可以做出這種事還能活命，一定要幹掉他們，讓他們不得好死。」

「我們要盡一切所能，把他們打得落花流水！」卡爾達大叫。

「你們全都失去理智了。」年齡較大的喬安娜原本倚著牆，此刻站直身子說道。她是和珮蒂嬸嬸同輩的親戚。「得爲小孩著想，我們要面對的可是『手』。」

卡爾達轉身對她說：「妳有三個女兒，以後我要怎麼把她們嫁出去？家裡沒有錢，也沒有未來。目前別人還願意與我們家的人結婚，那是因爲他們知道萬一發生事情，大家都會團結一致，支持家人。到時妳家大女兒哭哭啼啼來找我，說她戀愛了，但對方不會娶她，我們甚至無法負擔她的婚禮，妳要我怎麼辦？愛會消逝，只有恐懼長存。」

「如果對方眞的愛她，不管姓什麼都不重要！」喬安娜吼叫，「愛能克服一切！」

「眞的？這是妳的經驗談？那麼妳的鮑比怎麼會不見人影？還有，他爲什麼不照顧自己的小孩？」

「不准你對我的小孩說這些！」

「我們一定要戰鬥。」穆莉德的聲音嚴謹又刺耳，在噪音中異軍突起。「沒有選擇餘地。」

「穆莉德姑姑。」瑟芮絲勉強以慣有的聲調喊她，口氣依然親切，但聽得出火氣不小。「妳騙了我們。」

所有人剎時安靜下來。

「妳、珮蒂嬸嬸，還有我父母。你們騙了大家。今早我們去了塞尼莊園，發現我外祖父母根本不是死於瘟疫。」

珮蒂嬸嬸偷偷看看穆莉德。

「我們發現血跡。」理查說，「非常大量的血，牆上還有爪印。」

穆莉德抬起頭說：「本來就沒有熱病，妳外公發狂，在臥室殺了妳外婆。」

瑟芮絲心頭湧起一股寒意。不可能。「爲什麼？」

「我們也不清楚。」珮蒂嬸嬸說，「那年春夏，他變得孤僻，很少來主屋。妳母親認爲他心情不好，便和妳父親過去拜訪，結果發現妳外婆的遺體。他像劈稻草娃娃一樣，把她分屍。由於你們這些孩子很愛他，我們決定不讓你們知道，免得大家痛苦。」

「可是葬禮上有兩副棺材。」瑟芮絲直視穆莉德姑姑。

「想必是妳父親殺了弗納。」穆莉德說，「這是最合理的解釋。我沒有見過遺體，葛斯塔夫也不願意提起塞尼莊園發生的慘劇，只說不能在葬禮上瞻仰遺容。我不知道當時他是出於自我防衛，或者單純替妳外婆報仇，只知道他帶了兩副棺材回來，蓋子都已經用釘子封死。」

瑟芮絲的腦海浮現牆上的爪印，怎麼也甩不掉。那些爪子，森林裡的怪物，還有她的外祖父母，不知道爲什麼，這幾件事似乎有關連。

瑟芮絲搜尋伊瑞安的身影。「伊瑞安？」

「什麼事？」他擠到前面。

「等家庭會議結束，我要你帶兩個男生去挖我外公的墳墓。」

室內響起一片驚喘聲。

瑟芮絲冷冷地凝望每個人。敢阻止我就來吧。「我想查清楚他的死因。」她掃視眾人的臉。「現在先不管這個謎題。今晚我們去找『手』算帳，我得結束我母親的生命，在此先把所有事說清楚。」

「我認爲妳根本不該去。」伊瑞安平靜地說。「也覺得大家都不該去。『手』太強大，攻打他們太冒險。」

瑟芮絲盯著他。「伊瑞安，每次打架，你可是第一個衝鋒陷陣的！」

他點點頭，表情出奇理性。「正因如此，你們更有理由聽我的。席里爾家已經死光了，世仇終結，敵人既已消滅，這場仗也打完了。妳現在又要讓我們去涉險，為的是什麼？妳母親已經不在，我們甚至不清楚葛斯塔夫是不是還活著。」

背叛的話語刺痛她的心。在所有家人中，她原本以為反對的會是理查，不料竟是伊瑞安。理查為人謹慎，伊瑞安則是打架絕對要贏。「你到底是怎麼回事？你從十歲起就是我的親哥哥，伊瑞安！你可是我父母養大的！」

他交扠雙臂。「瑟芮絲，我們得為家族著想，攻打『手』顯然是愚蠢的行動。妳的傷還沒好，所以腦筋不清楚，自己好好想想吧。如果他們不是妳爸媽，妳一定會同意我的看法。」

她辯不過伊瑞安，從眾人的表情便看得出來。瑟芮絲咬緊牙關，強迫自己的聲音平穩流暢。如果他想吵架，她奉陪到底。「所以，你認為我們應該在鼠穴裡藏頭縮尾？」

「沒錯。」伊瑞安的眼睛如水晶般澄澈。「瑟芮絲，他們全是怪胎，我們不夠強大。」

「我有一個更好的主意。何不把大多數人派去病木，在法院門口脫下褲子，然後彎腰鞠躬？這麼做等於對全沼地宣告我們的立場。」她向前傾身。「伊瑞安，請保持馬爾家人該有的樣子，還是說我錯過了什麼？難道席里爾家在那場戰鬥中割了你的蛋？」

他立刻拉下臉。「注意妳的用詞！」

「你最好想清楚再決定要不要威脅我，我可是比你強，也比你好。」

伊瑞安傾身向前，打算再戰。

「別吵了。」

瑟芮絲轉頭，發現克萊拉正看著自己。她坐在丈夫和大兒子之間，斷腿藏在裙子底下，顯得有點腫。短短幾天，她蒼老許多，四目相交時，瑟芮絲驚覺她的棕眼像是變成灰色，彷彿蒙了塵。

「克萊拉？」

全場的視線紛紛投向克萊拉。烏洛以齜牙咧嘴回應眾人注目，克萊拉見狀便按著他的手臂。

「我昨天派馬特回家。」克萊拉說，「『手』燒了我家，什麼都不剩。只要這群怪胎活著的一天，我們就永遠不得安寧。不只我們，連孩子也會跟著遭殃，而且即使躲在家中也不安全。他們不將我們剷除，絕對不會善罷甘休。我們願意派兒子和妳一起去，好讓妳可以殺掉那些怪胎。把他們全殺了，一個都不留。」

威廉倚著陽台欄杆。馬爾家請他待在外面，他覺得沒必要拒絕，反正他們吵得那麼凶，大部分他都聽得一清二楚。

他們圍攻瑟芮絲，尖叫後爭吵，爭吵後尖叫，然後再繼續圍攻瑟芮絲。他好想進去大吼，叫他們通通閉嘴。

瑟芮絲沒有妥協，經過全體投票表決後，反對方終於讓步，馬爾家決定破曉時分攻打「手」。他心底某個角落暗自慶幸她贏了，得到她想要的戰鬥。另一方面，他也非常火大。瑟芮絲是得到了想要的戰鬥，從現在開始也會全心投入戰場。她和他是一對，但他也許只能眼睜睜看著她陣亡。

她是他的伴侶。

心底的野性開始搔抓並怒號，渴望著她，渴望品嚐她、觸摸她，渴望把她帶去安全的地方，只有兩人相伴。威廉凝望沼地松，不禁想到，八字還沒一撇，瑟芮絲又沒承諾過。她的心搞不好變了，他說不定已經失去機會。

而明天，他們就要投入戰場，爲活命而搏鬥。

瑟芮絲朝樓上走來，他傾聽她輕快流暢的腳步聲。她走到威廉身旁，也望著林木。

「我都聽見了。」威廉開門見山地說，省得她多費唇舌。

「你的聽力到底有多好？」

「夠好了。」

「如果你可以和全家簡單說明敵人的底細，就算幫了我一個大忙。」

她似乎無意伸手撫摸他。威廉覺得自己猜對了，她已經改變心意。「沒問題。」

「我今晚會很忙。」她說，「下午也一樣。」

好吧，他聽懂了。意思是她不希望他打擾。

「我們家土地的邊上有一間倉庫，位於結界以外，我們在那裡曬草藥。由於沒有受到結界保護，大家很少過去。一分鐘內，我會走過去，如果有人願意等個十分鐘再去，就不會引起懷疑，那個人可以在儲藏室和我碰面。」

威廉愣了好一會兒才明白，她居然邀他。「穀倉在哪？」

她眼中閃著淘氣的光芒。「我才不要告訴你。」

這是什麼和什麼？

瑟芮絲挑高深色眉毛。「比爾大人，很遺憾你沒有養狗。如果有狗，你就可以循著我的氣味追到我，就像獵人。穿過樹林就到了，自己想辦法。」

她轉身朝樓下走去。

真要命，他愛死這個女人了。

十分鐘後，威廉已經來到主屋兩百碼以外的地方。夠遠了。他脫下上衣，脫掉褲子和靴子，在原地站了一會兒，細細體驗皮膚接觸冷空氣的感覺，接著便將野性全然釋放。

他的身軀對折並扭轉，脊椎彎曲，厚毛漸漸覆蓋四隻腳。

威廉深深吸氣，讓全身充滿森林的空氣。他興奮難耐，變得更強更快更敏銳。沼澤的聲音在耳中震響，各種顏色都變得鮮明活潑，他知道自己眼睛正在發光，魔法讓他的雙眼燃起淡黃色火焰。

威廉猛地仰頭，唱出悠長而迴盪的調子，歌頌緊張刺激的狩獵，讚美掠食爲牙關帶來的悸動，也歡慶漫長的追逐後熱血噴灑的滋味。那些毛茸茸的小東西驚覺掠食動物出現，紛紛縮回窩巢，藏在樹根之間或鑽進地洞。

瑟芮絲的氣味聞起來香甜十足。威廉以狼的方式靜靜笑了，然後拔腿狂奔，長腿邁出順暢步伐。他和美麗的姑娘有約，她答應和變形者在森林深處約會。

□

狼在嚎叫。樹枝上的韋爾不安地挪動。自從史派德派他和安貝爾斯監視馬爾家，已經將近一個星期。他對野外反感，對困在樹上浪費時間則超級反感。

有動靜。他圓圓的黃眼鎖定林中衝出的小身影。她飛快穿過空地，奔進一座東倒西歪的舊穀倉。

安貝爾斯身上堆著乾苔蘚和破布，這就是她的外袍。韋爾伸手過去，扯掉那一團亂七八糟的僞裝。她舒展身軀，臂上和臉上的渦紋隨著動作變化，這身隨意拼湊的僞裝，歪打正著地像極了柏樹樹皮，經過一夜已經變得潮濕。

她的身體以不自然的角度彎曲，直到頭與他同高。「是她。」

韋爾點頭，斑紋羽毛從他肩上飄落。春日正盛，他又開始換羽毛了。

他們看著穀倉的門關上。

「要不要現在逮她？」韋爾問道。

「她獨自離家眞蠢。」安貝爾斯說，「應該是有約。」

安貝爾斯的手忽然用力一捏，把蠕動的蟲塞進嘴裡，帶著明顯的歡愉咬碎牠。「再說，她劍術高強。不像拉文，我發現他時，他已經被電光給劈了。」

「拉文死了。」韋爾聳聳肩，又多了兩片羽毛落進盤曲錯節的柏樹根部。

「那正是我要說的。」她向後退，在樹枝上坐定，雙腿夾著樹幹，頭枕著樹皮。

「所以我們繼續等？」

「繼續等。」

巨大的黑狼從樹下衝出來，朝穀倉全速狂奔。

安貝爾斯嚇得嘶聲吸氣。

狼縱身一跳，身軀扭動，骨頭和肌肉變形，像一塊被擰來擰去的黑布。皮毛脫落，在身體落地時全身黑毛已經消失於空氣中。牠的手臂和腿一起伸直，因爲痙攣而震顫，接著就看見光裸的男子從土地上站起身。他甩甩頭，韋爾看見他的臉和眼睛，淡褐色的眼閃耀生輝。

是威廉狼。

他悄悄溜進穀倉。

韋爾驚呆了，坐在原位，嚇得不敢動。

是威廉狼，殺人凶手威廉，追殺「手」旗下特務的變形野獸。與史派德爲敵的人當中，只有他存活至今。

恐懼漸漸消融。說穿了，這匹狼不過是一個人，就是一個人而已。

「我們得回去警告史派德。」安貝爾斯壓低聲音說，「一定要通知他。」

「妳去吧，我留下來。」

「你瘋了嗎？」

「我可以在空中滑翔，他不能，我在這裡看著，去吧。」

「隨你便。」

她鬆開樹幹，轉過身往樹下滑，一路狂奔而去。

韋爾振作精神，仔細盤算。威廉只是一個人，和女生約會並上床的傢伙，事後會非常滿足，因而粗心大意，韋爾爪子上沾滿劇毒，只要時間抓得剛好……威廉賴以活命的項上人頭絕對是手到擒來。

威廉透過小窗向內窺探。大倉庫剛清掃完畢，木椽上晾著幾束草藥，四周飄著帶點苦味的香氣。瑟芮絲正在攀爬通往二樓的梯子，深色頭髮映入他眼簾。

威廉後退，起跑後跳上牆，一鼓作氣爬上屋頂。閣樓的小窗正巧開著，瑟芮絲在裡面展開一件棉被，鋪在乾草堆上。他從窗子悄悄爬進去，一個翻身站了起來。

瑟芮絲抓著棉被僵在原地。她以淺色襯衫裹住胸部，深色長髮披在胸前，宛如平滑的波浪，深黑眼眸上一排長睫毛。她張大眼睛說：「你全身光溜溜！」

好美，一定要得到這女人。

他推開野性。不，時候還沒到，他只有一次機會，絕不能搞砸。

威廉環繞她，像繞著獵物打轉，品嚐她的香氣，欣賞她望著自己的表情。「喜歡妳看到的『景象』嗎？」

她偏著頭，長髮落在一邊胸前，目光慢慢從他的臉移到腳趾，接著深吸一口氣：「喜歡。」

威廉停步，雙臂交疊。「我們要談談。」

瑟芮絲猶豫了一下，隨即坐在乾草堆上。「好。」

他靠著牆。「我在艾朮昂里亞出生，誕生時是一匹幼狼，這代表我將來會成爲強壯的變形者。」

瑟芮絲有些畏縮。

他還是得說下去。「我媽隔天就把我交給艾朮昂里亞政府單位，他們把我送去專門收養這種小孩的特殊孤兒院。我人生最初的兩星期既看不見又無助，他們認爲我活不成。但我活下來了，三歲那年，被轉去霍克學院。」

她坐在那裡，棉被從膝上垂落，大眼望著他。威廉幾乎要以爲她會尖叫著拔腿逃跑。

「從三歲到十六歲，我住在同一個房間。這個小空間非常簡陋，只有嵌在地上的金屬床，還有裝了鐵柵的窗子。我和另一個孩子合住，有三套替換衣服，還有梳子、牙刷和毛巾。我們沒有玩具，除了學校課業，禁止閱讀任何書籍。生活只有運動、武術訓練和學習，就這樣。」

他停下來看她，確認她聽明白，又怕看見她流露同情眼神。幸好沒有。瑟芮絲的表情神祕莫測，看不出到底在想什麼，只是定定地坐在原位望著他。

「你不必站在那裡。」瑟芮絲的聲音聽來讓人寬心。「可以過來坐我旁邊。」

威廉搖頭。若是和她坐在一起就完了。「我常夢見父母忽然出現，帶我離開那裡。十二歲那年，我闖進辦公室，找到檔案，終於明白我的處境。沒有人要我，沒有人會來救我，我只能靠自己。我總是力求表現，失敗時會遭到鞭打和幽禁，成功時他們會讓我外出享受幾分鐘自由。」

「十三歲時，我殺了第一個敵人。十六歲時，我從霍克學院畢業，畢業證書上的簽章成了紅軍入伍令，我沒有選擇餘地，非加入不可，就算有，我還是會選擇當兵，畢竟我是訓練有素的殺手。」

他說累了，但不能半途而廢。記憶如擺脫不掉的重擔壓住他。

「我之前告訴過妳，我受過軍法審判。瑟芮絲，我一無所有，沒有土地、財產、地位、名譽。我不正常，身爲變形者並非感染疾病，我永遠不會好，就是爛命一條，小孩也有可能像我一樣。妳必須明確告訴我，妳眞心想要這一切，就妳和我。我非知道不可。不要玩遊戲，不要含糊不清，不要只顧調情。如果妳希望我明天爲妳家戰鬥，因而決定勉強自己，那麼大可不必。妳放心，無論如何我一定會幫妳。就算妳不想要我，我也會打這場仗，打完就走人，以後妳再也不會聽見我的消息。」

威廉終於說完。他打過幾百場仗，做過很多正常人不會做的事，但印象中從不曾像這次一樣，結束時感到整個人被掏空。

瑟芮絲張開嘴。

如果她要他走，他只得離開，說到就要做到。

「我愛你。」她對他說。

三個字懸在兩人之間的半空中。

她同意了，她愛他。

威廉捆綁自己的鎖鏈瞬間碎裂。他撲過去抱住她，撥開胸前的頭髮，低頭親吻她，將她整個人抬離地面。她伸出雙手，輕觸他的臉。

「妳應該拒絕的！」他咆哮，「現在已經來不及了。」

「我不在乎，你這個笨男人。」她喘息地說，「我愛你，我要你也愛我。」她終於屬於他了，是他的女人，他的伴侶。威廉親吻她，渴望品嚐她。瑟芮絲迅速回吻，熱烈無比，彷彿永遠要不夠。

終於是我的了。

他把臉埋進她的頸窩，嗅著絲緞般的秀髮，輕舔光滑的皮膚，味道嚐起來就像蜜葡萄酒，甜蜜而誘人，令他陶醉。

「我要你和我在一起。」她對他說，「我要你永遠和我在一起。」

他心底深處某個角落拒絕相信。不可能這麼好運，命運從不曾獎賞他，總是對他又踢又打，等他倒下，再用腳跟踩著他，狠狠轉幾下。可怕的懼意湧現，他忽然好怕瑟芮絲會消失，就這樣融入稀薄的空氣中，或是死在他懷裡。接著他會回到家中，醒來後發現只有自己一人，隨即崩潰，原來只是做了一場一廂情願的夢。

「你會嗎，威廉？你會不會和我在一起？」

他把她摟得更緊，不讓她消失。「會。」

她輕撫威廉的背，纖細的手指沿著肌肉輪廓遊走，撫慰著，引誘著他。瑟芮絲吻他，柔軟的唇壓在他的唇上。粉紅色小舌伸出，一次又一次地輕舔他，愛撫他。威廉則用力親吻，試著關閉腦中討厭的警告聲，然後抱著她倒在乾草堆上。瑟芮絲在他身下扭動，觸感溫暖柔順，身軀靈活有彈性。

他心中漲滿興奮之情，便脫下她裹胸的襯衣，親吻她的胸部，吸吮粉紅色乳頭，愛撫柔軟的腹部，接著手一路下滑，探進兩腿中間美好的地帶。瑟芮絲像滿足的小貓呼嚕呼嚕地呢喃，他願意賠上性命，只求再聽一次。

她終於成爲他的伴侶，這一切終於搞定。她親口答應，所以她已經屬於他，而且她要求威廉留下。哪怕她忽然消失，威廉也會耗盡餘生，天涯海角尋覓，一定要找到她。

瑟芮絲的雙手環抱威廉的大腿，上上下下游移，將他體內深藏的需求化爲更強烈的饑渴。威廉光憑嗅覺便知她的身體已經濕潤，準備好迎接他，那股誘惑般的香氣令他神魂顚倒。

「我愛妳。」他對她說。

「我也愛你。」她呢喃，天鵝絨般的雙眼如深不見底的黑潭。

他挺進她，她則放聲尖叫。

「居然在乾草上面。」瑟芮絲低語。「我們竟然在臭臭的乾草上面做，搞得全身發癢，實在不敢相信，那我爲什麼還帶被子來？」

他湊過去，一把抓起棉被，蓋住彼此，再把她摟得更緊。「好啦。」

她從髮間拉出一根乾草。「這次是在乾草堆，上次我們幾乎在髒地板上，你把我搞得活像個鄉下蕩婦。」

是啊，沒錯。

「下次一定要在床上。」她說。

「外加紅酒和玫瑰？」他問道。

「或許吧，我有乾淨的床單就滿足了。」她依偎著他。威廉閉上眼，想不起來何時這麼快樂過。

「你會陪著我，對不對？」她問。

「對。」

「就算那代表卡爾達會變成你的姻親？」

「我可以直接殺了他……」

「不准，你不可以。他是我最喜歡的堂兄弟。」

他見她眞的擔心起來，卻又抗拒不了說反話的衝動：「反正他孤家寡人一個，沒有老婆小孩，沒有人會想他。」

她張大眼睛。「威廉，你不能殺我的親戚。」

他吃吃地笑起來，瑟芮絲輕摑他一下。

威廉把她拉過來，抱緊處理。「我是狼，妳不能約束我，但現在妳是我的，是我的伴侶，我的女人。從現在開始，妳的家人就是我的家人，他們做任何事都趕不走我。只不過，我在異境還有些事情要辦，可能偶爾需要回去一趟，但我一定會回來。」

她輕撫威廉的臉。「和史派德有關嗎？」

他對她說明當年許多變形兒遇害，蒲公英草原上濺滿鮮血，以及史派德事後留給他的字條。

瑟芮絲驚駭地回望他。「爲什麼？他爲什麼要那樣？他們只是孩子，對他沒有任何威脅。」

當初他也不明白原因，但現在他有了「鏡」提供的情報。「史派德的眞實姓名和頭銜是塞巴斯汀·奧利維爾·拉法葉，身兼騎士與貝利多伯爵雙重身分。他來自非常古老的高盧貴族家系，這支血脈從他的曾祖母一輩開始凋零，因爲他們罹患血友病，一旦流血無法像正常人一樣凝結，而且病情一代比一代嚴重。史派德的父親大半生臥床，全家人都急於尋找有效療法。

「史派德的父親後來認識血統不純正的貴族女人，她的上兩代曾出過變形者。我們這種人身體非常健壯，但史派德的祖父亞倫·貝利多強烈反對，不希望珍貴的貴族血脈遭到污染。然而，史派德的父親最後仍然娶了對方，變形者的血治癒他們的問題，史派德出生時像馬一樣健康。」

「亞倫年紀大了，漸漸變得痴呆。由於兒子可以說大半生一腳踏進棺材，整個家族全由亞倫掌管。做爺爺的恐嚇媳婦和小史派德，他相信史派德就是變形者。」

「怎樣才會遺傳變形者基因？」瑟芮絲問道。

「如果是像我一樣強壯的變形者，有百分之九十的機率會遺傳給下一代。」威廉親吻她。「如果我們的孩子出生時是人，他的下一代變狼的機率就會下降。第一代只有百分之二十，基本上下一代就是零。史派德雖有變形者血統，但他不是變形者，不過他爺爺就是想不通。亞倫跟蹤他，且相信史派德一定把動物性深藏心底。史派德七歲那年，亞倫故意對他潑滾水，目的是『把他的動物性逼出來』。史派德十八歲時，終於等到爺爺被宣告失能，接管整個家業。沒有人知道亞倫的下場，多年來再也沒人見過他。」

瑟芮絲扮個鬼臉說道：「每件事聽起來都超可怕。」

威廉聳聳肩說：「那本來就是不容易生存的地方。史派德恨變形者，因爲我們是罪魁禍首，害他從小過著悲慘的日子。我得殺了他，不單爲了報仇，對所有變形者來說，他是頭號威脅。見鬼，應該這麼說，他根本就是國家的頭號公敵，因爲他不只把這些當作私人恩怨。」

他身旁的瑟芮絲皺著眉頭。「你怎麼知道？」

「我們倆上次交手前談了一會兒。對他來說，這不過是生活眞實的一面，他根本就是冷血動物。」威廉解釋，「他了解我的立場，換作他是我的話，也會想徹底消滅對方。但他看不清自己的立場，覺得自己不是惡魔，只是在做我以前常做的事，也就是盡力爲國效命。瑟芮絲，他並不瘋狂，而是非常理性的一個人，那反而使他變得更危險。我說，那本日記到底寫了什麼？爲什麼他這麼想要？」

瑟芮絲動動眉毛，再揉揉臉頰。「我一直想弄清楚，但到現在還是不明白原因。日記是整件事的關鍵，我多麼希望當初塞尼毀於大火，或是我父母早早就把它夷為平地——」

威廉忽然伸手掩住她的嘴。

「怎麼了？」她低聲問道。

「鳥不叫了。」

韋爾一步一步悄悄移動。交配需要花多少時間？那匹怪狼會不會在上面用紅酒和情詩和那個女的耍浪漫？韋爾看準穀倉旁隨風搖擺的橡樹枝，接著躍上半空中，與皮膚相連的翅膀驟然展開，韋爾開始飛行，乘著氣流滑翔，在橡樹上落腳。

威廉往旁邊悄悄移動，無聲地起身。瑟芮絲也站起來，抽出乾草堆裡的劍。

威廉齜牙咧嘴。*她是我的女人。*

瑟芮絲慢慢走向牆邊，故意嚷嚷：「喔，寶貝！對！對！快給我！就是這樣！」

屋頂被人的體重壓得吱嘎作響，威廉赤腳沿著地板追蹤響聲。

「再用力一點，寶貝！用力一點！」

屋頂忽然裂開，長滿羽毛的軀體落下，伸出猛禽的利爪，準備大開殺戒。威廉撲上去，手臂箝住敵人光滑的頸部。對方不停嗆咳，喉嚨發出咕嚕聲。瑟芮絲猛然出手，動作快得不可思議，隨即退開。

不明生物雙膝跪地，威廉在記憶中搜尋長著翅膀的特務，是韋爾。「小心爪子有毒。」

瑟芮絲沉著臉，神情宛如窩巢被入侵的狼。「麻煩你先放開他。」

威廉鬆手，韋爾癱倒，大口喘氣，鮮血染紅羽毛。

「很痛，是不是？」瑟芮絲上前一步。

「對。」「手」的特務發出咯咯聲響。

「你會慢慢死去，很慢很慢，而且就在你的命一點一滴流逝時，你會愈來愈痛，痛得你死去活來。

『手』抓了我父親，你現在供出他的下落，我馬上給你一個痛快。」

韋爾眨了眨藍眼。

「那你慢慢死吧。」威廉告訴他。

威廉繞著他轉了一圈，接著坐在乾草堆上。瑟芮絲也在他身旁坐下。時間緩緩流逝，好比冷掉的糖蜜。韋爾的呻吟轉爲尖銳的哭喊，但他們依然默默在旁等待。

好不容易挨過一分鐘。

再挨一分鐘。

「凱西斯！」他終於叫道。「他在凱西斯。」

瑟芮絲起身，表情凝重。電光爆出火花，她揮劍一劈，韋爾顫抖的身軀終於靜止不動。

第二十五章

門一開，約翰看見史派德走出實驗室，來到陽光普照的走道上。這位高瘦男子對著陽光眨眼，抬手遮住眼睛。他的右臂夾著厚厚的精裝活頁夾，約翰的注意力被它引去，雙眼不由自主地死盯著它。

「那股味道眞的很糟。」史派德說。

「抱歉，沒有辦法消除。」

史派德點頭。「陪我走一小段路。」

他們並肩沿著走道步行，活頁夾隨著史派德流暢的步伐微微晃動。

約翰望著眼前的地板。活頁夾裡寫滿已經破譯的要點，那是天才的思惟。有了這本活頁夾，可以做好多事。約翰想到它背後代表的重大意義，不禁有些目眩神迷。他刻意十指交握，以免情不自禁伸手觸碰。儘管如此，他幾乎感覺得到手指傳來皮製封面光滑的觸感。

爲史派德工作相當不容易。老闆只有在條件允許時才講理，他明知困難重重，但完全不放在心上，總是要求部屬在不可能的時間裡完成不可能的任務。

約翰已經完成不可能的任務。這次融合花不到一個月，在如此倉促的情況下，穩定度還算不錯。他交出漂亮的成績單，史派德似乎也挺滿意。然而，約翰這次勞動應得的果實，也就是獎賞，到現在還藏在史派德臂彎的活頁夾裡。約翰十分明瞭，史派德看起來喜氣洋洋，不一定代表會有好事。

「我們已經找到三個可能的地點。」史派德說，「大概需要一天左右的時間確認，另外也許還需要一天將裝置取出。我到時會不在，呃，大概一星期。」

不在。這個詞像鐘聲，在約翰的腦袋裡叮噹作響。他要離開一段時間。

「老大，爲什麼有三個地點？」

「日記並沒有非常明確的地標資料，如果是當地人也許可以指出確切位置，但我不想找外人，以免洩露機密。我打算帶上大多數人，因爲牽涉的區域太廣。」

約翰原本覺得愁雲慘霧，忽然像是霧中出現微光。史派德這番話是刻意對他說的。

「我會留下兩名殺手及一名警衛，保護整棟建築。其實這只是例行程序，當然嘍，這裡並沒有什麼值錢的東西留給你和波薩德，再說，我們設下的陷阱也夠了。」

「一旦找到裝置確切的位置，取出程序也完成，我會派接送組回來帶你。相信你寧可留在這裡，也不願意和我們在爛泥中跋涉。讓你一個人單獨留下，不會有問題吧？」

約翰微微一笑：「不會，老大，我非常需要睡眠。」

「啊。」史派德點頭同意，在金色眉毛的強烈對比下，他的灰眸顯得空洞無色。「那麼，我就讓你留下來，享受舒服的床單和羽絨被。」

他們來到二樓陽台，風把底下沖積平原的濕氣吹上來，約翰發起寒顫。「這地方眞糟糕。」

「你這麼說還太含蓄。」史派德的左手滑過雕刻精美的欄杆，接著他微微一笑，露出一排整齊的尖牙。這抹笑容像帶著警告意味的電流，從約翰的脖子直通腳趾。約翰趕緊打個哈欠，掩飾內心的不自在。

「約翰，你累壞了。」史派德拍拍他的肩膀。「上床睡覺去。」

「老大，等您離開我再去。」

「去吧，快。」史派德揮手。「你的哈欠會傳染。」

約翰鞠躬，轉身走回住處。史派德已經拿到譯文，卻把日記擺回融合室，他料想約翰一定會設法研究內容。一個缺乏雄心壯志又膽小怕事的人會默默走開，他應該走開，但日記在呼喚他。裡面包含的知識……那是生命的奧祕，說不定是永生的奧祕。有了它，約翰可以在每個王國找到庇護。他將獨享天才的盛譽，餘生受到保護和賞識，有機會主導研究方向，再也不必被惡棍牽著鼻子走。史派德就是惡棍，雖然舉世公認他聰明、彬彬有禮而高貴，但他依然是個不折不扣的惡棍。他和普通流氓的區別在於，他的破壞力更強大。

約翰回房，把門鎖上。他得耐心等待，直到明天史派德離開，接下來他就得小心行事。要非常小心才行。

□

威廉來到屋前，一股氣味鑽進鼻中，強烈的味道代表有頭狼剛在這片地盤上做了記號。他立刻繃緊神經。

一位上了年紀的彪形大漢站在門前，身旁圍著一群興奮過度的狗。他的體型龐大，肩膀寬闊，身穿牛仔褲和皮背心，灰色長髮披在背上。

「別緊張。」瑟芮絲在他身旁低語。「放輕鬆，是休叔叔。」

男人回頭望著他，眼中閃過淡淡的光芒。是狼。

威廉以低沉的嗓音說：「他是——」

瑟芮絲把手伸進他的臂彎。「和你一樣。我幾天前剛知道的，威廉，他是非常和善的人。」

休看著他們走近，臉上毫無表情。

威廉在幾呎外停下。兩位變形者在紅軍以外的地方相遇時，從來沒有好下場。他現在不想和別人起衝突，因爲他剛找到另一半。

「休叔叔！」瑟芮絲過去擁抱他。

「瑟芮絲。」他笨拙地抱了她一下，然後鬆手。「我過來幫忙。」

「謝謝你！」

「這位是？」

「他是我的威廉。」

休看看她，再望望威廉。「妳的威廉？」

她點頭。「包括他的毛、爪子和牙齒。」

休吃驚的模樣活像被電到。瑟芮絲拍拍他的手臂，他的視線移向威廉。「艾朮昂里亞人？」

威廉點頭。

「他們會把你訓練成殺手。」

「我們生來就是殺手。」

休的眼睛轉爲淺黃色。「你要是對她不好，我就撕碎你的喉嚨。」

威廉的嗓音透著一點咆哮的意味：「老人家，我會讓你原地倒下。」

「很好。」瑟芮絲說，「我們何不進屋，喝點茶、吃點派？」

休沒有動。

「休。」穆莉德在門廊上喊。

他轉頭看她。

「別惹那男孩。」她說。

休只好聳聳肩，拉著瑟芮絲的手說：「如果他敢——」

「他不會傷害我。」瑟芮絲伸出另一隻手，按著威廉的前臂。「叔叔，他愛我。進來吧。」

威廉輕輕咆哮一聲，便跟著她走上樓梯。

門砰地開了，卡爾達來到門廊上。

威廉嘆口氣，忽然聽見休也嘆氣，兩人隔著瑟芮絲的頭頂怒瞪對方一眼。

卡爾達見狀隨即翻白眼。「哦，眞是太高興了，我們到處找你們，把屋子都翻了過來，沒想到在這裡。敢問這對恩愛的夫妻鳥，玩得愉快嗎？」

「不關你的事。」瑟芮絲對他說。

「去趟圖書室吧，我們正在舉行作戰會議。」

威廉隨著卡爾達來到擠滿人的圖書室，他們讓他坐在桌前，桌上擺了半打灰撲撲的綠酒瓶。室內全是馬爾家人，但只有青少年和成人，沒有小孩，他們正爲明天的戰鬥開會討論。

伊瑞安傳遞飲料，杯子看起來像是挖空的植物。「這是沼澤葫蘆。」他說，「一種傳統。」

「上次和席里爾家決鬥，你可沒給我們喝這個。」威廉舉起杯子。

「那不一樣。」伊瑞安說。

「席里爾家再怎麼說也是邊境人，和我們一樣。」左邊的米基塔朗聲說道。

「『手』和旗下特務算是外來侵略者。」穆莉德補充說明。

理察看著瑟芮絲。她抽出劍遞過去。「我想應該由你來。」

理查接過劍，眾人頓時噤聲。

他把劍舉到酒瓶上方，表情相當專注。

一秒過去，又一秒過去。

威廉暗自推斷，看來瑟芮絲擔任一家之主不是沒有道理。要是在戰場上，這會兒理查已經死了。他的手終於冒出魔法火光，是強烈而帶電的藍光，沿著劍身舞動。他迅速揮劍，一招就把六個酒瓶劈成兩半。

歡呼聲此起彼落。

理查把劍還給瑟芮絲。伊娜塔拿起酒瓶，在威廉的杯裡倒了一些酒。

「今天喝的是五十年老酒。」瑟芮絲舉杯宣布，「祝大家安然度過明天。」

眾人乾杯。威廉大口呑下，酒液入喉時，帶來火辣與喜悅交織的感覺。自從離開紅軍後，這是他第一次在團體中找到歸屬感。

「希望威廉大人願意說明，我們面對的是怎樣的敵人。」理查說。

「我們想了解『手』的底細。」伊娜塔再爲他倒了一些酒。

威廉啜一口酒。好吧，這種事他辦得到。「那麼，醜話先說在前頭：史派德是我一個人的。」

眾人紛紛點頭同意。

「史派德的標準編制是一組二十四名特務，而且人人經過魔法變異，本領高強。」

「爲什麼是二十四人？」卡爾達問。

「方便分成小組，可以拆成兩組十二人、三組八人、四組六人之類的。到目前爲止，我們殺了三人。」

「我以爲你們只殺了兩人。」卡爾達說。

「三人。」瑟芮絲告訴他，「你要讓他說下去，還是要一直插嘴？」

威廉搜尋記憶。「史派德的親信都是菁英。第一個是卡瑪胥·奧力。出身：不明。身高：七呎二吋。體重估計：三百六十磅。白髮，紅眼。魔法強化組織：強化脊椎外加移殖腺體，反應快於平均值，力氣大幅提升。地位：副手。偏愛使用鈍器，可能過於依賴並高估自身的力量，易於激怒，疼痛忍耐度中等。可能的弱點或適合攻擊範圍：關節、左邊肋骨正下方的腺體植入物。」

「第二個是薇珊。出身：不明。身高：五呎六吋。體重估計：一百四十磅。血紅色皮膚，藍色髮辮，藍眼。魔法強化組織：腺體分泌催化劑，反應超快，速度超快，手眼協調大幅提升。地位：殺手。偏愛使用刀劍類。性格不穩定，一旦開始殺戮就不會停手，直到耗盡催化劑。交戰時分不清平民和敵人。可能的弱點：無。」

他們全瞪著他，彷彿他長出第二顆頭。

「你的報仇大業不會半途而廢吧？威廉？」穆莉德問。

「不會。魯。出身：簡稱為北境的北方省份。身高：六呎二吋。體重估計：一百六十五磅……」

理查抓起紙筆，開始記錄。

□

波薩德的黑眼沒有反射夕陽餘暉。那雙眼睛就像嵌在臉上的兩潭深淵，一片墨黑，毫無光亮。史派德盯著它們，直到波薩德眨眼。「你有沒有聽明白？」

「明白，等我打包好就毀掉花園，然後等家庭組清完基地，就一起離開。這種事我以前做過。」

「你不要上樓。」

幾隻蜜蜂停在波薩德畸形的肩膀，爭先恐後擠過乾硬如鱗片的皮膚，進入底下的蜂巢開口。「我不上樓。」

史派德點個頭便走開，來到薇珊身邊，她正牽著裝了馬鞍的馬在一旁等待。母馬的口鼻塗了亮晶晶的軟膏，史派德聞到濃濃的薄荷味，眉頭立刻糾結。這是爲了避免母馬聞到薇珊的味道，要是少了這道手續，任何馬匹都會受不了。

他翻身上馬，對宅邸行最後注目禮。他珍視的變異術專家正在屋裡某處，朝死亡之路跨出第一步。

「眞可惜。」他低語。可是沒辦法，約翰眼中的渴望太強烈，日記裡的訊息太不穩定，不能容許那雙眼睛接觸。他會懷念約翰，懷念他的專長。但是爲了大局著想，付出點代價無可避免。

□

約翰在暗影幢幢的房裡，望著史派德騎馬離去。他強迫自己多讀一小時書，這才前往融合室。他一開始走得安靜而緩慢，裝作若無其事的樣子，但宅邸空蕩蕩的，那股期望催促他加快步伐，他愈走愈快，最後乾脆拔腿狂奔。

他跑得太急，差點直接破門而入，幸好在最後關頭緊急煞車，手恰好扶著門。

融合生物沒有自主意識，很容易聽命，不會拒絕。但它依然保有一點原先的個性，雖然不會直接抗命，但若命令不夠清楚，它會便宜行事，尤其是那些原本意志堅定的人，而珍妮芙・馬爾是他遇過精神力最強大的對手。

約翰屏息，輕輕推開門。他早就不受醜陋的融合過程影響，入內時便只顧盯著對方武器，那是三隻長而靈活的附肢，上面嵌著刺。每一隻就像一條鞭子，由液壓控制，每當葉脈維管束充滿液體，它們就能伸展自如。液體來源有限，鞭子揮一下的殺傷力超強。等到儲備的液壓用完，必須再次儲備才能再度攻擊。根據經驗，他知道兩次攻擊之間需要的儲備時間從十五分鐘到半小時不等。對一個聰明的人來說，十五分鐘可以做完很多事。

日記就擺在融合體後面的桌上。那是史派德的誘餌。

約翰緊盯融合體，此時最要緊的莫過於消耗它儲備的液壓。他把指節扳得啪啪響。「聽令。用你的鞭子，把日記拿起來，輕輕放在我腳邊的地上。」

□

威廉望著掛在臥室門把上的黑髮。五十年老酒後勁超強，害他覺得天旋地轉。他拿掉頭髮，走進房裡。

賈斯東從椅子上跳下來。

「幫幫忙。」威廉試著在床上落坐，就在最後一刻，不可靠的家具驚恐地想從他身下跳走。他奮力坐在床罩上，用體重將床定在原位。不過就是喝了點酒嘛！「不要把你的頭髮掛在門把上，或是拿來繫住手提袋的提把，或是捆綁信件。」

「我希望你知道我在房裡。」

威廉脫下一隻靴子。「第一，你開了窗，門縫會有氣流透出來。第二，門把還有餘溫。第三——」

另一隻靴子落在第一隻的旁邊。

「第三？」賈斯東問道。

「我已經聽見你的聲音、聞到你的氣味。」威廉正視這孩子。「你早該上床睡覺了，因爲你外曾祖母施了魔法。你爲什麼還醒著？」

賈斯東咬牙切齒地說：「我明天要和你一起去。」

「不行。」

「爲什麼？」

「你是小孩子，明天是殊死戰，可不像書裡或電影裡的情節，場面會非常可怕。許多人會受傷甚至死去，你不會成爲其中一個。」

「我很強壯！而且我很快，還會爬樹，拳頭超有力，我還很會用刀……」

威廉依然搖頭。

「他砍了我媽的腿！」

威廉從床上一躍而起，「我喝醉了，該死的酒整慘我了，看東西都開始出現疊影。所以，你儘管放馬過來，使出你最好的一擊。」

賈斯東有些猶豫。

威廉的身軀稍微搖晃，他努力保持平衡。「膽小鬼。」

這孩子立刻漲紅了臉。他用力踩上牆，藉著反彈力道縱身跳過去，雙手伸直。威廉抓住他的手臂，改變他的動向，然後將身在半空中的他猛力一推。賈斯東摔了個觔斗，重重落在地上，一路滑到牆邊。威廉偏著頭打量他。

這孩子甩甩頭，翻身站起，不願輕易放棄。

「怎麼啦？你沒本事把我打倒嗎？我都快站不住了。」

賈斯東氣得齜牙咧嘴，蹲下朝他撲過來。這孩子動作確實迅速，威廉一邊想著，手肘已經擊中他的後頸。賈斯東跌了個狗吃屎。威廉踢他的腰，他痛得倒抽一口氣。

「學到什麼教訓？」威廉問道。

「你比較厲害。」賈斯東咬牙說道，忽然一個手刀朝威廉的腳踝砍去。

威廉再踢他一腳。賈斯東縮成一團，努力把空氣吸進肺裡。

「要從容應戰，避免被打倒。要是眞倒下，讓腹部彎曲，這樣就算被踢中肚子也不會完蛋。」

這孩子終於可以吸氣。

「這次又學到什麼教訓？」

賈斯東嗆咳地說：「不夠好。」

「還不夠好，這個『還』是關鍵字。」威廉抓住他的手臂，把他拉起來。「明天和史派德對戰是非常高尙的事，但像我們這種人才不鳥什麼高不高尙。我們打仗就是爲了贏，手段下流骯髒，無所不用其極，因爲任務就是不要丟掉自己的小命，還有把那些王八蛋送上西天。要殺史派德這種混帳東西得有技巧，單靠強壯和迅速還不夠好，這兩個條件只是代表你有潛力。」

賈斯東抹抹鼻子。

「如果你活得夠久，我會把你教得像我一樣。或者你大可以明天衝進戰場胡鬧一陣，就像你爸，然後讓史派德把你變成鮮血直流的肉塊。」

「如果明天他把你打趴了呢？」

「如果眞這樣，你就去病木，找個叫柴克・華勒斯的人，他在那裡經營皮飾店。告訴他事情經過，以及你需要和艾朮昂里亞的德朗・坎邁廷談一談。柴克會帶你去找德朗，以後的事就由德朗接手。不出幾年，你就可以追捕史派德，爲了紀念我而殺死他。或者你可以明天就上戰場送死。你自己選擇。」

威廉打開門，賈斯東走出去，回頭說道：「有一天我會打敗你。」

「或許吧。」

威廉關上門，倒在床上。幸好他從來不會宿醉，否則明早只能乾瞪眼了。

他閉上眼，聽見門被打開。瑟芮絲悄悄進來，偷偷躺在他身邊。

「我在作夢嗎？」他問她。

「沒有。」

「哦，那就好。」

第二十六章

黎明前昏暗的光照在柏樹潮濕的針葉上。威廉向前傾身，抓住柏樹枝，以防跌落。他上方的卡爾達則在糾結的捲葉鳳尾蘚中挪移。

威廉自告奮勇擔任馬爾家的斥候，可沒料到瑟芮絲會把他和她堂哥綁在一起。卡爾達的動作是很安靜沒錯，但嘴巴又是另一回事。

威廉瞇眼細看。他蹲在柏樹上，從這裡看得到大約四百碼外的溫室及一大片後牆。溫室裡有個矮小黑影在移動，看起來有些駝背，這人後來還拿起小鏟子揮舞。一陣清脆玻璃碎裂聲傳開，碎片紛紛落地。

「他在幹嘛？」卡爾達低語。

「他在破壞花園。」

威廉攀著樹枝，跳到較低處，再往下攀便回到地面。

「你要去哪裡？」卡爾達以氣音問道。

「裡面，史派德和大多數手下都離開了，只有幾名特務駐守。」

「我們應該等瑟芮絲來。」

威廉啓動十字弓，朝屋裡走去。卡爾達在他身後以微弱的聲音咒罵，只好跟著跳下柔軟的地面。威廉穿越柏樹林，來到空地邊緣停步。土地的氣味聞起來很怪。

卡爾達趕上來問：「有陷阱？」

「有。」

卡爾達撿起石頭丟向空地，石頭落在兩個哨站之間。地裡忽然射出一條綠莖，接著出現大片針狀荊棘，如下雨般撒在土地上，石頭被打得火花四射。

「你有沒有帶錢？」

「沒有。」

卡爾達扮個鬼臉。「那你身上有什麼？」

威廉在記憶中搜尋，早上他從背包拿了二十多件「鏡」給的裝備，藏在衣服裡，但大多不能捨棄。

「一把刀。」他說。

「好。就用我的刀賭你的刀，賭我可以毫髮無傷地走過去。」

威廉看看八十碼長的空地，這簡直是自殺。「不要。」

卡爾達翻白眼。「沒有賭注，結果會不一樣。」

威廉要是害瑟芮絲的堂哥被炸飛，她一定會剝他的皮。雖然親眼目睹卡爾達被炸飛一定非常愉快，甚至可以治療受創的身心，但也會害瑟芮絲痛哭。「不要。」

「威廉，我需要賭注，否則不會成功，你不會有什麼損失，就跟我賭那把可惡的刀嘛！」

威廉拿出備用刀，插在腳邊的土裡。「那你就盡力而爲吧。」

卡爾達扔下手裡的刀，撿起威廉那把刀。他的手指滑過刀身，體驗金屬的觸感，然後他閉上眼睛，就這樣走進陷阱區。

他的腳懸在上空，一會兒後轉身，眼睛依舊緊閉，接著他往左走，再往右走。眼看卡爾達的右腳腳尖就要觸及可疑之處，身體晃了一下，隨即避開。他繼續前進，腳步踉蹌，好像喝醉酒；接著跳躍，姿勢倒是順暢優雅；再來則忽然停住，以左腳腳跟平衡，然後以直線衝刺跑完最後十呎距離。

他猛地轉身，高舉雙手，揚起一抹任性的笑容。「嗯哼？」

卡爾達身後出現黑影。威廉跳起來，射出兩枝箭。第一枝射中特務的眼睛，讓他倒地。第二枝偏了，因爲布滿斑點的光滑身軀剛好纏住卡爾達的肩膀，把他硬生生拖上二樓窗戶。

記憶告訴威廉，正是安貝爾斯那條蛇，沒有多餘時間可以浪費了。

威廉朝空地丟了一把「鏡」的炸彈，小球體的爆炸聲震耳欲聾，激起大量沙土，也炸開許多植物根部，各種碎片飛上半空中。威廉憑直覺向前衝去，沙土紛紛落在肩上，他抽出那把最愛用的刀子。

他感到敵人就在前方，便在漫天沙土中刺出一刀。特務迅速回身躲開，她強壯的肩膀上方有無數細小髮辮，隨著身軀轉動如旋風般橫掃開來。她的大腿動脈被威廉割斷，鮮血大量湧出染紅整條腿。她在驚喘聲中倒地，威廉沒有待在原地等她斷氣。

空地被炸彈肆虐後，許多身影自灌木叢中跳了出來。威廉眼角瞥見瑟芮絲也在其中，但他依然繼續前進。

大宅矗立眼前，威廉縱身一跳，抓住陽台邊緣，攀上卡爾達撞破木造欄杆的地方。破窗掉在陽台，碎玻璃散落四周，地上看起來像撒滿了露珠。威廉躍過整片鋒利的露珠，悄悄潛入室內。他貼地打了個滾，隨即起身，準備隨時刺出手中的刀。

微弱的嗆咳和掙扎聲引起他的注意，聲音從左邊的房間傳來。他踹破牆壁，直接撲過去，右邊有個特務朝他飛踢，威廉閃身躲開，一刀刺中對方的腋窩，緊接著割斷第二位攻擊者的喉嚨，靜靜等待敵人倒地。

右邊響起呼喊：「威廉！」

安貝爾斯龐大的身軀將卡爾達貼牆壓住，她的蛇身穿過壁板，緊緊纏繞他的腰部和肩膀，將右臂固定在身側。他的左臂擱在安貝爾斯胸膛上方，她彎身抓住與天花板連結的粗鐵柱。只見她的蛇身變得慘白黯淡，頭垂在一旁，脖子有一條長長的血流，直拖到地板上，那是威廉剛才割斷的地方。

「多謝你這一刀。」卡爾達拚命掙扎，臉脹得通紅。「幫我把這個賤貨移開。」

一聲巨響忽然穿透屋子，在威廉的頭顱裡迴盪，連牙齒都跟著搖動，好像隨時會鬆脫。

「我需要幫忙。」卡爾達粗聲說。

又一波震動傳來，彷彿敲響巨大的鐘，劇烈搖晃令威廉腳步不穩。

「你到底是怎麼回事？」

威廉深藏的野性豎起耳朵，有人在呼喚他。他轉向門口，呼喚在他頭顱裡迴盪，沒有透過耳朵，直接鑽進他腦子。如果這是魔法，他可從未經歷過。

「先不要動，也不要出聲。」

「別走啊！快幫我，該死！」卡爾達以左手重擊安貝爾斯的屍體。「王八蛋！」

痛苦而渴望的哭喊響徹威廉腦袋，他奔出去，來到走道，朝著尖叫聲前進。心中的慘號無比淒厲，令他的心跳漏拍。

走道盡頭有扇門映入眼簾，細微的魔法餘波將深色長形門板震得直搖晃。哭喊正來自於門後，威廉拔腿狂奔。

「手」的魔法在門板上舞動，化爲繚繞的淺綠色煙霧。他踢開門。

鼻中充斥猛烈而濃稠的甜味，很像陳年蕎麥蜜。屋裡有東西在動，但不在他視線範圍內。威廉齜牙咧嘴，走進屋裡，關上門。

角落開有一朵大花，細根上散布塊狀的囊，看起來像球根。整片地板和四面牆全爬滿了根，宛如紅色的網，只有窗戶完好。這些根盤旋纏繞，形成粗厚的莖，莖上長出三片闊葉。紅色液體在葉脈中流動，爲綠色的本體增添粉紅色調。

葉片上挺立三片大花瓣，灰色的表面布滿綠斑。花瓣全合起來，像祈禱時雙手合十，把花心裡的東西藏了起來。

細根形成的紅網忽然急速抽搐，威廉見狀趕緊後退。

許多細根開始蠕動，從遠遠的角落伸展開來，露出一張桌子及三條靈活的長觸手，觸手伸向高達四呎的藺。

它們以強勁而具威脅性的力量剝開牆上的藺，把它捲起，再向外展開。最後一根觸手展開時，一具身軀落在威廉腳邊，發出潮濕的悶響。觸手忽然僵在半空中，宛如無法輕易撼動的柏樹樹幹。

要命啊！

他明白植物這一連串動作來自液壓動力，以前在軍團時學過。觸手已經用完這個階段的液體，要等到補充完畢才能移動。

威廉蹲在屍體旁邊，這人平躺在地，可能是男人。顯露在外的臉和脖子呈現不自然的光滑和腫脹，在深層的紫色腫脹中摻雜淡淡瘀青。它的嘴張開，脹大的眼皮半闔，微微露出下方混濁的眼球。

根的小捲鬚悄悄爬上屍身臉頰，尖端漸漸收攏，形成如船一樣的尖錐狀，它刺穿死肉，皮膚立刻像濕透的紙剝落。黏稠的血噴湧而出，從死者的臉頰流到地板。屍體散發腐肉的惡臭味，令人作嘔，威廉連忙向後跳開。

其他細根也伸向屍體，根上的囊像小型心臟一樣跳動。看來這棵植物正在吸取屍身的液體，像喝水一樣把它吸乾。

大花瓣開始震顫，點狀綠斑不停蠕動，離開花瓣邊緣，在花朵底部匯聚，形成一大塊綠斑。細根繼續吸取養分，深紅色液體遍布花瓣的脈絡，灰色表面漸漸轉紅。

威廉舉起刀。如果它接下來打算吸食他，就準備接受天大的驚喜吧！

花瓣的脈絡漸漸收縮，以慢得令人發狂的速度將花瓣拉開。有個東西隨著花在動。

花瓣在沙沙聲中忽然盛開，呈現鮮亮的紅色，姿態挺拔，宛如孔雀開屏。黃色花粉噴上半空中，隨著氣流飄送，就像下了一場黃色的雪，滿室瀰漫著濃郁的花蜜香。

威廉嗆咳，眼淚直流，伸手抹去淚水。

他驚見花裡躺了一個人，全身赤裸，頭髮光禿，非常憔悴瘦弱，平躺在較低的鐘形花瓣裡，雙腳伸進花的中心。毫無血色的皮膚白中透藍，與花瓣的艷紅色呈現強烈對比。

又一個倒楣鬼要被這朵花吃了。

先前用光液壓的鞭子此刻差不多補充完畢，如果他打算攻擊，得先解決那些鞭子才行。

花裡的人忽然張開眼睛，以目光默默懇求著他，剎那間，他以爲自己看見瑟芮絲。

威廉屏住呼吸。

細根退到旁邊，讓出一條通往花的窄道。

他走過去。

那人移開雙手，露出凹陷的胸膛，曾是乳房的部位，如今只剩下薄薄的皮囊。那雙藍眼凝望著向前移動的他。如果她再年輕一些，臉再胖一點，皮膚再光滑一些，如果她有金髮……

「珍妮芙。」威廉低聲說著，隨即嗆咳，噴出一嘴花粉。

她朝威廉伸手，他牽起那隻冰冷的手。紅色液體蔓延花瓣脈絡與葉脈，此刻也在她體內流竄，透過幾乎透明的皮膚，看得到底下膨脹的血管。

她張開嘴，魔法朝他襲來。威廉登時雙膝跪地，大口喘氣。眼前閃現瑟芮絲的身影，她正揮劍劈砍安貝爾斯癱軟的身軀，把卡爾達救出來。她在屋裡。威廉眨眨眼，瑟芮絲的身影隨即消失。

珍妮芙嘴角扭來扭去，努力想擠出一個字。空中花粉紛紛落下，如星塵微粒撒向大地，刺痛威廉雙眼。他不小心吸進一堆，口鼻充滿花粉，喉嚨劇痛。「在……」珍妮芙低語，「我女兒來之前……」鞭子揮向書桌，又捲回來，纏著他的肩膀，像是輕擁著他。一本精裝日記落在他的腳邊。

「沒有選擇……我只好……」

「她明白。」威廉告訴她，「瑟芮絲明白。」

「告訴蘇菲……很對不起……」

「我會的。」

她握緊威廉的手。「殺了我……拜託……這樣瑟芮絲……就不用……」

他忽然覺得手裡的刀沉重無比，好像灌了鉛。他舉起刀。

她露出微笑。那張暴瘦而脆弱的臉、凹陷的雙頰、充滿痛苦的眼睛，忽然全亮了起來，被這抹虛弱的微笑轉化，變得容光煥發、恆久不退。威廉明白他將牢記這張笑臉，直到死亡降臨。

他毅然揮刀。刀刃俐落地切開她的皮肉，頭落在地上滾了幾下，頸部鮮血直流。血撒在地板上，那些細根立刻伸過來，上面的囊開始吸食血液，即使血仍不斷從傷口中湧出，它們只顧吸自己的血，完全是自相殘殺的生存方式。

威廉撿起日記。

她的頭落在日記旁，臉上仍掛著微笑，藍眼望著他。「謝謝你。」失去血色的雙唇以嘴形無聲表達。

花粉堵塞他的氣管，消耗他的力量。威廉勉強起身，踉蹌來到門邊，在半盲的狀態下跌跌撞撞，筋疲力盡又虛弱。他摸索一陣，找到門把，用全身的力量壓下。門把被他撞掉，他用力撞開門，跌進走道，一股腦地趴在地上，涼爽光滑的木板撞擊他的臉。

那扇門。

威廉拖著沉重的身體，勉強起來關門，然後背靠著門癱坐。他的肺灼痛，最後一陣花粉依然圍繞著他。

威廉全神貫注地吸氣並呼氣，手卻像有了自主意識，自動翻開日記。紙上有許多修長潦草的字跡，但他目光渙散，難以聚焦。他抹掉眼中最後的淚水，把日記捧到眼前，幾乎貼到鼻子。

R1DP6WR12DC18HF1CW6BY12WW18BS3VL9S R1DP6WG12E 5aba 1abaa

胡言亂語。不，不是胡言亂語，是密碼。

走道上響起急促斷續的腳步聲，他垂下手，把日記擱在腿邊。

瑟芮絲繞過轉角，理查跟在後面。她急急奔向威廉。

「你受傷了嗎？」

威廉搖頭，想對她說沒事，但就是說不出話。他將日記交到她手上，她漸漸露出恍然大悟的表情，臉色轉爲死白，想擠過他身邊。「讓我進去。」

「不行。」他粗聲說。終於可以發出聲音了。

「我要見她！」

「不行，她不要妳看到，都結束了。」

理查抓著她的肩膀。「他說得對，都結束了。」

「讓我見我媽！」

她拚命掙扎，但理查不放手。「結束了，事情已經過去，她現在可以安息，不要污染妳的回憶，記住她原先的模樣。來吧，我們帶威廉去外面呼吸新鮮空氣。」

瑟芮絲沒有說話，肩膀垮下來。她壓下淚水和怒氣，以肩膀撐起威廉右臂，理查將他拉起來。瑟芮絲的手摟著威廉的腰，他本來想說他沒這麼虛弱，但考慮過後決定不出聲，只是靠著她，讓兩人攙扶著來到戶外陽光下。

他們放火燒了屋子，宛如執行火葬，辛辣的濃煙竄上空中。火焰在劈啪巨響中吞噬舊木板，沿著牆壁往上爬，熔化溫室的玻璃。波薩德的植物嘶聲悲號，火的牙齒囓咬它們綠色的皮肉。沒有人前來滅火，就算眞有人來，火勢已經一發不可收拾。

瑟芮絲拒絕離開。威廉陪著她。他對她的痛苦感同身受，那種痛尖銳而殘酷。除了坐在她身旁，他也幫不上忙。瑟芮絲沒有哭，只是坐在那裡，全身散發悲傷與憤怒。

整棟建築很快被大火吞沒，只剩下裹著一層熱氣的木石骨架。瑟芮絲坐在空地邊緣，就著猛烈的火光翻閱日記，最後屋頂垮下來，老舊的梁柱劈啪作響，火花四濺，馬匹受到驚嚇，兩人只好迅速離開熱氣沖天的現場。

第二十七章

威廉向後靠，舒服地窩進馬爾家圖書室椅子柔軟的深處。史派德失蹤了，躲在沼地某個地方，現在所有希望全寄託在可惡的日記上。透過它一定能查到史派德的下落，以及他與瑟芮絲為敵的原因。只不過，這該死的東西只有一堆密碼。

瑟芮絲帶著日記、筆和幾張紙，在窗邊找個地方慢慢研究。

圖書室擠滿人，馬爾家眾親戚來來去去，製造焦慮。威廉咬牙切齒，被他們的緊張兮兮搞到神經質。卡爾達獨自縮在角落，對著一杯酒沉思。他、理查和伊瑞安三人都坐在門邊，像三隻看門狗。

威廉腦中不停拼湊各種可能。他以前背過一頁半的密碼，因此很肯定日記裡面的字母和數字是密碼，按某種規則排列。舉個例子，數字是按次序排列。

R1DP6WR12DC18HF1CW6BY12WW18BS3VL9S R1DP6WG12E

數字會重複，但很少搭配相同字母，第一組是R1、P6、R12、C18，第二組是F1、W6、Y12……或者，也有可能是1D、6W？數字與數字的差距都是六。只有第一組的R1到P6差距是五……但這樣就會有第二組序列3、9、15、19。有時候數字形成整排序列，有時候會在某個地方結束，再展開下一組序列。

自從看見這堆密碼，他絞盡腦汁推算。解碼不是他的專長，但他懂基本原理：先找出最常出現的字母和數字組合，再設法找出最常出現的字母代表的意義。但他只是獵人，不是破解密碼專家。

伊瑞安伸腿下地走來走去，長長的步伐穿梭圖書室。低聲說：「已經過了三小時，她解不開。」

「她一定解得開。」理查說，「弗納一輩子都在研究解碼，而瑟芮絲是他最喜愛的晚輩。」

「是啊。」伊瑞安略帶怨氣地說，威廉不由得提高警覺。

「你有什麼毛病？」卡爾達壓低聲音說。「難道她在你的早餐裡吐口水？」

伊瑞安轉身繼續走。「事情都結束了，你們爲什麼就是不明白？世仇已經了結，我們贏了，整件事都他媽的到此爲止。」

「除非找到葛斯塔夫，拿下史派德的人頭，否則沒完。」理查告訴他。

伊瑞安一揮手，滿臉嫌惡地說：「這該死的一家人全瘋了。」

理查敏捷地起身，穿過圖書室，拿起架上的大本精裝書。

「那是什麼？」卡爾達問道。

「瑟芮絲的外公根據路易斯安納公國刑法第八條第三款被放逐，我剛忽然想到，我從來沒有查閱刑法第八條第三款的內容。」

法典用上鎖的皮製折板保護，理查打開鎖，翻開封面，逐一搜尋黃頁後，皺起眉頭說：「找到了。」

理查舉起書，給他們看頁面。紅色標題寫著「醫療失當與褻瀆誓言」，底下列出長串細目。

「第三款。」理查讀著，「第二四二頁。」

他把書頁翻得沙沙作響。「醫療失當、非法人體實驗、惡意輕忽人體的完整性、意圖創造畸形變異生物。」

「這和『手』幹的那些勾當有什麼不同？」伊瑞安問道。

「『手』根本不該存在。」威廉說，「萬一被逮，路易斯安納絕不會幫助『手』的特務，政府和他們完全切割，因爲魔法變異是非法行爲。」

「瑟芮絲的外公使用魔法改變人體，因而觸法，也打破他自己立下的醫師誓言。」米基塔走進圖書室。「我母親說，他們聊過這件事。外公明知政府會抓他，還是做了，他說因為這太重要，不能輕易放棄。」

「他主要研究哪方面？」理查問道。

「他試圖找出讓人體學會自動再生的方法。他說人體擁有自癒及治療所有疾病的強大能力，只要找出體內那個開關就行了。」

人得有多大的動力才敢於打破誓言，賭上一切，賠上安逸的貴族生活和地位？威廉心想，下定決心的人，不會任由沼澤阻止他。絕對不會，他一定會在此繼續從事研究，就在這裡，在這片沼澤。

找出讓人體學會自癒的方法。

再生。

記憶翻出一幕景象，有個怪物在月光下，傷口會自行接合。威廉暗自拼湊各種片段。那是擁有自癒能力、堅不可摧的怪物。威廉生平見過各種動物，卻沒看過那種類型，它不是貓，不是狼，也不是熊，和各種動物都扯不上關係。

如果不是自然產物，就是人造的，還有什麼人比瑟芮絲的外公本領更強？

如果怪物是人打造的，史派德一定會染指，把它切開，找出它的成因。

如果瑟芮絲發現外公打造的怪物在林中出沒，她一定會尋遍天涯海角，非要殺死它再宰了史派德不可。這是她的想法：她要肩負起責任，還要償債。史派德有二十名特務，至於瑟芮絲……只有馬爾一家，而且當中至少七、八名派不上用場。二十名致命、受過專業訓練而且經過魔法強化的怪胎，對上大約三十五名普通人。其實，不能說馬爾家是普通人，但哪怕他們窮盡畢生所學，用光身上最後一滴魔法，仍然會遭到屠殺。到時瑟芮絲一定會站在最前線，必死無疑。

他的伴侶會死。

威廉彎曲手指。指節間開始發癢，他好想立刻釋放爪子。他們全都會死，包括理查、伊瑞安、伊娜塔、米基塔，還有智障卡爾達。沒有一個人能活下來。他阻止不了這群人，更糟的是，他非常需要他們，因為單憑他一個人無法對抗二十名特務。

他覺得左右為難，像掉進陷阱，也像被鍊條鎖住的狗。

他也有可能想錯，弗納和怪物之間沒有關連，應該說是尚未找到雙方之間的連結。

「解出來了。」瑟芮絲說。

所有人全看著她。她張大眼睛，眼神若有所思，彷彿看見不該看的東西。

「這是一種格式簡單的代換密碼。」她淡淡地說，「但一定要掌握到密鑰，否則無法破解。」

「密鑰是什麼？」卡爾達問道。

「一首高盧搖籃曲，小時候他常唱給我聽。」她起身離開桌邊。「我想，最好立刻召開家庭會議。」

二十分鐘後，馬爾家在圖書室聚集，眾人的氣息令空氣變得污濁，瑟芮絲平板地朗讀日記。

「『醫療技術與人體一樣悠久，起始於第一位原始人，他為疼痛所苦，便抓了一把草塞進嘴裡咀嚼，赫然發現痛楚大減。世世代代以來，我們追尋這位原始人的足跡，堅信將外來媒介導入體內是唯一療法。於是我們發明藥物、藥膏、藥水、夾板、石膏模、吊帶等等，也發明無數促進療效的設備，但我們從未專注於療程本身。如果不是身體自行矯正缺陷，又是什麼東西在治療我們？藥物如果不是為了讓有機體踏上再生的道路，又是為了什麼目的而存在？』」

「『今天，我，弗納．杜布瓦，身為一個人和醫師，在此宣布人體擁有自癒能力，能夠自行醫治各種疾病與缺陷，不需要外科或內科醫師干涉。我聲明，亦相信有朝一日，我和同行都會被淘汰。我現在以榮耀的那天爲名，正式踏上研究和實驗的道路，哪怕這條路崎嶇不平，充滿自我懷疑、錯誤與迫害。我在此宣告，原諒那些日後譴責我的人，我能理解他們的動機。或許他們被誤導，但出發點也是爲了增進人類全體利益，我對他們毫無怨言。』」

「『至於眾神，請原諒我昔日的罪過。至於妻子和女兒，請原諒我日後將犯下的罪過。我祈禱妳們總有一天明白我非要繼續下去的苦衷。』」

她讀到許多公式與化學反應式，幾個人頻頻點頭，包括珮蒂嬸嬸、米基塔和伊娜塔。大多數人聽見這些式子的反應就和威廉一樣，表情茫然，鴨子聽雷。聽完那些專業醫療報告，他只能盡力推測，弗納已經找到啓動再生能力的超小型水藻。這種藻類會發出改變身體的魔法，啓動治癒能力。弗納的老鼠實驗成功，但用在更大的動物身上宣告失敗。一旦注入體內，藻類的魔法就會消失，受試體沒有足夠的魔法就不會改變。他嘗試以針筒及輸血注入魔法，但都不夠快。

瑟芮絲停了一會兒，接著說：「這裡有一頁寫了大大的『放逐』二字。接下來是：『我們已經抵達沼澤，我在新住處後面的小樹林發現獨特的苔蘚，它是紅色的，外表看起來像動物的毛。它遍布整個林地，還在樹林中央形成不規則的隆起。我察看這座苔蘚堆，發現底下有兔子的屍體，已有部分被消化，苔蘚含有大量消化液。那個喜歡珍妮芙的年輕人，名字好像是葛斯塔夫，他說當地人把這種苔蘚稱爲壽衣，由於迷信而對它心生畏懼，總會躲得遠遠的。』」

瑟芮絲稍微停頓，費力地呑嚥，然後繼續朗讀。

威廉已經出神，字句只進耳朵，沒有聽進心裡。那種苔蘚、類似腹腔的組織，以及像胃酸的消化液，全部都有蹊蹺，苔蘚和先前在融合室的怪植物一定有某種關係。他終於忍不住舉手，覺得自己活像坐在教室裡的十歲學童。「可以詳細說明嗎？」

瑟芮絲頓住。

「有一種植物長得像苔蘚，我們稱爲壽衣。」珮蒂嬸嬸說著，抓了一下眼罩。「它其實不算植物，比較像是介於植物和動物的存在。它是沼澤特有品種，本地才有，而且需要魔法才能生存。壽衣靠吞食屍體維生，孢子附著屍身，用芽刺穿死屍皮膚，吸取屍身裡的血液等等養分，需要什麼通通吸走，不要的就吐回去。」

「像過濾器？」威廉皺眉說道。

「就像那樣。」珮蒂嬸嬸點頭。「這些有吸力的芽非常非常小，但數量龐大，一天可以對同一具屍身過濾液體數次。目前的講解都能明白嗎？」

他點頭。

「弗納需要迅速將魔法水藻引入身體的方法，要快又要多。他無意間發現壽衣，便苦心研究一番，終於能將藻類注入苔蘚，利用魔法發揮他想要的效果。於是，他得到新品種壽衣，裡面充滿具有再生能力的藻類。這樣聽懂沒？」

威廉再度點頭。

「接著，他爲自己打造一口棺材，四周植入壽衣。若你把一個人放進棺材裡，壽衣會攻擊他，開始吸取他的液體，將一些蛋白質和其餘體液都吸乾，再把不要的吐回去。但是！」珮蒂嬸嬸伸出一根手指。「它把不要的液體吐回去時，也會帶進一些魔法水藻。」

「那一定很痛。」威廉說。

「噢，是啊，痛得要命，但若你快死了，或是年老力衰，你才不會在乎。」珮蒂嬸嬸扮個鬼臉。「瑟芮絲，繼續讀吧，我猜妳外公一定有把生物放進棺材裡做實驗。」

珮蒂嬸嬸果然料得沒錯。弗納找來五種受試體，包括貓、豬、小牛，還有他稱之爲丁和戊的兩個人。爲了讓這群生物都能安靜待在棺材裡，他拿了號稱藥物的草藥給他們喝。瑟芮絲讀到草藥成分時，臉部肌肉頻頻抽搐。

「『四分之一茶匙碎紅草、一管開著花的漁夫木、四分之一茶匙碎壽衣、一杯水。全部加在一起，浸泡二十四小時。』」

「『今天我抓了貓，也就是受試體甲，在牠的側腹割一刀，讓牠大量出血。我將牠放進箱中，闔上蓋子。明天我會察看牠的情形。今晚我必須去釣魚，因爲已經答應瑟芮絲，人一定要遵守對小孩的承諾……』」

「『貓還活著。深長的傷口完全癒合，被刀切割的地方長出新的粉紅色組織。我後來把貓的頭砍了，解剖時發現，牠的心臟還在跳，脈搏持續將近六分鐘才停止，我猜是因爲身體的血流乾了。』」

貓不是唯一的犧牲品。威廉暗自低吼，他已經知道事情將會如何發展。外公一旦把東西放進該死的箱子，遲早會自己爬進去。一開始是貓，接著是豬，再來是小牛……

「『小牛活著，斷掉的腿骨重新接上，現在牠又站在後面的畜欄裡，和小豬在一起。是時候來場眞正的測試了，今晚我就要進去箱子裡。』」

伊娜塔把頭埋進雙掌。「哦，不。不，弗納，不要。」

「『無法用言語來形容。一開始，我感到皮膚被刺穿的每一次劇痛，整個世界縮進一片紅霧中，我在裡面漂浮，在痛苦裡漂浮、掙扎，被它痛打並撕裂，但同時也覺得受到它的支撐，它讓我變得完整。痛苦撕扯每一個部位，一束又一束肌肉纖維被它分解，又重新整合。它吞噬我，我則在它的紅霧中找到解脫，找到力量與活力。宇宙像一朵花，對我的心智盛開，我看見宇宙祕密的形態與深藏的眞理。此刻，我站在箱子前面，我的心智一片清朗，但那種洞悉宇宙奧妙的經驗已離我而去，我好不容易看見的祕密就這樣溜走，退到意識簾幕後方。我感覺得到它們，但它們像煙霧從我指間升騰，我一定要回去箱子裡……』」

「『這次呼吸比較輕鬆，雙手剛出現的關節炎，以後再也不會困擾我……』」

「『爲了測試自己，今早我跑了三哩，發現根本不會累，於是又跑三哩……』」

「『眼前的紅霧一直纏著我，我一定要再進箱子……』」

「『我不該透露在紅霧後面看見的一切，我一定要先弄懂，才能寫下來……』」

「『脛骨的疤消失了，那是從小就有的疤……』」

「『然後，我將她擁入懷裡，在屋裡跳舞，跳了又跳。她笑起來，頭往後仰……眾神哪，二十歲以後，我沒見過她笑得那麼開心……』」

瑟芮絲繼續讀下去，聲音平板而穩定，弗納的心思愈來愈錯亂，她一一向眾人宣讀。箱子令他上癮，這種癮頭是要付出代價的，它擾亂弗納的心智。

「『我變得暴力，心情和怒氣愈來愈難以控制。今早我對珍妮芙怒吼，只因爲她幫我們端飲料時，不小心撒了我的茶。我並不是故意要罵人，但身體似乎自作主張，而我只能在意識深處眼睜睜看著它暴走。這種感覺彷彿是用故障的舵駕船……』」

「『治療失敗，毒素太強……』」

「『太遲了，我已無可挽救。』」

「『太遲了……等不及。我實在等不及，造訪紅霧太多次。要是我多等一個月，讓藥效發揮作用，要是我規定自己只能進去三次，絕不能再多……要是我，要是我……』」

「『要是我當個好丈夫，要是我當個好爸爸，』」

「『我應該獨自死去，被愛人拋下，』」

「『讓我靜靜倒下，我不再深入，』」

「『讓我靜靜倒下……』」

「『我發現豬死在豬圈裡，破裂的屍身血肉模糊，遍布瘀青。我檢查了一下小牛，不喜歡牠看我的眼神。』」

瑟芮絲閉上眼睛，良久才繼續朗讀。

「『今天，我在飼料槽爲牛倒飼料，牠居然想衝撞我。我看見牠衝來，黃色的眼睛燃著強烈的饑渴。牠飛奔過來，狂踩的牛蹄像雷鳴般的戰鼓。牠想殺我。我沒有動，因爲我不能動，也不想動。牠奔到面前，我的身體接管一切，急速退開，雙手掐住牠的脖子，深深陷進牠的皮肉裡。鮮血沿著手指流下，那氣味……噢，那氣味令人陶醉又作嘔。它控制我，駕馭我，令我逃不開它的箝制。』」

「『我埋了小牛。屍身可怕的模樣與氣味，還有舌頭上一股生肉的味道，令理智殘存的我驚恐萬狀。但理智的呼喚愈來愈微弱，邏輯的核心正漸漸消逝，留下貪婪而飢餓的狗。我無力控制它的怒氣，但她做得不錯，挺不錯的。僅此一次，下不爲例。我的天賜，我的詛咒，我可憐又可愛的戊，我多麼希望把全世界給妳，卻只給了妳這麼少。我只是一個自私的老男人，又累又笨，坐在高塔的瓦礫堆中哀嘆。我和自然的力量抗衡，卻發現自己不夠格。我早該讓它消失，但辦不到。我會祈求原諒，但我知道妳不會原諒我。我愛妳。眾神啊，區區三個字的宣告，聽起來多麼絕望，多麼不恰當。』」

「『紅霧來了，它很快就會占領我。』」

「『我把它藏起來，藏在漁夫等待的地方。』」

瑟芮絲停止朗讀。「這是最後一段有條理的記錄，後面兩頁他只寫了『可憐的弗納』好多遍，再後面只有塗鴉。」

她累壞了，往椅子上癱坐。

威廉迅速盤算。那就是史派德要的，那個箱子。

如果手的怪胎進箱子裡加工，出來時會更像精神病患，而且傷口幾秒內就會痊癒，他們會殺了又殺，殺了再殺，永不停止殺戮。

路易斯安納想要打倒艾朮昂里亞的致勝武器，就是它了。

弗納並沒有死。這個念頭閃過他的腦海，照亮整片拼圖的每一小塊。當然，弗納沒有死，他進箱子那麼多次，會讓他達到幾乎堅不可摧的地步，絕不會輕易死去。

「今天正是說出祕密的日子。」奧姿祖母說。

威廉抬眼，看見她站在圖書室中間，一如往常地乾癟與蒼老，小小的黑眼裡有兩座哀傷的深潭。

「您醒了。」伊娜塔起身為她搬椅子。奧姿祖母沒理會，直盯著威廉，他有種被魔法拉扯的感覺。

「孩子，告訴他們。」她說，「告訴他們你在林中看到誰。」

「弗納沒有死。」威廉說，「我見過他，在沼地和他打鬥。」

「那隻怪物？不可能。」瑟芮絲搖搖頭，「不，它不可能是外公。」

「他晚上會在附近徘徊。」奧姿祖母說，「多年來，他不敢靠近屋子，但常回來。他知道有事發生，他已成了怪物，但還保留一些記憶。他做過的事，那違反自然的事大幅改變他，魔法太強了。」

室內陷入死寂，氣氛緊張，充滿壓力，宛如暴風雨前的天空。

「那個戊是誰？」伊娜塔問，「甲是貓，乙是豬，丙是小牛。丁則是弗納自己。」

卡爾達起身。「箱子可以加速治癒，對不對？」

他走過室內，手裡現出亮晃晃的匕首。他牽起瑟芮絲的手，看看她。她點頭。卡爾達便劃了她的前臂一刀，血汨汨流出。他用袖子抹掉深紅色液體，再舉高她的手。傷口只剩下一條細細的紅印子，但再也沒有流血。

「可愛的小戊。」他說，「我這麼多年來一直在懷疑。她從來不會感冒，我們全都會因爲流感或其他怪病而倒下，但只有她好好的，而且活力充沛。」

瑟芮絲端詳手臂，好像那是陌生的東西。「我不記得了，那個箱子，我完全不記得它。」

「說不定他給妳下了迷藥。」伊娜塔說。

「藥效一定非常強。」穆莉德說，「不然熬不過那種痛。」

伊娜塔皺眉。「妳還記得那藥？」

她母親扮個鬼臉。「哦，拜託，就是紅草茶啊。他想必在幾星期前就開始想盡辦法給她喝，差不多要把她灌死了。說不定那正是她到現在神智依然健全的原因，因爲紅草茶療效就是讓人免於發瘋。」

理查清晰的聲音響徹圖書室。「現在有個問題，我們要如何處置這本日記？」

威廉緊張起來，直覺對他尖叫，要他警醒。

許多張臉轉向理查。

「我們有日記，要救珍妮芙已經太晚，但救葛斯塔夫還不嫌遲。瑟芮絲說他被關在凱西斯。」

理查向前傾身。「那裡有座城堡，有大批衛兵聽從凱西斯伯爵的命令。不僅如此，城堡恰巧座落於艾朮昂里亞和異境的路易斯安納之間，並且稍稍觸及邊境。不過這只是大概。如果我們攻打那裡，將來雙邊國家都會跑來報仇。但我們一定要救葛斯塔夫回來，至少要試試看。」

「可以勒索。」卡爾達說，「我們用日記交換葛斯塔夫。爲了防止我們把日記交給艾朮昂里亞人，史派德一定會不惜代價。」

這樣一來就完了。威廉齜牙咧嘴。

「史派德太危險了。」伊瑞安說。

「去他的史派德。那本日記簡直是大怪獸！」珮蒂嬸嬸截斷他的話。「它是異常心智的產物，這人的心智雖然聰明但異常，我們應該毀了它。」

卡爾達瞪著她。「只要握有這本日記，我們就可以救葛斯塔夫。」

她也回瞪。「威廉！你看見的怪物有多大？」

眾人紛紛望著他，壓力頓時湧現，他後頸的寒毛全豎起來。「很大，至少有六百磅。」

馬爾一家登時滿臉驚愕，瑟芮絲也愣了一下。

珮蒂嬸嬸急速轉身，面對奧姿祖母。「他說得很接近，對不對？」

奧姿祖母點頭。

珮蒂嬸嬸的視線如匕首般定在卡爾達臉上。「那麼，侄兒，不妨問問自己，你眞的要把打造怪物的藍圖交給史派德，爲了換一條命？」

「這不是我們的問題。」伊瑞安說，「爲什麼沒人要聽我的？這眞的不是我們的問題！」

米基塔搖著頭說：「這是我們的問題，我們姓馬爾，東西既然是姻親做出來的，現在又出現在我們家，我們就要負責。」

珮蒂嬸嬸重重跺腳。「還有一個更大的責任，身爲人類的責任。弗納儘管瘋狂，依然明白得把日記藏起來，所以才會將它深鎖，不讓任何人拿到。把裡面的知識洩露出去是不對的！」

卡爾達雙手一攤。「誰會在乎異境貴族互相殘殺？他們爲我們做過什麼？」

「他說的話也不是毫無道理。」理查的手指敲著桌面。

珮蒂嬸嬸上下打量他，好像在研究昆蟲。「你們都是什麼人啊？」

威廉看著這家人，明白珮蒂嬸嬸說不過這麼多張嘴。他們要葛斯塔夫回來，因爲是一家人，自家人的利益永遠擺在第一位。他望向瑟芮絲，她的臉因希望而容光煥發。威廉想起她的頭枕在自己的胸膛上，想起擁抱她的感覺，她頭髮的香氣、體溫、甜蜜的嘴……

「我們可以安排公開交換的場所……」卡爾達說。

威廉忽然起身。「不行。」

瑟芮絲的視線投過來。

卡爾達皺眉。「貴族大人，您說了什麼嗎？」

威廉不理他。「艾朮昂里亞與路易斯安納是死對頭，禁不起對方掌握任何優勢。一旦史派德知道你們拿到日記，他會嘗試殲滅你們。一旦艾朮昂里亞發現日記在你們手上，也會採取相同手段。」

他迎上瑟芮絲的目光。「聽我說。到時這個房間裡的每個人都會死。每一個人。他們會殺了你們，還有小孩，再燒掉房子，連狗都射殺。他們一定會把你們徹底消滅，彷彿這家人不曾存在。」

「你好像相當篤定。」理查沉著的聲音在安靜的室內迴盪。

威廉差一點就要怒吼：因爲他們會命令我這麼做。

「艾朮昂里亞不知道這本日記。」伊瑞安說。

「他們很快就會知道。燒了它，燒了該死的日記，再也不要提起它。」

瑟芮絲望著威廉，眼中藏著情緒，是懷疑、受傷抑或憤怒，他無法分辨。不管是什麼，它深深鑽進他的胸腔，撕扯他的心。

如果他現在對瑟芮絲說出事實，告訴她「鏡」的一切，他一定會失去她。但若能讓她明白眞相，她就可以活下去。

「威廉，艾朮昂里亞從哪裡知道這本日記？」她的聲音非常輕柔。

心底的野性怒吼並尖叫：不！閉嘴，他媽的閉嘴，別失去這女人！

「我昨晚用超迷你無人機把所有細節回報給柴克・華勒斯了。」威廉告訴她。

全場彷彿只剩下兩人，他異常冷靜，現在沒有回頭的餘地了。

「你不是賞金獵人。」她說。

「不是。」

「艾朮昂里亞付錢雇你殺史派德？」她問。

「沒有。他們不在乎我有沒有殺他，但我不是專程爲他來的。我來是爲了箱子和日記，那才是『鏡』的目的，爲了得到東西，他們會命令我把你們殺光。」

「你騙了我。」

「只有這件事，其他都是認眞的。」他咆哮，「狼終生只有一個伴侶，妳就是我的伴侶。」

「狼？」伊瑞安跳下椅子，「威廉狼？那些怪胎怕得要命的傢伙？妳竟然把威廉狼帶進家裡？妳腦子有洞嗎？他可是該死的變形者。」

威廉齜牙咧嘴。

伊瑞安好不容易控制住自己，但已經太遲。瑟芮絲盯著他，微微起身，臉上血色盡失。

「伊瑞安。」她說。

伊瑞安踉蹌後退，表情顯得迷惑。

「是你。」瑟芮絲的聲音充滿痛苦，「你把我父母賣給了『手』。」

「我的親弟弟。」理查面孔扭曲，一度說不出話。他捏緊拳頭，指節泛白，桌子被他壓得嘎吱作響。

「爲什麼？」

「因爲這件事總得有人去做。」伊瑞安大吼，雙手發抖。「因爲你不做，那個活著只是浪費空間的另一個哥哥也不做。我親眼目睹父親死去，我記得每個細節——槍擊、流血，還有他的眼神，我全記得！你知道葬禮上葛斯塔夫對我說什麼？他告訴我：『你一定有機會報仇。』我等著報仇，等了這麼多年，但他一個該死的機會也沒給過。哦，不，他開心地縮在屋裡，那是我們爸爸的屋子，讓他那被寵壞的臭女兒滿屋子跑來跑去。他會變成快樂的胖子，而我們的父親卻只能爛在土裡。我每年都會問他，他每年都對我說：『伊瑞安，時候未到，我們現在無法負擔這件事。』時候永遠不會到，所以，沒錯，我他媽的幹了。我讓席里爾家暫且占上風，把葛斯塔夫這個禮物送給他們，因爲如果他繼續待在這裡，大仇永遠不會結束。現在席里爾家死光了，我們父親在天上快樂地看著這一切，理查，你聽見我說的嗎？他很快樂！」

理查臉色發白。「我得殺了你。」他異常冷靜地說。「誰幫忙拿支劍來？」

瑟芮絲起身。「請休叔叔和米基塔帶伊瑞安出去，把他鎖在北邊的房子，確保他不會傷害自己。」

伊瑞安齜牙咧嘴，露出凶相。休重擊他的後腦，伊瑞安立刻翻白眼，身體癱進米基塔的懷裡。他們把他扛出去。

瑟芮絲轉頭面對威廉。

「如果妳用日記交換，妳會死。」他說，「如果妳和史派德對戰，妳也會死。不要，不要這樣。」

「我沒有選擇餘地。」她說，「明知有機會阻止幾千人死亡，我可不能放任不管。」

瑟芮絲咬緊牙關，心臟狂跳，嘴裡湧出苦味。伊瑞安，什麼人不好，偏偏是伊瑞安。

她的雙腿軟得像濕棉花，胸腔緊縮，只想彎下腰，抱著肚子裡熱燙而痛苦的死結。但全家都在看著她，等她開口說話，她只能勉強控制自己。

威廉獨自站在圖書室中央，臉色蒼白。她望進他的眼眸深處，看見所有情緒：痛苦、悲傷、憤怒、恐懼與放棄。他以爲她會離開他。爲什麼不會？畢竟他生命中的其他人都離開他了。

「你是『鏡』的間諜？」她輕聲問道。

「是。」他的聲音低啞。

她嘆氣說道：「但願你早一點說。」

他愣了一下才聽懂，琥珀光在眼中流轉，他滿臉震驚。這些轉變一閃即逝，但他如釋重負的表情太明顯，令她震怒。她氣他生命中無數殘忍的傢伙毀了他，氣伊瑞安，氣「手」……她的手一直發抖，只能緊緊握住。

「我愛你。」她對威廉說，「我要求你留下來陪我時，我是眞心的。」

「他是變形者。」後面有人說道。

瑟芮絲轉頭搜尋聲音來源，沒有人承認。「三年來，家裡的錢都是我在管，你們幹的下流勾當我全知道。若想對我愛的男人丟石頭，最好非常小心地考慮清楚，因爲我會用力扔回去，絕不會失手。」

全場報以靜默。

「那好。」她說，「很高興大家取得共識，你們先聊聊吧。」她轉身來到陽台，繞過轉角，走出他們的視線範圍。

沼澤的熱氣包圍瑟芮絲，她呼出一口長氣。淚水浸濕雙眼，沿著臉頰流淌。她想伸手抹去，但不爭氣的淚一直冒出來，她無力阻止。

威廉繞過轉角，一把抱住她。

她把臉埋進他胸膛，雙眼緊閉，努力止住淚水。

威廉用力抱緊她。

「不敢相信你居然沒告訴我。」她低語，「我之前在沼澤問得那麼直接，但你還是不願意說。」

「要是說了，妳絕對不會讓我跟妳回家。」他說。

「我們都被困住了。」她喃喃說著，「威廉，我只想過得快樂，我想和你在一起，不希望任何人死掉，但我無能爲力。」

威廉抓著她的肩膀，稍稍推開她，望著她的臉，眼神顯得急切。「瑟芮絲，聽我的，燒掉日記，該死！」

「太遲了。」她對他說，「你也知道太遲了。『手』會來找我們，就算不是現在，也一定是一星期或一個月內。你自己也說，他們承擔不起留下一個活口。就算他們願意放過我們，一旦用了箱子，大家要面對的就不只是戰爭了，而是異境的末日，因爲他們會打造一堆怪物，最後控制不住它們。」

「讓我來解決。」威廉告訴她。

「一個打二十個？你瘋了嗎？」她用袖子抹掉淚水。「若是我說要單獨對付二十名特務，你不發飆才怪。總之我們沒有選擇餘地。」

他擁著她，愛撫她的秀髮。兩人在原地待了許久，最後她推開他。「我得回去了。這件事不好辦，對不對？」

威廉費力地吞嚥。「對。」

「我也這麼想。」她說完轉身走回圖書室。

熟悉的臉孔還在室內等她，包括珮蒂嬸嬸、穆莉德姑姑、伊娜塔和卡爾達。奧姿祖母坐在角落，任由她帶著全家走向毀滅。瑟芮絲在桌邊落坐，十指交叉。眾神啊！但願有人給個指引。但她一直以爲已經登天的那人，她總是向他尋求建議，顯然他根本沒死，還在林中奔跑，隨機宰殺生物。

外公殺了外婆。如果一直想這件事，她會恨不得把頭髮揪下來。

她發現理查也去外面一吐怨氣了。

*我是在騙誰呢？*她心中納悶。理查永遠不會沒事，他們每個人永遠都有事。

「一定是在淹死狗水坑。」她說。他們每年都去那裡採集釀酒的莓果，那是家族年度大事，小孩採莓果，女人清洗，男人聊天……「不然還有哪裡？」

穆莉德說：「沒有了，除此之外，弗納什麼都不知道。」

必須有人提問，所以她乾脆問了：「現在該怎麼辦？」

「妳希望我們怎麼做？」穆莉德澄澈的目光迎上她的視線，就像給了她依靠。「這個家由妳掌管，妳帶頭，我們跟隨。」

沒有人反駁。瑟芮絲原本以爲有人會反對。「我們必須毀掉箱子。」

「或者說是慷慨就義。」

珮蒂嬸嬸搖頭。「我們都受益於弗納的知識。我們研讀他的書，向他學習，還一起釀酒。他是我們家的一份子。」

瑟芮絲看向卡爾達。「卡爾達？」

「她們說得沒錯。」他說，「我恨這種事，但我們必須戰鬥，這是全馬爾家的事。這是我們的土地，我們的戰爭，除非把那群怪胎趕出沼澤，否則沒完。」他頓了一會兒，沉下臉來，嘴角出現深深的紋路。「很高興家裡有了這位貴族，我才不在乎他是不是變形者，總之他打起架來活像惡魔。」

他們將她的路全堵死了。瑟芮絲只好轉頭看著祖母，跪在她身旁。陳年的稱呼從口中滑出，她小時候常這樣呼喚。

「奶奶……」

奧姿祖母輕嘆一口氣，摸摸瑟芮絲的頭髮。「有時候我們要做最好的事，有時候要做對的事，大家都很清楚這次屬於哪一種。」

穆莉德把椅子往後推。「就這麼說定了。」

瑟芮絲望著他們離開，罪惡感揪著她的胃，作嘔的感覺從腹部深處慢慢往上爬。她已經厭倦大戰前吃最後的晚餐，厭倦數算那些面龐，厭倦猜測她會失去多少親人。

痛苦像又大又重的硬塊堵住胸腔，她抬手輕揉疼痛的部位。

祖母的手滑過她的秀髮。「可憐的孩子。」奧姿祖母低語，「可憐，可憐的孩子……」

威廉大步走下山坡，手上拎著「鏡」給的背包。賈斯東追上來。

「就這樣說定了？」

「說定了。我們聚集人力，前去攻打『手』。」

賈斯東想了一下。「我們會贏嗎？」

「不會。」

「現在去哪裡？」

「去確認一件事：如果我們贏了，這個瘋狂的家族不會被滿門抄斬。」

賈斯東皺起眉頭。

「只是預防萬一。」威廉告訴他。

「等一下！」後方響起雲雀的聲音。

威廉轉身，見雲雀衝下山坡，骨瘦如柴的腿飛快閃現。她在兩人面前停步，把泰迪熊塞進威廉手中。

「送你，這樣你就不會死。」

她急急轉身，跑回山坡上。

威廉看著泰迪熊，娃娃十分陳舊，某些地方的布料已經稀疏得剩下線段，甚至看得到裡面的填充物。

這正是她擺在樹上的泰迪熊。

他打開背包，小心翼翼地將泰迪熊放進去。「走吧。」

他們走下山，離開主屋，深入沼澤。

「『漁夫等待的地方』。」威廉引述日記內容，「你覺得那是什麼意思？」

「很多地方都有可能，沼澤有一堆地名都有漁夫，這裡也漁夫，那裡也漁夫。」

「弗納不會知道那麼多地方。這地方一定很近，你們家常去。」

賈斯東皺眉。「那就有可能是淹死狗水坑，那裡很不好，托厄斯人常去那裡找死。」

「說得詳細點。」

「那是座池塘，西邊有山丘，池塘有點像是被山圍繞。因為底下有泥煤，池裡的水非常黑，沒人知道水到底多深。你沒辦法在裡面游泳，除了蛇，水裡沒有任何動物。山丘和池塘向一片濕地敞開，那裡有柏樹、泥巴、小溪，還有一條河。我們家每年都會去那裡採莓果來釀酒，整片山坡上長滿了莓果。」

「那漁夫呢？」

「池塘邊有棵老樹，枝葉都長到水上了。大家習慣喊它黑漁夫。」

「聽起來挺像那麼回事。」威廉看看四周挺拔的松樹，已經望不見主屋，夠遠了。他在背包裡小心翻找，避免弄壞泰迪熊。「你的字寫得怎樣？」

「嗯，還可以。」

威廉拿出一本小冊子和一枝筆，交給賈斯東。「坐下。」

賈斯東坐在圓木上。「拿這些東西幹嘛？」

「因爲弗納的日記很長，我的字太難看。我要把它全寫下來，因爲我全部聽不懂，那表示我的腦子很快就會忘掉。」

那孩子對他猛眨眼。「什麼？」

「快寫。」威廉對他說，「醫療技術與人體一樣悠久，起始於第一位原始人，他爲疼痛所苦，便抓了一把草塞進嘴裡咀嚼，赫然發現痛楚大減……」

第二十八章

威廉蹲在平底船的甲板上，隱約見到前方出現陸地，在微弱的曙光中只看得到朦朧的黑色和綠色。瑟芮絲站在他身旁，體香纏繞著他，包圍著他。馬爾一家則在兩人身後靜靜等待。

「你確定？」瑟芮絲問道。

「是的，我們在這裡分開，如果我除掉史派德，『手』就會瓦解。」但為了接近史派德，必須讓他分心，而馬爾家正好包辦這項任務。

「別死啊。」她低喃。

「不會的。」

他把她拉過去親吻，感覺鮮明而強烈，幾乎令他疼痛。這就是了，他早就知道這一天遲早來臨，他擁有她又失去她。

平底船漸漸靠岸，他跳下去，涉水走過最後二十呎，接著沒入林中。

二十分鐘後，威廉來到淹死狗水坑後方的山頂。太陽已經升起，但天色陰暗，一片灰濛濛。微弱的光線下，他臉上綠、灰與棕交錯的迷彩渦紋與莓果叢合而為一。他全身貼地，和山丘融為一體，連泥巴都跑進嘴裡。史派德的特務正在山下忙個不停，這下子幾乎不可能發現他了。

山丘的一面圍繞池塘，看起來像不規則的新月形，陡峭的懸崖矗立在池邊，地面因近日的降雨而濕滑。灌木叢和松樹布滿整座山，池畔卻一片光禿，只有一棵孤零零的柏樹。它的枝葉伸到水面上，樹幹遍布節瘤，它熬過無數暴風雨的侵襲，宛如歷經風霜的白髮老兵。柏樹並沒有在水面留下倒影，因為整潭水漆黑如墨。

整個地方看似平靜，卻讓人備覺威脅，氣氛相當詭異。「手」的特務在泥濘中跋涉，沒有造成多大的干擾，好比偌大的墓園裡有個人拿鏟子鏟著土，原本的寧靜幾乎不受影響。

威廉動了一下，讓雙臂的血液循環保持順暢。他躲在池塘北岸的山丘上，特務光憑肉眼看不到他，他卻將他們的一舉一動盡收眼底。「鏡」的背包裡有望遠鏡片，他戴在左眼，就像眼罩。鏡片把特務擺在他眼前，就連臉上長了幾顆痘子，他都一清二楚。

他前方三呎處的地面筆直下陷，形成二十六呎高的斷崖，插入墨黑的池中。史派德不太注意山丘，只派了兩名手下駐守。他們也趴在地上，離威廉最近的一位相隔只有十五碼。時候一到，根本不是問題，即使在史派德的地盤，威廉仍然會採取相同手段。從東邊來的攻擊，越過山丘後，遇到泥煤就沒戲唱了，直覺對他大喊，千萬要躲開那潭黑水。

史派德大多數手下都把注意力擺在池塘周圍。威廉專注地看著一頭嚇人的白髮，是卡瑪胥，這位大塊頭特務正大聲對黑皮膚的壯婦下令，她聽完把頭髮往後甩，走到垂在泥巴裡的鍊條旁。她裸露的背肌漸漸隆起，皮膚底下看起來有東西在動，像是彈簧。她捲起鍊條，輕輕鬆鬆就把它扛去柏樹下，那裡有幾名特務正在解開繩索。

他們開始拼裝滑輪，打算將它掛在柏樹上，把水裡的箱子吊起來。真聰明啊，史派德。

一名特務從泥巴中冒出來，全身布滿肌肉和觸手，爛泥從身上不斷滑落。他拋出蠕動的蛇，岸邊的人急忙退開，蛇在空中旋轉，沒有碰觸到其他特務。木材堆後面有個女人發動攻擊，電光一閃，蛇便斷成兩截，掉進泥中抽搐。看來薇珊也來了……

史派德進入望遠鏡片的觀察範圍，只見他倚著木材堆。威廉後頸的寒毛立刻豎起，如果他現在是狼，頸背的毛一定會豎高，嘴巴也會發出咆哮。史派德一副無精打采的樣子，望遠鏡片捕捉到他的兩個大黑眼圈。這混帳很累，累是好事。

卡瑪胥和觸手怪胎爆發爭執，斷聲大作，威廉認出觸手怪胎名叫賽斯。賽斯的觸手從黑袍裂縫穿出，連連拍打，卡瑪胥則以鐽子般的雙手作勢劈砍。史派德直起身子，賽斯見自己被老大盯上，立刻後退。卡瑪胥的反應慢了一拍，但也算機靈，隨便找了件要緊的事便走開。史派德又回復懶散樣子。

威廉想到總要有一個特務下水繫上鍊條，他不禁微笑，到時可有好戲看了。

一旦箱子浮上水面，大災難就會立刻降臨。

威廉暗想，他該做的都做了。先前他向賈斯東說明整個計畫，要他把複製的日記藏起來，等候下一步。如果威廉失敗，賈斯東就會帶著日記去找柴克。威廉的任務到此全部結束，也把「鏡」想要的東西送去，這樣一來「鏡」應該會放過馬爾家。

現在，他必須殺了史派德。小事一樁。

一位身軀瘦削柔軟的女子來到池邊，身上袍子窸窣落下，現出裸體。現場的男特務全轉過頭來，要不是鏡片中的比例不對，她看起來一定很完美。

女子拱起背，接著伸展身體，雙手向後伸。她頸上的腮迅速張開，周圍環繞帶有摺邊的粉紅毛圈，鮮艷的顏色與淺綠色鱗片形成對比。她拾起繩子，纏在腰上，以蛇優雅的姿態滑進水中。

卡爾達駕著平底船轉過彎道，看著休叔叔說：「快到了。」

休站起身，周圍的狗也坐起來，以熱烈忠誠的眼神望著大塊頭男子。卡爾達心想，誰會料到總有一天船上會載滿了狗。甲板上共有十八隻一百磅大狗，沒有一隻吠叫，好像全都著了魔。

休脫下上衣，露出精瘦軀體，接著拉掉靴子，再脫掉褲子，小心地摺好衣服。「他們怎麼會派你來幫我？你是打賭輸了還是怎樣？」

「我沒有賭輸，是自願的，我從沒見過你變成另一個樣子，如果錯過會很可惜。」

咳福忽然輕聲哀鳴。

「快了。」休對牠說，「就快了。」

一排柏樹映入眼簾，卡爾達用力拉韁繩，指揮一對獺豹靠岸。「到了。」

「好。」休深吸一口氣，挺起胸膛。「好。」

他的身體開始扭動，好像從裡面向外裂開。骨頭刺出，肌肉翻開。卡爾達感到嘴裡湧出酸味。休倒在甲板上抽搐，狗群齊聲哀鳴。

休抖一抖身體，用四隻腳站起來，全身布滿濃密的灰毛。巨狼以綠眼回望卡爾達，令他費力地吞嚥。這頭巨獸比大狗還高一呎，咳福可是重達一百二十磅。

平底船輕輕靠上泥濘的岸邊，狼跳上泥地，狗群陸續跟上，宛如帶著斑紋的潮水正在湧動。卡爾達把韁繩繫在樹上，抓起獵槍走在後面。

如爬蟲類的女子第八次浮出水面。威廉看著她將繩子尾端拉出泥煤，她的樣子看起來不太對勁。女子將繩索交給卡瑪胥便倒在岸上。她的身體陷入爛泥，埋進腐殖土中，臉上和胸膛塗著厚厚的泥煤，胸部因喘息而劇烈起伏。

卡瑪胥將繩子拋給另一名特務，這個有腳爪和長尾的傢伙正攀在柏樹樹枝上。他接住繩子，把它穿進滑輪。威廉已經看著他們用繩子把箱子捆住，像捆包裹一樣。他們將箱子從爛泥拉出來時，繩子會擠壓它。換作是他，想要讓箱子離開爛泥，他會先設法消除泥巴對箱子的阻力。

卡瑪胥也這麼想。他跑去對岸找爬蟲泳者，在她身旁擺了一大根鐵條。她搖搖頭，卡瑪胥便踢她一腳，好像她是懶狗。但她再度搖頭，卡瑪胥踢她的肋骨，她便縮成一團。

史派德收起懶洋洋的模樣，大步走向他們，在女子身旁蹲下，對她說話。威廉將望遠鏡片的十字標線對準史派德的眼睛，細細觀察……認真的史派德正好言好語地勸慰。

女子終於點頭，發顫的手指撿起鐵條。卡瑪胥便大聲下令。

遮蔽天空的積雲選在此刻崩散，灰濛濛的冷雨落入沼地，到處都出現積水，眾人的臉被打濕，頭髮全黏在頭上。史派德抬起頭，對著天空咒罵。

瑟芮絲藏身的泥巴洞裡漸漸積水，身旁的理查動了一下，輕輕撥開掉在臉上的小樹枝。

特務沒有料到南邊會有人來。在這群外地人眼中，由泥濘、水和樹林組成的地帶宛如迷宮，看起來應該無法通行。但是威廉就在其中某處埋伏，等待撲向獵物的時機到來。

三十碼外，特務們抓著繩子使勁拉扯，他們的肌肉賁張，肌腱彷彿就要裂開。被威廉叫作卡瑪胥的白髮大塊頭特務，站在前面以高盧語大吼：「再一次！」他們便再度用力。

眞不公平。他們抓了她的父母，雲雀是怪物，伊瑞安背叛家人，這一切眞不公平。她必須帶領全家和敵人廝殺，這也不公平。她愛威廉，但現在他有可能死去，非常不公平。

瑟芮絲用力閉上眼，一秒後睜開。*該死，自制一點。*

休和那群狗上哪去了？瑟芮絲的目光飄向左方，望見理查、米基塔與伊瑞安。即使伊瑞安臉上塗滿迷彩，看起來依然毫無血色。

十二年來，他一直是她哥哥。他們在同一張桌子吃飯，在同一片屋頂下睡覺，沒想到他幾乎害死烏洛，也害克萊拉失去一條腿，甚至任由「手」綁架她父母……這一切究竟爲了什麼？就爲了他可以親眼目睹拉加・席里爾受死？她的心好痛，痛楚深入心底，彷彿有人用生鏽的鋸子鋸著她的胸膛。

今早瑟芮絲去看他，伊瑞安看著她的眼神就像望著陌生人。她告訴伊瑞安，家人要砍他的頭，但會給他一次選擇機會。看是要讓他們把他帶出去，像射殺瘋狗一樣一槍結果他，還是他願意和「手」交戰，手裡握著劍，光榮戰死沙場？他選了劍。瑟芮絲早就料到。

池塘表面開始冒泡，大型深色長方體浮現，包住外層的池底爛泥紛紛落入池中，濃濃的腐爛水藻味瀰漫開來。他們該行動了。瑟芮絲盼望狗群也在現場，休叔叔不知被什麼事耽擱了，但他們可不能等。

瑟芮絲舉起手，身後的馬爾家族前前後後從泥中冒出來。她瞥了一眼那些塗著顏料的臉，一個個看起來都很冷酷。家人……

特務們還在拉繩子，沒有發現他們。瑟芮絲單膝跪地，準備發動第一波瘋狂的攻擊……

她的左邊忽然傳來巨大聲響，彷彿有人正在泥濘中跋涉，而且半個沼地都壓在他的靴子上。

嗖，嗖，嗖。

瑟芮絲迅速退回洞裡。

卡瑪胥舉起手，轉頭面對聲音來處。

有位瘦高個子身穿深紅色長袍，正走下山坡。

是艾默爾。眾神哪！他來幹嘛？

艾默爾停步，拉高深紅色祭服的下襬，其實整件衣服早已吸滿泥水。他一路「嗖嗖嗖」地發出巨大水聲，走過不知所措的一堆特務，來到面向馬爾家藏身處的地方。「瑟芮絲！」他大叫，「我眞的必須和妳談一談。」

特務全都目瞪口呆。

我一定要宰了他。瑟芮絲咬牙切齒。他死定了，他眞的死定了。

「妳到現在還沒有付款。」艾默爾說著擺弄濕漉漉的長袍邊。「通常到了這種地步，我會開始宰殺有罪一方的親戚，但既然妳是我親戚，情況變得有點複雜。」

瑟芮絲身邊的理查翻身平躺，雙手枕著頭，裝出平靜的表情，身體慢慢陷進泥中。顯然他已經無法承受這荒腔走板的插曲。

艾默爾把袍子邊緣塞進臂彎，雙手合十。「我說，昨天我們協議的價碼是一千七百二十五美元，趁妳還沒有衝上去找死前，我眞的很想馬上解決這件事。並不是我樂見妳去送死，不管妳是採取什麼方式，但只要妳斷氣，我們的協議就無效，我痛恨重新協商。我超討厭對人粗魯無禮，但我只想現在就拿到錢。拜託！」

難道他認爲她會帶著一堆錢來打架？「手」絕對不會放過他，這下他鐵定要害死自己了。他到底在幹嘛？居然讓自己變成箭靶？

卡瑪胥的視線越過艾默爾，落在她身上。她赫然明白卡瑪胥已經發現他們。

「手」一定會先打倒艾默爾，再衝過來。

噢，不妙。

教派不希望他捲進來，但如果他遭到攻擊而被迫自衛，教派也不能指責他。艾默爾這是在故意挑釁。

「殺了他們！」卡瑪胥吼叫，「殺死這個廢柴兼智障，還有他全家！」

特務紛紛衝向死靈法師，留下卡瑪胥守著繩子。他臂上畸形的肌肉隆起，牙關緊咬，他開始繞著柏樹打轉，把繩子纏在粗壯的樹幹上。瑟芮絲瞥見他身後有個金髮瘦子命令手下守住西南方小徑。

艾默爾轉身。「廢柴兼智障？」他鬆開長袍邊緣。「沒有人可以這樣污辱葛斯波・艾迪兒的侍僧。」他的臉部肌肉抽搐，只見他伸出雙手，僵硬的手指如利爪劃過空中。他的周身漸漸出現魔力，最後壓縮成小小的繭。墨黑的池面現出一道口子，惡臭的氣體從中央湧出。

瑟芮絲衝向他，身後的馬爾一家朝「手」進攻。

艾默爾像動物般發出呼嚕聲，雙手在空中刨抓。

許多形體躍出泥煤，具有笨重巨大的骨架和腐肉。又大又寬的外觀不像人的屍身，是托厄斯，那些已經死亡的月之民族。

「手」的第一位特務已來到艾默爾身邊。瑟芮絲撲上去，電光閃過劍身，她退後時，特務的上半身正原地分家，準備掉進泥中。

「謝謝妳。」艾默爾雙手合十，激烈吐氣。托厄斯死屍大軍已經開始進攻特務。

「多謝幫忙。」

「不用客氣，我們是一家人。妳快去吧，我有很好的保護。」

她便全速衝進如火如荼的戰場。

托厄斯大軍夾帶艾默爾匯聚的力量殺進特務中間，其中三名緊抓著白髮大塊頭，他想掙脫它們，但它們緊緊攀附，以利爪撕扯，以爛牙狠咬。他的背用力撞上柏樹，甩掉一具死屍。

瑟芮絲聽見一陣痛喊，急忙轉頭，恰巧看見米基塔倒下。毛茸茸的怪物跳上他趴在地上的身軀，口中發出勝利的呼喊。瑟芮絲下意識地跑過去，在濕黏的軟泥中拚命狂奔，就差十碼，毛怪露出尖針般的利牙，朝米基塔的喉嚨大口咬下。

狗群在小徑入口驟然停步，宛如被山坡分散的棕色洪流。卡爾達急急煞住，腳滑了一下，趕緊揮舞雙手保持平衡。他伸出手抓住小樹站定，避免撞上大狗。

一個身軀離開狗群，奮力一跳，越過牠們的上空，落在卡爾達身邊。狼臉上那對惡夢般的雙眼盯著他。

有狀況！

卡爾達擠到前面，一邊是山丘，另一邊是深深的沼澤。他們必須穿過大約二十呎寬的一小段路，路面看起來相當平整，卡爾達隨即明白有陷阱，而且滿地都是。

「賭注，我需要打賭，否則不會成功。」

狗群嚎叫。一隻斑紋大狗走到他面前，把沼澤鼠的死屍扔在他腳邊。他的前額冒出冷汗。

「新鮮獵物，好賭注。」卡爾達吞了一口口水。他撿起老鼠，小小的身軀還有溫度。卡爾達閉上眼睛，跨上小徑。

他感到魔法在上空凝聚，那是他的天賦，他自己的力量，多次助他脫離困境，現在他必須仰賴它走出這片陷阱區。

擾動的氣流在頭頂上方盤旋，瞬間竄進他腦殼，從脊椎直透入手裡的死老鼠，再到雙腳與腳底下的土地。洶湧的魔法以尖銳發燙的手指掐著他的內臟，指引他方向，他便照著指示前進。

威廉看見卡瑪胥被托厄斯死屍大軍壓制，他在倒下前勉強將繩子繫住，現在箱子四平八穩地懸在水面上，由柏樹樹枝支撐。

加入戰場的時機來了。

威廉一躍而起，奔過山頂。第一位特務還來不及發現他，喉嚨已經被他割斷。接著他一個旋身，將另一名特務大卸八塊。

山下戰況激烈。「手」的特務已經從第一波攻擊中恢復過來，開始反擊。威廉看見賽斯的粉紅色觸手勒住一個人，一秒後鬆開，那副身軀立刻扭曲並癱軟，就像被狗啃過的布娃娃。

威廉轉身，奔向腳底下的柏樹。如果他把箱子沉進水裡，他們就沒有機會再將它撈起來。他必須跳上柏樹，從滑輪上方切斷繩子，否則繩子斷掉後會將他一併拖下水。

距離柏樹還有十碼。

八碼。

史派德從大戰中冒出來。

威廉全速衝刺。

史派德縱身一跳，輕輕鬆鬆上了柏樹，一陣急速攀爬後，已經上了樹前的山丘。

威廉停步，抽出刀子。「史派德。」

史派德咧嘴一笑，抽出刀鞘裡的彎刀。「威廉。」

威廉齜牙咧嘴。

「威廉，你眞的希望這裡成爲你的葬身之地？死在這個可怕的地方？」

「不，但在這替你挖個墳墓剛好。」

「你現在爲『鏡』效勞？很好。艾朮昂里亞人竟然不顧一切地雇用你這種人，想必我們要贏了。」

威廉再度齜牙咧嘴。「他們雇的可是頂尖高手。」

史派德微笑說道：「我明白了。那麼，告訴我，這是你的正事或者樂趣？你這麼做是爲了那個女孩還是爲了自己的國家？」

「都有。我們要趕快結束這一切，還是你想再多聊聊？」

史派德朝他鞠躬，加上繁複華麗的手勢。

威廉怒吼著衝上前。

第二十九章

魔法忽然猛力拉扯，卡爾達幾乎被拖行。情況不對。他張開眼睛，發現自己就快走完小徑。透過山的隘口看出去，戰場就在前方，許多人正在大混戰中瘋狂捉對廝殺。穆莉德姑姑站在左上方的斜坡，不停發射十字弓，一枝又一枝箭射進戰場，快得看不清手的動作。她的上方有個東西在綠葉邊顫動，是一條粉紅色長觸手，自灌木叢悄悄伸出，散發微微的紅火。

「穆莉德！小心！穆莉德！」卡爾達奔過去，腳下出現清脆喀嗒聲，有個東西裂開。他繼續跑，後知後覺地想到他已經踩到地雷，幸好它失靈了，沒有炸開。

觸手開始分裂，扯下一大團灌木叢的枝葉。它們像一窩怪異的蛇不停蠕動，正中央有一具人類軀體，身體頂端則是一顆光頭，正以純黑色雙眼盯著底下的世界。

卡爾達掏出獵槍，按下扳機，子彈沒入怪物的身軀。

她還在射擊。

「穆莉德！」

討厭的觸手怪在崖邊盤旋，忽然往下猛撲，穆莉德就此消失在一團蠕動的觸手下。

卡爾達尖叫。

狂奔的雙腿把他帶到怪物面前，他舉刀劈砍那團扭來扭去的東西，手起刀落間血肉橫飛，帶著一股鹹味，他一邊砍一邊尖叫。觸手攻擊他的背，但他沒有停手，彷彿忘記疼痛。他砍斷許多觸手後，來到軀體旁，便將整把刀刺進對方的肚子。觸手瘋狂擊打，怪物的人嘴嘶嘶吐氣。卡爾達抽出刀子，一刀又一刀連刺……

瑟芮絲踢開劍下的倒楣鬼。身邊充滿慘烈戰況，參戰的包括從爛泥中復活、走路像抽筋的死屍，還有大型猛犬，以及「手」的怪胎，這群怪物身上長著各種道具，包括毛皮、鱗片、護甲、利爪、尖牙和羽毛等等。此外還有她的家族，敵我雙方以瘋狂的殺速互相攻擊。鮮血噴進爛泥，許多生命從餘溫猶存的軀體中消失。

她殺了又殺，砍了又砍，現在她只覺得好累，但這場戰鬥彷彿看不到盡頭。

面前有個鱗片人忽然不再殺人取樂，舉起手大聲呼叫。她隨著他的手勢看去，發現威廉站在山上。她的心漏了一拍。

威廉正和金髮瘦子打鬥，她明白那正是史派德。兩人動作太快，令她提心弔膽，連呼吸都忘了。

她得設法上山去。

瑟芮絲向前狂奔，途中順手對付鱗片人，閃著電光的劍切斷他的大腿，削掉整塊骨頭。對方倒地不起，她沒有停留，反正自有人來了結這傢伙。

托厄斯死屍被砍碎後倒成一堆，有個紅皮膚女子從屍堆上跳下來，朝懸崖及大打出手的兩人奔去。記憶告訴瑟芮絲，那是薇珊，史派德的刺客。

瑟芮絲在泥地上全速衝刺，薇珊擠出所有爆發力，但瑟芮絲比較接近懸崖，她已來到池畔，正繞著岸邊移動。

薇珊看見她。刺客的雙手拿著一對寬彎刀，超薄的刀刃異常鋒利，只要輕輕一揮就能砍下手或腳。薇珊表情扭曲，嘴巴大張，雙眼圓瞪。

她在擔心史派德。

瑟芮絲以腳摩擦地面，估計爛泥的濕滑度。

薇珊望著她。

「不。」瑟芮絲對她說。

薇珊抖動雙刀，猛撲過去。

如鋼一般的硬物夾住卡爾達的腳猛拖，他重心不穩，倒在那團血肉模糊的東西裡。那股力道將他拖離，他抓著濕黏地面，但敵不過腳上的力量。卡爾達被帶開後，扭了半天才翻身，發現腳上有狗爪。雨中出現伊瑞安朦朧的身影。

「他們都死了。」伊瑞安的聲音呆滯，臉孔因痛苦而扭曲。「他們倆都死了。」

他說完立刻轉身，撲向最近的怪胎。卡爾達坐起身，只見亂七八糟的肉團落在山坡上。斷裂的觸手冒著鮮血，被雨水沖淡，爛泥上出現一大片淡紅色痕跡。卡爾達迅速起身，撲向血淋淋的肉團，將那些被砍得七零八落的組織拋到旁邊。清除路障後，他往怪物的屍身內部挖掘，直到發現人的手臂。他抓著手臂使勁拉扯，但腳下一滑，笨拙地跌跤。他踉蹌起身，再度拉扯。扭曲的肉堆終於移位，穆莉德的肩膀和頭部順利露出，他抓住她的雙肩，將她整個人拖出來。

穆莉德張大的眼睛對著天空，雨水除了落進眼裡，也被毫無血色的臉頰反彈。

卡爾達搖晃她。他緊緊抓住她的肩膀，猛烈搖晃，想把她搖醒，她的黑辮子隨著動作甩來甩去。「不要，不要啊！」

她癱倒在卡爾達懷裡。

他最後一次搖她，接著將她輕輕放在地上。他的刀落在幾吋外的泥濘中，刀刃依舊鋒利，他還得宰殺很多怪胎。

薇珊大喊一聲，迅疾旋身，刀刃在空中畫出閃亮的金屬弧線。攻擊，攻擊，攻擊，攻擊。瑟芮絲閃身躲過第一刀，低頭避過第二刀，第三刀刺中她的肩膀，割破袖子和表皮。她揮劍擋下第四刀，但薇珊持續進攻，一招接著一招毫無間斷，把瑟芮絲逼到池邊。

瑟芮絲全力迎戰，配合薇珊節奏，時間彷彿慢下，轉為冗長的爬行。她把薇珊看得一清二楚——緊握刀柄的指節已經泛白，臉上出現驚慌的神情，脖子青筋暴露，滿頭細髮辮隨著動作飛揚。

劈砍。

劈砍。

劈砍。

瑟芮絲的腳步隨著攻擊移動，三招過後已來到薇珊身後。魔法沿著劍刃滑動，毫無保留地傾瀉而出。她砍出最後一劍。

鮮血飛濺，紅皮膚女子仍在移動，身軀尚未發現自己已經死亡。薇珊回身正要發動下一波攻擊，忽然頓住，血從她脖子髮際線的傷口噴湧而出。

她張大了嘴。

雙刀落地，薇珊抬手按著脖子，試圖阻止生命從脖子的缺口流走。她緊抓著，不料頭忽然斷掉，落在泥巴裡。

她的身軀依然站在原地，經過漫長的一秒後，終於像圓木般傾倒。

瑟芮絲轉身奔向懸崖。

威廉密集發射十字弓防禦，彎身躲開攻擊。史派德的刀掃過他頭頂上空，劈裂右邊的小樹。這棵樹拖延了史派德的速度，威廉立刻突破防線，朝他上身劃了一刀。刀尖擦過他的胸膛，他則肘擊威廉的背部，令威廉的脊椎爆痛。

威廉往旁邊撲倒，一個翻身躲開。史派德的氣息愈來愈亂，他大口吸氣，再次發動猛攻。威廉格擋後立刻反擊，刀割開史派德大腿，但他自己的左臂也被熱燙的金屬劃過。他再度退開。

他漸漸累了。

威廉咬牙切齒，提醒自己保持冷靜。史派德太強，如果他激動過度，化身爲狼，史派德一定有本事殺了他。

史派德身上出現十多處滲血的小傷口，威廉也一樣，看來兩人都無法再打持久戰。

如果他輸了，瑟芮絲就是下一個陣亡的人。史派德絕不會放過殺她的機會。

無論如何，不管代價多麼慘重，他一定要現在了結史派德。

威廉的腳步變得踉蹌。瑟芮絲倒抽一口氣，心已經提到胸口。史派德撲向前，幸好威廉在下一個呼吸前便恢復正常，朝史派德胸部狠狠踢了一腳，接著跳開。他們捉對廝殺，腳踢、肘擊、劃切樣樣來，她從來沒見過這樣激烈的戰況。

威廉縱身猛撲，但動作變慢，他一定累了。史派德以快速短打擋下，膝蓋撞擊威廉的腳。威廉立刻跳開，躲過攻擊。

兩人都在流血。威廉雙眼發光，史派德齜牙咧嘴，樣子看起來都不太像人。

威廉刺出一刀，想要將刀身整個沒入史派德腹部。這位「手」的特務將刀往右邊揮開，威廉毫不遲疑，隨即反手向上，刀尖迅速劃過史派德的胸膛，留下血紅印子。

動作太大了！瑟芮絲幾乎尖叫。動作太大了，威廉！

史派德的身軀晃了一下，趁威廉來不及收回力道，防禦出現空檔，便將刀刺進威廉左邊的腋窩。威廉正巧邁步，就這麼迎了上去。

彎刀像金屬利爪切割。

瑟芮絲的尖叫哽在喉頭。

威廉的手臂夾緊史派德的刀。史派德不可置信地猛拔，但彎曲的刀刃仍停在原位，就這樣卡在威廉腋窩。

威廉以左手勾住史派德的手肘，整個人靠過去。他伸出右手抱著史派德，彷彿兩人是多年不見的老友，正說著悄悄話。威廉把史派德抱得死緊，刀子閃現，深深刺入史派德的脊椎。

瑟芮絲明知距離太遠，不可能聽到山上的聲音，但她可以發誓，她真的聽見金屬切斷骨頭那噁心的碎裂聲。

史派德震驚得張大了嘴，血從他的背部如紅流般湧出。

他贏了，威廉贏了。

「要命，那一招太帥了！」理查在她身邊高呼。

「手」的特務急著後退，雙手猛推威廉。威廉血跡斑斑的手指離開史派德肩膀，舉起刀割斷他的喉嚨。史派德向後倒，金髮飛揚，臉像慘白的面具，整個人直挺挺倒進黑水池，身體沒入泥煤中。

威廉望著他沉沒，接著發現瑟芮絲。他笑了一下，踉蹌後退，仰天摔倒。

不！

她連滾帶爬衝上斜坡，但只抓了滿手黏答答的爛泥便滑下來。理查把她扶起來。她抓住樹根，在濕滑的草地上前進。

威廉斜倚著樹倒地，史派德的刀子擱在膝上，鮮血沾滿刀刃邊緣。威廉看著她，淡褐色的眼睛充滿溫柔。他的整片側腹都已染紅。

瑟芮絲奔到他面前，他張嘴想說話，但血從嘴裡湧出，沿著下巴流淌。她哭著抱緊他，血不斷流淌，濕了她的手。她按著他脖子，發現脈搏愈來愈弱。

「不。」她哀求，「不、不、不……」

「沒關係。」他對她說，「愛妳。」

「別死！」

「抱歉，活著，妳……活著。」

她親吻他的臉、染血的唇，以及沾上泥土的臉頰。威廉疲乏的手指輕撫她的髮絲，接著身軀震顫，眼睛漸漸翻白。

「你不能就這樣離開我！」

他的心跳了最後一下便停止，像被吹熄的蠟燭。

整個世界在尖銳的摩擦聲中猛然停止，瑟芮絲失控打滑，覺得失落又孤單。可怕的痛撕裂她，以鋼鐵般的拳頭揪著她的心，再怎麼大口吸氣也填不滿肺。

我愛你。別離開我。拜託，求求你別離開我。

理查溫柔的聲音從後面傳來。「瑟芮絲，他走了。」

不，還沒有。她費力地撐起他。有一雙手摟著她的肩膀，想拉她起來。「他死了，瑟芮絲。」伊娜塔低語。「讓他安息吧。」

「不！」

瑟芮絲起身，拖著他的身軀。理查抓住她的肩膀說：「瑟芮絲，放開……」

「不！別管我！」

「妳要帶他去哪裡？」

她狂亂地掙脫箝制，腦中什麼也沒想，只是塞滿各種不成形的念頭和痛苦，她費了好大力氣終於吐出兩個字：「箱子。」

「那太瘋狂了！」伊娜塔擋住她的去路。

「箱子可以治好他，別擋我的路！」

「就算可以讓他復活，他也會瘋掉，他可不像妳有保護，他沒喝藥草茶！」

「我和他一起進去。」

「為什麼？」

「箱子裡的壽衣會把我的血和體液也吸走，跟他的混在一起。不管藥草如何發揮功效，總之它還在我體內。」

伊娜塔憤怒地高舉雙手。「要是你們都死了呢？或是他醒來後瘋掉？理查，快來幫忙勸她啊。」

理查愣了好一會兒，夾在兩人中間，左右為難。接著他忽然彎身抬起威廉的腳。「這是她應得的，因為她該得到好結局。」

瑟芮絲抓住威廉的肩膀，兄妹倆一起把他抬下山。「幫幫我！拜託幫我一下。」

伊娜塔咬著嘴唇，急急轉身對聚集在山下的家人說：「把箱子拉上岸！」

□

威廉醒來時，眼前一片紅，全身劇痛。他痛得要命，慌得扭動身軀，想要逃離這片紅霧。有個女人的雙手伸過來，緊抱住他。他聽不見也看不到，但他輕觸她的臉，明白那是瑟芮絲，她正在哭。他將她拉近，試著安慰她沒事，他們一定會離開這裡，但痛楚淹沒他，他漸漸失去知覺。

血的味道瀰漫戰場。魯沿著山坡走向黑池，爛泥中兇殘的血戰盡收眼底。積滿深紅色血水的泥腳印、狗的足跡，加上遇害後的死屍，全部交融成生動而有凝聚力的圖畫，他宛如正在讀一份地圖，照著上面的指示行走。卡瑪胥倒在這裡，被死屍大軍拉下來。此刻它們已經倒地，成了一堆骨頭和腐爛的組織。至於這位白髮畜生，僥倖沒死，這人似乎總能熬過來。正在腐爛的死肉發出惡臭，直朝魯撲來，他不禁皺皺鼻子。泥煤保存了托厄斯人的屍體，現在它們暴露在空氣中，便開始加速腐爛。

他來到薇珊的屍身旁。她的腳印說明一切：激烈掙扎，被迅疾的電光攻擊，接著是致命一擊。所有暴力縮成一個小包，持續對脆弱的外殼施加壓力，隨時會爆開。她現在已經安息了。

敵人來了又走，只剩下還繫在柏樹上的繩子。他們把史派德的寶物一併帶走。無論如何，他一定會找回來，沒有任何事物能逃過魯的追捕。

魯來到岸邊，蹲在泥巴地，小心保持距離，避免踩踏魔法炸彈。這些帶刺的小球不是他的東西，也不屬於史派德任何一名手下。他肩上迅速湧出膿液，觸手沙沙地移動，上面的魔法舔了一下炸彈，味道很陌生，嘗起來像「鏡」。

他盯著泥中的痕跡。有趣。有人在此把一個人的衣服剝光，那堆濕衣還丟在這裡。衣服從屍體上剝掉時，炸彈想必從口袋滾出來。看來哪怕是「鏡」的人死去，敵人也不打算洗劫財物。

他湊近黑池，將觸手伸進水中，內部的纖毛開始顫動，渴望品嚐氣味和味道，但他不讓它們得逞。它們太脆弱了，禁不起這項任務。

他讓觸手深入水下，它們穿過滑溜溜的池水，搜查整座池塘。有個東西掠過觸手，他驀地頓住。有隻手抓住它們，透過感覺受器，魯接收到熟悉的味道。熟悉卻奇特，好像那人發出的魔法有點不對勁。那隻手不久便放開他。

魯收回觸手，拉起仍繫在樹上的繩子，將其中一端拋進池中，讓它沉入黑水。有個重量壓在繩上，魯開始奮力拉回繩子。他的手滑了一下，沾滿濕黏泥煤的繩子很難找到支點，儘管力量不夠大，繩子依然慢慢地堆在他的腳邊。許久終於有顆頭浮出水面，臉龐和頭髮全黑，顯得有些可笑。有個嘴巴張開來，大口吸氣。

魯抓住史派德的手，將他拉上岸。老大休息時，他跪在一旁待命。滿布泥煤的水只有一點空氣，再過幾分鐘，史派德就會窒息而死，或者該說是溺死。魯暗自思索用詞的正確性。

「我已按照您的吩咐安排接應。」他說，「四位工作人員在西南方一哩半以外的小溪與我們會合，走那條路。」他指著穿越山丘的小徑。

「我的腿沒感覺。」史派德的聲音聽來平穩。

難怪味道不對。

魯點頭說道：「那麼老大，我來揹您。」

「箱子呢？」

「他們帶走了，但我會找出來。」

「我知道你一定會……」史派德點頭，不再說下去。他的目光鎖定魯背後的某個東西。「在灌木叢裡。」他輕聲說。

一隻觸手從魯的肩膀分開，嘗了一下空氣，那股氣味直鑽進手臂裡的纖毛。是動物皮毛，還有尿液的臭味，不像他遇過的動物。潮濕的氣味透著幾許腐肉味，還有魔法。奇特、扭曲、反常的魔法，狂暴是它的原動力。

「不是動物。」他低聲說。手摸到沉重的刀，從皮帶解下。

他迅速回身，正巧看見龐大的形體從山頂一躍而下，不可思議的遠距跳躍讓它瞬間落在空地上，尾巴像揮舞的鞭子。長著一排尖刺的脊椎拱起，鐮刀般的利爪畫過半空，殺向魯的胸膛。魯震驚過度，來不及閃躲，怪物可憎的臉令他目瞪口呆，只能朝可怕的爪子亂砍，刀子深深切入皮肉中，直達骨頭。

怪獸忽然張嘴咬來，尖牙箝住魯的臂膀。他沒有任何感覺，沒有拉扯的力道，但手就這樣消失不見。大量鮮血如溫泉從斷肘處噴湧而出，野獸則大口吞嚥。

肩膀一陣劇痛，他幾乎失去意識。怪物又吞了一口，接著轉向他，一掌接著一掌，它滿嘴黃牙間牽著長長的血絲。

魯拔腿狂奔，才跑了三步，就有重物將他撞倒並壓制在地，令他無法動彈。他覺得世界突然變黑，野獸的口腔內部擋在眼前，下一秒血盆大口用力咬下，他的頭便和肩膀分家。惡臭充塞他的鼻腔，黏黏的舌頭蓋住他的臉，將他的意識吞沒。

史派德雙手扒地，使勁拖著身軀移動。後腰火燒般的疼痛隨著動作加劇，令他頭昏眼花。他伸展身軀，冒險回頭一瞥，只見怪獸已經咬斷魯的背，將一塊血淋淋的肉拋向空中。

史派德拚命伸展身軀，在地上爬行。手忽然摸到帶刺的球體，是「鏡」的炸彈。可能是威廉掉落的，眞是諷刺……

野獸怒吼，史派德背上的寒毛全豎起。他勉強壓下這股本能反應，繼續拖著身軀爬行，在劇痛作祟之下找到另一個小球體。

野獸踏過魯殘破屍身，開始朝他走來。

快爬，痛楚頻頻閃現，嘴裡冒出苦味。三個，他找到三個，要是三個還不夠……

一隻巨掌陷進他身旁的爛泥中，利爪刺進他的腰，將他翻過來，背部貼地。他抓著三顆炸彈，球體表面的隆起深深陷入肉裡。只要他一鬆手，一秒後炸彈就會爆炸。

野獸低下頭，口水滴在史派德胸膛。他望著那張怪異得可笑的臉，紅色眼睛也回望他，眼神從容而狡黠。怪物的視線擄獲他，深深迷惑他，他彷彿跌進那雙眼眸深處，當中的狂暴、聰慧與痛苦令他震驚。只有一次機會，他只有一次機會，否則就玩完了。

超大的下巴張開，愈來愈大，宛如巨穴。

「你好啊，弗納。」史派德低聲說。

野獸起初發出低低的呻吟，漸漸轉爲悲哀的號叫，最後瞬間化爲三個清晰而有條理的字。

「珍妮芙……」

「我把她融合。」史派德說，「她就這樣從你家消失了。」

曾是弗納．杜布瓦的東西開始怒吼。

「我也會帶走瑟芮絲。」史派德信誓旦旦地說，「我會殺了你，再找到她，把她抓走。」

巨頷大張，撲過去狠咬。史派德把三顆炸彈丟進漆黑的喉嚨，立刻往旁邊閃躲。

弗納的頭爆開，濕淋淋的血霧和腦漿撒在史派德的腹部，厚重的肉片一塊接一塊打中他。野獸殘破的身軀站不穩，向前撲倒。史派德抬手抵擋，但對方實在太重，宛如泰山壓頂。野獸的頸部開了一條大口子，身軀倒下時，黏稠溫熱的鮮血源源不絕從裂口湧出，濕透史派德的臉。

史派德怕得要命，只能耐心等待野獸靜止不動。

過了一會兒。

又過了一會兒。

史派德使出全力抓著地面。屍體把他壓得死死，透過巨大的裂口，他看見黑色潮濕的心臟仍在搏動。他的手伸進那副殘破的身軀，把仍在跳的器官扯出來，大口咬下。鮮血燒灼他的嘴，他咬了一塊活生生的肉，強迫自己吞進肚裡。

如果弗納的日記內容爲眞，這頭野獸的心臟可以讓他復元。他硬吞下第二口，強忍住作嘔的衝動，以免把好不容易吞下去的東西吐出來。

史派德繃緊全身肌肉，開始激烈掙扎，身體終於從野獸下方擠了出去。他抹掉嘴上的血跡，不敢相信自己還活著。他深深吸氣，品味曾經痛恨的沼澤潮濕空氣，沒想到這滋味如此甜美。

史派德翻身趴在地上，放眼望去全是泥濘，彷彿無邊無際。那條西南方的小徑通往永生，宛如張大了嘴等著他。不過就是一哩半的路。

史派德骯髒的手指抓著地面，將身體往前拖行六吋。疼痛衝擊他，但他屛住氣息，再次拖行。

第三十章

威廉張開眼睛，發現頭上橫著幾片木板。他眨眨眼皮。疼痛如急流掃過全身，從他口中擠出呻吟，視線因而模糊。

門「砰」的一聲打開，朦朧的人影奔進室內。威廉想伸手打對方，但整隻手癱軟無力。

「是我，是我。」賈斯東的聲音說。有一隻手壓住他。

威廉發出咆哮。

「朋友，清醒一點。」柴克的聲音說，「你現在很安全，沒事了，天下太平。賈斯東，把他放回床上，以免他窒息。現在開始抬。」

「她人呢？」

「很安全。」賈斯東說，「她安然無恙。」

活著。瑟芮絲還活著。

一個杯子抵在他的唇邊。

「喝吧。」柴克說，「喝完會覺得好多了。」

液體灌進他的嘴，嘗起來又苦又恐怖，還帶著一點金屬味。威廉下意識想吐掉，但那玩意兒不知怎麼就滑進喉嚨，直達胃部。暖流隨即擴散開來，痛楚跟著大減。

他的視力慢慢恢復正常，雙眼盯著跪在床邊的賈斯東，兩人的臉只有兩吋距離。

威廉感到脖子有東西，伸手摸了一下，觸感像皮製品。

「等一下。」柴克伸手解開某個東西，接著舉起大型狗項圈。「抱歉給你繫上這個，你有兩次像狼一樣攻擊我們，只好用它讓你乖一點。」

威廉無奈地搖頭，粗聲問道：「瑟芮絲在哪裡？」

「她得先回家去。」賈斯東說。

「這是哪裡？」他想起身，但他們立刻把他按倒。

「躺著。」柴克告訴他，「我會說明一切，但你得安靜躺著，否則我們就把你綁在床上。懂嗎？」

好吧。威廉只好乖乖躺下。

「他們四天前帶你來找我，你被裝在像棺材的箱子裡，氣若遊絲。顯然你受了重傷，不管那棺材是怎麼弄的，總之保住你的命，但你的傷不會好。瑟芮絲說，我們必須把你送去異境，因爲沼地的魔法不夠強，如果讓你待在原先的地方，你會死。」

原來是他們把他放進箱子，他當時已經死了。他還記得死時的感覺，以及那團紅霧，後來就什麼都不知道了。

「時間很緊迫。」柴克說，「你現在命懸一線。『手』的怪胎還在追殺馬爾家，我們的動作最好快一點。只有一條路可以從沼地進入異境，那就是取道路易斯安納。爲了賄賂邊界禁衛軍，我和馬爾家都已傾家蕩產，一毛不剩，總算把你，還有這孩子弄出來，因爲她不放心將你交給我一個人。我覺得我應該索討賠償。現在我們三個在路易斯安納，在王國裡，這是『鏡』的某個安全屋。」

柴克從桌上拿起畫著格線的紙。「來，這是她寫給你的字條。」

威廉抓著紙張，努力集中心神，那些細小潦草的線條總算漸漸形成一個又一個文字。

我深愛著你，但很抱歉，我不能陪你去。家裡只剩十五個大人，大多受了傷。你殺了史派德後，

「手」的怪胎紛紛逃逸，但不久又回來報復。我們已經被攻打兩次，家裡的錢不夠讓大家跨越邊界，我必須留下來守護孩子們和雲雀。

活下來，威廉。養好身體，恢復強壯，如果可能的話，回來找我。哪怕再也見不到你，我死而無憾，只希望我們能多一些時間相處。

他讀了又讀，紙條上的字未曾改變，但他重複讀著。

他一定要再次找到她。但在這之前，必須讓她全身而退。她還有她那要命的家族，都得安然無恙。除非他幫她搞定這一大家子的安全問題，否則他們永遠不會放她走。

賈斯東端起杯子，湊到他嘴邊。「你需要多喝一些這種茶。」

「不要。」他每說一個字都覺得吃力。「箱子呢？」

「他打壞了。」柴克嫌惡地說，「把那玩意兒打成碎片，我醒來時，箱子已經著火。」

「是瑟芮絲吩咐的。」賈斯東把杯子推到威廉嘴邊。「她說你一定要喝這個，對你很好，可以讓你復元。」

「不喝。」

賈斯東露出無比堅決的表情。「你不用喜歡它，但你要喝它，別逼我捏著你的鼻子灌。」

威廉咒罵一聲，隨即喝下。眼前只有一個人可以幫他，他得變得更強壯才能長途旅行，那表示他再怎麼不情願也得吞下令人作嘔的茶，他只好照辦。

傍晚，他勉強喝了幾口湯，沒吐出來。隔天他已能坐起身，兩天後他開始行走，再過兩天，他和賈斯東一起穿越路易斯安納和艾朮昂里亞，往北前進。

「哇！」賈斯東望著兩層樓的豪宅，還有周邊修剪得整整齊齊的草坪。「哇，這麼一大片全是同一棟屋子？」

威廉無奈地咕噥。賈斯東從未離開沼澤一步，在異境旅行途中，這孩子大驚小怪地盯著各種東西，然後自己覺得不好意思，爲了打圓場，趕緊說些自以爲聰明的話。這一招都快不管用了。

「誰住在這裡？」

「德朗・坎邁廷伯爵，南境執法官。」

「我們會被逮捕嗎？」

「不會。」

「你確定？」

威廉對他咆哮。

二樓窗戶忽然爆裂，閃亮的碎片噴飛。有副身軀從窗裡衝出來，是個男孩，以半蹲的姿勢落在陽台欄杆上。他有狂野的紅褐色頭髮，當中夾雜鮮紅色髮絲，就像一團嚇人的深色火焰。窄臉上有一對充滿野性的黃色眼珠，正盯著威廉。這孩子的身高至少比威廉記憶中還高一呎。

「杰克！」蘿絲的聲音喊道。

杰克怒瞪的雙眼中燃著猛火，他嘶聲吐氣，跳下陽台，在半空變形，衣服碎成片片。斑紋少年山貓落在綠草地上，沒命地朝樹林狂奔而去。

威廉心想，要是在邊境可沒這麼順利。在邊境變形需要花上幾秒鐘，但在法力全開的異境，你大可以縱身一跳，就在半空中換上毛茸茸的外表，而且沒有任何痛苦。杰克很快擺脫衣服，沒有停頓，乾淨俐落，這孩子想必在脫衣換毛這件事上訓練有素。「杰克！」蘿絲奔到陽台上，她穿著桃色睡衣，頭髮高高挽起。「杰克，等一下！可惡。」

她看見底下的兩人，眼睛忽然張大。

「我來找德朗。」威廉對她說。

兩分鐘後，他已坐在德朗的書房中。他讓蘿絲照顧賈斯東，她便將他帶去廚房，這孩子像馬一樣大吃特吃。

德朗坐在書桌後望著他。威廉覺得他一點都沒變，眼神依舊冷漠，還是一頭金髮，只是他又開始留長了。每隔幾年，德朗都會留長頭髮，每當需要以自身的一部分換取魔法，他就會剪一點來用。威廉自己變得更高更瘦，德朗則壯得活像可以打穿牆壁。從他的眼神看來，一拳打碎幾塊磚應該不是難事。

德朗不住打量威廉。「過得好嗎？」

「好。」

「你好像又瘦了。我母親一直在找新的減肥食譜，也許你可以分享一點祕訣？」

威廉齜牙咧嘴。「好啊。你不該變這麼胖吧？腰是不是都長出游泳圈了？」

「去你的。」

他們望著彼此。

「該死的兩年。」德朗雙手一攤。「該死的兩年過去，你音訊全無。那麼，執法官辦公室有什麼能爲您效勞的？」

威廉好不容易鬆開緊咬的牙關，實在難以啓齒。「我需要幫忙。」

德朗點頭。「說吧。」

威廉說了半個鐘頭，終於說完。本來不需要這麼久，但他剛說兩分鐘，提到南西．危萊，德朗隨即臉色發白，從酒櫃裡取出一大瓶南方波本酒，半個鐘頭過去，瓶裡的酒只剩一半。

「我想弄清楚。」德朗向前傾身，「你拿到日記了？」

「不在我手上。」

德朗翻白眼。「你相信我行嗎？日記眞的在你手上？」

「對。」

「這女孩的父親可能還在凱西斯，一旦史派德的嘍囉向基地回報，『手』就會來找她，並且利用她父親達到目的。你想救她，但她不在你身邊。如果你不把日記交給『鏡』，『鏡』會活活剝了你的皮。你想要女孩和她存活的家人離開沼地，但不能直接穿越邊界進入殘境，因爲他們身上的魔法太強。我說得對嗎？」

「嗯，差不多。」

德朗金色的頭點了一下，他大口吞下波本酒。「我要求回報。」

早就料到他有這一招。「什麼回報？」

「杰克。他是個好孩子，但是……他需要指引，需要有人懂他，但我沒辦法，因爲我根本不知道他在想什麼。」

威廉點頭。「沒問題，我幫杰克，反正我一定會幫這個忙。」

「我知道你一定會幫，但既然你討厭欠別人人情，我們剛好就此扯平。」

德朗從書桌角落取出銅球，輕敲一下，球體便從中間裂開。兩個半球分離，露出淺色水晶，微光在水晶深處點亮，漸漸形成一束光線，最後在球體上空六吋高的地方出現地圖。

「路易斯安納，邊境，沼地。」德朗清晰準確地讀出每個字，以綠點呈現的沼地，以及和路易斯安納接壤的邊界出現在畫面中央。

「凱西斯。」德朗說。

地圖依然保持原樣。

「見鬼的爛裝置。凱西斯城堡。」

地圖滑到艾朮昂里亞邊界，小白點在邊境上發光，漸漸化爲灰色城堡。德朗怒瞪著它。「我和安東尼．凱西斯有過糾紛，凱西斯家族和高盧人及我們之間都有協議，不介入各國邊界的紛爭。一世紀前，他們因爲向路易斯安納和艾朮昂里亞提供機密服務，因而搬來現址，我始終查不出所謂的機密服務到底是什麼。總之，協議禁止在他們的土地從事任何軍事活動，這個美好約定的代價就是凱西斯家族必須完全保持中立，不能協助路易斯安納或艾朮昂里亞。」

威廉點頭。「我之前不懂『鏡』爲何不讓我直接穿過凱西斯進入沼地，現在總算明白了。」

「還有另一個原因。安東尼．凱西斯是個卑鄙傢伙。他支持路易斯安納，受到他們重用。若想進入沼地又不必應付路易斯安納的邊界禁衛軍，透過他的土地是唯一途徑。『鏡』想必對他的下流手段早就起疑，因爲要是我知道，他們一定也知道。然而，他們沒有確切證據。如果女孩的父親被關在城堡，很可能由『手』的特務看管，這代表安東尼也脫不了關係。『鏡』不喜歡入侵凱西斯，有兩個原因，一是他們知道安東尼手段下流骯髒，透過監視他可以獲取『手』的情資和動向。如果他們幹掉他，刺探『手』的機會也跟著消失。二是如果『手』基於某種原因沒有涉入本案，而『鏡』的特務也沒有找出安東尼與高盧人勾結的證據，這種情況下入侵凱西斯將會造成國際糾紛。」

威廉點頭同意。「我全明白了，我會用日記來制衡。」

「這是一個非常危險的遊戲。」德朗說，「威廉，你要是把自己給害死了，我們可救不了你。」

「多謝啊，老爸。」

「我的職責就是提出警告。有一點很有意思，根據協議，如果凱西斯家族被發現違反協議條款，只要能查出他們幹壞事的證據，就可以沒收其土地。那裡其實沒多大，但一定歸艾朮昂里亞所有，你得花錢才能向政府買下這塊地。一般來說他們不會輕易賣給你，所以你只能和『鏡』打交道。有了這塊地，你去沼地就可以暢行無阻，還可以把你的女孩和她全家偷帶出來。」

威廉吐出一口長氣，「所以我唯一要做的就是籌錢買地。用借的，或用偷的……」

德朗瞪著他。

「怎樣？」

德朗十指交叉。「用借的？」

威廉聳聳肩。

「蓋茲洪死時將財產全留給你了，你是他的養子和唯一繼承人。你擁有兩座城堡、半座黑森林，以及四十哩長的達倫河，你還可以向船運公司收取可觀的航道使用費，另外布魯郡整座城市都位於你的土地上，他們也要付你租金。明明比我還富有，你這個混帳呆瓜為什麼會需要借錢？」

威廉的腦筋忽然短路。

德朗起身。「這兩年，你躲起來可憐兮兮地搞自閉，住在差勁的拖車裡，只顧玩玩具和喝啤酒，我還得替你理財。如果你認爲我很閒，沒有自己的事要處理，那就大錯特錯了。」他從架上拿來數個大帳本，在桌上堆成一整疊。「都在這裡了，威廉．杉汀領主，現在通通都是你的，好好研究一下吧。別爲了買一塊地一口氣花光，不妨請個理財高手幫你規畫。」

威廉默默坐在德朗的圖書室裡。二十四小時前，他用德朗的水晶球和歐文連絡，向對方描述交易的大致情況。歐文什麼也沒說，只是鞠了個躬就切斷通訊。

德朗堅持要威廉和少年留在豪宅，他說萬一「鏡」不喜歡這項交易，有他們倆在，好歹「鏡」不會立刻對執法官的住家降下地獄之火和隕石。他甚至搬出家裡的頂尖武器，以防局面眞的鬧僵。他會這麼做自有道理，因爲結束水晶球通訊兩小時後，南境公爵夫人的馬車就已來到門口。威廉見過公爵夫人一次，他寧可赤手空拳和狂暴的熊打一架，也不願和這人打交道。

心底的痛不斷囓咬他，從他清醒時發現瑟芮絲已離去，這股疼痛就開始肆虐。幾天下來，愈來愈痛。她就這樣離開他了。理智告訴他，瑟芮絲這麼做是爲了救他，但理智的聲音愈來愈弱。她終究離開他了，就像以前那些人一樣。即使他占盡天時地利的優勢，即使事事如意，即使他全力避免，她依然從他身邊走開，而他竟該死的無能爲力。

威廉起身來到陽台，太陽緩緩西沉，他聞到廚房傳來的氣味，馬上要開飯了。

樓下有一些聲響，威廉攀著欄杆，傾身察看。三個孩子聚在一起，一頭金髮的喬治，紅褐色厚長髮的杰克，還有留著小平頭的賈斯東。抵達豪宅後，威廉幾乎沒再見到孩子們。他和德朗敲定交易細節並送出後，他已累癱，後來足足睡了十二小時。

「那你到底是什麼？」杰克的口氣透著挑釁。

這局面應該會很有趣。

「你是威廉的小孩還是什麼人？」杰克問。

「別問了。」喬治的口氣相當平和。

賈斯東微微向後仰。「是誰在問？」

看來恐怕不太妙。

「你是什麼意思？當然是我在問，你有這麼笨嗎？你到底是什麼？某種鄉巴佬近親通婚的產物？」

「這下可好了。」喬治喃喃抱怨。

賈斯東聳聳肩說：「告訴你，給我閃邊去，我可沒閒工夫理會有錢人家寵壞的寶寶。」

「是嗎？」

「是。」

杰克猛地撲過去，他的動作很快，但喬治更快，趕在杰克出手的半秒前擋下。不料賈斯東舉起手，杰克恰巧正面撞上他的拳頭。

噢，那一定很痛，威廉的身體縮了一下。賈斯東的拳頭像鐵鎚一樣硬，他還不太懂如何和這兩個少年相處，但要阻止杰克不難，這傢伙幾乎整個人撲了過去，罩門大開。

杰克昏頭轉向，嘴裡發出貓一般的低聲咆哮。

好吧，鬧夠了。威廉從陽台一躍而下，落在三人之間。這一跳幾乎令他摔跤，因為身體依然虛弱，但是三個孩子看不出來。

威廉逐一打量每個人。兩年來喬治長高長胖許多，稱不上大塊頭，但不再是以前那個病懨懨的瘦皮猴。他的金髮和德朗的短髮造型一樣，衣服乾淨得一絲不苟。

杰克則身穿破洞T恤，鼻血直流。他每次轉頭，眼睛就會發光，這孩子非常神經質。

「你們在搞什麼？」威廉問道。

杰克抹掉鼻血。「沒。」

「你究竟在想什麼？為什麼會朝他撲過去？他可是比你重六十磅。」

杰克偏過頭，不願回應。

「他也足足比你高八吋。攻擊第一要務：讓對方矮你一截。」

威廉彎身，長腿橫掃，從底下把杰克踢倒。這孩子反應雖快，但過於大意。他的雙腿往一邊歪，頭則往另一邊偏，整個人摔進草叢。他迅速起身，像暴怒的貓嘶嘶吐氣。

「換你了。」威廉說，「試試看。」

杰克撲向賈斯東的腳，賈斯東綳緊肌肉，跳起來抓住橡樹低垂的樹枝。

杰克翻身站起。「搞什麼啊？」

「你以爲他會好端端站在原地讓你踢？」

賈斯東咧嘴笑開。

「繼續。」威廉說，「試著上到高一點的地方。」

杰克爬上橡樹，從高處撲向較低的賈斯東。兩人在枝葉間擺好架式，踢來踢去並口出惡言。

威廉和喬治在底下觀看。

「喬治，你過得好嗎？」

「很好，謝謝你。我眞的很開心看到你回來。」喬治說，「你會住下來嗎？」

「我也不知道。」

喬治嘆口氣，一度回復兩年前威廉認識的蒼白小瘦子。「我眞希望你能留下。」男孩說道，「這樣對大家都好，尤其是杰克。」

威廉心想，這飯廳還不是普通大，一定可以容納他的拖車。不僅大，而且幾乎是空的。公爵夫人把蘿絲拉去房間聊女人的悄悄話，只有德朗、威廉和三個孩子坐在大餐桌旁。

喬治以外科手術般的精準手法切割食物，彷彿他在異境耗費整整兩年學習禮儀課。他全身上下一塵不染，乾淨得離譜，賈斯東和杰克則髒兮兮，滿身泥土和刮傷。杰克的鼻子塞著一小團紙，因爲他二度被賈斯東打中鼻梁。當時杰克想踢他，賈斯東便打得他鼻青眼腫。

「怎麼回事？」德朗問道。

杰克對他齜牙咧嘴，「我們摔了一跤。」

「兩人一起摔？」德朗說。

賈斯東望著餐盤，一言不發。

「告訴他。」威廉說。

「他批評我是鄉巴佬，我則批評他是慣寶寶，後來他就自己來撞我的拳頭，然後我們吵架。」

德朗看著杰克。「你是怎麼搞的？爲什麼直接撲向他？應該攻他的腿。」

杰克張嘴正要說話。

南西・危萊忽然進門。

德朗被一塊牛排噎到。

歐文跟著南西進門，臉上浮現一貫帶著歉意的笑容。

威廉正打算起身。

「別爲了我特地起來。」

德朗依舊起身，對她鞠躬。「危夫人，大駕光臨，榮幸之至，請坐。」

歐文從南西身後走出，端來一張椅子。她坐下，他則站在椅子後方。

南西銳利的目光鎖定威廉。「如果你判斷錯誤，攻擊凱西斯將會引發外交大戰。」

「我沒有判斷錯誤。」威廉說。

「十年．那是我對這件蠢事索取的代價。」

威廉眨眼，「十年？」

南西蹺起腿。「如果我爲你辦妥這件事，『鏡』要你效勞十年。當然，包括日記，得交給我們。」

「別答應。」德朗插嘴。

南西轉頭，一雙鷹眼瞪了德朗一下。「坎邁廷伯爵爲朋友提供建議，『鏡』很欣賞你的熱忱。然而，在我看來，其實杉汀領主才是殘境人所謂的『不再是個幼稚小鬼』，他自己可以決定自己的事。威廉，要，還是不要？」

「葛斯塔夫得活下來，我還要把馬爾一家弄出沼地，他們必須取得艾朮昂里亞的公民身分。」

南西偏一偏頭。「那個女孩對你有這麼重要？」

他對她齜牙咧嘴。「南西，要嘛答應，要嘛快滾。」

「不行。」德朗繼續干涉。

南西微微一笑。喬治向後退，杰克則嘶嘶吐氣。

「就這樣說定了。坎邁廷伯爵，坎邁廷行政區及杉汀行政區，將共同以名譽見證並擔保本協議。」

德朗無奈地揉臉。

「聽說公爵夫人在府上。」南西說。

「是的。」德朗點頭，「如果您沒有打一聲招呼就離開，她一定會非常失望。」

南西再度微笑，「我可不敢存這種非分之想。」

隔天早上，威廉帶著賈斯東啓程前往凱西斯。德朗在最後一刻才決定同行。威廉心想，這感覺眞怪，幾乎像是回到從軍那段時光。

出發前，杰克經過他的房間。不知何故，這孩子看起來彷彿小了幾歲，而且既膽小又沮喪。「你會回來嗎？」

威廉點頭。「總有一天會回來。」

「哦，那好。」杰克張嘴還想說什麼，卻沒說出來。

「你過得好不好？」威廉問。

杰克低頭看著自己的腳。「我不想去霍克學院。」

威廉頓時光火，「他們有說要送你去？」

杰克搖頭說道：「沒有，只是……我老是犯錯，他們總是杰克、杰克、杰克地喊個不停。杰克搞壞那個、杰克打破這個，我努力了，但沒有用。」

「你不必去霍克學院。」威廉說，「要是眞有那麼一天，我會帶你走。」

杰克定住不動。「你保證？」

「我保證。」

「早點回來，別拖太久。」

「好。」威廉桌上擺著點心籃，他從籃裡拿出一片包著錫箔紙的巧克力，遞給杰克。

「有個聰明的小孩曾告訴我，這個很管用。」他說，「等我回來，別做傻事。」

五天後，威廉站在凱西斯城堡的陽台，遙望長滿銀色苔蘚的大片柏樹林。南方兩哩外就是通往沼地的邊界。

他們只花不到一小時便攻下這座城堡，四名「手」的特務在要塞中遭到狙殺，歐文的手下找到許多殘破文件，足夠讓他們樂上幾個月。腦子正常的人都看得出來，凱西斯家並未保持中立。

安東尼・凱西斯因拒捕而死。威廉心想，其實那傢伙沒有激烈抵抗，只是他當時氣昏了頭，外加受傷，凱西斯根本來不及反抗就死在他的刀下了。

兩小時後，威廉以日記複本交換凱西斯。日記缺了最重要的兩頁，他的記性畢竟有限，再說大多數研究都寫得清清楚楚，南西已經很開心了。哪怕她眞懷疑威廉留了一手，也只是把疑問藏在心裡。

就在威廉進行交換事宜時，歐文向葛斯塔夫簡單說明情況，接著護送他回家，並派遣「鏡」的小隊一同前往，在馬爾家撤離期間確保他們的安全。威廉心想，這樣比較妥當，畢竟他不清楚瑟芮絲的爸爸對他有什麼看法。

三天過去，瑟芮絲沒有捎來隻字片語，她家距離凱西斯只有一天路程。他已盡力辦妥一切，先前她因爲顧慮家族安危，無法和他在一起，但他也一併解決了。威廉苦著一張臉，他曾想過回鼠穴找瑟芮絲，最後決定放棄。他知道瑟芮絲的想法，一旦他現身，頂著拯救她爸和全家的光環，不管喜不喜歡，她都得和他在一起。所以他只能強迫自己孤獨地坐在這裡，靜靜等待，等她下定決心，到底是要他還是不要他。

夢裡，她回到他身邊。儘管面容模糊，威廉依然知道那是她，因爲聞得到她的香氣，也聽得到那令人寬慰的聲音喊著他的名字。他驟然醒轉，深藏的野性發出怒吼和悲號，他覺得自己遭到遺棄，滿心傷痛，孤孤單單，他不禁懷疑自己遲早會發瘋。於是，每個早晨，他來到該死的陽台，盯著該死的沼地。這件事再也由不得他，如今他只能等待。

□

瑟芮絲抬起埋在臂彎的臉，發現夜色已降臨沼地。熟悉的腳步聲迅速跨上通往藏身處的樓梯。

「我可以進來嗎？」父親在樓梯問道。

她點點頭。

他走進去，在瑟芮絲對面的椅子落坐。他瘦了，也老了，儘管他已回家將近兩星期，瑟芮絲仍會在醒來時以爲他依舊下落不明。

「所有東西就快打包完畢。」他說，「我們後天離開沼地。」

她別過頭，不好意思看父親，因爲她什麼也沒打包。

「需要幫妳整理嗎？」他問。

「我不走。」

葛斯塔夫皺眉，前額擠出幾條紋路。「所以妳打算拋棄全家？拋棄妳祖母、妳的一堆堂親、表親，還有蘇菲？」

瑟芮絲望著軟椅，雲雀正縮在椅子上熟睡。

她無話可說，只能別過視線。

「告訴我吧。」他說。

她搖頭。「不要。」

「妳以爲我不會明白嗎？」他柔聲說道，「他們把妳媽從我身邊帶走，硬生生將我們拆散。那是我最後一次看到她，她就這樣驚恐地被人拖走。瑟芮絲，我知道那種痛，我眞的明白。」

她費力地吞嚥。「他沒來找我。我愛他，以爲他也愛我，但他沒有來。」

「也許妳應該去找他。」葛斯塔夫輕輕說著，「他可能在等妳。」

瑟芮絲搖頭。「爸爸，我和『鏡』的人談過，發現他再次撒謊。以前他說他一無所有，但他明明很有錢。他和南境執法官有親戚關係，聽他們說，超級有錢。可是，他告訴我他只是賞金獵人，只是個普通人，而且一無所有，我就這樣信了。我爲什麼總是相信他？我是不是很笨？」

「男人撒謊的原因有很多。」葛斯塔夫說，「也許他只是想確認，妳愛的是他的人，不是錢。」

「他也說他愛我，我怎麼知道他是不是又在撒謊？」

葛斯塔夫嘆氣。「那個人專程去凱西斯救我，瑟芮絲，他可沒欠我們。他來救我，單純因爲我是妳父親。」

瑟芮絲搖頭。「他明知我們家在哪裡，只需要一天就可以過來。他若眞的想來，早就來了。爸爸，他已經改變心意，決定不要我，我才不會去搖尾乞憐。我以沼地人的榮譽起誓，絕不會跑到他門前的台階上，絕不會哀求他來救我出沼地。我至少還保有這一點該死的自尊。」

葛斯塔夫再度嘆氣。「妳明天要開始打包。」

她沒有回答。怎麼還要她走？談了半天是在談什麼意思？

葛斯塔夫三度嘆氣，起身離開。瑟芮絲等他關上門，便縮在椅子上默默流淚。

□

又一個灰濛濛的日子。陽台上的景致幾乎沒變。

威廉搖了搖頭。她不會來了，他只能咬緊牙關過日子。

身後響起腳步聲，是德朗的副執法官，在威廉從自己的人當中敲定副手之前，他都會在這裡幫忙，但威廉不知道要怎麼挑人。

「領主，葛斯塔夫・馬爾求見。」

好極了。「請帶他進來。」

一會兒後，葛斯塔夫和威廉一起站在陽台上。他是個黑髮瘦子，和瑟芮絲很像，一樣的眼睛，一樣的姿勢。

葛斯塔夫對他鞠躬。

「不用多禮。」威廉告訴他，「來。」他從野餐小桌旁拉出椅子，讓葛斯塔夫落坐，自己則坐在另一張椅子。「有什麼事能爲您效勞？」

「我是來感謝你救了我全家，以及幫助珍妮芙，並且分攤我女兒的重擔。我不知道怎麼說才得體，但希望你明白，我非常感激這一切。將來有任何需要，我一定幫忙，我全家都很樂意效勞。」

威廉點頭，有些不自在。「謝謝。」

他們望著彼此，沉默良久。

「要不要喝點什麼？」威廉問道。

葛斯塔夫呼出一口氣。「好。」

威廉回房拿來一瓶酒和兩個玻璃杯，在杯中倒滿酒。葛斯塔夫淺嘗一口。「好酒。」

「不像您家中的酒那麼烈。」

「啊，對。我一定會想念它，將來我們說不定要來趟沼地遠足，回去採集莓果。」

「最好帶一小支軍隊一起去。」威廉說。

葛斯塔夫扮個鬼臉，兩人喝乾杯中的酒，威廉再度斟滿。

「搬家進行得如何？」威廉只好沒話找話。

「挺好的。」葛斯塔夫說，「就是有點慢，家裡只剩十五個成人，一半還受了傷。瑟芮絲盡了全力，我們應該整理得差不多了，週末會在家吃最後的晚餐，若你能賞光，我們一定倍覺榮幸。我家很好找，只要沿著河走就行了，我知道這對我女兒來說一定意義重大。」

「她不想見我。」威廉說。

葛斯塔夫無奈地揉著臉。「您說得對，她是不想見你。所以自從我回家後，我女兒對每個人和每件事看不順眼，整天大吼大叫。而且她不睡也不吃，別忘了她還一直哭。她從來不是愛哭鬼，就連小時候都很少哭。」

「你的意思是？」

葛斯塔夫起身。「我的意思是，我女兒以爲你拋棄她了。她以爲你再也不想要她，一切都結束了，於是她徹底心碎。她的自尊心太強，不願意過來哀求你，我猜你則是因爲自尊心太強，不肯主動去找她。威廉，『手』和世仇奪走我妻子，她是我妻子……我的全世界。他們幾乎毀了整個家。我痛恨站在一旁，眼睜睜看著這種該死的事也落在我女兒頭上。請你好好考慮吧。」

他說完立刻離去。

十分鐘後，威廉啓程前往沼地。

威廉搧了一下毛茸茸的耳朵，暗下結論：鼠穴看起來仍和記憶中一樣。他躺在屋子下風處，身旁有大松樹的樹根。他已經趴在這裡大約一小時，「鏡」派來守護房子的人發現他，但沒有干涉他的行動。

瑟芮絲在屋裡。

他一直在找她的體香，但就是聞不到。

如果他貿然進屋，瑟芮絲叫他走……他不知道自己會不會摸摸鼻子離開，他甚至不知道自己到底要什麼。原訂計畫只安排到「去她家」這個步驟，現在他人到了，忽然不知道接下來該怎麼辦。

紗門開啓，雲雀奔下階梯。她穿著牛仔褲，上衣很乾淨，頭髮也梳得整齊。她抱了一疊衣服。

她轉過身，朝威廉奔來。

威廉躲在松樹下的陰影裡，身軀盡量貼地，希望能讓自己看起來小一點。

她站在幾呎外對他說：「你明知我看得到你，你根本就和馬一樣大。」

威廉對她低聲嗚嗚叫。*孩子，快走開。*

雲雀把衣服放在地上。「她在內院，爸說你可以從偏門繞過去，這樣就不用跑遍整個地方。」

她說完轉身跑掉。威廉嘆口氣，把野性壓回深處。痛苦撕扯他的骨頭，不久回復人身。他穿上衣服，進入偏門，穿過走道，跨進內院。

牆下的小花園依舊盛開著花朵，武器陳列架擺在外面，再過去就是正在練武的瑟芮絲，就和四週前那個早晨一樣，只不過少了竊竊私語的卡爾達和賈斯東，也少了坐在石凳上的奧姿祖母。

瑟芮絲的劍優雅地畫過空中，多麼美麗……多麼多麼地美麗，如此地迅速、致命而……

瑟芮絲忽然看見他，劈砍的動作添了幾分凶惡。

處理這件事需要聰明的腦袋，他卻不知道該說什麼。如果她還要他，他願意做任何事。

「你好啊，杉汀領主。」她說，「謝謝你救了我父親，我們欠你一份恩情。」

威廉走到武器陳列架前，拿起一把長劍，它是架上最大、最長又最重的劍，想要流暢地揮舞它，恐怕得先練個幾十年。

瑟芮絲迅捷地與空氣搏鬥，每一招依然快得不可思議。

威廉清清喉嚨。她轉頭看他。

「談個條件。」他說，「我們打一場。如果妳贏，我立刻離開，再也不打擾妳。如果我贏，妳就和我一起走，做我的伴侶，永遠和我在一起。」

他幾乎要咒罵了。很好，說得很流利。

瑟芮絲的劍指著他，她看看那支長劍。「你輸定了，我會把你砍成碎片。」

威廉揮動笨重的大劍，當作暖身練習。「沒關係。」

「你是笨蛋，超笨的狼。」

「少說話，多打鬥。」

雙劍噹地一聲撞擊。

瑟芮絲隨即拋下劍，雙手環抱他的脖子。

終曲

瑟芮絲輕啜一口茶。灰濛濛的晨光有點濕氣，夜晚在陽台的藤椅上留下一些露水，沾濕她的牛仔褲，但她不在乎。她喜歡在清晨這樣靜靜坐著。

這裡的森林幾乎貼著房子，全是貨眞價實的粗壯樹木，包括橡樹、楓樹和松樹。她所在的位置視野清晰，可以看見廣闊草坪與樹林接壤的地帶。威廉正在林中某處潛行，他喜歡大清早進林中狩獵。這棟房子令他有點煩躁，他中意比較小的地方，她也一樣，但在蓋茲洪所有產業中，這裡最靠近德朗的豪宅。其實沒關係，他們一定會把它打造成適合居住的家，或者乾脆再蓋一個小地方。她還眞有點喜歡這片巨石打造的陽台，那座池塘也不錯，賈斯東愛得要命。但是，小一點的地方眞的比較好。

瑟芮絲再啜一口茶。多麼美好又安靜。昨天，雲雀、賈斯東、喬治和杰克四個孩子拿到幾雙直排輪，這是德朗家某個親戚特別爲他們做的。孩子們在長長的大理石廊上比賽，後來不知怎麼吵了起來，反正他們老是這樣。

今天這群孩子跑去德朗和蘿絲家玩。瑟芮絲兩個月前初次見到德朗和蘿絲，雲雀和幾個男孩立刻打成一片，德朗與威廉本來就是朋友，但她其實不怎麼想和蘿絲見面，畢竟威廉喜歡過她。

如今他已屬於她，是她一個人的狼。瑟芮絲微微一笑。不過，她第一次看見蘿絲時，強烈的歸屬感忽然不管用了。蘿絲比她高四吋左右，蜜棕色的頭髮造型完美，身穿昂貴禮服，整個人看起來相當漂亮，實在太漂亮了。

瑟芮絲只穿了牛仔褲和白色短衫，把頭髮放下來，因爲威廉喜歡。

幾個孩子往一邊跑開，兩個男人往另一邊走開，瑟芮絲不得不陪著蘿絲坐在露台上。

「那麼，妳是從邊境的沼地來的？」其他人走後，不久蘿絲問道。

「是的。」

「所以妳才穿牛仔褲？」

「唔，我試過禮服。」瑟芮絲說，「穿起來挺好看，但我照了張相就把它脫了，它掛在衣櫥裡非常漂亮。」

蘿絲看著她。「容我失陪一下？」

「請便。」

五分鐘後，蘿絲穿著磨舊的牛仔褲和運動衫走出來，還拎了兩瓶啤酒。「我一直留著這兩瓶，從殘境帶來的。」

她撬開瓶蓋，把一瓶遞給瑟芮絲。兩人互撞一下瓶身，開始暢飲。

男孩們和雲雀跑進樹林。

「我小弟昨天殺了一隻山貓。」蘿絲說，「看來是牠入侵他的地盤，還留了些占地盤的記號。他把山貓剝了皮，身上沾滿牠的血，還把那塊毛皮當成披肩。吃早餐時他就這副打扮上桌。」

瑟芮絲喝一口啤酒。「我妹則是喜歡殺小動物，把牠們的屍體掛在樹上，因爲她覺得自己是怪物，而且堅信我們總有一天會把她逐出家門。那些小動物是她的存糧，以防萬一。」

蘿絲眨眨眼。「明白了。我想，我們一定會處得不錯，妳覺得呢？」

「我也這麼覺得，沒錯。」

她們確實處得不錯。現在，她們已經排定照顧孩子的順序：蘿絲這個週末負責照顧孩子們，下個週末便由瑟芮絲負責。瑟芮絲不介意，反正杰克很像威廉的凶猛迷你版，雖然會惹麻煩，卻是個好孩子。他很崇拜威廉，雲雀和他簡直就是一個模子刻出來的。不過，她還沒有摸透喬治的個性，他很安靜又有禮貌，但是眼睛會忽然一亮，還會說超好笑的話。彷彿身體裡住著兩個喬治，其中一個是彬彬有禮版，另一個則是扭曲隱藏版，專門負責找麻煩。

今天他們都去找蘿絲和德朗，這代表整個早上家裡只有她和威廉。

黑狼從林中竄出，朝屋子狂奔。瑟芮絲見狀露出笑容。

狼跳到半空中，忽然變身，回復全身赤裸的威廉。她伸長脖子以便看得更清楚。嗯……他被陽台擋住了，一會兒後，他攀上陽台欄杆，重重跌坐在她身邊的椅子上，全裸的身軀微微出汗。

她半瞇著眼瞧他。「小孩都不在，算你運氣好。」

他湊過去，眼神狂野。「既然小孩都不在，我們可以懶洋洋地吃頓豐盛的早餐，再睡個小覺。」

「才剛起床耶。」

「是妳剛起床，我起來好幾個小時了。」他靠過去親她的唇。瑟芮絲品嚐他，嗅著那微帶麝香的汗水味。他的舌頭在她口中探索，兩人稍微分開並喘息，她拚命提醒自己，在陽台上脫衣服不是好主意。

「你說得對，應該睡個小覺。」她對威廉說。

威廉朝她咧嘴一笑。

一陣尖銳而淒厲的嚎叫傳來。瑟芮絲抬頭看見一個小藍點正迅速膨脹。

「那是什麼？」

威廉咒罵，「那是空軍的翼龍，小型的。」

藍點變成大型鱗片生物，介於恐龍和飛龍之間，全身布滿藍色和白色羽毛。巨翅攪動空氣，翼龍徐徐落在草坪中央，背上載著小型駕駛艙。

瑟芮絲抓起桌上的毛巾塞給威廉。他看她的眼神活像她瘋了。

「遮一下。」

「幹嘛遮？」

「因爲大多數男人不會大剌剌站著，把自己的那話兒伸出來讓大家看。」

威廉只好接過毛巾，裹住臀部。

翼龍趴下，駕駛艙的門開啓，有個人跳下來。

威廉咆哮。

「那是誰？」

「歐文。」

歐文進屋，對他們揮手。「杉汀領主，『鏡』需要您爲組織效勞。」

他們要威廉去當間諜，他將身陷險境，孤立無援。瑟芮絲感到喉嚨緊縮。不行，他們倆膩在一起的時間還不夠。

「我去穿衣服。」威廉吼道。

「兩位，領主。」

「我也要去？」瑟芮絲一躍而起。

「是的，夫人，除非您拒絕。杉汀領主受限於我們之間的協議，但您沒有——」

「不必說了。」她告訴他，「我去拿劍，馬上過來。」

《沼地月色》完

Fate's Edge

[邊境 vol. 03]

奧黛莉將當竊賊的過去放在邊境，決定要正直過活。
但當她哥哥蹚了灘意外的渾水，這位金盆洗手的小偷只好重拾舊業，
幹最後一票，還發現自己碰上個「什麼都懂」的傢伙……

卡爾達是個賭徒、律師、竊賊，也是位間諜。他的新任務──追蹤一件失竊物品，對他而言根本輕而易舉，直到他遇到了奧黛莉。
接著當追查到自己的目標正在一位致命的罪犯手上時，他發現自己急需奧黛莉的幫助……

即將出版。

沼地月色（邊境2）／伊洛娜.安德魯斯（Ilona Andrews）著；
蔡心語譯. -- 初版. -- 臺北市：蓋亞文化, 2019.12
冊；　公分. -- (Fever)
譯自：BAYOU MOON
978-986-319-454-5（第2冊：平裝）

874.57　　　108017724

Fever FR069

沼地月色 邊境vol. 2

作　　者　伊洛娜・安德魯斯（Ilona Andrews）
譯　　者　蔡心語
封面設計　莊謹銘
總 編 輯　沈育如
發 行 人　陳常智
出 版 社　蓋亞文化有限公司
地址：台北市 103 承德路二段 75 巷 35 號 1 樓
電話：02-2558-5438　傳真：02-2558-5439
電子信箱：gaea@gaeabooks.com.tw
投稿信箱：editor@gaeabooks.com.tw
郵撥帳號 19769541　戶名：蓋亞文化有限公司
法律顧問　宇達經貿法律事務所
總 經 銷　聯合發行股份有限公司
地址：新北市新店區寶橋路二三五巷六弄六號二樓
電話：02-2917-8022　傳真：02-2915-6275
港澳地區　一代匯集
地址：九龍旺角塘尾道 64 號龍駒企業大廈 10 樓 B&D 室
電話：+852-2783-8102　傳真：+852-2396-0050
初版一刷　2019年12月
定　　價　新台幣 450 元

Published an printed in Taiwan
ISBN／978-986-319-454-5